U0606669

来自
月球的黏稠雨液

——京东图书首届锐作者征文
比赛获奖作品集

作家出版社

目　录

来自月球的黏稠雨液

李宏伟

一

应该从那部电影开始报告。也许。

那天是我实习的第一百五十二天，也是我们监视江教授的第一百五十二天。没错，每一个实习生都准确记得实习的天数，因为这是一种倒数。起初，我们还有些兴奋，对匮乏社会有着十足的新鲜感，不过这种劲头很快在日复一日地重复中消耗殆尽，更重要的是，随着时间推移，匮乏所显示的威力日益强大。过不了多久[①]，每一个实习生都被唯一的念头主导：回到丰裕社会。当然，这是温习《实习守则》的好时候，早前背熟的条款只有进入具体情境，才生动、实在，具备边界。

江教授来自东十三区，他个子不高，满头干净的白发每二十天理一次，长年保持着板寸的发型，让他一副白发青年的模样。江教授腰板挺得很直，举止间充满审慎与自尊，待人接物时还饱含一种冷漠的谦和。这样一个老头，除了早晚两次例行散步外，整日都待在他的八平米房间里，实在令人难以相信会是匮乏社会

[①] 指导员注：根据以往报告，实习生适应或者说能开始忍受匮乏社会的时间大多为十二天。最近一位突破十天的，是现任协会秘书处第三秘书的姜维，适应时间为八天。
审查员注：此条注解内容没有必要，建议设置阅读权限，七级会员以上方可读到。

的精神领袖之一。另一方面，当我们逐渐意识到，在匮乏社会，一个带有独立卫生间的十二平米房间意味着什么的时候，我们不得不相信，这个沉默的老头非比寻常。

说是监视江教授，不如说我们的生活就是咀嚼匮乏社会的本质——枯燥乏味，这提升了我们的想象力，对丰裕社会的回忆总是带着想象的甘甜。按照协会的要求，有价值地度过实习期，完成一份有价值的报告，永久回到丰裕社会——这是咀嚼后的决心，是枯燥乏味的回味。这回味历久弥醇，但时间还得一天一天过。按照要求，我们四名实习生分别与原有的四名工作人员，组成四个小组，轮流执行任务，每一次八个小时。这意味着，我们每工作一次，就能休息一整天。

过了二十八天，我们才找到处理休息日的方法，从习惯中慢慢挖掘出乐趣。一开始，休息时间对我们是折磨，没有任何娱乐，没有任何可以打发时间的事情。除了互相说话，还能做什么呢？可说话和记忆一样让人害怕，出口的每一句话，每一个名词、动词，乃至于虚词，都是一个下拉菜单，琳琅罗列着丰裕社会影像般清晰的细节，可望不可即。那个阶段，时间还没有呈现它纯粹的一面，还没有像粗糙的沙粒那样撒在我们身上，镶嵌进我们的皮肤，睡觉、行走、吃饭……无论何时，只要你意识清楚，不，时间都没有呈现出它的均匀、粗糙、愚蠢①。

监视江教授这件事情本身没有什么趣味，作为被观看者，江教授承担不了任何可供移情的角色，他只充当只提供视觉的容纳器，广漠戈壁上的一个凹陷或者凸起。不，这么说依然把他的角色浪漫化了，更直白一点儿——我只能尽力描述感受，无法承诺也无法保证准确——江教授是根钉子，钉在墙上，空荡荡的墙，不洁白如新不霉迹斑斑没有壁纸没有裂缝的墙，摘除任何想象力与想象力着力点的墙，这么一堵墙上，有这么一颗钉子。如此，

---

① 指导员注：此处语句矛盾、意思含混，不过并不影响基本的理解。

你的目光不挂在它上面，还能挂在哪里？

就是这样，看江教授的八个小时挂上了之后休息的二十四小时，是两个人各二十四小时。我相信，完全可以往上面挂得更多，完全可以把整个丰裕社会，把整个人类社会的二十四小时挂在上面，这颗钉都不会颤一颤，都不会增加它承受的重量多一克。匮乏承受丰富，一条被检验被证实的真理①。

有谁知道江教授限囿自己于八平米的房间，如何消耗这些时间？难以确定。他总是在几张纸上写写画画，有时候还折叠个没完。上面究竟有什么内容？这是我们最初的好奇心所在，是钉子帽。先在的四名工作人员及时泼了冷水，挫平了一线希望之光。"我们奉命监视江教授，也奉命不能打扰他的生活，不能进入他的房间，不能做进一步了解。"概括些说，"我们监视江教授所有的生活表象，并将一切汇报上去。没有命令，绝对不允许沿此深入。"

艰难的自我斗争。江教授摊开纸张，再次涂写时，你只需要调整其中一个镜头的位置、拉近放大，就能谜底揭晓、真相大白。硬挺强挨实习初期的人，有谁没被这类念头焚烧？步骤一，支开共同同组的工作人员或趁其不备，右手处理电脑，调整镜头；步骤二，放大镜头对准纸张，好奇心释放与满足；步骤三，拍下来，留作日后秘藏。更甜蜜方法：说服同组的工作人员，说服不同小组成员，共谋共享。秘密与阴谋，如果只能在灯光背面，乐趣丧失，了无滋味。慢，往回退。三个步骤，炽热念头焚烧的前辈，你们在等什么？慢，再往回退。几张纸，写写画画。为什么要搞清楚上面是什么？哈，不是一颗钉子，茂密苗壮的钉

---

① 指导员注：报告者此处的情绪没有克制，做出的判断也过于荒谬，这样的语句对将来阅读此报告的年轻人容易产生不良影响。建议此处进行相应处理，如果可能，请求删除此句。或者此段。

审查员注：实习初期，大多数实习生由于观感冲击，都会玩一些愤世嫉俗的语言游戏。根据《丰裕社会维持原则》，不能对报告进行增删修改。不过建议考虑根据查询者的年龄与身份，对本处或本报告其他类似地方进行阅览权限设置。

子森林。悬想不挨近，万物可悬挂。表象即深入。浅显辩证法也不是人人能参透。

就是这样。我们挨过了最艰难的初始阶段。那休息的二十四小时，用途渐次展开，找到了去处。不是谁都有幸进入匮乏社会——哦，不，没有丝毫反讽。没有谁希望三十五岁之后被流放到匮乏社会，在此之前，的确是有幸。展开是观看的邀请，是"来"的指令。匮乏也需要认知，何况是匮乏社会。双重悖论，展开与认知本就超越匮乏。匮乏而成社会，照见人类固有的思维陋习：模拟与拟象。推敲词语，这是唯一能够导向的结论。就组织形态而言，幻觉制造器，流放地想象乐园，具体而微、因陋就简的模仿。匮乏社会与丰裕社会如出一辙，向往超结构稳定。统治本来就不需要过多的想象力[1]。

这是报告，不是学术论文，概念演绎与扯淡到此结束。说我们如何使用工作之余的二十四小时。没有谁规定，实习生不能离开划定的范围，只能无头苍蝇样围绕限定时间空间旋转。可以猜测，协会希望实习生能够走出去，了解感受匮乏社会，报告的价值在此[2]。实习第十八天，视线从江教授的房间转移后，我提出

---

[1] 指导员注：这一句的意思不明朗。"统治"不知道是否为报告者生造？查遍词典都未见到收录。假如"统治"意思与我们所用的"管理"相近，这句话将不可饶恕。
审查员注：新文明时期，"统治"概念及其所指就已消亡，协会作为暂时机构，只是受委托，根据《丰裕社会维持原则》，根据大多数意愿进行管理。"统治"作为生僻词也早已经被从词典清除。这里的要害不是这句话，而是报告者从何知道这样一个死词？从他对这个词语的运用来看，显然完全掌握其含义与用法。建议依据整个事件的调查结果，判定这个词语的污染源。如证实来自报告者的丰裕社会教育与经历，则需再一次根据《原则》启动"第三净化方案"了。

[2] 指导员注：自鸣得意也就罢了，忖度协会的意思，违背《原则》第八条第三款，这份报告还有继续阅读必要否？建议对该实习生提出警告。
审查员注：如其名称所示，《原则》目的"维持丰裕社会"。本段虽忖度协会意图，然所涉为匮乏社会，《原则》并不适用。且猜测具有洞见，不妨看完报告全文再来评定此段文字。

要去外面走走看看。查阅《实习守则》，并无类似情景获批流程示意，仅建议"依据内心对丰裕社会价值的认识及行为是否与匮乏社会的沿袭相悖"。"提出"不是"陈述"是邀请与说服，除王二要接替我监视江教授，张三、李四二人都欣然接受，原本监视江教授的几位工作人员对此兴趣缺乏。

"实在没有什么可看的。"原话如此。

"毫无益处，只会增加对丰裕社会的渴念。"原话同样如此。

现在明白，他们的拒绝与冷淡是因为身份不同。无论如何，我们都只是实习生，是匮乏社会匆匆过客，终将返回的前景——"终将"夸张了时间的可忍受性，一百八十天而已，即使在当时，也能数得清。按我的理解，实习近乎匮乏社会免疫力的获得。实习过后，谁还会让自己沉沦到真的被流放过去？①——终将返回的前景涂抹实习以色彩，实习生们认为这属于观光，是能够享受的观光。终身滞留那边的他们当然缺乏观光所需的平和心态、猎奇眼光。这是现在所明白的。在现场，那两句话只让我认定他们僵化。

也好，都是实习生，更无拘束，也更多未知的刺激。事实上，我们很快认清，所谓刺激只是虚构。目力所及处，全是沙漠、沙漠、沙漠，干燥、干燥、干燥——这是所有的定义。统一样式的棚屋与铁皮屋犹如经过"复制""粘贴"的简单处理，密密匝匝落在沙漠上，鳞次栉比蔓延向远方。少量的木板房则如同杂草，找准每一个空隙，横安斜放地支棱在那里。不管是棚屋、铁皮屋还是木板房，我们所能见到的可以遮挡阳光的空间里，都挤满了人。他们目光呆滞如死尸，浑身软塌塌地随便倚靠在什么地方，等待下一次食品与饮水的供应，估计火焰炙烧也改变不了他们倚

---

① 指导员注：迄今确乎没有实习生再堕落到匮乏社会，这也是协会对丰裕社会未来可能管理者的保护吧。此说有理有力，可以视作报告者道德感与判断力的正常回归。上一个判断过于粗率，在此收回。
审查员注：并非如此。不过可以视作没有。

靠的姿势。很难见到有人离开房屋，错过一次供应意味着十二小时的漫长等待是主因，看厌而至于看无可看恐怕是更大内因。这让哐当哐当响着摇过大街的破烂公交车更像是阳光下的幽灵。

对，阳光不缺乏。阳光供大于求。阳光毫无理性地倾泻。没有温情成分的联想，直接是烈火兜头倾倒，躲无可躲，让无可让，只能以血肉之躯迎接承受。阳光榨干一切水的可能承载与容纳，干燥生根入髓。走在街上，目睹处处升腾如汽之光，让我燥热欲狂、浑身颤哆。

张三最先退缩，他推导出我和李四都认可的结论——各处雷同，继续下去不过是重复，其意义最多也就是量与规模。干燥与阳光同样对于我们体内储备的水分与能量提出考验，当然，我们出门时有携带压缩解渴剂，但是张三有所畏惧地说："看看这些沉默不语的男人，他们沉默不语，他们依然是男人。如果知道我们是实习生，是观光客，他们不会撕碎我们吗？协会有足够细腻与令人恐惧的措施，惩罚违规流放者，可这能抵消撕碎丰裕社会的人引发的快感吗？抵消不了万一！"

最后这句话，嘶吼出来的。事实上，那一刻我的感受很奇特，张三的描述没有触动我，他的表现刺激了我。他不是在商量、说服，他是在乞求，干燥与阳光蒸发了他的平等身份与意识，他把我放到了领导者的位置。氛围与感受都很微妙，不知道是否违反了《实习守则》乃至《原则》，如果有，协会也会因为我的被动及微妙之微乎其微而谅解我吧。

一面请求谅解一面继续为恶是人的本性吧？毋宁说，请求谅解是继续为恶的催情剂。我意识到张三把我放在了不恰当的位置，却贪恋不恰当的刺激。领导者的角色与权威必须深化。

我拒绝了张三的乞求，并非直接。李四的犹豫与不甘及时被我捕捉，王二之后该张三值班，之后才是李四，他还有十六个小时。张三的描述让李四心生畏惧，好不容易出来却要立即回去又撕咬这份畏惧。我看看太阳，老到地说："我们刚出来半个小时，现在就回去？决心不是白下了吗？我敢保证，回去咱们谁都睡不着，都要搞清楚蔓延的房屋与沙漠远处是什么。那时可没有后悔药片。"

比之妥协，一味强硬更是愚蠢，张三得到宽慰会完成李四的倾斜。"我们可以换个方式，不再徒劳地走下去，下一辆车来就拦下上去。提高效率，有限时间内走得更远。也有遮挡，阳光不直接照在身上，适当保护水分。服用压缩解渴剂，也不那么明目张胆，引人注目。"

李四赞同，张三也满意，他还用"早点说嘛，我就不用担心了"这句废话进行奉承，明确主从关系。①

下一辆公交车很快到来。刚才说过这些幽灵一样哐当响的公交车，等到上了车，你的第一个念头一定是，"幽灵"这个词太过溢美了，或者可以说，"幽灵"这个词的内涵扩大了。穷酸、破烂、陈旧、肮脏……糟糕一词以及能够与这个词相互关联相互阐释的词语，都触及了这辆公交车，触及而已，它们依旧具有词语被提及时的轻飘，依旧啃不到这辆车的车厢里面。你只能用"有必要这么做作吗？"这样的疑问来填平这辆车状况的糟糕与差劲。有什么办法？即使如此，我们也只能以它为马了。又一轮平衡与涂抹吧，没有这样的车，目睹没有变化的贫瘠城市会让人发疯。

车里有人。司机一脸的络腮胡子，和所有公交车司机一样光着膀子，不一样的是他干瘪的身体，瘦到见骨，衬托得一脸的胡子长势茂盛的灌木样。转动方向盘的力气从何而来？踩下刹车的判断力源生何处？下车时，谜团也没有解开。车里有人，指的是司机之外的人。身体佝偻、皱纹密布，身体瘦到变形，都是衰老已盛、死之将至的表征，他却依然在车厢里走来走去，忙来忙

---

① 指导员注：此处描述应属夸大，对张三也过于漫画化。报告者是要用这种方式来证明自己对整个事件的引导作用吗？协会确立了"自立""平等"原则，教育界对此原则始终如一地坚持与贯彻，张三怎么可能如此迅速地寻求"主从关系"？

去，举起右手在车厢壁画个不停。四壁光秃，座椅摇晃，刺剜耳目的强光，叠在一起堵住了我们，很久我们才注意到他。可他一直盯着我们，一边忙活一边盯着我们。

"实习生，你们上这个车干什么？"我们注意力都降落在他身上，他才咧嘴笑，我们在匮乏社会第一次见到的笑容。就是笑，单纯的动作，没有复杂意味。笑完问。这问话吓了我们一跳。

"你怎么知道我们是实习生？"张三以反问招认。

"你们两个，也不必这么看他。谁都看得出来你们是实习生。否认没有什么意思，不是没有什么好处，是没有什么意思。你们看，你们相互看看，看你们的身体，看看我们的身体，司机的，我的。屋子里那些人的。他们瘦、黑，没有一处多余的肉，只有不足。你们不胖，你们更不瘦，像我们这样的瘦。"

"我们也有可能是新流放过来的。年过三十五，找不到媳妇，成不了家，不适合丰裕社会的延续需要，成了多出来的男人，流放至此。"我意不在辩解，只是想弄明白。

"哈！二十岁冒充三十五岁，演技呢？光有演技也还不行呢！这里最发达的产业就是整容，很多人都要整成小于三十五岁，保留对丰裕社会的控诉，撒娇述说冤屈。可又有谁能够整成二十岁的模样，眼神和动作可以模仿，身上散发的气息是退不回去的。"一副阅人无数的笃定与狡黠。

"整容？最发达的产业？"李四大为震惊，不妨碍他敏锐地抓取出有用信息，"你是说匮乏社会有着完整的活动与生活？我的意思是，这里的人们依旧干不同的工作，挣不同的工资吗？他们依然以种种因素为彼此划分高低，判别贵贱吗？"

"多新鲜啊！这里物质匮乏，可仍然是社会。不然谁来养活这里无数的人口？谁来推动这个匮乏的社会运转下去？你因为丰裕社会每天定时提供的两顿吃食就足够让这些男人们心平气和地活下去，干下去？"分不清老人是惊奇还是不屑。他点到为止，转身忙活起刚才的事情，没有继续下去的意思。疑问的泡沫填满了张三的嘴，他大张开它，随时准备吐出来一团。我用目光阻止他，让他吞回了这些泡沫。这是个什么样的人？他为什么会在车上？难以明确。可以确定的是他刚才的话。那像是常识，我们初到匮乏社会，这里的匮乏程度，迥异于丰裕社会的生活方式——此刻回想，谈不上迥异，阳光下倚靠某处发呆和坐在生态屋里对着屏幕忙碌，二者间有那么大差异吗？异曲同工。殊途同归。[①]——蒙蔽了我们，使得我们忽视基本常识。匮乏社会如何运转暂且不论，"整容"一说的确解释了为什么不久前的半小时行走，我们见到的都是三十五岁以下的面孔。那些完全倚靠某处，看来只为下一次供应而活的男人，有时间有精力（还要有金钱？）去整容，整容也只是为了保留年轻面容，以对丰裕社会进行撒娇式控诉？稍稍偏离了常识。也能解释得通。追认合理性总是更为容易。

放下玄想。先弄清楚老人在做什么吧。——慢，这个地方漏下了什么。算了，回头再想吧。我们跟从老人，看他伸出双手在车厢壁、座椅，偶尔还有车厢地板，可能够得着的地方，他都不断地摩挲。寻找什么？确认什么？我们三人互相看了看，看到彼此的嘴里填满疑问的泡沫。匮乏社会的先知？我只能想到这么远了。威仪不具备。神秘倒类似。

嘿。是有颜色的。泡沫破裂。我们三人注意到了车厢里面是有颜色的，灰黑为主，深浅不一的颜色。老人摸索的双手如同行动缓慢的蜗牛，沿途留下灰黑色黏液。我迟迟不敢确定那些黏液是他的血液，到现在仍然难以确定，离那一场景的时空坐标越远，越难以确定。他摸索的双手是在以血液涂抹，这是当时我（我们？从未和张三、李四核对过，那像是一块隐痛，我们

---

① 指导员注：质疑匮乏社会，同时质疑丰裕社会，最终将两者相提并论，报告者呈现出来的思维混乱、立场混乱让人震惊。

审查员注：惯常的怀疑，寻找同类项、归纳整理，这是人类思考的皮相，没有什么好惊慌的。如果一届实习中连一次这样的怀疑都产生不了，协会的发展，丰裕社会的维持有什么人可以寄托？

没有交流过，没有谈论过。不敢触及。也许他们的报告会有所涉及。①）的直觉。

察觉到此，我以整体的目光观看车厢内部的画面，过于强烈的阳光反而让一切晦暗，灰黑色草灰蛇线、隐约跳荡，轮廓能够把握。一幅壁画，一家人的聚餐，三口之家，旧文明社会常见的圣家庭构图，原始想象，自然丰沛。父亲威严，母亲慈爱，稚子欢快。比例并不得当，三口之家占据了画面的大部分，父亲母亲分据一面车厢壁，孩子占据车厢地板，余下捉襟见肘的空间里塞满植物，树与藤蔓、草与花朵，插进动物，牛羊、飞鸟、游鱼、虫豸。满满当当又不拥挤，不是车厢空间营造的错觉，是画面内在，人与物，生命与石头，都不紧张，都只是在了该在的位置，比例失当不是失手，是再次安排，是用应然的筛子筛选而成就。这画面的从容、安定、自在，凝聚又安放，提神又轻松，这感受我在念兹在兹的丰裕社会都无有体会。身在车厢也让人身在画内，惟愿不停留。

我这样如痴如伥，公交车开往何处，中间是否停驻浑然忘记。目光、心神、身体，都随老人的手指运行，涂抹。我匀不出点滴精力关注张三李四，我只听从老人的指引，我看到了另外有光，不是匮乏社会粗糙野蛮的光，不是丰裕社会甜腻飘浮的光，是迎接与引渡的光。那像是回忆的猛然翻身。②

---

① 审查员注：提请理事会议参考张三报告第二页、李四报告第十八页，两人都触及了这件事情，都有噩梦般的表述。对照两份报告可知，报告者在本报告中有所隐瞒，对此，提请理事会议予以适当惩戒。

② 指导员注：好一番潜意识梦境。好一句"甜腻漂浮"的评语。报告者看到的另外的光是什么？是为前文明社会招魂吗？"圣家庭"的词汇绝非出自本指导员，这一点恳请协会务必调查明确。

审查员注：张三、李四二人的报告未曾提及壁画，只是说"老人奇怪地用血在车厢里面涂抹，他的血液也奇怪地呈黑灰色"。此处的感受与联想，虽未被彻底禁绝，但根据《原则》第二条第一款，"为节约资源，不鼓励一切煽情言行"，再次提请对本报告将来的查阅进行权限设置。另外，建议协会以适当方式查清公交车上是否确有壁画。艺术，不管多么拙劣，都是丰裕社会的违禁品，更是匮乏社会的致命丸，绝对不能允许它的存在。

一阵力，一只手，一阵摇晃。我定了定神，目光从壁画里拔出来，扫过四周。张三李四困惑的目光靠上来，又退开去。

"怎么啦?"我问。

"正想问你呢。不言不语，也搞不清楚究竟为什么发呆。"李四说。

那个老人停止了摸索，身子斜斜地挨在公交车后门上。车厢三面的壁画还在，图案仍旧辨认得出，不过再怎么看，刚才的感觉都消遁无形。再定定神，画面的笨拙扑面而来。车外面，阳光不依不饶没完没了地泼过大街，车轮一路扬起滚烫的沙子。大街两边同样不依不饶没完没了，贴满了粘满了一排排房屋。往远处比较，房屋绵延不尽无休无止，隐约的起伏证明了我们没有陷身出发地的梦魇，实实在在地离开了不近的距离。

"我们得回去了。不然我交不了班啦!"不准时交接班是实习大忌，可能影响协会如何安排你的将来，张三有理由着急。他也并不过于慌张，我由此也能判断我们离开得并不算太远。

"回去啊! 现在就走。你们从中门下吧，我去后门问问那个老人家，这里是哪里。下次咱们有机会接着往前走。"我边走边说，后面的话也许他们就听不真切了。巧合的是，老人家也掀动了后门的铃铛，示意下车。

司机停下车，车门老态毕现地吱嘎张开，老人跌了下去。我跟上拽住了他，免得他摔在地上。

"实习生，你们还没有走啊?"老人居然比我更吃惊。

"马上走。老人家，我想问问你，你什么时候到这儿来的?"张三李四也下了车，他们懒得动弹，站在下车的地方看着我。我需要压低声音，我没有时间兜圈子。

"什么? 你是说被流放到匮乏社会来? 我今天七十八，你自己算吧。"老人可不管我，大声得很。张三李四听见了，那反应像没听见一样。奇怪，我在掩藏什么? 我有什么不想被别人听见的吗? 真是难以理解的想法，我好像要拥有，已经拥有，一个秘密似的。不行，这一点必须写在报告里。如实向协会报告，同时也请协会给予指导，分析这种心态源出何处。①

"你刚才画的是什么？是你们一家吗？"这次我没有压低声音，同样没有时间兜圈子。

"我爸我妈，我。唉，老咯，不记得他们长什么模样了，不记得画的是哪儿了，可就有那么一幅图总挂在脑子里去不掉，我就出来坐车，画到车上去，车能载它到处跑。"老人说。说完不再理我，转身走开。他蹒跚的步子一拐一拐走到路边的一个棚屋里，没有回头看我，没有回头道别。

如果他不走开，我还会问下去。我也许会问，你爸你妈现在还在吗？答案基本上可以想见。我也许会问，就这样被流放，你甘心吗？——我真的有勇气问出这样的问题？——他应该会给出我们熟悉的答案吧？为了整个人类的存续，为了父母晚年的幸福，不在乎牺牲自己。女人们那么高贵、那么稀少，过了三十五自己仍然单身，被流放理所当然。

也许，我只会再问他最后一个问题，我问他，回去的公交车在哪里赶？

二

再次出门深入匮乏社会，是三十三天之后。在此期间，我和张三、李四，我们三人谁都没有提起之前那一趟干燥的出行，那就像是白热阳光下各自的迷幻，难以确定，无法也不能相互打

探。王二依稀感知我们有什么事情瞒着他，却也没有追问与了解的兴致——是啊，如此匮乏的生活，好奇心也会匮乏。

公交车里画壁画的老人那几句零散的话，焦点失准的冷嘲，在我心中激起的热情仍然没有完全退散。如果有产业，一定就有不同层面的配合与配件，组织形态、运转流程、层级分属……丰裕社会所习见的一切都会附着其上，如果真的有这些，那一定是可以搞清楚的，如果搞清楚它们，如果实习报告立足于此，那我可能真的发现了丰裕社会一直忽视的东西，这次实习这份报告也就具备了即使微弱却也实在的价值。①

我承认，虚荣是第二次出行的驱动力。独自出行而没有劝说王二张三李四加入，有单独行动带来的想象刺激，有自己能够解决问题的自我放大，有对他人尤其是张三的轻微厌恶——那次回来后，张三也意识到自己表现出来的臣伏意识与行为，虚弱衍生尴尬，尴尬衍生做作，做作让我厌恶——必须说出来，虚荣之外，还有类似《原则》禁止的"煽情"涌动内心。老人的壁画张三李四视若无睹，老人的话语他们听而不闻，这让我心生孤独。既然如此，我为什么不干脆撇开他们，独自行动呢？是这样。计划第二次出行时，我心里扎满了骄傲、孤独、伤感这些甜蜜的刺、柔软的刺，我不愿意拔出它们，我要用行动来轻抚它们。

是这样。现在，我明了《原则》禁止煽情情绪存在的原因，它们就是扎得人舒服的刺，一旦扎进去，你只祈望它能扎得更深。它完全围绕自我的甜蜜痛苦与柔软粗暴鼓动人推动人魅惑人吞没人，谁能喊一声停下来？！谁能伸出手拔出来？！谁负担得起拔出它留下的孔眼？！我就是在这一根刺的作用下，迈出了第二次的步子，我任凭它我乞求它扎得深一点，再

---

① 指导员注：回溯让这些话语难以分辨。当时的真实想法？事后追加的大义？存疑。

审查员注：这类事情，结果仍为判断首要条件。不必强行分辨报告者的动机，不过此处的解释也说得通。

深一点。①

煽情迷糊了我的心，煽情也清醒我的脑。诸般情绪泛溢，我行动越发谨慎。狂热的谨慎。我要条分缕析。不同于我们寄身之地的匮乏社会，不一样的匮乏社会，本质的匮乏社会，如果有，它在哪里？如果有，如何抵达？时间如何测量，如何估算？监视这一正事绝对不能耽误，万分之一秒都不行，不是惩罚高悬恐惧使然，我的尊严、我作为一个丰裕社会种子的心理诉求都不允许。如果抵达，准备几套预案能够应对可能出现的意外与突发？思虑所及，给出解答必须前置于行动。

脚踏实地，清除这个词所有比喻与引申层面的意义，就是我要的。我走出监视的小楼，双脚踏在匮乏社会实在的土地上，移动脚步摸清周围的底，确定下一次远足的方向。失望随之而来，我的时间可谓充足，行动也可谓自由，收获只能说乌有。从哪个方向看，往哪个方向走，都只是复制粘贴的沙地上的建筑。那些几层小楼，那些棚屋铁皮屋，那些杂乱的木板房，那些耀眼阳光，晕染得那些坐着靠着躺着的人如此的生命黯淡、气息微弱。那些准时响起发出指令的广播，那些定时定量的供应，在在印证了丰裕社会向我们的描述——"匮乏社会是自生自灭的终点站。是人类文明整体濒危时的自我清理措施。"

当然，这时候我对这些画面不再是简单的触目惊心，甚至任凭怀疑的阴云漂浮于这些阳光燎烤的人与物。想到它们背后有另一层存在，不免对这些假象心生鄙夷，你看，就是这样迅速与轻飘，一念之间，就转换颠倒了感受与判断。话说回来，不如此断言，我又如何能够忍受这匮乏的一再重复与无限延伸？我又坐过几次公交车，往不同方向乘坐，沿途仍旧是高低错落的重复，仍旧是孤零零的大仙人掌。我尽量充分利用时间，几乎坐上十二个

---

① 指导员注：以煽情的方式反煽情。诡辩还是忏悔？
　　审查员注：煽情是丰裕社会的大敌，对丰裕社会的基石有动摇之能，煽情又最难明辨与抵挡。——这段话即是又一例。

小时再往回走。没有几次我就发现这种行走是噩梦，无论哪个方向，都目睹了重复，这深度擦伤记忆，制造幻觉。

一个想法的轮廓在脑子里浮现，我犹豫是否应该赌一次，来清晰它勘验它。值完下一次班，我索性坐上一趟公交车，遗忘时间概念，听之任之，看它能把我带到哪里。现实快捷得我来不及感慨，二十小时不到，汽车就转回了我离开的监控小楼。兜圈子，我的想法得以证实。如果你从来没有进入匮乏社会——显然，这是每个丰裕社会的正常人都要竭力避免，也是大多数丰裕人必然不会有的经历——你大概理解不了我不断提到匮乏社会的重复性。必须感谢协会，在我们出发前，让我们吃下的定向胶囊，它总是让我们在千篇一律的情景中毫无偏差地回到出发地。扯远了。我利用不同时间，换乘不同公交车，每次都能够回到出发地。我不相信自己走遍了匮乏社会，我认为自己进入了某种设计。

如何确定这些公交车会穷尽匮乏社会的领土？如果我乘坐的公交车只是在这片区域里面兜转，我当然也只能出入这片区域。不管怎么说，按照我们接受的新文明教育，匮乏社会的广阔都远不是一辆破旧公交车能够在一天时间里走遍。念及此，好多次我在公交车上都东张西望，指望一缕灵光乍现，指示出一条通往另一片区域的道路。没有。前后走了十次，我已经画出了所在匮乏社会的交通图，他们周延地连成一片，自足自立，找不到可以出去的缝隙与缺口。——这当然是悖论，它取消了我们出现在这里的逻辑起点。除非，我们出生在这里，变化的只是记忆。

不是一点收获没有。每一辆公交车的车厢与地板都有图案可辨、色彩灰暗的壁画，内容相仿，风格相同，一家三口以旧文明社会的圣家庭结构出现在不同场景。这些显然出自同一人的壁画，有时候吸纳我让我沉堕，有时候拒绝我毫无感应。画幅的数量与画面的面积足以击溃它们由那个老人用鲜血绘就的断言，可如果不是，又是谁又是什么呢？我试图从司机那里找到答案，至少发现蛛丝马迹，可司机一个个不明所以的样子，实在没法交谈下去。这些图案一定有深意，只要找到进入的方法。面对那一张张呆滞到近乎反讽的面孔，我每每如此自勉。

我没有纠缠于圣家庭结构的可能天启，毕竟眼下最迫切的是弄清楚匮乏社会的边界，深入其中一探究竟。司机问不出来什么，也许其他路人可以提供惊喜。我抱着这样的念头，和匮乏社会的一些居民交流。也不是一无所获，只不过不是我目前想要的。这些长期生活在戈壁中的男人，因为时间的长短，肤色呈深浅不一的黑，神色也程度不等地由绝望向麻木过渡。我的问话开始小心翼翼，都是些他们如何打发时间、都去过匮乏社会的什么地方这类小粘钩话题；耐心迅速丧失后，我会拿出对匮乏社会有什么了解、是否对远方有兴趣这类开瓶器话题；更为狂热的后来，我直接甩出有没有办法离开这里、大家到底怎么生活这些刁钻话题。没有用。这些男人，难怪他们会被流放匮乏社会，活该他们过了三十五岁仍然找不到青睐他们的女人仍然没有女人愿意恩赐他们一段婚姻确定和他们相守一生共同成为丰裕社会的选民与动力，他们像是最为麻木最为顽固的黑色金刚石，面对任何问题都一脸茫然一脸呆滞一脸滴水不沾，以此让你自讨没趣自动缩回。有那么三五个愿意开口的，都是要述说自己的冤屈，本来有一个女人说好在一起，临到大限却不知道怎么变卦了，这让他如何能短时间找到另一个?! 其中有点幽默感的，会先赞叹我肌肤娇嫩面容清秀完全不像已过三十五岁——居然再没有人如公交车上那个老头那般目光如炬，现在我大致明白原因：他们的心思都在自己身上，在让他们噬脐不及的过往时光，只有那个老头目光能从自己身上挪开，放到其他人身上——然后让我猜测他们的年龄。无论你猜测多少，接下来都是他们的怨艾。

这些掩耳盗铃的谨慎的狂热问话下来，我切身体会到，匮乏社会是一种惩罚，它不像《原则》告诉我们的，是人类文明自救的手段，它是一种残酷的惩罚。这种惩罚我赞成。这些没有价值的男人，就应该让他们自生自灭，就应该从丰裕社会清空。①

这些男人浑浑噩噩的反应刺激了我，恶的念头油然而生，我想冲到江教授面前，嘲笑他戏弄他——这样的人如果是匮乏社会的根蒂，他作为精神领袖还有任何价值吗？我并不清楚江教授向他们提供了什么，作为精神领袖，或许是希望？当然即使是盛怒之下，我也不可能真的前去质问他羞辱他，"接触监视对象"是《实习守则》明确禁止的。但最终转换我思路的，也正是这条禁令。我最该问的人，就是江教授。如果有不同的匮乏社会，他必然知道。这个念头烧灼了我，我坐立不安即刻就想实现。这其中，向着问题得到解决迈出一大步的欣喜、一窥江教授精神领袖真假的急切、违背《实习手册》禁令的刺激，诸般滋味杂陈。

如何找到接触江教授的机会？这其实不难。《实习手册》有近乎繁琐的规定与禁忌，对于惩罚只是在总则说明"一切违背《手册》的行为，将提交协会予以判定、处罚"，我想，之所以如此，是因为实习是难得的荣誉，没有哪个实习生会视为草芥，实习期间见识了匮乏社会更会让实习生戒惧警惕，不想将来被流放至此。《实习手册》依靠对匮乏社会的恐惧保持效力，这种恐惧在实习生心里生根，他们会按照《实习手册》严格检视自己的行为。可是，如果有例外呢？如果有实习生，按捺不住好奇心的鼓噪，做出违禁举动。他如果抱怨协会对此过于疏忽，没有提供丝毫防止他犯禁的现实措施，客观上纵容与鼓励了犯禁行为。他是

---

① 指导员注：报告者的语气再次转变，这里面有丰裕社会正常居民对匮乏社会的天然厌恶，更有协会不提倡的邪恶情绪。教育者职责在肩，敢不惶恐惊悚？
审查员注：净化必须不断进行。对匮乏社会的适当厌恶，适当恐惧，也是保持丰裕社会活力的必要因素。毕竟，事关人类整体的存续。

不是有那么一点儿道理？①

　　抛开自我辩解。继续报告事实。产生上述意识后，我密切留意与江教授接触的机会。没几天，轮到我们小组陪江教授进行傍晚散步，我们两人一前一后，各与江教授保持五米左右的距离，一起来回于他固定的散步路线。自从怀疑江教授精神领袖身份后，我特别留意他与其他流放到匮乏社会的男人们的互动。江教授步履从容，神态自如地走在路上，目光柔和地落在每一个望向他的男人身上，但并不作停留。那些男人一如寻常，痴痴呆呆的目光抛过来，里面没有一丝特别含义。连对熟人的辨认与示意都没有。冷漠一如寻常。由是，我们很快就和几位老同事一样，很放心散步沿途的安全。

　　那天傍晚的夕阳提前敛起炽热的光簇，只一味的鲜嫩红艳，挨在西天，似乎随时都可能熟烂而破皮流淌出漫天的汁液。走在这样的天空下，江教授步子放得比平常慢，也不看向那些如同迷失在干燥梦中的男人，他一会儿抬头一会儿低头，遇到重大难题的样子。走出两个街区，江教授站住不动，径直望着天空。那太阳的小半截已然没入远处地平线下，剩余大半截不堪重负又心有不甘地搭在那儿，欲滴的表皮也开始收紧，浮现干瘪结痂的前期征兆。走在前面的同事没有察觉这即兴的停顿，速度均匀地继续向前，见此状况，我紧赶几步，上去搀住江教授的右胳膊，轻声说："江教授，您没事吧？"

　　江教授本能地往旁边缩了缩，胳膊被我牢牢地把住，没能缩开。他有点儿受惊，他的注意力还留在天空那破烂的红色圆球上，因而他的目光并没有迅速转移到我身上来。

------

① 指导员注：苍白无力地自我辩解。几十个实习生，单单报告者违禁，责任似乎不能向外寻找与推卸。

　　审查员注：问题不在这里。问题在于，协会历来主张，丰裕社会、匮乏社会是选择，留在丰裕社会的条件很明确、去往匮乏社会的条件很清楚，必须保证选择的自主性，由此产生的责任与后果自然必须由做出选择的人承担。协会是管理机构，协会也从来不越俎代庖。

"江教授，我想看看真实的匮乏社会，您能帮我吗？"我声音压得更低，不过我确信他能听见。

前面的同事终于察觉有异，他转过身来，也因为看到的情境出乎预料而有所迟疑。就在同事转身的瞬间，江教授的身体突然软弱无力地向左侧倾斜，因为我把住他的右胳膊，他当然没有倒下去。他的身体与我的胳膊拉开的角度与紧绷的态势，完美准确地向我的同事提供了解释。也是这个动作让我确信，江教授会帮助我。

"我看江教授摇摇晃晃，怕他突然晕厥摔倒。"我略显夸张地抬了抬左胳膊，向走回来的同事解释。①

那天的散步就这样结束，我和同事一左一右搀扶江教授，走回监控大楼，将他送回住处。回去路上，我对我们和江教授，更规范一点说，对监控者与被监控者的关系产生了好奇与疑惑。这像是互相知晓，互相配合的一种表演。江教授知道我们的存在，知道他的一举一动都在我们的注视下，他要做到习以为常，要做到我们似乎不存在。绕一点说，江教授假装不知道我们存在，我们假装不知道他假装不知道我们存在。我们互相寄生，又主动竖起玻璃，与对方区隔。脱离常轨的情况出现时，我们又对敲碎玻璃彼此面对安之若素。

这团乱麻还没有理出头绪，江教授的房间就到了。我们半送半推地让他进了屋，听着门砰的一声在面前关上然后转身离开，只是这短短的数秒，我和同事又恢复了监视者的身份。我们又回到玻璃的这一面。通过监视器，我看到江教授躺在床上，紧闭双眼，嘴巴微张，似乎不堪衰弱。我有些好笑，好笑之余又心生恨意——没想到这个老头如此狡猾，演戏演得如此全套，看来协会安排我们长期监视他这样的人是正确——愤恨之余又心生担忧，

---

① 审查员注：有关这次接触的详情，请参看工号13593023事后报告。他当时的判断是报告者的话合乎情境，可以采信，从情理而言，他也不相信有谁会冒上一页所提及的风险。另外，提请协会调取当时不同位置的监控。

足足两个小时，他都躺在那里一动不动，如果不是监控他生命特征的仪器   常，我们真的会认为他出了大问题。

两个小时后，江教授坐了起来，他去了趟洗手间，磨蹭了近二十分钟，出来到桌子前面坐下。这一系列坐立行走的动作，他都身子不稳，摇摇晃晃，但到底没有摔倒。我看他坐下，拿起一张白纸，凝神端视，不由得心脏怦怦狂跳。我直觉他会给我启示。我看看同事，他显然对江教授和他的白纸厌烦到极点，也因为长达数年都没有从这些白纸上发现什么异常而心理放松，发现我看他，他苦笑了一下，然后转身去接水。

"你休息一会儿吧，我盯着，有情况我告诉你。"我说。监视对象在房间里时，两个人轮流休息是大家默认的方式。我们都知道，这等情况下，不可能发生什么意外。监视器对江教授房间全天候不停歇地监视与录制，我们进行监视的房间同样一秒不落地被录像与记录，这都保证了发生的一切可供稽查。没有什么好担心的。

同事听了我的话，又到监视器前面确定江教授再一次在白纸上写写画画，便点点头，喝完水在唯一的扶手椅上坐下来，闭上眼睛。

我等着江教授。我知道他会在合适的时候给出信号。这信号我能看懂，然后我只需要按照他的提示就能得到我想要的答案。出于这种信心，即使接下来的三个小时，江教授除了喝水与上厕所外，心无旁骛地伏在书桌上，写写停停，我也毫不焦虑与急躁。同事中间醒过一次，看我精神高涨，开了句玩笑后又睡了过去。

等到晚上十一点十五分，江教授停下手里的工作，在凳子上坐直，双手伸直举过头顶，右手握住左手指尖，就是我们平常要伸一个舒展的懒腰前一刻的样子。我明白这是信号，便执行了心里预演过的步骤一与步骤二，调整镜头对准桌面上并拉近。

纸上凌乱一团，像是一幅素描、一幅地图、难以认清的字迹，这些东西搅拌之后倾倒在上面，又用东西结结实实拍了拍。我不能即时弄清楚这些符号的含义，相信江教授也不会冒风险给予我清楚的线索，我能做的就是调动大脑，把它调成一台扫描器那样将整个画面复制下来，存储好。江教授也可能出于考验或挑战，也可能出于保险，留给我的时间也就够伸一个长懒腰。幸好，我复制完毕。幸好，我和江教授都恢复正常后，同事就醒了过来。[1]

"我看着，你放松一下。王二他们快来接班了。"他说。江教授也适时关灯，上床睡觉了。

回到住处后不用说都会失眠，问题是失眠得毫无价值，那张纸上的内容在脑子里梳理疏通、排列组合，提供不了分毫可依凭的线索，连可能性都看不出。要是江教授以前涂写的纸张在手边，通过对比就能判断出这一张纸是特意写给我的，还是和以前一样，只是时间的排泄物。可是我没有。他听清楚了我的意思，如果不愿施以援手、予以点拨，忽视是最有效率最自然的反应。躺在床上演戏、伸懒腰给信号……总不会只是为了消遣我吧？思绪在失眠时尤其天马行空没有边际，情绪在失眠时更加患得患失自怨自艾，一晚消耗，到了天明，我感觉自己就像一条横在床上的干涸河流。

放弃显然不适宜。枯坐没有答案，那就还是出去走走吧。停下。我停住系鞋带的手，俯身屏息，有微弱的光芒滑过，尽力回溯，凝神捕捉。干涸河流。水的气息渗透，一滴水涌现。转移到江教授画的那张图上，噢，对了，正是。豁然开朗。我长嘘一口气。仰身躺在床上，没有系鞋带的鞋子掉在地上。江教授画的是一张河流示意图，河流这样的东西，即使在丰裕社会，如果不特意去保护区，也根本见不到。这让它和很多旧文明时期的生物一样，成为濒危的词语，没法存储在记忆上层，轻易浮现在脑海

---

[1] 指导员注：依据报告者的描述，建议协会考虑加强监视纪律，或者增派监视人手。如果另一个人不休息，如果多了一个监视人员，报告者不可能顺利获得江教授传递的消息。不是为报告者辩护，而是考虑到，即使因为监控设备存在，没有任何举动会被漏掉，但这都是事后追查。不能阻止损害于当时。

审查员注：报告者通过监视器所见，请参见视频资料：VN-E.538989071254，江教授所作原件，请参见文字资料：PN-E: 673890132444421。

里。尤其是现在身处匮乏社会的沙漠，要想也只会想到抽象的水，而不会想到河。

破解了江教授的第一层谜语，整理出思维盲点出现的线路，失眠带来的飘忽感与失真消散殆尽。虽然沙漠里一张河流示意图并不意味着答案，反而指向更大的谜面，可好歹有了方向。我这样躺着，轻而易举就睡着了。

如我所料，睡足醒来后，脑子里再调出江教授的那张纸，不同层次的谜语迎刃而解。占据整个画面的素描是一支仙人掌，不是挺拔的仙人掌，是蹲伏的能够在旧文明时期图册上见到的假山石那样的仙人掌。起先没有认出来，与它矮胖的身影有关，更与它浑身光溜，没有一根刺有关。一旦认定是仙人掌，就能认出实际上它是有刺的。只不过这些刺没有长在仙人掌身上，而是脱落开来，乱糟糟地插在纸张空白处——就是那些无从厘清的字迹。这些字迹各个部分同样脱节的厉害，像是一场残酷战事后散落的肢体，想要拼装，也不知如何下手。我任随这些脱节的部首在脑子里飞舞，搅缠得最混乱的时候，我大致辨认出了是三个字。

"江——教——授"。

三

仙人掌。高大、饱满、多汁，颜色喜人，姿态稳重，模样含蓄。放在旧文明时期，仙人掌一定是匮乏社会的图腾。在这绿洲成为传说、胡杨只有残骸的无尽沙漠，只有仙人掌保留下些微绿色，慰藉远途而来注定带着憎恶离开的实习生。

现在，一株没有刺只能以文字充数的，矮胖臃肿的仙人掌毫不迟疑地给予我慰藉。我首先要找到它在哪里。这不是一个简单的任务，作为匮乏社会里除了男人外唯一充足的生物，仙人掌满坑满谷，即使它们各具特色两两不同，光凭数量也足以让人崩溃，让人把它们认作一个模子机械复制而成。我仍然要找出那一株仙人掌在哪里。

我并不焦虑，稍作回想，我就为自己这么快就向前迈进这么多吃惊不已。我不是被流放过来的需要清空的男人，我是丰裕社会挑选出来的优秀种子，注定与这片土地没有什么关系的过路人，她居然这么快向我敞开怀抱，让我可能见识到她迥然不同的实在，这固然有我思索求索的作用，更可能的还是她选中了我，要向我诉说，要通过我向愿意聆听的人述说。①

我再次抓紧一切时间外出。现在停下来，我才惊觉，那一段时间王二张三李四他们的作息与安排像是从我生活中切割开了，对他们如何熬过那么漫长的时间好奇不已。当时完全不在意。值班。寻找。这是仅有的两个主题。没有多长时间，我不敢说匮乏社会里每一株仙人掌都被我编号记下，至少我敢说，我比对了所有醒目仙人掌，没有与江教授所绘制相吻合的。就这样我也不怀疑江教授的意图，更不怀疑对那张图纸的解读是否正确。他知道我时间有限，他同意秘密向我敞开，他就不会人为增加难度。他只是确保说得隐晦而已。要拨开这层隐晦，我需要让自己放轻松，再放轻松，等待真实自动浮现。

真实的确自动浮现。一个太阳推迟了很久才露出面孔来的早晨，我已在公交车里颠簸了两个小时。在它用其他物件的影子提醒我，向我宣告到来时，我迎着阳光抬起头。然后，我大喊：

---

① 指导员注：意识混乱的三段文字，两处"注定"貌似描述对自我角色的明白认知，用来强化"述说"及其背后的选定意味，充其量只是再度煽情。目的何在？自我辩解还是软化理事会会议？

审查员注：从报告开始，报告者意识混乱、认知矛盾的地方屡次出现，他不是从一开始就有意识扮演反丰裕社会的人，可以说，直到写这份报告时，他的自我认知依然不是"反丰裕社会"。这一点可以采信。"注定"一词及其背后隐藏的天选意识需要重视，这是每一个反丰裕社会者必然会有的自我煽情。

"请停下，我要下车。"

仙人掌不是仙人掌，是我面前的这几座房屋。两栋二层小楼旁边一座木板房，矮矮胖胖，脑满肠肥，正是江教授画给我的仙人掌模样——后来我知道，这幅图并非指向特定的房屋，因为一旦我把仙人掌解作房屋，就能发现匮乏社会里到处是构成这一图案的房屋组合，每一处也都是通道。江教授的本意不过在于此，是我过度理解了。当时没有这么简单，苦心寻觅的图案如同旧文明时期画像中的圣人，头顶光华不期而至，自然会让人确信是注定。

欣喜中，我跌跌撞撞扑向这栋房屋，房屋里面那些面无表情坐着的男人们，看着我走近，看着我走进，没有人搭理我。我不愿意再问，我也面无表情地往里走，挨个地方看挨个地方找，总会有人叫住我的吧。别有洞天谈不上，这些房屋和我们从外面看到的差异悬殊一点不假。每一个房间里面照样塞满了人，这些人没有等死似的发呆，而是像正常人或者差不多像正常人那样，聊天、沉思、玩可以玩的游戏，几个看不出年龄、估计都在知天命以上的老人，更是玩起了捉迷藏。看着他们颤颤巍巍的身影在人丛中钻来挤去、高立低伏，我也松了一口气，仿佛几十天来第一次闻到人的气味。

没有人管我就继续。我上了二楼，二楼与一楼仿佛，只是人少了一点儿。不知为什么，我一上二楼，就有了"匮乏社会同样分高低"这一念头。也许是有些人屁股下面坐着干仙人掌编织的垫子？也许是有些人手里拿着一块仙人掌吮吸？也许是有人用手指在墙上指指画画，一如迷走在演算途中的科学家？这些都是一楼没有的景象。我不打扰他们在做的事，我不停下自己的寻找。二楼没有人阻止我就上楼顶。

通往楼顶的阶梯有人。一个同样黧黑干瘦的男人坐在楼梯那里，像是等着我也像是防备我，一看到我走近就站起来。他没有说话没有任何动作，只是看着我。他的目光不是常见的冷漠与茫然，是盘查是询问。

我说："江教授。"

男人点点头。我注意到他的脖子有些过分的细与长，点头的动作也因此呈现出朦胧的风情。男人并不给我留出时间来对他的风情做出反应，点完头他就转身拾级而上，我也抬脚步步跟随。楼顶上并不开阔，有限的空间都被仙人掌占据，矮小的有点发黄的仙人掌，斜斜竖竖地插在楼顶上没及脚背的沙粒间。没有种植在沙地上，没有机会奋力从沙地深处抓取水分，它们还能活着已然不易。楼顶背面是一块独立的空间，里面几株苗壮挺拔的仙人掌，碧绿生翠。再远一点，就是同样如此处的高高低低的房屋、棚屋了。

那个男人给我留出了打量的时间，眼见我粗粗扫过就示意我跟上，我踩着他的足迹绕过楼顶上的小房间。眼前是一条坡度较高的滑梯，依据楼房一侧墙壁简单处理而成，通向下面的院子。滑梯上光洁如洗，可见使用频率之高。我按照那个男人的手势，坐上滑梯，他向我摆了摆手，我松开扶住梯舷的双手，全身像炮弹出膛一样向下冲。

速度给短暂的滑翔抹上了超现实色彩，坠落式俯冲由此开启了奇境之门，至今回想，我能确信两端所见的匮乏社会的真实，往来中间的摆渡过程却难以断定是否现实发生。如果是，那就太故弄玄虚了；如果否，那些记忆从何而来我又如何往返？[①]

---

① 指导员注：并非记忆失真，报告者刻意隐瞒，不愿意向协会坦白匮乏社会内部如何交通，他对协会并不信任。他担心"背叛"匮乏社会证明了他对丰裕社会的背叛。

审查员注：据植入报告者体内跟踪芯片记录器所载内容，见视频资料：VN-E-M 538989091286，报告者进入楼房内部后即一片黑暗，中间持续一小时零八分十一秒，初步断定，这段时间他完全闭上眼睛，呈熟睡状态。目前推断，他进入大楼后，即服下深度迷幻剂，身体进入睡眠状态，大脑高度亢奋，想象活跃，下述内容或许正是迷幻剂所致。如本推断可以采纳，提请理事会议注意致幻剂来源——我们判断为仙人掌提炼——以及这一药品在匮乏社会自我形象认知方面——由此关联其对丰裕社会态度——的作用与意义。

推开疑虑，跃入这奇境之门吧。我的俯冲没有受到阻碍，双脚挨着院子里的地面时，不受任何影响地直插进入，我的双腿、腹部、腰部、胸膛、肩背、双手、脖颈、脑袋全部没入铺在地面的沙子里，那些沙子像透明的空气一样轻，像泡沫一样没有实质，我像是一把薄如蝉翼的利刃刺入水中那样在沙子里继续滑行。沙子柔软地摩擦过我的肌肤，要不是意识到进入了沙子里而不敢睁开眼睛，我真想看看这是一个什么样的世界。

也许滑行了一分钟，也许是十个小时，如果时间是一种重力，那下滑途中我一定处于时间失重，失去了对感觉的判断标准。反正我双脚一踏在实处，被沙子泡沫包裹的感觉立即破裂。我伸手在脸上抹了两把，确信没有一粒沙子粘附在上面，这才慢慢腾腾睁开双眼。昏暗的地方，一盏如豆之灯勉强撩开近处黑暗，能够看清灯挂在岩壁上，能够看到我前面不远处站着两个人，他们似乎在盯着我，也像是在等着我。

他们的表情和目光都隐在黑暗里，我也不指望他们会和我说什么，按照楼梯那里的流程，我说："江教授。"说完，一个人上前两步，抓住我的手，不清楚他的动机，我僵了僵，还是任凭他牵引。他拉着我走了几步，手上使了点力气，示意我小心，脚下一矮，我踩在了一个晃动之物上面。又往前走了两步，他示意我坐下，随后松开我的手。木桨拨动水声不紧不慢一下下响起，我明白坐在了一艘船上。——可能就是一架独木舟而已。不一会儿，小船摆动了两三下之后，一豆灯光也完全湮没，剩下的只是拨动水的声音与潮湿的气息。

黑暗如死，浸入口鼻，前方又有一豆灯光浮现，让我勉强徐徐吐出胸中黑暗。轻轻一颤，小船靠岸，又是一只手拽住我，把我扶到岸上。岸上另有一个人等候，他说："跟我来吧。"说完转身。

我跟着这个人拾级而上，一步步离开黑暗，一寸寸望见天光。进入完全清朗的天空下，我不由得深呼吸几次，迫切地要把光吸进脏腑。深呼吸完毕，我放眼看去，已身处街市。毫无疑问，这里无法比拟丰裕社会的繁华熙攘，却也人气颇旺，街道两旁店铺销售的日常用品，品种并不丰富，大多数也都是仙人掌制品，可人们挑选与购买的兴趣丝毫不受影响。有些别扭的是，来来往往都是男人，黝黑瘦削的男人，他们神态自若、举止镇定，显然一切已经超越习以为常化为他们的生活。这些男人真真假假的青壮年面孔提醒了我那位老人的话，也提醒了我到这儿来的目的，那个带我上来的人还在，他一直等在旁边，等我从初次目睹正常的匮乏社会中回过神来。

"赵先生，你好。这一次我负责带你四处走走看看，我姓钱，你叫我小钱就可以。有什么问题你可以问我，我尽力解答。"他的口气和神态不像超过三十五岁，因此我几乎是怀着一点儿恶意地脱口问道："你也整过容吗？"

"当然。"小钱——我是否叫他老钱才合适？从年龄论，我是小赵——没有丝毫的不自然，"这是匮乏社会第一代居住者们的方式，他们大概以此表示对被流放的抗议，或者作为自我身份的标识。没有强行要求，不过作为约定俗成得到大家的遵守。整容是很多人进入匮乏社会后做的第一件事。"

"那你多少岁了？"

"来到匮乏社会，那种具体的数字失去了意义。我们有两种说法，三十五岁之前，三十五岁之后。这一适用于丰裕社会的算法，在这里也得到嘲讽性使用，因为所有人——当然，除了像你们这样的实习生——都是三十五岁之后。另一种说法是，死亡前多少年，死亡后多少年。"小钱说着，伸手示意我往右边去。

"以死亡论年龄不是更加虚妄吗？谁知道自己什么时候死啊？再说死了再计算年龄意义在哪里？"我已经听糊涂了。

"不虚妄，在丰裕社会时，我们每个人都认为匮乏社会是惩罚，因而称之为'流放'，但来到匮乏社会，也是一种提升，能通过前站三年的洁净，才有可能获准进入真正的匮乏社会。到了这里，每个人都会为自己设定一个死亡期限，他计算时间与年龄的方式就以距离那个时间还有多久来衡量。因此，我可以说，我的年龄是死前八年三个月。"

小钱让我看街道旁边一家名叫"木坐"的小店，门前有序排了有十多个人，好像是在售卖某种饮料。小钱让我等等，自己走上前去，他说了两句什么，有几个男人回过头来看了看我，倒是都显得很友善，甚至还有人冲我微笑。老实说，我有点儿慌乱，像是有点儿不大的秘密但完全被人窥破了。

小钱端着两杯饮料走回来，递了一杯给我。有点儿涩，倒是很提神，深绿色，应该是仙人掌汁吧？

"没错，就是仙人掌汁，不过榨取后加入独有的配料调制出来的。"小钱完全知道我在想什么，"这算是这条街上最美味的东西了。我每次过来都不放过。"

"你刚刚和他们提到我了？"其实我想知道他是不是把我的身份告诉了那些人，没有来由地，想到那些人知道我还会返回丰裕社会，我有些不好意思得近于羞愧。①

"是啊。我告诉他们你从来没有喝过'木坐'的饮料。大家觉得奇怪。店里也因此额外奉送了两杯。我沾了你的光。"如果不是小钱的年龄和性别梗在那里，我必须说，他说这些话的语气和模样有点儿可爱。

"你之前说通过前站三年的洁净，那是怎么回事？"

"前站就是你来之前那儿。每个人来到匮乏社会的人，都会

---

① 指导员注：这么多细节，这么多文字，能够确认其真实性的，似乎只有这一段感受。

审查员注：指导员迄今的文字告诉我们，对匮乏社会的妖魔化如今是多么寻常与深入人心。这固然是协会所需要的态度，但过于情绪化会影响判断力。有必要建议协会考虑向指导员所代表的教育界等精英人士提供更多的匮乏社会情况。

报告者此处的描述，依然不能排除为致幻剂作用，但作为分析对象，仍然具有结构意义。

在那里待够三年，纯粹时间的洁净。纯粹时间就是你什么都不干，不用劳动，不用思考，不用感受，就让时间在你身上白白流淌，时间会冲刷掉丰裕社会残留的影响。"

"什么影响？"

"贪恋物质。贪恋享受。用物质量化人生与生命，由此进入加速单行道，完全无法停顿。洁净就是提醒，时间就这样流逝也是可以的，时间可以不产生效率，可以身外无物地活着。"他再次示意我右拐，我们离开刚才那条宽阔的大街，转入一条小巷。

"这一切要在自由选择下来谈论。因为失败因为没有竞争力，被丰裕社会流放，再来倾销这一套理论，只能自我安慰吧。当然自我安慰是必要的，每个人都或多或少、或此时或彼时地自我安慰。可是明明被物质抛弃却以抛弃物质为立论基础，作为一个团队或者说整个匮乏社会的指导，太过矫饰。"他对丰裕社会的基石——物质的意义如此轻描淡写如此不屑一顾，我恼怒之下也就顾不得谈话礼仪了。

"你放大了自由选择的重要性。你所谓的自由选择，匮乏社会也存在，比如极少数人在经过前站的三年洁净之后，选择留在前站。但这类自由选择只是即兴行为，增加不了有分量的砝码。因为他们之所以留下来，要么是被悲情笼罩，想要作为控诉者存在于此，要么是心怀侥幸，梦想哪一天能够回到丰裕社会。这二者实际上是一个意思。不管怎么说，除了你们这些实习生外，丰裕社会通向匮乏社会的也只是单行道，只有来的没有去的。到了这里就不要回想过去，就应该立足于此。我们可以用旧文明社会时期的哲学术语'先验'来模拟每一个从丰裕社会过来的男人的处境。匮乏是他的先验条件。"

"你没有说服我。不过让我们停止这些空谈吧，你要做的是带我四处看看，我要做的就是看。"我终止了这种白痴般的争论。

"没错。"小钱笑出了声，"我这个人喜欢口舌争胜。抱歉。匮乏社会也不是完全禁止一切感官放松。呐，这里就是一座电影院，经常放映一些我看不懂的电影，江教授很喜欢这里，过一段时间他都会前来光顾。"

小钱所指是小巷里极不起眼的一个小木门，它夹在两个门脸之间，窄窄的一条，仅够一个壮实男人通过而已。看不到店招，只有木板门上写着"今日放映"几个粉笔字，下面有擦拭痕迹，看不清具体写的什么。如此逼仄的空间，如此简陋的门面，能够提供什么感官放松？

"看不清今日到底放映什么。"我嘀咕了一声，很想见识一下。

"每天早上八点、下午两点准时放映，开始后就会擦掉片子的名目。——这是多年来的老规矩。可惜，今天时间有限，要不然还能带你进去看看。不过呢，也只是你可惜，我可是真的没有兴趣。能够免了也是幸事一桩。"小钱看出了我的心思，以这种方式拒绝了。他提到时间也兜头浇了我一盆凉水，我摆脱了这个念头，在心里把要想知道的地方挨个梳理了一番，要求自己一定要抓紧。

"我想知道，匮乏社会如何维持运转？嗯，这里的人们如何工作，他们的动力如何保证，他们工作中是什么样的关系？"尽管都是从丰裕社会而来，小钱也比我年长，按理对丰裕社会了解得也比我更清楚，我还是不自觉地认为他和丰裕社会没有什么关系，对丰裕社会也没有什么了解，从而又补充了一句，"丰裕社会一直在维持匮乏社会的运转，提供基本的物质。"

"这是宣传，也是部分事实。你看到的前站的人们，他们的生活由丰裕社会维持，定点定量供应，你可以理解成对他们甘愿牺牲的供奉，也可以理解成对于同类失败者的怜悯，因而用基本的物质饲养起来。即使在匮乏社会，'供应'也是最基本最单薄的东西，勉强维持生命不死。而且它也只向每个人提供三年。原因众说纷纭。极端的说法是，丰裕社会本来就只计划被流放者活三年，如果消耗过巨也违背流放的本意；自尊的说法是，经过前几代居住者努力，匮乏社会实现了自给自足，完全可以拒绝丰裕社会的施舍，双方经过谈判妥协，一致同意拿出前站作为缓冲，并且保障极少数长期滞留前站者的基本生活。匮乏社会也逐渐将这三年调整成了洁净行动。

"至于你所说的运转维持。匮乏社会的根基就是洁净行动后人类的心。准确说，是男人们的心。如此净化之后，纯净心灵向每个人提出必要的要求，要求他进行基本的工作给予基本的付出，并且向匮乏社会取用基本的物质。"

"我想知道，你口中如此纯净纯洁的匮乏社会，如何解决性欲问题？据我所知，协会曾经动议，对所有流放至匮乏社会的男人实行化学阉割。后来这项议案被否决，反对者认为这样太不人道，他们认为即使赤裸裸的毁灭也应该遵循人道而行。也有深谋远虑者反对，他们看到这其中包含了当量惊人的不确定性。遍览旧文明时期史册典籍，都没有记载数量庞大的失去性这一最大发泄途径的男人们困居在一起的情况。一群年过三十五的男人聚在一起，旺盛的精力与旺盛的性欲无处倾泻，他们可能以内耗以相互撕咬的方式发泄，火通过火燃烧。消除他们的性欲，就是完全把火引向外面。极有可能会吞噬掉整个丰裕社会。正是这一明智的担忧否决了化学阉割，也许它也保护了留存于丰裕社会的不堪一击的人类文明种子。这个否决没有解决问题，只是甩包袱，丰裕社会应该承担的责任推给匮乏社会自我解决。可是性欲仍在，或许更为旺盛炽烈，那么，匮乏社会如何解决？"这个问题一直存在我心中，这样的时间这样的场景，以这样的方式问出来，也出乎我自己的想象与预料。只是小钱的神态与话语迫使我必须回击，必须使出狠招，让他无话可说。

小钱如我所料地沉默了。他情不自禁地加快了脚步，我没有提醒他注意这个举动的潜在意识——逼人太甚从来不是我的风格，况且这个问题主要不是将死对方，是想得到解答。——因此，我也只是调整步伐，跟上他的节奏而已，尽管落后了两三步。

小钱带我走出了那条狭窄的巷子，我们进入了一条宽阔、整洁的大街，这条大街即使放在丰裕社会也不过于寒酸，它只是少了些从匮乏社会的角度来说并非必要的装饰，取而代之的是庄重的氛围。街道两旁的房屋也是少见的胡杨木门，透露出里面内敛、持重、绝不寒酸的整体风格。每一扇门上都挂着一张仙人掌纤维编织物，不同只在于颜色或红或绿。街上不多的男人，一律一脸郑重其事。他们不是匆忙经过这条街，而是且行且打量。他们对仙人掌纤维编织物的颜色很在意，屈指可数几个人之后，我发现了其中的规律：他们对悬挂红色编织物的门只是报以温和微笑，绿色编织物则让他们目光明亮，进而两个人默契地走过去摘下它，推开门拿出红色编织物挂在门上。然后他们会从里面关上木门，留给外面一个郑重的背影。

没多久，我又注意到，一扇挂着红色编织物的木门拉开，两个神采舒畅的男人走出来，他们拿出绿色编织物挂在门上，随即挥手道别。我知道这些房间、编织物、男人之间有联系，这些联系也在脑子若隐若现、呼之欲出，可就是差一点儿劲道。

小钱显然对这些仙人掌纤维编织物颜色变化的背后含义了然于胸，他没有跟随我的目光打量这些男人，而是一直留意着我的目光、忖度我的想法，等到我皱着眉头深思而不得其解，他适时停下脚步，转过脸看着我。一脸不言而喻。

小钱的神情、动作、目光汇聚一处，瞬间拂开我脑中的迷雾。这迷雾散开露出的不言而喻，我恍然大悟，我难以置信，我兴致盎然。要想确证，只有亲身一试——我还不想这么深度涉入，可是不亲眼目睹又无法平息蓬勃生长的好奇心，更无法获得问题的实在解答——这一刻，问题的实在解答俨然成了回答诸般疑虑的词根。

"我要进去看一下。"我说。我的语气必须让我的要求不能被拒绝。

"可以。"小钱完全没有拒绝。我们往前又走了一段路，才看到一个绿色的编织物镇定自若地挂在一扇木门把手上。小钱上前拉开木门，做出请进的手势。

"你也要进来吗？"即使小钱进来，也不会有什么发生。可是想到一起进入这样房间的含义，我就浑身别扭。

"噢，当然不。你的认识和我们不一样，如果我进来可能你会不舒服吧?!"小钱说着示意我进去，然后从外面关上门。

我先看见红色的仙人掌纤维编织物，它待在门边的一个挂钩上，独身一个却显得成双成对。这个房间和最普通酒店的普通标准间相仿佛，只是更加简陋。一间卧室配洗手间，卧室里一张单人床、一把椅子，洗手间里一个莲蓬喷头、一个马桶。房间里称得上装饰的，也就是蓝色百叶窗。它放下来遮挡住了大部分光线与视线，也让房间里飘散着薄薄的微蓝天光，有种流动的气息。

这些东西证实了我想法，也让我意犹未尽。我走到床前，掀开床上的毛巾，看了看裸露的床体，没有任何装饰，也没有任何能够增加舒适度的铺设，伸手按一按，床铺还有一定的柔软度，在上面活动想来不至于让人难受。再在椅子上坐一下，感受相差不多。

笃笃敲门声。小钱有点儿不好意思地半侧身站在门口："对不起，有人来了。按规定不允许一个人待在里面，你是江教授安排来的，不会有麻烦。可是解释起来啰唆。"

我点点头，走出来。小钱把那个绿色的编织物挂回门上，我在里面这段时间，他一直拿在手上。两个男人拿着门上的编织物，一前一后走过来，经过我们身边他们略略低了低头，像是有点儿羞怯像是礼貌地打个招呼。我也学着小钱的样子，低一低头，然后我们转身离开。或许是心理作用，我隐隐听见身后传来水流声。是那个莲蓬喷头打开了吧？此刻它正冲洗一具身体还是两具？

"这个答案你满意吗？"小钱陪着我沉默下去，等到我们走出这条街，才问。

"你们如何定义性欲？"我以问作答。

"在丰裕社会，性通常有两个作用，生殖与宣泄——性带来的快乐也是宣泄的一种，说宣泄本身就是快乐也未尝不可。"看来我在房间里面的时候，小钱在整理思路、筹措词语，一说起来就头头是道。

"匮乏社会只有一种性别，只有被流放来的男人，生殖作用取消，只剩下宣泄了。从生理过程看，匮乏社会的宣泄与丰裕社会的宣泄一样，但其实质并不一样。丰裕社会的性与旧文明时期并无本质差异，指向高潮，指向身体快乐。匮乏社会的性不是，它指向净化，它从来不是目的。这么说吧，匮乏社会从来不以性为罪为恶，从来不试图根除它，匮乏社会只是将它视作会对人产生影响的身体机能，当身体提出要求时，我们就来到这里予以释放，予以宣泄。不过我们从来不会耽溺于此，之前之后它都不会占据我们的时间，消耗我们的心灵。"

小钱说到这里，停下来看了看我，可能他需要确定我是否能够理解。

"如果是这样，这种事情只需要自助就可以了。为什么还要进行这样的安排？"

"匮乏社会不反对自助。不过自助的净化意义显然不大，我们借用一个旧文明时期概念，称刚才那样的街区为'互助公社'，这样相互帮助的净化称为'互助机制'。一具身体能够坦然面对另一具身体，一个人和另一个人在最为私密的事情上能够互相帮助，共同得到净化，这是突破。是对性的功能与作用的认识突破，是对身体这一思想承载器皿的认识突破。"小钱娓娓而谈的模样如今仍宛在眼前，那时候我就怀疑他可能是江教授与匮乏社会特意安排给我的，现在越发确定。

"你们怎么保证这种'互助机制'中不会出现丰裕社会极力反对的'爱情'这种东西？如果出现，必然是同性之间的感情，这更是丰裕社会严令禁止的，可以说是双重违背。丰裕社会想必不会容许匮乏社会出现这等情形吧？"我援引丰裕社会的禁令，心里并没有那么踏实。

"在我们的认识，匮乏社会是丰裕社会的提升，是丰裕社会金字塔的最尖端。作为丰裕社会基石的种种规章要求，在这里当然得到更加严格地执行。"小钱这番话只让我想起小钱刚才用过的一个词——"宣传"，并没有增加任何可信度。他敏锐地感觉到了，对此宽厚地一笑，问我，"你认为，依据你在'互助公社'所见，依据我刚才所说，你认为，匮乏社会还有两个人之间存在'爱情'的必要吗？如果'爱情'不存在，同性之间的爱情当然更不存在了？"

小钱的话没有拨开云雾呈清明，我没能在很短的时间理清他这番话的逻辑与法理顺序。我也因此，有点儿庆幸时间所剩不多，我得离开这个地方，回到监视江教授那儿。也就是小钱口中的"前站"。

后来我又去过匮乏社会几次，对那里的了解越来越多，不过已经没有第一次的冲击那么强烈。甚至，当发现匮乏社会和丰裕社会保持了大体上的同构关系，差异只在数量与程度，而非实质时，我还有点儿厌倦。

所以还坚持去，不过是因为相对于前站的生活，那边毕竟没有那么强烈的重复性，每一次还能见到一些新鲜事物。我也还想证明自己的厌倦是浅尝辄止的错误，是叶公好龙的偏离。

上述错误与偏离日益被证明实际并不存在时，不顾一切与江教授谈谈，要求他答疑解惑的愿望也滋长迅速。我直觉，江教授也有此愿望。这一天不远。①

---

① 审查员注：小钱前后的论述具备可信性。整合匮乏社会的理论基础、匮乏社会如何看待自身与丰裕社会、匮乏社会如何解决最为迫切的问题，论述中都有涉猎。逻辑自洽。值得深入分析。

四

终于要说到那部电影了。如果没有那部电影，这份报告是不是会从一个完全不同的角度来写，写的又是完全不一样的内容？

我不知道。我必须切入正题。

可是还有"之前"，切入正题之前，我想说一说那天早上的事情，尽管他们会有各自的说法，但是我知道，我的说法，我对此的描述，绝不只是八分之一。它也许是二分之一，也许是事情的全部。

那天我们是零点到早上八点当值。我和搭档进入监控室时，江教授房间早已经灯光关闭，沉寂板结如铁。通过红外监视器，能看到他躺在床上，气息平稳，仰卧的身体因呼吸轻微起伏。我的搭档甚至玩笑地将声监调到最大，我们在江教授节奏舒缓的呼吸声中静静坐了十分钟。那是美好的十分钟，没有心猿意马，无需坐立不安，只需听从一种天然让人放松的涨落。

十分钟后，搭档哈欠连天地关掉声监，默契地走到扶手椅上坐下，靠着椅背闭上眼睛。——如果协会因为此处的内容，认定我的搭档对这次事件负有责任，我想替他辩解几句：值班期间休息固然不符合规定，却也是具体情境必然。监视对象清醒地进行活动，一举一动再多拖沓、冗长、陈旧，都还勉强可以当成观察对象，凭借分解其动作，来填满时间的空当。监视对象躺在那里睡觉，俨然成为无可依托之物，这时候监视者最好的举动就是同等待之，以睡眠丰富睡眠。何况，我以自己的清醒向他做出了保证。何况，严密高效的监控设备足以放松人的警惕。

我也要说，上述辩解没有英雄气概作祟。我不是要从搭档身上揽过，不是要放大自己的作用，我只是希望还协会盛怒之下放大的判断以本原。至于我的责任我的罪，殷切希望协会同理处置。①

我为什么没有睡意？做了准备。我从下午十七点睡到晚上十一点半被搭档叫醒。为晚上独自盯着江教授做准备，为了预感中的面谈做准备。江教授应该知道我们已经实习了一百五十一天，如果真有要和我说的，需要让我知道的，他该抓紧时间了。

我怀着期待，盯着红外监视器里江教授夜晚里仍在新陈代谢，仍在向着衰老与死亡不可逆行进的身体。这样一具身体，仍然令丰裕社会，令我们尊敬的协会不放心，需要对其一举一动都了若指掌，其中究竟隐藏了什么样的力量与秘密？这样一具身体，不动声色地安坐在八平米房间内，居然就对我的举动洞若观火，遥控指挥得井井有条，他的一系列安排，对我究竟有什么目的在里面？

这些都是我最近时常思索而没有答案的，不过，我不着急。我只是让最初的疑窦膨胀成为疑团，成为一块推动我行动的巨大实体物质。

江教授果然早有预谋，晨光熹微的六点钟，他就醒过来。和所有老人一样，醒来的江教授并没有一场睡眠休整后的轻松，他怔忡地坐在床上，用呼呼喘气来找回现实的节奏，然后是一通猛烈的咳嗽，损耗严重的衰朽身躯借助咳嗽，各个部位各种部件终于归回原位。这时候，他才恢复平日腰板挺直的精神领袖风采。

---

① 指导员注：报告者是英雄主义发作吗？刚才认为自己占有了全部的事实，现在又承揽全部的责任。

审查员注：报告者的描述与现场监控内容吻合，工号13593023难以谅解地渎职，不过报告者此处的辩解也合情合理，并非完全的英雄主义发作。建议免予追究13593023责任。

恢复神采的江教授，起床后的日常动作仍旧比往日迟缓，在卫生间里一待就是二十分钟。出于基本的尊重，尽管卫生间也安装了监控设备，不过因为启动它需要层层报批通过，在我实习这一百多天里，我们从来没有使用过。听我的搭档说，他们在此工作的三年也没有动用卫生间的监控设备。他说，每周都会安排专人检测卫生间，确保里面的确没有可以与外界保持通讯的设备，匮乏社会严禁自杀，因此不必担心此项意外。可那天的二十分钟对我煎熬至极，如果私自启用卫生间的监控设备只会面临事后追加处罚，我会毫不犹豫。

　　不是二十分钟的绝对值有多大，老年男人嘛，完全能够理解。何况，江教授此前有过更长记录。只在于，我认定了这天早上江教授会对我有所交代，怎么能甘心盯着时间一分一秒流逝，直向八点钟逼近，而毫不理会我的期盼？

　　江教授走出卫生间的那一刻，我的煎熬瞬间宣告结束。他稳重的脚步走向门口，我清楚看到他在门锁上转动了几圈，奇迹发生了，江教授不占用时间地回到了书桌前——以事后准确语言来说，是切换到了书桌前，一如往常地在一张白纸上写起字来。我怀疑自己的眼睛或神经出了问题，我更不相信这个早晨会以他坐回书桌前平淡收场。①

　　我不再多想，走出监控室，向江教授房间奔去。跑出没多久，就看见他迎面而来。那天江教授短衣短裤，平常的长者风度外平添了几分干练。江教授见到我毫不惊讶，可他的释然与惊喜也没有期待的那么强烈，时间宽裕一点的话，我会醒悟他必然会

---

　　① 指导员注：江教授如何回到书桌的？其中究竟隐藏了什么玄机？
　　审查员注：匮乏社会居然易如反掌地实现视频切换，他们如何完成的事先录制，如何精确计算时间，以这样的方式延阻了人们对报告者失踪的确认？他们究竟隐藏了多少实力？这些实力一旦运用，将对丰裕社会产生什么样的破坏或伤害？建议对匮乏社会实行一次大起底，并考虑启用《丰裕社会维持原则》三级预案。

有这样的安排内，但是他的安排并不必然指向我，我只是众多可能中实现了的一个。如果我早有这样的认识，这份报告是否再次有可能拐向其他方向？

我没有时间，我没有耐心等候他调整出我希望的表情。我恨不得冲上去握住他的手，用我双手握住他的一只手。江教授微微颔首止住了我的冲动，然后他颇显正式地点了点头，算是确认了我们监视者与被监视者的关系。

"我要散会儿步，可以吗？"他说。

可以吗？这么生分的话，我该如何回答？！我只有不做声，默默转换角色，跟在他身后，心里阵阵凄凉。

太阳已经出现。因为心里凄凉吗？怎么今天的太阳比往日更红润，更脱离二维剪影圆形形象，而涨成了举步维艰的球形？！它甚至停下来注视江教授那徐缓的步伐，似乎不得到命令不能行动。嗯，它不但停滞不前，还允许一个不明的物体逼近它、吞食它。如果不是情绪低落，我不会如此向太阳移情，也不会如此笨拙地直到太阳被完全遮住才意识到是日食。

天空由清明晨光转呈晦暗黄昏，我亦喜亦忧，天象都如此助我为我打掩护，疑问与困惑再不和盘托出就是辜负，江教授却神色自若、安步向前，全然没有留意我的满腹心事，或者他留意到了却并不在意。我揣摩不定，不敢贸然上前，只好停住脚步，期望他会意识到我的异常。就是这样，我仍然没有丝毫把握，于是张开嘴巴，气息吞吐，"江……江……江教授……"

我说完了。江教授也不见了。不是江教授不见了，是世界从我眼前消失了。不仅世界从我眼前消失，我也从我眼前消失了。光线消散，无影无踪，我看不见我的身体，只有我的嗫嚅微弱回旋，轻荡耳畔，"……江教授……"

我抬头望天，天空黑暗深沉，这黑暗来得如此猛烈如此浓烈，以至于渐次湛现的群星也被我认作更深的黑。天空没有一丝风动，我站在那里却听见城市呼呼刮过。我站在那里，目睹太阳一点点被吐出来，像是我自己被吐出来，被我自己吐出来。①

几分钟，漫长的几分钟，江教授真的消失了。星光晴朗，太阳被逐渐吐出来，阳光辉耀时我才目能视物，才发现几分钟前还几米之遥的江教授不见了。大脑空白，空白倒也短暂，我很快认清了形势：江教授逃了。我转身就跑，不是逃跑，是跑向离我最近的楼房。我跑过街道，跑过大门，跑进房间，跑过沉默的人群，跑上二楼，推开楼梯边站起来不知是迎接我还是阻拦我的男人，跑上房顶，顺着滑梯滑下，坠入奇境之门，坐上又一艘黑暗中漂荡的小船。那时候我才意识到，我的判断毫无道理，不过我知道，我不会错。

我的确没错。我一路奔跑，到了那条狭窄的巷子，到了那家电影院门前，一个留着长长头发的男人正慢慢悠悠地擦掉黑板上的字，他不急不躁地擦着，却也擦得一点儿痕迹都不留。我刹了一下脚步，问："什么电影?"也不等他回答就直往里闯，他嘀咕了一串，听清楚的就一个"雨"字。

我进去时，电影已经开始放映，片头、工作人员名单、演出阵容等等内容业已交代完毕，因而仍旧难以判断究竟是一部什么样的片子。电影里环境幽暗，一时分辨不清具体所在，遥远的长镜头，直直地固定下来。没有任何动静，仿佛渗透出拍摄器材微微轰鸣的声音，这显然是不可能的。我站在那里，下定决心要等到画面变化才就座。就是这一转念，画面尽头似乎动起来。噢，一个衣着款式、颜色和环境天桥很难区分开的人向镜头走过来。

---

① 指导员注：日食期间发生的一切至关重要，持续时间数分钟，报告者所扮演的角色，其在此事件中需要承担的责任也视乎这短短几分钟内的行为。这一段文字如此语焉不详，如此低劣煽情，甚至语句不通，这很难不让人进行合乎情理的推断：内中有所隐瞒，隐瞒内容或许至关重要。
审查员注：日食也得到完全的利用，显然一切尽在江教授他们的掌握。匮乏社会的能量不容小觑，提请协会关注，并做好相关预案。

摄影机的位置始终没有变，这人缓慢均匀稳定的步子向前迈来，越迈越近，越近他的上半身戳出镜头外越多。

灰蓝色牛仔裤贴向镜头，清晰可辨的织物纤维放大成一团模糊的色块，持续三四秒，镜头上扬，一张普通青年男子的脸以六十度俯视，他让自己的脸掠过镜头，说："你要拍就拍吧。"语气有些无奈，有些不快，有些不在乎。长镜头追随他离开的方向，直到他走出镜头。我大致猜出，环境是宽阔的立交桥下。依据天色与行人的稀少，可能正是东方吐白时分。

我这才抽出时间打量这家电影院，它远比我从外面看到的宽敞，里面简易地摆放了七八排椅子，每一排十张左右。电影院观众稀少，两个男人挨着坐在最后一排，江教授则坐在第一排，他伸直双腿，松弛得差不多半仰地靠在椅背上，盯着大屏幕。我对后排那两个男人在做什么有点儿好奇，更想知道认定匮乏社会里的性只会通过定点宣泄、绝无耽溺的小钱，如果见到这一幕，他会怎么说。不过，我目前最想的还是冰释自己的疑虑。

我走到江教授面前，站在那里盯着他，江教授视若未见。我顿时怒火上升，前跨两步，干脆挡住他的视线。江教授仍然以我为空气，我得用拳头在他脸上来两下作为提醒吧？我当然不必这么做，因为江教授失笑地看着我，光影交替的电影院里，他的笑含义不清。

"赵一，你动作还真快。等电影看完咱们再说，好吗？"这番话算是追加的解释。

这番话回避了我所有的问题，不过总算是个回应。丰裕社会给予我的教养，不合时宜地想起《实习手册》相关禁令，二者结合到一起——也许只是我性格中天生的多思游移起了作用，我同意了他的提议。而且，在匮乏社会看一场电影？！别说来实习之前打破脑袋都想不到，就是回到丰裕社会和人说起，也完全不会有人信。为什么不尝个鲜呢？

我也试着在第一排模仿江教授的样子坐下，离得太近了，仰头望银幕也让我眩晕。我决定往后几排挪一挪，我站起来，诚实又白痴地对江教授说："我坐后面去，你坐在这儿不要动啊！"

江教授只是挥了挥手，如同赶走一只聒噪的苍蝇。

我又换了一次，才在倒数第三排里侧一个位置上坐下来，也许倒数第二排更合适，不过实在不想离那两个动作鬼祟地进行什么活动的男人太近。电影里已经是青天白日，那个普通青年坐在一辆车里，透过车窗玻璃，一动不动地盯着不远处一个露天咖啡馆，咖啡馆里只有一位中年女人喝着咖啡。这个女人似乎沉迷于咖啡的味道，对周围的一切都不关注，不过这段时间的实习经验帮助我从她过快地举杯动作中读出，她完全清楚自己正被人注视。

女人很快喝光了杯中的咖啡，她招手叫来老板，让他再上一杯咖啡。他们还简单聊了两句，不过并没有语音或字幕提示具体内容。女人的动作似乎更快，可是她只喝了两口，就放下杯子。女人从兜里掏出两张纸币放在桌上，转身离开。普通青年等了一下，确定女人有意步行一会儿，才拉开车门走下来，快步跟上，在离女人四五步时，减缓步速，不即不离地跟着。

这也是一个跟踪者一个监视者！我大吃一惊，片子本身没有什么，但是这样的情景下，这样的一部电影像是光线反打，突然把我揪出来，推倒在众人脚下。我的惊慌难以平定，我想知道江教授会不会一边看电影，一边把自己搁进电影里面，其中还有一个狼狈的身影，那就是我。我也不安地对那个普通青年充满同情，甚至不敢去看他那一张严肃工作的普通面孔，生怕一不小心认出那就是我的脸。

这时江教授伸出了一只手，这只右手刺进了放映机投射的光影里，在银幕上留下了一小截阴影，像是一截树枝突兀地生长在那里。难道他洞悉了我的心理变化？还是他只是在提醒我身后那两个人，他们弄出的响动已经快和电影的配乐声一样大了？

那个普通青年顾不上自我怀疑，因为那个女人动作突然加快，她快跑两步之后，一下子穿过车流，蹿到了马路对面。对面一辆车也适时停下来，女人以超过其年龄与身体的敏捷，拉开后车门钻进去。汽车扬长而去。可是这么常见的招数怎么能够甩开普通青年，他没有穿过车流，而是走到路边，侧身进了刚才停在咖啡馆前那辆车。驾驶座上坐着另一个普通青年，他的区别仅在于脸庞窄了一些，颧骨高了一些，下巴长了一些。——鉴于电影始终没有人物姓名提示，我决定称原来的普通青年为一号青年，现在坐在驾驶座上的为二号青年。

一号青年就座，二号青年左打方向盘，逼停了同向行驶的两辆车后，汽车顺利汇入对面的车流，再几次穿插，踪上了那个女人上的那辆车。女人的车也很快察觉这一情况，这大概也在车内人意料之内，因此他们并没有表现出进一步的激烈情绪，就算想要表达，繁忙的路况也不允许。就这样，两辆车在六车道上款款相随，脉脉含情。镜头切换并不多，偶尔拉开，出现两车一前一后的身影，更多的时候还是对着一号青年，他那张普通的面孔在逼仄的车厢内有些变形，衬得皱眉深思的表情颇为阴晴难测。

"估计又是兜兜圈子就回去了。"二号青年说。这是电影到现在出现的第二句人声。

"连着三天了。不是兜圈子这么简单。"一号青年说，费解与深思仍旧紧扭他的眉头，"前两天开车载她的人都直接被我们请过去了，现在还在。三组的背景调查证实，那两个家伙与他们夫妇并无太多交情，只是接到一个无名电话，让他们在确定的时间确定的地点接一下她。"

"他们不知道她丈夫的处境吗？这么随随便便地帮助她？就冲这个也应该给他们点教训。"二号青年有些气愤地说，不过这气愤似乎也不能怎么当真。

一号青年深看了二号青年一眼，嘴角牵了牵，勉强笑了笑。这个笑的含义含糊暧昧，也许是嘲笑，也许是同情的理解。"他们当然知道。说不定因此还对自己的举动充满道德满足感呢。私下里这还是足可以对朋友说起的谈资。当然，他们不会这么对我们说，他们被请进来之后，一个劲地嚷嚷不知情。你也知道，咱们怎么可能向他们说这夫妻俩受到的严密监视，国内也没有公开的宣判与报道，他们不知情从逻辑上也说得通。"

"今天这个司机估计又是这样了。"二号青年叹了口气。

"肯定的。三组也知道是白忙活，又不能不忙活。我认为问题不在车上，具体在哪里还没有想清楚。"

"会不会就是没目的，她只是出来活动一下。和我们恶作剧，甚至是恶心我们？丈夫不许出门，就用能出门的妻子带着我们兜圈子，算是宣示某种自由？"二号青年说完，试探地看了一号青年一眼，正对上一号青年的目光，慌忙转头看路。

"有这个可能。"二号青年错开头，没有看到一号青年眼里的赞赏，"虽然可恶，这倒是最让我们省心的动机。不过咱们不能放松。"

接下来两个人都没有再说话，各自陷入沉思。车里气氛微微透出点儿压抑。

我不知道这样乏味的内容是该称为电影还是纪录片，反正这段公路上的两车相随的戏码让我兴味索然，我站起来看了一眼，江教授还在。难以置信的是，电影院里居然又多了一个人，难道是我看电影太投入了？这个结论我不能容忍。这样的内容如何投入？何况我自信这段时间的监视江教授与察访匮乏社会的经历已经培养出了我的基本职业素养，即使投入到电影中，也不会忽视电影院里的变化。难道我进来的时候他就在电影院里？我更无法接受。所幸，这个多出来的人坐在第四排右侧，从哪方面看与江教授的距离都不近，两人似乎没有任何交流来往。就算这样，我还是告诉自己，提高警惕。

电影上的画面已经转为黄昏，两辆车驶到一个小区门口，先后停下来。还是后面这辆车里驾驶室的视角，一号青年和二号青年沉默地看着女人走下车，只是和司机挥了挥手，转身进入小区。一号青年和二号青年的疲惫尽显脸上，两人一句话都懒得说，眼看女人快要走出视野范围，一号青年调整了一下耳畔的微型麦克风，说："一组一号呼叫七组，B38回到小区，请留意，请留意。"

"七组收到。七组收到。辛苦。"传来一个磁性十足的男音，效果很像画外音。

一号青年倦怠地扯下耳麦，说了一声"你回去吧，我下去走走"，不等二号青年回话，就拉开车门迈了出来。身后的车迟疑了几秒钟，发动离去。

镜头一直跟随一号青年，让我从这里开始——再次恢复他普通青年的称呼，大概用了手持，画面有些晃动，色彩调得有些冷，让普通青年步行路上见到的景象遥远而有隔膜。不远处，刚才载女人的那辆车被几个身着制服的人拦下，他们的举止让人相信他们随身携带着轻武器，车里高举双手走出来的中年男人温顺地趴在车上，等待着身着制服者上前搜身。几个身着校服的孩子追赶着跑过普通青年身边，他们显得尤其遥远。镜头停下来，普通青年出神地望着这些孩子，良久，掏出一支烟点上，深吸一口，再次动起来。

一些街景被扫进来，不外乎是忙碌的大声吆喝招徕顾客的商家，挤在店面里挑选商品的顾客，紧紧搂住闭上眼睛在大街上肆无忌惮深吻的男女，牵着孩子在街上散步的苍苍白发老人……诸如此类在绝大多数旧文明时期电影里都能见到的场景，更多的则是迎面而来或者从后面赶上的上班族，每个人都步履匆忙，急着赶赴下一个站或者回家坐在沙发上舒舒服服喘口气。这些场景与画面进行了简单的处理，延续刚才的冷色调外，还消了音，那些多肉的脸、闪烁的霓虹、暧昧的灯光、空洞的眼神，都像被浸入水中，没有声响，却在想象中升起随时破裂的透明泡泡，震荡出孤独的嗡嗡声。

画面就这样冷暗无声地裹着普通青年，走入地铁口，下扶梯，过安检，进闸口，挤上车。普通青年那张普通的脸混入地铁车厢里，镜头也像一下在人群中把他搞丢了，东摇西晃地挨过一张张特征不明确的脸，画面上让人受不了地打出了西九十六区旧文明时期诗人埃兹拉·庞德的一句诗"湿漉漉的面孔"。

镜头不厌其烦地从一张张脸上过去，一节车厢一节车厢过去。列车一站一站停靠，窗外浮动的夜色与灯光提醒我，地铁已经钻出地面，在城市皮肤上飞驰。人群上上下下，镜头下的脸没有变化地繁多重复，我好奇这些挤成一袋面粉状的人，刚才大街上闪现的人，他们是随机拍摄而来还是群众演员。如果是随机，怎么可能有这么多人面对无礼的镜头表现得如此专业的麻木？如果是群众演员，这么一部莫名其妙的电影，怎么会获批如此庞大的花销？难怪人类社会必须以丰裕社会与匮乏社会的两分法来保存有限资源，以求在宇宙空间发现新的基础资源之前延续文明火种，旧文明时期真是浪费成性无可救药。①

地铁暂停摇晃，又到一站，镜头毫无逻辑地再次回到普通青年身上，跟着他舍弃扶梯，一步步上台阶，来到站厅，拐进车站厕所。厕所空间狭小，两个站位、两个隔间分列两侧，一扇窗户推开窒闷的包裹。普通青年走到窗户边，向外张望，外面低伏一条高速路，打着灯的车辆在上面穿梭。普通青年站上窗台，像是一根人形柱子撑住窗户上下，我以为他要跳下去，他却解开裤子，任它堆积在脚踝处。

接下来的画面使用吊车从外面向里拍摄，因此能从正面看到普通青年还算肌肉结实皮肤紧绷的两条腿，能从他身侧与叉开的双腿间看到他身后的厕所，当然，最醒目的是他毅然勃起的阴茎，以及没有什么情感地抚弄它的右手。普通青年开始自渎的时候，压抑不住的呻吟响起，这呻吟与画面节奏并不吻合，而且自

---

① 指导员注：必须对这句判断表示赞扬与肯定。到目前为止，报告者对丰裕社会的复杂感情尽现。

足地自相呼应，这削弱了我在大银幕上见到男性生殖器与手淫动作的恶心感。过程中，有两个男人从画面背景，差不多普通青年胯间走进厕所，他们第一眼当然就是看见窗台上的普通青年，更准确地说，是他那醒目的两瓣屁股吧？一个男人吃了一惊，后退两步仓皇离开，另一个男人若无其事地继续走到一个站位前，解开裤子准备小解，但是掏出生殖器的瞬间，他犹豫了，随即狼狈地系上裤子离开。

镜头拉近，开始特写。普通青年那昂扬的阴茎已经意志十足，像是占据了鹰巢，吞食完鹰卵，支撑起身体怒向空中的一条蛇，随时准备张开大口，吐出信子，发动攻击。那只右手，则像归来发现子嗣成了他人腹中美味的雄鹰，悲恸化作满腔愤恨，低空盘旋，瞅准机会就扑下去予以猛啄狠撕，誓要将对方的斗志撩到极致才发动最后一击。这样力度与幅度的搏击，没有谁能受得了。这时切入了今天普通青年监视的那个女人赤身的画面，她拥有与本人并不相称的丰硕乳房，脸上笑容更是难以想象的妩媚迎合。这提示普通青年孤独性爱的源头与终点的画面一闪而过，视线仍旧落回他的器官。镜头快速向后退，捕捉到了他射向夜空的液体所划过的微弱弧线，也让这一射在拉开的空间里显得无力寂寥，无足轻重。

普通青年没有任何善后就提起裤子，跳下窗台，镜头对准他的脸，依然普普通通，没有什么特别的表情。他走出厕所，触电一样突然顿住，然后若有所悟地拿出手机，接通之后，电影院的简陋音响传来他没有情感的声音，"一组一号呼叫六组，请严查今天B38女人去的'冷浪漫咖啡馆'，B38这几天的活动，最终目的可能正是咖啡店。"

普通青年走出地铁站，背影消失在夜晚中，这时候还有满足的高调的重奏的呻吟声传出，我恍然地回了下头，那两个男人果然紧紧挨在一起忙碌着。普通青年的自慰过程并没有配音，听到的只是他们的声音。不知为什么，我蓦地对眼前这部电影有了一丝好感。

电影后续的内容像是这一天的重复,普通青年先后更换了不同的监视地点与对象,但都无碍于他的尽职尽责,也无碍于他在暮色四合、霓虹四起的夜晚,在那座城市的不同地方安慰自己的身体。不过,后面对这些过程的拍摄没有投入那么大精力,估计导演也认为这样的过程有一次纤毫毕现就可以了。也有可能导演是想用这些过程的简略来表现普通青年奔忙的无谓,以机械而持续时间不超过十分之一秒钟的快感来展现他的某种情绪?那些不同的总是能从某个角度观看这座城市的自渎地点,那些必然射向不确定方向的液体,也许提问,问观看者:普通青年是在和一座城市做爱?是在和他白天的工作做爱?还是仅仅在和他自己做爱?至少我产生了这样的疑问。

但我要说,仅此而已。看到那个时候,仅此而已。江教授还在,还很沉浸地仰望银幕,我就不能走。我也不能上前打断他,问他这样的时刻,为什么会带我来看这样一部电影。——没错,我明白了带我来看这部电影是他的目的,甚至可能是他对我所作一切安排的终极目的。为什么?我不明白。

电影里又是一次夜晚来临,又一次孤独性爱来临的前奏,普通青年走在路上,天空突降大雨。我有关这是一部拙劣纪录片的疑虑,总算因为雨的拍摄消除了一点。狂暴的雨在镜头里极有层次与力量,那些如注而下的雨水拓宽了画面的纵深,一道道清晰的雨线又赋予画面古典电影的庄严感。普通青年走在这样的雨水中,几乎一瞬间全身尽湿,他的动作与步子没有受到雨水的丝毫影响,雨水淋过他的身体,顺着他的头发流过他的眉眼鼻嘴,都仿佛柔和的光线流过一样,没有改变什么。他上了一座立交桥的人行道,走到桥中间,没有征兆地停下来。

我预感到电影要出现变化。变化它就出现了。普通青年站在桥中间,利索又不慌张地开始脱去身上的衣服,脱得一丝不挂。这是他第一次完全裸露,他的身体拥有对得起镜头的人体美——

我当时想，如果是一具松弛的身体，大概更能表达导演的主题，想完我就笑：谁知道导演是什么主题？——普通青年在狂虐雨中再次操练起他的身体，与他的生殖器进行沉默的对话。经过他身边的行人与车辆都急惶惶躲避大雨，因此没有什么人有时间表达讶异。大雨滂沱，要想成功自渎不容易，雨水泼溅在他皮肤上的质感，皮肤的轻微颤栗都被镜头捕捉到，雨水冲刷下顺从拜服的阴毛，雨水打击下轻微发紫的龟头也完全没有被镜头放过。但这些都只是延迟，而不能阻断，普通青年的手像是从仇恨时空伸过来，不管不顾地蹂躏，它们常常并肩而上的样子，也不是要释放快感，宣泄压抑，而是要解放死亡。

果然，快感呼之欲出的时刻，普通青年张开双臂，纵身向天桥下一跃。画面一下变为慢镜头，他的四肢伸展，他的身体舒展，大大小小的雨水一滴滴打在他的皮肤上，敲出小小的坑，溅开四散的花。普通青年像是在雨中游泳，全身迎着必然的地面而上。接下来，是必然的砰的一声。

我等待这砰的一声，江教授猛地站起来，向放映厅左前方出口冲去。离得这么远，他出去后我极有可能再也找不到，怀着这种恐惧，我顾不得电影里必然要发生的事情，一跃而起，在每一排座椅间跳跃，蹿出左前方出口。跑了几步我就松了一口气，这个出口是个封闭通道，通道里只有男女厕所。

江教授站在男厕的便池前小便，看见我有点惊讶，"唉，你怎么出来了，接下来才是电影的精华。"然后他回过神来，理解地笑了，"你放心好了，我怎么会不打招呼就走。"

我没有兴趣说话，便站到另一个小便池前，解开裤子小便。江教授已经系好裤子往外走，还开了个玩笑，"你不会尿到一半追出来吧?!"我当然不会，我一上午的紧张，我这么多天紧绷的神经都随这泡尿松弛下来。尿完我站在那里，看着黄渍斑斑的小便池，看着尿液残余的泡沫，再看看我手指间的生殖器，我强烈地渴望像普通青年那样给它一次释放，可是我不能，我必须回到放映厅。就算不是为了江教授，也是为了那个迎向必然的普通青年。

普通青年没有死，他在一个大泡泡里，也许是水泡，也许是气泡，也许是其他材质的泡泡，在电影情境里，那个泡泡的韧性很好。普通青年所在的地方也看不出来是哪里，那里的荒凉前所未见，没有城市、没有乡村、没有自然、没有人工、没有植物、没有动物、没有色彩、没有声音、没有人迹、没有神迹，就像是荒凉这个词本身，就像是一个否定词。有的，只是下面的灰，没法定义颜色的灰，灰不浅却完全没有漂浮，似乎在说，那里也绝对不会有风。

普通青年站在泡沫里，他也有些茫然，不知身在何处，不知所为何来。他先是曲着身体团成一团，如母腹中的婴儿，这泡沫贴着他包裹这一团。他站起来伸开双手双脚，这泡沫就贴着他的双手双脚，成一个完满的圆。镜头跟着普通青年的目光打量这个地方，远处苍茫，土地缓慢起伏成一道道山坡，那没法定义的灰是举目可见。更远处的天际，月亮湛蓝高悬，比平常大了不少，月亮周围隐约似有一圈白色飘带。看到这里，我的大脑卡壳死机，重新启动后，我意识到自己颠倒了，那湛蓝的星球不是月亮，是我此刻所在的地球。而普通青年的所在，才是我以为的月亮。他在月球上。

普通青年也意识到自己在月球上，他前后左右看了一圈，只有他。这局面完全超出了一个人能够应付的限度，普通青年的第一反应不是惊慌与恐惧，是小心地触摸手上的泡沫，那个泡沫像是智能的，它并不时刻黏在他手上，也不因为他腾出手来往里收缩，而是一动不动等他触摸，一副完全清楚他意图的样子。普通青年的触摸极其小心，超现实情境也没有让他忘却恐惧——假如泡沫破裂，后果真是难以预料。他或许没有忘记不久前他还在寻死，可他也确实和所有人一样，不想死在月球上。

一番触摸后，普通青年对泡沫的担忧减少很多，出于寂寞或者出于好玩，他翻滚起来。这时泡沫通灵地紧紧粘住他的四肢，让他能够像杂技演员翻动火圈一样滚动起泡沫，月球的引力与泡沫的弹性交互作用下，普通青年带动泡沫向前弹跳飞驰，风中的气球那样轻盈飘逸，又有充分的自主性。泡沫几乎没有什么阻力地顺着山坡跳过一道道山坡，没多久就几乎是离地面在空中自由飞翔。

　　泡沫连续翻过几道山坡后，来到一个大坑边缘，说是大坑，不如说是抽空水的大海，海岸在肉眼里笔直看不出任何弧度，只有镜头一直往前才能看到地平线那样的微微弯曲。大坑并没有让普通青年踟蹰犹豫，确实，这样的空间还能有什么地方让人畏惧?! 他轻轻一用力，泡沫就弹起来悠然往下坠落。这一次坠落我无论如何都不想错过。

　　我也的确没有错过，泡沫坠落的身影似乎和缓，速度却好像一点都不低，大坑两壁迅疾向上退去。不一会儿，泡沫就落在坑底。坑里的景象更加超乎人的想象，只见不可胜数的泡沫无边无际地堆积在里面。

　　镜头这次没有挨个扫过坑里堆积的泡沫，一方面是重复同样的事情让人生厌，另一方面这样的镜头可远比在地铁上读取一张张呆滞的脸难度高，耗资巨大不说，一不小心还容易穿帮，让人看出影棚搭景与电脑技术的纰漏。不过一个浩瀚的远景足以调动观者的想象力。普通青年掉进坑里引起了泡沫堆的变化，经过一系列繁复又快捷地调整，他的泡沫被一堆相互粘连的泡沫接纳，那些泡沫与普通青年的泡沫共同张开吸盘一样，紧紧吸附在一起。每一个泡沫里面都居住或者围困了一个人，从普通青年与他们彼此透过泡沫显露的表情来看，这个泡沫团里的人互相认识，有所关联。他们还传达问候，那是一种地球上无法体会的声音，因而意思不明，好在银幕上及时给出了字幕。

"你还活着?"这是普通青年对泡沫里面的每一位熟人的标准问候,他的表情也是我们见到了确定已经故去的熟人在人世出现的标准表情,少半喜悦、少半恐惧、多半困惑。

"你怎么也来了?"这是熟人们对普通青年的标准问候,他们的表情则是例行公事的招呼,在此之前,他们一定迎接了太多的熟识者到来。

电影到此,有些震撼我,也有些困扰我,谁知道它会如何结束呢?导演好像也不知道,接下来他又花了不少的时间和篇幅介绍这些泡沫寄居者的生活——实际上不多,估计不超过二十分钟,但在电影里面像是几天几个月乃至几年——他们其实没有什么生活,在所有时间里挤在一起,迎接比地球上强大得多的阳光短暂的照射,遥望蓝色的地球,简单地进行交谈。泡沫如子宫,完全提供他们所需的养分与庇护,也禁闭他们,让他们对泡沫之外的世界没有太多的好奇心与欲望。

终究会有反抗者出现,尤其是在一部时长必须加以限制的电影里。普通青年理所当然地承担起这一角色,电影似乎没有给出足够的说服力,说明他为什么要这样做。电影只给了两个场景,一个是他在泡沫没多久就厌倦与紧张起来,他再次选择自渎来释放——当然,他完全可能只是出于惯性这么做——在彼此透明的泡沫堆里,在完全被熟人注视的条件下这么做,需要的不是亟需发泄的欲望,是强人的疯狂。他的手以人手能达到的极致快速动作,不惜左右齐上阵,那充血的器官仍然只是保持昂扬与愤怒,完全没有什么东西要吐露。他较劲地坚持,坚持到周围的人都乏味地闭上眼睛假寐或者真正睡着,还是只有勃起,没有射出。他终于颓然地放弃,任凭自己蜷缩成子宫内婴儿模样,被泡沫壁包起来。第二个场景是普通青年在不停地说,他面向周围的熟人说,面向被他的喋喋不休吸引过来的其他泡沫团说,他说的话语照样听不明白,也没有字幕——大概导演认为他的表情与动作已能说明,大概导演也知道，此情此景能说出的和之前那些电影里鼓动性十足的战前动员或面对危机的鼓励性话语大同小异。

反正，他的话语起了作用，就像往每个人心中糅入了酵母粉，希望在他们心里膨大，透过他们眼神表现出来。于是，不少泡沫行动起来，行动的泡沫又鼓舞了周边的泡沫，不到一天时间，整个大坑里的泡沫都动起来。他们的动作很简单，如同拍皮球一样，按照一个节奏统一往上跳统一往下落，于是整个泡沫军团越跳越高，最终离开了大坑。

电影这时候采用了非常诗意的画面语言，它拉出足够的距离，呈现出了一大堆泡沫升腾而起的景象，你可以想象一整片海洋里的每一滴水化作一个泡沫升腾而起。雄壮的音乐声起（让我想起《现代启示录》著名的《女武神》片段），升腾的画面调转方向，改为向下坠落，向着地球坠落。这群体的泡沫组成的天使军团坠落的速度胜过一切人类航天器，在进入大气层的时候，泡沫纷纷挤破，缩小成一颗颗分明的雨滴，往下飘落。

普通青年夹在雨滴中间，落在最前面，辽阔的地球足以接纳这些来自月球的雨滴，每一滴雨水也都不再彼此拥抱，而是落向各自的地方。来自月球的雨滴和地球上空原本的雨滴混在一起，继续向下落。我已经猜出结局。

果然，越落越近，普通青年的雨滴在倾盆而下的水中，到达他之前纵身跃出的立交桥，"砰"一声，普通青年舒展的身体撞上桥下的沥青车道，四溅而起的是水花，是血液，是月球的短暂寄居客。①

――――――――――

① 指导员注：花费巨大篇幅描述的这部电影究竟寓意何在？和发生在报告者身上的事件到底有什么关系？百思不得其解。
审查员注：这同样是我的疑问。回过头去看本报告的第一句话，困惑更甚。

五

电影到此结束，银幕一片漆黑，演职员表、片尾音乐统统没有，仿佛觉得这些赘余会减轻刚才那"砰"一下的声效与视觉冲击。我坐在椅子上，愣愣怔怔，心还在月球上飘，还在月球上往下跌落的过程中。这么一部风格难以辨认的电影，很多细节显得刻意因而可疑的电影，甚至最后结局都会提前被准确猜中的电影，还是击中了我。丰裕社会当然提供足够我们一生看之不尽的电影——只要我们努力让自己有价值，能被某个女人看中，留在其中——可是我之前看到的电影都不可疑，它们的电影语言与美学价值统一融洽，一目了然，观看的过程极为熨帖舒服。

正是这种之前没有遇见的可疑与不舒服感击中了我？我自问。似乎又不尽然。是它对我的情境戏拟把我带了进去，让我充分移情其中？也有可能，不然我怎么会在那"砰"一声响起的瞬间，那雨液与血液四溅开来的一刹，身体一颤，好像自己被摔离了身体？！还是要说，最后这一下突然的黑暗够狠，完全不给我留缓冲余地，以至我郁积在胸无法排解，只能坐在椅子上不得动弹。

"怎么，还在回味？"江教授温和的声音。我一下子站起来，意识在现实世界缓慢着陆。

江教授转身向外面走去，我紧上两步。到了过道，我回头望了一下，那两个黑色的人影仍旧坐在那里，仿佛还有下一部电影。

江教授在外面狭窄的巷子里等着我，"你肯定有很多问题要问，不着急，我先带你去一个地方看看，然后我们再聊。"说完，他继续走，我们走出巷子，来到"互助公社"，街边停着一辆老旧的小汽车，小钱恭敬地站在车门边，一见到我们走近，他就拉开车门，始终保持弯腰的恭敬姿态。

"小钱，我得说多少遍你才能去掉这个老派的动作？"江教授半是无奈半是戏谑地说。

小钱只是等我们都上了车后鞠了一躬，没有说什么就回到驾驶位上，发动了车。

"江教授，刚才那是部什么电影？"有言在先，我不便问与匮乏社会以及我自己有关的问题，不过谈谈电影总还可以吧，我确实希望了解到更多信息。

"噢，牟森导演的《来自月球的黏稠雨液》，真是他一贯的风格。"江教授靠在座椅背上，轻声答道。

"那个年轻人怎么到月球上去的？"

我的问题让江教授笑了一笑，笑完了他说："我说你损失了最精华的部分吧。你认为呢？"

"我觉得月球上那一段都是臆想，那么去月球上也就是一个想象了。可真要是这样，我又觉得不满意。"这是我的真实想法，我隐约觉得这个想法里面有自己某种意识的流露，又想不清楚。想清楚又怎么样？我还是会照实说吧。此刻面对江教授，我不愿意说谎。

"如果只是想象，那就太可惜了。我也不剧透，有机会你应该完整地再看一遍，多几遍也无妨。"江教授卖了关子，随后就闭上眼睛休息了。

我只好也不做声。本来我还想问问他，电影最后的戛然而止与黑暗，是导演原本的手法呢，还是丰裕社会洁净制度的某种处理。——江教授提到"牟森"这个我一无所知的名字时的尊敬神色让我想到，丰裕社会既然会把他的名字过滤掉，也难保不会对他留下的影片进行处理。尽管这部片子也不像经过正规渠道进入匮乏社会的。①

　　小汽车驶过两条街道后，进入更为荒凉的地区，道路两旁不再有鳞次栉比的房屋，而只是零星趴着一些干枯仙人掌搭建的棚屋，也没有精神爽朗的男人步履匆忙，而只有坐在棚屋前无聊地望向道路的老年男人，他们都是匮乏社会不愿整容的少数派。看的角度常常改变看的对象，我坐在小汽车里，仿佛行驶在丰裕社会较为贫穷的地带。

　　再差再匮乏的社会，都会在自己身上切割出一部分来，以其更差更匮乏来自我区隔与确证，沿途所见不过是匮乏社会的等而下之。这让那个跟随了我近五年时间的噩梦不可阻遏地在白日浮现——C阶段的时候，我们参观过一次旧文明时期遗迹，一帮同学坐在车里，缓慢穿过旧文明时期的街道。大街上积满厚厚的灰尘，街道两旁林立的楼房与店铺也墙面斑剥，屋内破败，可近百年前人类生活的痕迹依旧明显，日常行为遗留的暗影仍伸手可触，如果不是特制的防毒车提醒我，外面的污染与毒化早已完全不适宜人类生存，我真担心空无一人的大街上随时可能有孩子跑过，行动不便的老人也会从窗户里探出身子来，看上好一会儿后冲我们挥手。

　　那原本是一堂历史课与教育课，结果却成了我的噩梦土壤，里面每一天晚上都会生长出不一样的东西伸入我的睡眠。就像此

---

① 指导员注：现有资料库中，查不到导演牟森与《来自月球的黏稠雨液》一片的任何信息。协会既然决定将这些信息屏蔽，说明这位导演这部片子对丰裕社会的确没有任何促进作用与价值。违禁品在匮乏社会如此大行其道，难以想象。提请协会早日采取行动，进行清理。

审查员注：后台数据库里有关牟森的内容也不多，他执导过《大神布朗》《零档案》《上海奥德赛》等片子，导演风格"愤怒、晦涩、肌理分明"——这几个词搁在一起真是"晦涩"。就报告提及的《来自月球的黏稠雨液》一片而言，牟森作品显然不适宜丰裕社会。这样的片子在匮乏社会广为流布显然也有百害无一利。提请协会考虑相关清理行动。

刻，原本是一趟前往未知之地的路程，却不期而遇地驶向了难以忘却的过往。幸好还有小钱，他一定是看出了我的恍惚，因而没多久便吹起了口哨，在不擅自与我交谈的前提下，给我飘忽的思绪系上一根实在的线，用现实若即若离牵扯住它。也因此，当小钱用一个咏叹的调子提醒我到了时，我没有费什么劲就从噩梦里挣脱出来。

这是一片区域较小的建筑群，能从车上轻易看清它仅由可数的两层小楼组成，这些楼房过于衰败的面貌给人留下的印象不是沧桑，而是匮乏社会少见的颓废，以及一丝诡异。楼群周围一蓬蓬高大的芨芨草提醒我，这是一个特殊的所在。江教授下车之前，深深地呼吸了一口，给了我足够的联想空间。我没有多嘴，只是亦步亦趋地走在他身后。小钱在留守车上还是跟随我们上有所犹豫，我们都快走进离得最近的一栋楼里时，他才下定决心，关上车门跑两步跟上来。

"几位，有什么需要？"这声音并不让我吃惊，因为一走进大门我就看到坐在一把椅子上的秃头男人，大概从汽车驶近，他就望住我们。这句话让我有点儿惊讶，招徕顾客的标准话语，是我第一次在匮乏社会听到。

"来到这里，当然不会有其他需要。"江教授没有停下脚步的意思，直向里面挂着帘子的门内闯。秃头男子也不拦我们，似乎目送我们就是他的职责。

走进里面的房间，迎面而来的就是绝对挥之不散的消毒水味，我猛然想起"整容产业"几个字。然后一架手术台，一些手术器械也初步证实了我的想法。不过里面没有人，没有病人没有医生。江教授仍然没有停留，带着我们走向房间的另一侧的一扇门。我跟在他身后，看他忽然停下来，我身边的小钱明显紧张起来。

然后江教授往回退了两步，衣服也遮不住的肚腩先露出来，然后是壮硕的双脚双腿，然后才是一张原本狭长，但生生被颤动的肥肉撑满了的脸。这是我在匮乏社会唯一见到的胖子，胖得像是要用一身的囊肉向我们证明什么。

"您有什么需要？"胖子皱皱眉头，说着和秃子一模一样的话。

"根本需要。"江教授不动声色。

"谁需要？"胖子不紧不慢地问。

"男人。"江教授说完，和胖子对视起来。

对视十来秒钟，胖子忽然放松地笑起来，江教授仍旧不动声色地看着他。胖子大概自己也觉得没趣，很快住口，他这才仔细地打量起我和小钱。他看我看得尤其仔细，那目光就像极细密的筛子，任何可疑都会被拣选出来。

"这么好的宝贝，您在哪里找来的？"胖子又问，我感到他说的是我。江教授没有吱声，他抬了抬手，小钱立即变戏法一样从身上掏出一沓钱，走上前递给胖子。

胖子接过钱，点了点，很是满意，神色比刚才更为放松。"规矩我知道，不过这么嫩，像是实习生，我当然得问一问。您也知道，这是底线。破坏底线损害的就不是你我了，整个社会瓦解了，大家都只有完蛋。"

"我刚到前站，我不想在那里一待就是三年。"我觉得自己应该说点什么，就说了出来。江教授和小钱像倾听事实一样平常地听我说，可是我站在江教授后面，能感觉到他的背紧了紧。

"噢，自愿的，那我就理解了。这点违规消化得了。"胖子放心了，转身走出那道门。

"先看看样本，然后再做决定。"江教授说。

"当然。不过我要先提醒诸位，做好心理准备，否则容易激动致死。尤其是您，估计几十年都没有见过女人了吧。"胖子的话有几分淫猥，如果他知道江教授的身份，是否会如此肆无忌惮？！

门后是一条走廊，我们跟在胖子的身后，绕过一丛丛仙人掌、针茅、沙蒿，来到一个院子，院子里居然有两座假山，形状奇巧，山顶淙淙向下流水，洗在山体上，透出全然的湿润与清新。绕过假山，我们进入一道拱门，拱门边垂手站着一个人，看见胖子，看见胖子身后的我们，那个人迎上来，温柔地垂首致意。

胖子站住，脸上滚出烂熟的笑容，我顺着他的目光看向迎候我们的那个人，心中骇异不已。那身条纤细、曲线毕露的，是个女人。她站在那里，挺胸收腹，承受着我们四个人放肆、审视、疑虑、慌乱、紧促、干燥的目光，一动不动，身姿形容都十足的优雅从容又妩媚开放。

"向客人们问声好吧。"留出足够的时间让我们情绪平复后，胖子才说道。在这个女人面前，他说起话来也都温柔了几分。

"诸位好。"那个女人抬起头来，微微一笑，说道。她的一泓秋水倾注，我心头一阵颤动，竟有些盛不下，翻卷的目光也只能勉强停在她锁骨上。

"这就是样本吗?"江教授冷静地问。这句话我理解不了。

"这只是经过一个月调教的初级样本，待会儿你们见到三级样本，就知道什么是魅惑和女人味了。"胖子说着继续往里走。我辨析不了他语气里面得意与鄙夷以及其他成分的比例，因为那女人微微侧身让我们过去，那剽悍起伏的曲线让我完全不知道自己是怎么走过她身边的。

"小兄弟，这么快就进入状态了?!"胖子这番话的语气倒是完全的善意。

"你们也调教顾客吗?"江教授问。

"只要有需要，顾客就是会长嘛!"——这话让我大为震惊，他怎么能说出如此亵渎的话来？但是江教授和小钱都没有反应，我也只好装作没有听见——"我们先行一步，提前满足顾客的需要。这项附加服务也是刚刚升级，价格不菲，但绝对物超所值。等到预想的六级样本实现，那绝对是丰裕社会也找不到的完美。可惜，目前还没有顾客订购这项服务。也可以理解，先要满足初期的功能性需求，之后才会有服务升级的愿望。"

又过了一道拱门，我们来到另一座院子，这院子里的假山比那座高大雄伟得多，厚重密实的水从山顶倾泻而下，瀑布如闸，落在山脚的水潭里。神奇的是，也许借用了某种原理，也许使用了某种机械，如此气势非凡的水，居然没有发出丝毫声响，只有飞溅而起的水沫自证真实。两个健硕机敏的男人坐在椅子上，各据一角，像是守着假山与水潭。看见胖子，他们同样站起来，点点头，目光锐利地扫过我们。

"三位预约顾客。"胖子说。

两个男人再次点点头，其中一个伏身从椅子旁的箱子里拿出四件黑色的雨衣递给胖子，胖子再将其中三件分发给我们。我们披上雨衣，跟在胖子身后来到假山瀑布前，只见他轻轻拍了拍手，水潭里面缓缓升起一道铁桥，直通瀑布深处。胖子先上了铁桥，示意我们跟他身后，不要有丝毫惊慌地走进瀑布里面。

瀑布里面是电梯，坐上去下降了许久，才在叮的一声之后停下来。电梯门打开，门口又站了两个男人，粉红的灯光已经不容人看清他们的面目。胖子就送我们到此，我们跟在其中一个男人身后，走过一道过道来到一座铁门前。那个男人往门上的密码锁输入了一串数字，门无声地上升。门刚刚露出一条缝，潮湿燠热的喧腾就挤了出来。

是一座热闹的大厅。大厅正中是一座舞台，舞台上分成四个区域，每个区域各站了一位表演者，我从未听过但是一听就让人血往上冲的音乐声中，这些表演者正在脱去身上本就少得可怜的衣衫。面对我们的一位表演者，此刻正摇动曼妙的舞姿，双手抚摸过文胸下丰硕的胸部，手指纤巧地抹在两罩之间的挂钩，一副没有下定决心是否解开的娇羞样。靠近舞台的地方，摆了十来张桌子，每张桌子旁都坐了四五个人，这些人居然穿着得极其正式，像是前来参加典礼。桌子后面则站着不少人，这些人的穿着虽然没有那么正式，但都不像是看脱衣舞的穿着。共同的是，无论或坐或站，所有男人都没有吱声，仿佛眼前展现的是脆弱到极点的稀世珍宝，不要说一句话，就是粗重一点的呼吸，都会击碎它，让它消失于无形，届时连可以后悔可以感叹的对象都没有。只有他们的眼神透露了真实，透露出他们快要强忍到燃点，出卖了有一些人已经不堪忍受、自行解决的事实。

"三位是散客还是包间？"一个伶俐的男人站在旁边，让我们看了一会儿才问道。

"有预订。"小钱报出了预订的房间号。

"请跟我来。"伶俐的男人带我们绕过舞台后面站立的人群，来到另一座电梯旁，乘坐电梯到了二楼，他把我们交给了前台一个女人。那女人向小钱核对后，又让另一个男人带领我们走进一间幽暗的房间，他给我们一人倒了一杯饮料，就走了出去，并关上了门。

我喝了一口饮料，火辣辣的刺激感遍布整条喉咙，江教授说那是酒，旧文明时期最为常见的刺激品。

然后。然后房间的顶部突然打开，哗啦啦链子搅动声中，一座庞大的方形物体降下来，落在房间正中。幽暗的灯光变了变，变得更加暧昧，变得更加朦胧。一声铃响，遮着物体的帷幔上升，露出下面的笼子。笼子里像一头狮子那样蹲伏着一个女人，一个赤身的女人。音乐声响起，女人开始起舞。

那是一种隐秘的，散发阳光与召唤的音乐，仪式感强烈。女人不像是女人，而像是众兽之母，像是万物的处女，在笼子里进行一场仪式，一场纯粹赞扬的仪式。她用手指，用舌头，用嘴唇，用眼睛，用一切可以调动的器官与部位，对她的身体，尤其是那些象征性别的地方，一一赞美，一一膜拜。她的乳房，她的腹部，她的腰肢，她的双腿，她的私处，都没有大厅里那个女人那样一目了然的性感，那种不留余地的奔放，而是有着某种柔弱某种坚韧，又在柔弱与坚韧中吐露蓬勃的生长劲头。

仪式之后，又是一阵铃响，哗啦啦链子搅动声响起，笼子上升，女人留在原处。灯光和音乐再度变换，变得像刚刚入口的仙人掌酒一样嚣张，难以拒绝。女人似乎默默地打量了我们一会儿，然后不知道是否得到了江教授与小钱的暗示，她款步向我走来。她的身躯随着每一个步子都在匀称地颤动，那些关键地方都被这颤动鼓动，向我叫嚣。我原本斜坐在房间里的皮沙发上，紧张之下便正了正身体。女人就趁我这一动，猎豹一样扑过来，以要撕碎我的气势骑在我身上，开始第二阶段的表演。

那真是一场难以消受的表演，如果只是自己，最多接受引导，一次宣泄掉。可是江教授与小钱坐在一旁，观赏一样盯着我们，让我没有办法放纵地投入，而缠在身上的女人张弛有度地掌控所有节奏，也不允许我的身体完全游离。既然做不到不管他人炯炯的目光而放纵地投入与享受，也不愿意闭上眼睛表现坐怀不乱的懦弱，我就只好垂下目光，以一种低醉沉湎的姿态，把目光放在女人的胸部与腰肢上，看着如蜜一样逐渐沁出的汗水，在高低不同的地方纵横汇聚，看着它们涂抹在女人似乎有些粗糙的皮肤上，散发出湿润的诱惑。

这才只是序幕和热身，或许是注意到了我低垂的目光，而这种反应被视为挫折不获允许，女人开始俯下身来缠绕我，她低伏在我身上，用牙齿一颗一颗地解我的纽扣，她的鼻子和嘴巴都紧贴着我，热烈的气息像一根根钉子一样钉进我的身体，她还发出母狮的哼哼声，以强烈的征服味道与被征服的渴望呻吟，把这些钉子固定的区域扩散，再连成一片。纽扣全部解开后，女人张开双手，沿着我的两臂，挤进来，双手穿上了我的衬衣两袖。我们连体了。音乐与灯光的剂量加得更大，女人冲刺一样波动身体，她的双乳抵着我的胸膛，她的汗水滴落在身上，她的波动带着我起伏。我已经情难自禁，我决定不顾一切，我抬起头来，我要找到她的嘴唇，我要找她的双眼，我要在她的目光中高密度燃烧。

　　我的目光攀登，我的目光滑翔，她仿佛回避我她仿佛引诱我，向后仰身，亮出她的脖子，召唤我恩准我去咬开她的喉管吮吸她的血液，我让自己的嘴巴靠近，我让自己一口擒住她的喉咙，可是我马上触电一般头向后仰。我的嘴唇的舌头接触到一团光溜溜的东西，牙齿也隐约咬到一点坚硬之物，再借灯光一看，尽管灯光朦胧，还是能看见喉咙上一块小小的疤痕，疤痕下似乎还有残余的喉结在滚动。这时她——请原谅，我不知道是否该用"他"，可我也不想自我折磨得如此严重——她的身体头部又俯过来，不知道是否是心理作用，我居然看见她的上唇有一层隐约可见的绒毛。这绒毛放大了我的感受，加剧了我的不知所措，我唯一能做的只是在和她对视之前，闭上自己的眼睛，同时闭上自己的嘴巴。当她浑然未觉，而在我耳边呼呼喘气时，我终于忍不住全身起栗，鸡皮疙瘩汹涌不止。

　　因为我的闭眼，因为我的鸡皮疙瘩，接下来的表演完全草草收场。虽然女人还是离开我，在场地中央完成了第三阶段的表演——把从我身上穿到她身上的衬衣脱下来，完成"脱衣舞"的本义。如果不是刚才的所见把我降到了冰点，我得说，那件刚好长及她臀部的衬衣让她的性感无与伦比，而她脱下衬衣的过程也会让所有人把持不住。但是没有，我只是坐在那里，动用一切能力让自己不吐出来。①

---

① 指导员注：这一部分的描述如此纤毫毕现、如此淫猥难堪，报告者是在享受吗？这些都不考虑，仅凭那一句亵渎的话，这个场所及其中所有人员，都应该遭受完全的毁灭。

　　审查员注：报告者此次跟随江教授进入匮乏社会里层后，种种细节都说明，报告者的见闻经历真实性毋庸置疑。匮乏社会已经到了崩溃与失控边缘，提请协会根据《丰裕社会维持原则》，启动一级预案，对于匮乏社会的溃烂之处，予以外科手术式清除。整个匮乏社会似都有此必要。

六

"教授，你知道刚才跳舞的女人，她实际上是个男人吗？"从那里离开后，我们三个人坐在车里都没有说话。江教授显然是在等待我问，可我眼前总是晃动那个脱衣舞者的身影，最终我决定用问题让自己脱敏。

"当然，你今天见到的所有女人都是男人。不过也不能这么说，准确地说，他们曾经是男人，现在都做了手术，拥有了女人的身体。他们唯一的男性印记，可能就是刚才吓着你的喉结残余了。"江教授说，他拍了拍小钱驾驶座的靠椅，汽车驶离道路，向沙漠深处驶去。

"那你为什么要这么做？"我有些愤怒，我其实是想说"你为什么要这么对我"。

"带你去看看。你不会以为我有闲心和时间安排你去享受吧。不过，那些人也不会以为你是去享受，他们以为咱们是顾客。什么顾客？带你去做手术的顾客。那里不止是脱衣舞场，或者说主要不是脱衣舞场，那里原来是匮乏社会进行整容的主要地方之一，现在成了变性手术重地。咱们看到的那些女人，迎接咱们的，跳舞的，都是手术的成果，是展示。脱衣舞是单独的表演，更是证明，证明手术的能力。"江教授越说越冷酷。

难怪。离开之前，我们还去了一个房间，一个穿白衣服的男人足足打量了我有两分钟，还问江教授"你们的定义是什么？共有、私有？自用、运营？单向、双向？"当时我还大脑空白，装下了这些词语却做不出反应，这么说，所谓"定义"是指手术的定义，是对一具可能变成女人的男人身体的规划。可是，我不会真的要做手术吧?!

"可是为什么?"我只问得出这句话。

江教授没有说话,他又拍了拍小钱的座椅,小钱踩下刹车。汽车停下,江教授让小钱留在车里,然后示意我和他下去走走。车外是广阔的沙漠,猛烈的正午阳光下,远处的居住区域有些渺小得微不足道。我们往前走了一会儿,踩着松软的沙子,我想坐下来。

"坐吧。"江教授仿佛看出了我的心思,先坐了下来。

"你知道为什么会有丰裕社会与匮乏社会的区分吗?"看我坐下,他问。

"为了人类的存续。"我说,这是我们从小接受的教育,我一直深信不疑,"人类已经几乎将地球上的资源消耗殆尽,为了把有限资源的用处尽可能最大化,丰裕社会作为人类文明的火种,必须保留,或者到发现新的资源与居住地的那一天,或者最终薪尽火灭,完全毁掉。"

"没错。旧文明时期的人们过于乐观,认为地球足够他们消耗,他们更是自视过高,相信在消耗完现有资源以前,就能找到新的替代资源,就能带领人类移居其他星球。他们的确找到了,核能一度被视为最佳替代,可是连番地震引起的核电站泄漏,因为对人类生存范围的大量侵蚀,反而加剧了资源的萎缩。他们的贪婪不可逆转地损害了水源与土壤,于是真正适合人类居住的地方,微乎其微。这些地方就成了后来的丰裕社会。"

这些我都知道,大体也是常识,江教授从头讲起也许是需要建立一条完整的逻辑链条,可是我不能静等这链条最终通向我想知道的事情。我需要加快进程。

"教授,为什么你会在匮乏社会?并且受到协会的严密监视?"我问。

"我被流放了呀。三十五岁而娶不到妻子,对于人类的延续已经失去价值。"

"为什么过了三十五岁娶不到妻就要流放,既然是整个人类造成的资源匮乏，就应该整体承担。这样做未免太不公平了。"

我似乎有点儿明白江教授为什么要建立逻辑链条了。

"资源可能穷尽的问题出现同时，人类还面临了另一个大问题：男女比例失调。男人严重过剩，为了解决或者缓解两大问题造成的焦虑，联合国经过一整年的会议磋商，拿出了新的约章。你知道联合国吧？"

"知道。旧文明时期的政治联合体，它的最后一次磋商决定解散国家，成立人类文明延续协会，由东方文明延续协会与西方文明延续协会组成，管理人类文明延续的相关事宜。这才有了现在的新文明。"

"没错，面对人类的存续，政治已经不重要，至少政治的重心早已转移，当时达成的一致是面对资源枯竭与比例失调，动员所有年过三十五岁的未婚男子，前往不断扩大的沙漠定居，一方面阻遏沙漠化的速度，另一方面他们也许能集中精力进行更有突破性的研究，为人类文明做出重大贡献。这原本是自愿，后来在协会的有意引导下，成为约定俗成，再演变，就成了强制措施。没多久，人们就称这种强制为'流放'，协会原本认为这个称呼会强化其压制意义，激起反抗而禁止这一说法，但是很快发现，因为放大了惩罚意义，'流放'反而有效地建构了丰裕社会中人们的恐惧意识，逼得每个人，尤其是男人让自己的行为与生活更符合协会要求，因而主动使用这一词语，并通过宣传丰富其内涵，使'流放'成了新文明最核心的概念之一。"

"这像是背叛。对最初自愿来到沙漠的人的背叛，对男性意识的背叛。"我说完望了望头顶正上方的太阳。①

---

① 指导员注：请原谅。面对上述不适宜的内容，想到下面可能有大量不该接触的内容，我必须申请就此停止我的工作。我对于本报告的阅读与回应到此结束，如果协会因为我放弃完整阅读与辩护，而加大加重我原本应得的惩罚，我接受。

审查员注：同意指导员97101020就此停止。

"也不能这么简单化。在人类存续面前，尤其是作为人类整体的存续面前，过于道德化没有意义。只不过，'流放'的建构的确有了一个最糟糕的结果：来到匮乏社会的男人背负失败者与被抛弃的压力，完全失去动力，不再认定自己能为新文明做出贡献，因此浑浑噩噩度日，大多数男人根本熬不过前面三年就黯然死去。"

"您的工作就是要重新激起匮乏社会的荣誉感，让这些男人发动起来吗？"我问。"您"这个字我生平第一次说得如此由衷，如此充满敬佩。

"我的确想在这方面尽一份力。丰裕社会宣称，每个男人都应该努力娶上妻子，让自己的基因延续下去，等到资源问题解决，新的居住地发现，这些留存下来的基因将成为新人类的伟大始祖，这是最根本的荣耀。可是，匮乏社会的男人不是更应该赞扬吗？为了整个人类而自动放弃，让千万年的血脉与基因在自己身上断绝。"

"如果是这样，协会为什么要监视您，要控制您的行动？您的想法对丰裕社会没有任何威胁，对人类整体只有好处。"

"由于人类的惰性。既然现世安稳，为什么还要尝试回到最初？惰性作用下，丰裕社会已经逐步违背最初的自愿精神，它的目的已经调整成让匮乏社会的男人，这些失败者，成批地稳定地死亡，主动消灭会受到文明社会的谴责，消极地让其自生自灭总是可以的。何况，匮乏社会的悲惨景象还对留在丰裕社会的人起到激励。"这番话江教授说得很沉痛，接下来的一番话则说得很悲痛，"他们担心我们唤醒这批失败者，让他们产生反抗意识。虽然双方的力量完全不成比例，丰裕社会可以轻易地完全毁灭匮乏社会，但是那种情况谁都不愿意承担。因此，要消灭反抗意识的萌芽。也因此，协会才会花掉大量的人力与财力，来监控匮乏社会，监控每一种反抗意识的苗头。"

"您不能和协会进行沟通吗？协会应该明白压制只会催化反

抗。"我并不认为自己的提问天真，虽然事后我想到，近百年的历史，可能的方法一定已经尝试，我这么短时间内想到的一定都已宣告无效。但是，我仍然认为，沟通是最佳方式，如果双方都清楚对方的意图，减少误判后，就能让事情有效运转，问题才可能得到解决。人类已经没有时间白白耗费在这些事情上面，当然，协会不这么认为。

"没有用。丰裕社会和匮乏社会从来都是单向流通，虽然协会对匮乏社会大体的情况尤其是思想动向掌握得很清楚，但协会只信任自己的渠道了解到的。他们不认为失败者能够提供有价值的信息，更不认为失败者还能产生对人类存续有价值的思想。直到后来，第五任会长出于培养精英的意识，挑选少量年轻人进入匮乏社会实习，才算开辟了双向流通的渠道，尽管这个渠道只存在试管中。"

听了这话，我一下子躺倒在沙漠上，沙子已经被晒得发烫，头顶的天空仍然湛蓝，太阳依旧刺眼灼人，在丰裕社会的中午如此，在匮乏社会的中午同样如此。

"您是要我作沟通的工具？把您的想法传达给协会？"

"没错。根据我们了解到的情况，你回去后都会写一份报告，这是对匮乏社会的第一手观察，也是协会对你们的考察。如果赶上，甚至参与了一些轰动性的事件，协会一定会让你提交特别报告，这样你就能带话，把我们的想法传递给协会。"

"您要我怎么说？"

"我不要求你，我只是让你看，让你听，让你想，让你判断，然后你自己决定说些什么，怎么说。不过，我要纠正你，不是我，是我们。"江教授索性盘腿坐着。

"你们？你们是谁？"

"我们当然就是洁净小组，我们致力于恢复匮乏社会的尊严，重塑男人的荣誉感，我们旨在净化'流放'给大家造成的伤害与阴影。小钱带你看过不少地方，是不是让你看到一些希望？"

"是。所以你们才花费这么长时间，以这么大的耐心，等待我自己产生疑问，产生追问的动力。"我佩服他们的耐心，但也感到沮丧，原来一切都是设计好的。

"是。但其实这一切都不是我们能够安排的，是你自己心中先有了疑问，后续的一切才有可能。"江教授再一次看透我的心。

"可是教授，您可能失算了，现在我只怕已经被视为协助您逃跑的犯人，《实习手册》严令禁止同情匮乏社会及其成员，更别说帮助了，违反者可以不经审判而直接处罚。只怕我回去之后就会被直接关终身禁闭，那样我不但没法成为你们期望的沟通工具，我的一生也全毁了，毫无价值地毁掉。"

"没错。事情的发展总是超过计划，想到你可能毫无价值地毁掉一生，是最让我痛苦的。可是时间紧迫，我只能冒险一试了，或者我们共同赌一下，赌匮乏社会是不是注定要毁于一旦。"

我坐了起来，看着江教授，他盘腿坐在那里，垂目低眉，像是入定像是忏悔。我大脑迅速转动，开始寻找线索。

"您是指今天的脱衣舞场?"我直觉自己抓住了核心，如此紧要关头，他们还有别的理由安排我去看这样一场演出吗?!

"脱衣舞是表面，要害是变性手术。匮乏社会的本质是男人社会，没有女人存在的空间，这也是丰裕社会与匮乏社会最初达成协议的原则之一。协会的本意是不允许真正的女人出现在匮乏社会，也就是不允许我们犯罪，不允许我们僭越。如果发现这边有了女人，协会不会进行核查，不会花精力证明她们是由男人改造而来，他们会毫不留情地对匮乏社会进行清洗、净化。很可笑是不是? 我们用的词都是一样的。—— 这大概说明，丰裕社会也好，匮乏社会也罢，大家都是旧文明社会的后裔。"

"等一等，我不明白您的意思。如果这边有女人，丰裕社会有了清洗的借口，他们怎么会接受您让我传递的信息，他们装作不相信，不知道就可以了。"江教授的逻辑让我困惑。

"实习生的报告归为一级档案，只要你写出实际情况，它就会作为证词永远存在，协会做决定时必然会有所忌惮，谁都会考虑历史的审判，尤其是将来人类解决了存续问题，德行再次成为最高追求时。"说到这里，江教授犹豫起来，我第一次感到他对我有所隐瞒，我等他开口，等着看他是否能够做到真正的坦诚。他那入定的身影在阳光下微微颤抖起来，随着一声长叹，我知道，他还是决定说了。我知道，他要说的未必适合我听，可他决定说还是让我高兴。

"其实我也有自己的目的，我希望通过你，向协会求助。变性人群的出现，是匮乏社会最大的堕落，它对我们的洁净运动会形成致命的冲击。有了如此简便易得的女性，轻易就能够获得与丰裕社会平等的幻觉，人们会完全抛弃自我提升的努力，永远堕入滋生的无必要的性爱。这将动摇匮乏社会的根本，你相信匮乏社会消失之后，丰裕社会还会存在吗？有了幻觉，就会有人希望幻觉成为真实，一旦普遍的敌意在匮乏社会植根、旺盛生长，丰裕社会不可能不受到影响，寻找新的存续机会的时间与精力有限，人类不能再耽搁在内耗上。"

"您希望协会帮您解决掉变性手术背后的力量？您希望协会怎么做？"

"协会有很多办法。"江教授的头垂得更低，他的声音很低，可是无比坚决。

"也许您想借助协会的力量，铲除洁净小组的异己？"我沉默很久吐出的这句话，同样很低，冰冷得让我自己都受不了。

"如果你这样想，我也没有话可以辩解。我要说的都已经说出，我希望你根据自己的判断做出选择。"江教授抬起头，直视着我，耀眼阳光下，我们不可能看清对方的眼睛，更不可能读出对方眼神中的含义。可是我们就这样对视了很长时间。

最终，我先站起来，转身向小钱停车的地方走去。这一次，沙子异常柔软，我每迈出一步，双脚都陷入沙子里，被鞋底挤开的沙粒浪花一样迅速掩回来，没过我的脚背，以致每一步都走得很艰难。

小钱站在车旁，仍旧恭敬地等着我们，他的右手拿着一个什么东西，黑乎乎一团，看不清楚。走到车门边，我也站住，转身看江教授一步步跟上来，我还有一个问题要问，我必须问完这个问题才能做出决定。其实想到这个问题的时候，我就知道了答案，但是我必须问出来，必须从另外一个人嘴里听到这个答案。

"江教授，你告诉我，是不是协会控制了男女婴的出生比例，让女人越来越少？"

江教授停住脚步，站在那里，许久许久，都没有说出那个字。①

报告人：实习生　赵一

NC98 年 6 月 21 日

"江教授失踪事件"调查报告

本人受委派调查"江教授失踪事件"，经查阅相关文件、视频、资料，通过问询相关人员，现将该事件的调查结果报告如下：

新文明历 98 年 6 月 1 日，匮乏社会东区精神领袖江教授于上午 7 时 31 分 29 秒从监控视野里消失，至午后 3 时 17 分 30 秒再次出现，总计失踪 7 小时 46 分 1 秒。

由于江教授使用了自己日常在房间内的视频制造假象，第二监视小组直到上午 9 时 15 分 18 秒才察觉有异。因江教授有上午 7 时 30 分开始散步的习惯，虽然通常散步时间为 20 分钟，但鉴于第一监视小组的实习生赵一也同时消失，而在此之前，第一监视

---

①　审查员注：本部分内容的判断与处理同样不是区区一个审查员能够、应该应对的。提请协会着重对本部分的分析。

小组的工作人员（无级别会员，工号13593023）始终在监视工作间内睡觉，因此他们推测江教授散步途中出现了突发事件，比如身体不适等，而有赵一的陪伴不至于出现大的差错，故而没有及时报告。直到上午10时13分37秒，赵一与江教授仍旧没有归来，寻找也毫无结果之后，他们才将此事报告给实习指导组。

实习指导组得到报告后，立即将此消息报告给匮乏社会管理委员会。这是新文明时期以来，匮乏社会第一次发生此等变故，匮乏社会管理委员会缺乏应对预案，只能盲目地动用所有九个前站的工作人员寻找江教授行踪，并起用了所有匮乏社会本站的特殊工作人员，让他们不惜一切代价确定江教授是否前往本站。与此同时，管理委员向协会理事会议报告了此次变故。但是直到午后3时17分30秒，江教授主动回到三号前站为止，无论是江教授监视小组、实习指导组还是管理委员会，都没有获得任何相关信息。他们更是错误估计形势，没有认真考虑赵一可能已被蛊惑或者招降而协助江教授的可能性。

关于江教授失踪期间前往何处、所为何事，目前只有赵一提交的事件报告（亦为其实习报告），根据本报告，赵一是在江教授有意识安排下，激起了丰裕社会禁止的好奇心，从而为其提供了协助。而江教授作此安排，是因为匮乏社会发生了巨大变故，这一变故不仅威胁匮乏社会的根基，还能影响丰裕社会的发展乃至存在。因此，他安排这一事件旨在借助赵一的报告向协会传递信息，详情见赵一报告《来自月球的黏稠雨液》。根据《丰裕社会维持原则》，赵一的报告没有丝毫删减，指导员（八级会员，工号97101020）与本审查员的评估意见，仅以批注方式体现。

对于此次"江教授失踪事件"中，各相关人员与机构的具体责任认定及处罚建议如下：

1. 赵一。作为丰裕社会未来精英，派遣入匮乏社会的实习生，赵一没有遵照《实习守则》要求，在过于强烈的好奇心引导下，被江教授及其领导的洁净小组成功洗脑，在对方的巧妙安排下，赵一混淆了丰裕社会与匮乏社会的关系，对丰裕社会的运转，对协会的领导方式产生怀疑。其对江教授失踪一事的协助，客观上完成了匮乏社会对丰裕社会的逆向交流，如报告中所提及匮乏社会变故为实，也算是为丰裕社会的维持做出了重大贡献。但从他在报告中提及与江教授的最后对话来看，赵一的思想已经被完全污染，不符合丰裕社会的要求，也不满足匮乏社会的条件。建议对赵一予以终身禁闭，以免其错误认识与思想流布，污染其他社会成员；

2. 江教授监视组其他工作人员。工号13593023、13593024、13593025、13593026，此四人都为无级别会员，原本就属流放至匮乏社会，以服役换取父母养老待遇上调一级。根据调查，在监视江教授期间，此四人按部就班、安守职分，但也仅限于此，缺乏必要的警觉，更缺乏应有之积极与主动，甚至偶有懒怠，走神、睡觉也难以免除。因工号13593023与赵一同组，于"江教授失踪事件"连带责任难免，建议其父母养老待遇降低一级，以示警戒，其余三人提出口头警告；

3. 王二、张三、李四。三个实习生与赵一同为一组，却并未给予足够关注与关心，致使其为江教授蛊惑。张三、李四二人甚至随同赵一在三号前站闲逛，进一步刺激其好奇心的增长，对于闲逛过程中的赵一异常的精神现象（如第一次公交车上的壁画幻觉），亦未报告给实习指导小组，实为渎职。因实习生的培养耗费丰裕社会大量资源，且三人同样条件下并未受江教授蛊惑，而三人的报告也足证其品性纯良，因此建议对三人不予处罚；

4. 指导员97101020（八级会员）。该人员负责此次实习生中第一分队的指导工作，包括赵一、王二、张三、李四在内的二十人。根据调查，尤其是赵一报告中的评估意见，可知其没有对实习生赵一进行任何反丰裕社会的教导与指引，在"江教授失踪事件"中也不承担任何责任，建议不予处罚，亦不对其此段经历做任何记录；

5. 实习指导组与匮乏社会管理委员会。如前所述，此次事件实为新文明时期第一次突发事件，两个机构相关人员获悉变故后，启动了规定应对措施，履行了上报职责。因而可以明确，两机构及相关人员在"江教授失踪事件"中，并不承担任何责任。但此次事件仍然显示协会对匮乏社会内部可能出现的骚动与变化估计不足，建议对相关环节重新检讨，制订新的预案；

6. 赵一报告中涉及的匮乏社会危机。相关内容仅见于赵一报告，江教授失踪前后，匮乏社会九个前站的工作人员与本站的特殊工作人员对此都没有报告，但其翔实的细节很难凭空想象，江教授制造此次失踪事件唯一合理的解释，确乎只有如赵一报告所言方能解释，因此判断为真，核实及后续措施，还提请理事会议裁决。

专此报告。

报告人 审查员：梅哲士
五级会员 （工号85556）
NC98年8月14日

"江教授失踪事件"相关责任裁决

新文明历98年6月1日，匮乏社会发生东区精神领袖江教授失踪事件，历时7小时46分1秒。此事件虽未对丰裕社会的维持造成任何显见威胁，但暴露时至今日，匮乏社会现有管理机制部分失效的事实。事件发生后，根据《丰裕社会维持原则》，本理事会议于98年6月5日，委派审查组五级会员梅哲士（工号85556）进行详尽调查，并做出报告。该会员历时71天，提交了《"江教授失踪事件"调查报告》（编号RN98-341），并分类整理提交了相关资料。

理事会议以该报告为基础，并经核对相关资料，现对"江教授失踪事件"相关责任做出如下裁决：

1. 赵一。裁定赵一终身禁闭于丰裕社会，不得与外界人员有实质性接触，如其有兴趣对旧文明时期进行研究，应予支持。同时，鉴于其实习生身份，以及在题为《来自月球的黏稠雨液》的实习兼事件报告中传递的匮乏社会内部溃烂信息，提升其父母养老待遇一级；

2. 江教授监视组其他工作人员。同意调查员建议：工号13593023（无级别会员）父母养老待遇降低一级，以示警戒。工号分别为13593024、13593025、13593026的三位无级别会员，提出口头警告；

3. 实习生王二、张三、李四。不予处罚。鉴于三人经历此次事件，且在报告中透露的对匮乏社会的认知，裁定三人在实习期满后，终止A阶段实习，进入匮乏社会管理委员会工作；

4. 指导员97101020（八级会员）。该会员不承担实质性责任，不对其此段经历做任何记录，但鉴于其在赵一报告批注中体现出的轻浮与矛盾，将其调整出教育体系，并延缓其升为七级会员的时间一年。

5. 实习指导组及相关人员。赵一报告的措辞、表达方式，均与《丰裕社会维持原则》严重相悖，现行教育体系严格训导下的学生，居然出现此等情况，剥夺其十二年教育过程中主要负责人的居住权，以离异的方式，将他们全部流放匮乏社会。同时，建议教育部门检视现行教育方案，并予进一步净化；

6. 匮乏社会管理委员会。相关人员不承担此次事件责任，但必须检视匮乏社会管理的所有环节，更新管理方案，尤须细化突发事件应对预案；

7. 匮乏社会内部危机，尤其是变性手术，理事会议同时启动了特别调查，已经证实（具体见《匮乏社会变性产业调查报告》，编号RN98–345）。根据两份报告，议定两套方案。A方案：根据《丰裕社会维持原则》第十三条第一款，对匮乏社会进行根治性净化；B方案：根据《丰裕社会维持原则》第十四条第六款，清除报告提及的变性手术地，杜绝此类现象再度发生。（两份方案请见《匮乏社会危机清理方案》（编号BP98-27）

上述裁决意见，呈交会长办公处，请会长批复。匮乏社会内部危机处理方案，请会长定夺。

裁决人　理事会议轮值主持人：游索本

二级会员　（工号11）

NC 98年8月25日

"江教授失踪事件" 相关责任裁决 批复

"江教授失踪事件" 相关资料归为绝密级。赵一报告《来自月球的黏稠雨液》只有二级会员及以上资格可以查阅，其他资料只有三级会员及以上可以查阅。

为赵一设定新身份，让其留在丰裕社会，过正常生活。在不同阶段，为赵一安排不同层次与角度的爱情经历，必须刻骨铭心。俟赵一年满三十五岁，流放至匮乏社会。

匮乏社会内部危机，执行B方案予以清理。

其余各项裁决批准实行。

东方文明延续协会会长：江振华 教授

一级会员　（工号8）

NC 98年8月28日

李拉二告状

许洪畅

找我男人

在哀牢山下有一个大平镇，镇西边有一个村叫西庄，西庄的地界上有一股煤矿，是1958年就开始开采的一国营煤矿，后来因为农场撤销了煤矿就划并给大平镇，西庄人精明硬把煤矿说成是在他们的地界上，所以农场撤销后要求政府归还他们煤矿，于是煤矿最后成了他们西庄人的聚宝盆。

九十年代初，全国上下发展乡镇企业，西庄人自然也就跟着形势一起走，办证、挖煤，开公司，搞得是红红火火的，家家户户都分了红利，不少人还成了煤老板、运输老板、酒店老板，让周围不少县份上的人都羡慕不已。

李拉二因死了男人，嫁到西庄，西庄的男人过了两年也死了，人们都说这个女人八字硬，会克夫。李拉二偏就不信这个命，在西庄男人死后的第二年又给自己招了一个上门女婿，是个昭通人。

李拉二的男人叫白贵昌，但这里没有白贵昌。下午六点，正好赶上晚班下井的时间，下井之前煤老板把所有的农民工都集中在一起，当着她的面儿问："你们哪个叫白贵昌？嗯，有没有叫白贵昌的？"

农民工们稀里哈啦地笑了。煤老板说："莫笑，你们莫笑嘎，人家是来找男人哩，你们正经点哦。"

农民工们一听说眼前这位女人是来找男人的就更加不正经地

笑得是弯腰驼背。煤老板跟李拉二做出一脸无奈的样子说："干脆你自己一个一个地来认吧。"

李拉二没有一个一个地去辨认，她坚信自家的男人如果站在那里，还用得着她走上前去辨认吗？一时半晌没有一个人站出来回应，让李拉二后背感到一阵寒冷。

但李拉二偏就不甘心，缠着煤老板问："我家白贵昌真的没有来过你这里？"

煤老板挑起嘴角上的半支红塔山烟笑着说："你这个人也真是的，莫非我还把你男人藏起来不成？"

李拉二在磨蹭，虽然嘴上没问什么了，但腿却怎么也不肯挪开，眼睛直直地盯着窑口那边，生怕一不小心自家男人突然从那地方冒出来了也不知道。

在这么一个不毛之地站着这么个活生生的女人，那肯定是一道不寻常的风景。农民工们还站在那老看，一个个都无心下井了。煤老板意识到什么似的马上就喊叫起来："看哪样看哪样，赶快下窑去！有什么好看的嘛，人家找男人关你们什么屁事？"

农民工们这才依依不舍下井去了，临要进矿洞前还没忘了再回头看上那女人一眼，调皮捣蛋的小伙子还相互嬉皮笑脸的你推我我推你的叽叽嘎嘎地笑着调侃："为哪样她男人不叫白德福嘛。"于是窑口前又炸起一团笑闹声，有人破着嗓门儿喊："白德福，白德福，哈哈哈！"显然他们里边的农民工们有一个叫白德福的。

农民工和他们那开心浪笑的声音都给煤窑那深不可测的黑洞一并给吞进去了，但李拉二还一直在盯着那里看。

李拉二盯着窑口看，煤老板就盯着李拉二看。煤老板说："别看了，你男人肯定没在我煤矿上。"

李拉二问："那你说他会去哪里了？"

煤老板又挑起嘴角边上的半支红塔山烟坏笑，说："这我哪里晓得？他一个大活人，身上长着脚，谁能看得住，是吧。"

既然煤老板都说不晓得，那李拉二也就不再寄希望于他。

但，一时又想不起该怎么办？只好站在那盯着窑口发愣。她明知道盯着窑口是没有用的，但她不盯那窑口又能盯哪里呢？无措而又无助之间，连眼神都找不到地方搁了，一个人直呆呆地站在那里，一动不动。

李拉二的男人原是在这峨嘎梁子北面的那个煤窑挖煤的，都挖半年多了。李拉二家离这峨嘎梁子不是很远，隔七天、八天的，男人就要回家一趟，还跟农民工的弟兄们说自己是回去过周末的，好像他也是在煤矿上拿报纸，端茶杯坐办公室似的人物。

但最近半个月了男人一直没有回去过，也没半句话捎回去。李拉二心头有点慌神了，难道那些个算命的人还真的就那么的准确？她不敢继续往下去想，只好去找人打听。

邻村麻子寨也有个男人在那间煤窑上挖煤，姓胡，有时来来去去的，都跟白贵昌约在一起。李拉二找到他家，正好碰上他也回家"过周末"。

李拉二问老胡："我家白贵昌呢？"老胡说："你家白贵昌不是早几天就回来了吗？"

李拉二说："没有啊，多少天了我连他一个影子都没有见着了。"老胡好像很奇怪地问了一句："好多天没看到他影子了，我还以为他回来了呢。"

李拉二听后，脸一下子就白了。问："那他去哪了？"然后老胡就闭了气息使劲地想，想他可能会去了哪里呢。

其实他们虽说是邻村，又在同一间窑里掏煤，但他们并不是经常在一起。何况他们掏煤的这间煤窑洞根本就不是一个正经的煤窑，充其量也就是煤老板得到镇领导的支持，在合适的地方掏了一个洞，就让他们去帮他掏煤。一般都是各干各的，一吨煤三十元，掏多掏少，都只顾着自己挣钱，管别人的时间就少了。再说人一进窑，那洞里头黑咕隆咚的，煤是黑的，人也是黑的，谁碰上谁没碰上谁？那谁也搞不清楚。

李拉二黄着脸看着老胡，老胡的婆娘就黄着脸看李拉二。老胡想了很久，也想得一阵阵的脸发黄。黄了脸的老胡说："我们那窑上前些天确实出了点事儿，听说死了一个，还有一个是半死在抢救。"……李拉二原本黝黑的脸一下子就变成了白脸，白得像纸，黄得像蜡，两片嘴唇也像纸给风吹着了一样唰唰地抖，问："死的是哪个？"

老胡说："妹子，这种事煤老板一般都不会说的，能盖着就盖着，能拖一年是一年，我们就是问了，他也不会说真话的。"站在旁边的老胡婆娘也是一张灰白脸，她骂男人说："你们在一个窑洞里都还不晓得，是猪啊？"

老胡给自己的女人骂得发急，额上发出了一层汗珠。他说："你们不晓得，我们男人掏煤的是白天一轮，晚上一轮倒着班儿轮换，今天你在这个作业区，明天他在那个作业区，今天好不容易碰上你了，说不定要一个月后才能再碰一次。我也是后来听别的农民工在嘀咕，说那天三号采矿区出现瓦斯，闷死了一个人，另一个给闷了个半死，给救出来了。"

老胡婆娘说："你也没问问死的是哪个？"老胡说："问了，但别个人也不晓得。"老胡婆娘说："死了那么大一个活人，又不是死一只蚂蚁，咋个能说不知道呢！"老胡说："煤矿上伤人、死人那是常事，可不就当死了只蚂蚁，你还要咋个说？"

他们斗着嘴，李拉二突然转身走了。两口子急忙追上问她去哪，她说我找白贵昌去。问她去哪找，她说去窑上。她停下脚回过头对他们说："死的那人肯定不是白贵昌。"他们看到李拉二的眼睛特别明亮，亮得像即将爆炸了的水皂泡。

李拉二到煤窑上找老板要人，煤老板姓坦，农民工们多数都不认识那个字，就叫他"贪老板"，李拉二也这么叫："贪老板，我家白贵昌呢？"

贪老板问："哪个白贵昌？"李拉二说："在你这里掏煤的白贵昌。"

贪老板想了想说："在我这里掏煤的农民工多了，都记不得他们的名字了，你等里面的人出来，自己问问他们去。”

贪老板正在给一只长相十分凶狠的藏獒洗澡，顾不上理她。李拉二只好自己到窑口边上守着等人出来，出来一个就赶紧上去盯着认，从井下出来的人都是一个样，除了眼睛是白的，一身都是黑的，她得凑近了盯着眼睛一个一个仔细地认。每一次她都以为上来的那个就是白贵昌，但每一次又都让她失望。她一遍一遍地问那些差点被她认成了白贵昌的农民工们：“白贵昌呢，看到我家白贵昌了没有？”但一个个都摇头，都说没有见到她家白贵昌。过了一阵，贪老板朝窑口走过来了，贪老板拉着刚喂过食的藏獒，左一眼右一眼地看着李拉二，他手上拉着的藏獒也死死地盯着李拉二看，那钢球一样大的眼珠鼓鼓的，像是要掉出来一样。

贪老板问李拉二：“你男人长啥样嘛？”李拉二说：“粗高个，平头。”贪老板皱了皱眉再想，后面眼珠子突然像气球要爆炸前那样闪亮了一下，但只那么一下就再没有下文了。李拉二看到他眼睛里一闪而过的那眼神，急忙问贪老板：“想起来了没有？”贪老板却摇了摇头，把一脸的麻肉摇得滚动，“没、没，我这窑上的农民工们都是粗大个的，都平头……”他说的是实话，下窑的农民工哪有不粗壮的？不是粗壮的劳力又能挖得动煤吗？

李拉二仍旧一个人守着洞口等，贪老板也守在洞口。她盯着人家问话的时候，贪老板就冲着那些农民工吆喝：“快点，快点，啰唆哪样。”农民工们只好冲着她的面，匆匆忙忙地直摇头，然后就弓着身子继续向前奋力走去。农民工们从洞里出来时几乎都是弓着身子的，像四条腿的动物那样匍匐在地面上行走。其原因是因为他们身后拖着一条矿斗车，矿斗车不是很大，四个轮子滚动显得不是很笨重，但矿斗车里装了煤块就重了，重得像山，他们必须把身体和地面保持平行，才能一寸一寸地，一步一步把它拖出来。光拖出来还不算，要把它拖上板秤过了磅，才算真正可以松一口气。

李拉二还想继续守在洞口找白贵昌，但贪老板突然想起说白贵昌好些天前就走了,他说:"对头呀,我想起来了,他说他不想在我这里干了,嫌我这矿不挣钱。"李拉二眼巴巴地盯着贪老板:"他真走了?"贪老板不看李拉二,目光像秋天的落叶,一会儿朝东落一片,一会儿朝西落一片,说:"真走了,走了好多天了。"李拉二问:"那他去了哪?"

贪老板说:"这峨嘎梁子南面也有几个煤窑,说不定他去那边了呢。"

就这样,李拉二翻过峨嘎梁子来到了南窑口。但这里的矿老板说他窑口上没有白贵昌这个人,因为他窑上最近没有进来新人,再说他们这里凡是进了新人都得登记的。

太阳快下山时,树林子里的归鸟叽叽喳喳起劲地叫,好像在说今天有什么什么收获啦,又偷吃王家地里的包谷了,又是偷吃了张家地里的高粱啦。还有秋蝉,眼看就要到中秋了还不肯歇一歇,一天到晚叫,嗓门老大,声音拖得老长,叫得人心烦。李拉二盯着黑黑漆漆的洞口,把天都盯黑了。

煤老板在屋子里跟等待装煤的两个司机在玩捞腌菜,各自面前摊着一堆十元、一百元的人民币,捞了好一会儿了。一开始他就捞得不上心,选了一个面朝门口的方向座位,眼神不住地往李拉二那边飞去,常常出错牌,惹得另两个司机老埋怨他,说:"你不如把她叫进来到你身边坐起,免得你捞腌菜都心不在马。"他们文化不高,但极喜欢玩文字游戏,把"心不在焉"说成"心不在马",把"参差不齐"说成是"参和不到",觉得那样好玩。

听了两个司机的话,煤老板就真甩了牌,走到房外冲李拉二喊:"喂,你过来,过来。"李拉二明白是在叫自己,但她不肯过来,生怕错过出矿洞的掏煤矿工。见李拉二没有理会他,煤老板就大着声叫:"喂,喊你呢,过来。"这时候李拉二不得不走过来了。煤老板说:"到屋里坐吧,脚杆都站僵了,你用不着一天到晚站在那里,他们是一批一批地进,一批一批地出,不到时候不会出来的。"

李拉二回头去看那个黑漆漆的洞口，两个三百瓦的灯泡拼了命地发光，也照不出几米远。煤老板说："要不你等到明天早上，看看上白班那一班人里有没有？"煤老板似乎给了李拉二一线希望，怀着这一线希望，李拉二斗胆地向煤老板借了一块沙发套，到煤堆旁边的杂货屋里躺下。但储存了一晚上的希望，在第二天太阳升起的时候，像仙茅草上的露水泡一样，风一吹就破灭了——上早班的几十号人里面，根本就没有她男人白贵昌的影子。

李拉二手脚一下子开始发凉，心发慌，这白贵昌到底去了哪呢？莫非，莫非他真的……她不敢去想有关瓦斯和死亡那样的事。她一个人沿着一条似路非路的野径往回走，她要翻过峨嘎梁子再回到北面山去。她希望回到那里的时候，白贵昌正好在那里等着她。披头散发的李拉二，踉踉跄跄，顺着山梁子连爬带走，半天也走不出一里地，头顶上的烈日仿佛疯了似的正发着狠烧烤着地球，比人长得还矮小的灌木丛被烤得快要背过气一般，李拉二也觉得口干舌燥，身体里的水都一个劲地争着往皮肤外面淌，但它们全都是冰凉冰凉的，流到嘴角处的汗被李拉二吸进肚里咸淡淡的。

那天李拉二在峨嘎梁子上一直坐到了太阳落山。整整半天，整个梁子就像一支渴望点燃的蜡烛，把李拉二当烛引子一样举着。梁子有点像中年男人的头顶，光秃秃的，裸露出来的皮肤在太阳光下反射出刺眼的光芒，红沙土被太阳晒烫得简直可以直接在上面炒豆子。李拉二双手抱住膝盖一动不动地端坐在那可以炒豆子的泥沙土上，死死地顶着那颗发了疯的太阳，她没有自虐倾向，只是一点也不感觉到热。她坐在那里是因为她感觉魂好像已经不在自己的身上，她想让她慢慢地在这里回归，因为峨嘎梁子北面的山脚她一眼就能够看得见，那里竟然不见一个人影，山洼里安静得出奇像一片坟地，还听说过去矿山上死的人都埋在了山包上，有不少的坟堆，最近那里还发生给瓦斯闷死过人……李拉二再也迈不动腿了，她只能就那样坐下去，也不知道要坐到多久，自己是不是该下到梁子北面的山脚去。

灌木丛里突然爬出来一条草蛇，绿莹莹的背，一拐一拐地滑了过来，它在李拉二面前停了一会，两眼望着李拉二，似乎想认识这个从未来过此地的李拉二，但沙土毕竟太烫，蛇皮肤经不住烘烤，它只得赶紧逃到阴凉处去。之前大概已经被晒得太久，全身给烫得不轻，它逃走的时候把尾巴翘得很高，甩到了树上的叶子。过了一阵，又有两只巨大的黑蚂蚁从李拉二面前经过，大概也是因为地面太烫，它们走得很急，看得出来后面那一只明显显得体力已经不支，老是走走停停，最后竟摔了个跟头。前面那只发现它没跟上，只好倒回来把它给拖走了。看来有伙伴一起前行很是幸运。

　　李拉二这一坐一直坐到了太阳落山的时候。那时候疯了一天的太阳已经失去了光芒，只剩下一块燃烧过后的巨大火镰。那时候李拉二全身的水分都被蒸发干了，嘴唇上的死皮硬得能割开老虎的喉咙。李拉二在想，我还是得去找贪老板要人，活人也好死人也罢，非要找到白贵昌不可，要他给一个说法。

　　李拉二开始慢慢地站了起来，腿软得不行，心一阵阵堵得慌，下山时腿弯子不停地打闪，她走得很慢，等到山脚下时太阳已经回老家去了，只剩下烧红的天边还有一片被染红的云彩。那些被烧红了的云被人称做霞，霞光从西边映照过来，峨嘎梁子就像泡在一汪血水里的一堆坟，那黑漆漆的洞口也好像闷着一层薄薄的红，里面好像还停了一口大红棺材。

　　那天贪老板不在，守窑的是他大儿子。大儿子一头长发，下巴尖上留着一撮胡须。这年头真老了的人是天天刮胡子，把脸皮刮得发青，而年轻的却爱上了蓄长发留胡子。贪老板的大儿子也赶着这潮流，他一个人在里屋正在看影碟，冲着窗口看进去只能看到半张脸。

　　李拉二上前冲着那半个脸问："贪老板呢?"半张脸动也没动一下，问："啥事?"李拉二说："我想问问我家白贵昌……"贪老板的大儿子这才把整张脸转了过来。李拉二发现他有一双猫头鹰一样的眼睛，犀利的眼神中透射出一股狠劲："你就是昨天来找男人的那个？"

李拉二在那双眼睛面前莫名其妙地想萎缩，脖子竟不由自主地发软。她细了声说："嗯。"

贪小老板猛吸一口烟，把烟雾直直地吐到李拉二的脸上说："不是跟你说了嘛，你家男人早走了吗？"李拉二问他："去哪了？"贪小老板说："他去哪了我们哪晓得啊？他嫌我们这里挣不了钱，早去别的地方挣大钱去了。"

贪小老板说完这话还继续看他的影碟，眼睛一直盯在三十二英寸的屏幕上，没再理会她。看那画面大约是功夫片，人声、刀声、枪声，打打杀杀很热闹。天黑透了，洞口陆陆续续地亮起了几个大灯泡，一团一团的小飞虫拼命地围着灯泡转，开始还转出轰隆隆的声响，不知道的还以为有坦克正往这边开来哩，最后一片片的都飘落在地上一动不动，然后又飞来一团，结局依然如此。

李拉二动了动嘴唇，又动了动下巴，一个听起来很陌生的声音从她嘴巴里怯生生地吐了出来："听说你们这儿死过一个人？"贪小老板的猫头鹰眼又对准了李拉二："你听哪个说的？"贪小老板的声音很大，吓住了在另一间屋子里打牌的几个男人，他们都伸长了脖子往这边看。别人伸脖子，李拉二就缩脖子。贪小老板见势乘胜打击："你这女人的嘴是专门吃粪啊？在这种地方能说这种臭话！滚，快滚，赶紧给我滚远点！"李拉二惭愧得眼泪哗哗地往下滚，忙往后退，贪小老板还不依不饶，追着已经败下阵来的李拉二说："我说你家死了人你好受吗？你不知道大伙都是用命来换钱的，真是丧气！"李拉二此时此地后悔死了，她后悔自己不该说那不吉利的话，她后悔自己找男人的心太切了，按照当地的风俗习惯来讲，出门在外大家都讲究一个吉利，所以这样一讲不就等于是在诅咒人家吗？这可是咱农村人的大忌呢。在房子旮旯下打瞌睡的藏獒看到主人那激动的样子，也赶紧跳起来狂叫，粗大的铁链被它挣得哗啦啦响，令人战战兢兢地往后退。

男人死了

这么一闹，打牌捞腌菜的几个人出来了，他们都齐刷刷地看着李拉二，眼里全是一种讨厌，但比起那条藏獒的态度来并不算什么。最恐怖的是那藏獒，它最能看主人的脸色行事，上蹿下跳，扑左扑右，恨不能马上把李拉二撕上几口以表忠心。

李拉二慌忙地躲，也不知该躲到哪里去，看到不远处有一个废弃的窑洞，她以为找到了去处。慌慌张张的，一转身撞在一个拖着煤矿斗车的农民工身上，这下更使她窘迫不堪，逃得更急了，巴不得立刻钻进煤洞消失在峨嘎梁子上。农民工突然被撞变得有些傻了，她人都跑了，还扭着脖子呆呆地使劲看，后边就有人哈哈哈地乐了起来，喊："罗腔，你贼日的娃儿是哪样感觉噢？是不是撞着软噜噜的扒柿花了？"罗腔这才醒了过来，干咳两声，嘿嘿地笑。

这是一孔已经废弃了的窑洞，洞口深处早塌了，由于它斜对着煤场，那几个大灯泡的光亮才给它吸了一些到嘴里边。慌慌张张的她刚坐下来，李拉二就注意到了一种声音，轰隆隆的声响，像是远处的闷雷，没等她弄明白到底是什么声音，一个鸟一样的飞群铺天盖地朝洞口而来。

是野蚍蜉，它们的个子像一般的麻雀一样大，声响则即是麻雀的五倍，嘴劲就不必说了，咬你一口让你挠上一周还想挠，黄豆大的包得鼓上十来天，皮肤不好的人还会出黄水，手抓破了黄水变成脓水，会死人哩。天上突然掉下这么个肥水坑，它们都乐疯了。李拉二噼里啪啦地赶，像个自虐狂一样狂打着自己的身体。野蚍蜉实行的是集团大战，虽然李拉二奋力护身，但依然顾此失彼，瞬间就挨了很多毒牙。她只好选择出逃，且拼命地跑。本以为逃到洞外就安身了，刚刚想慢下步来但没想到野蚰蜒仍然穷追不舍，李拉二只好逃到煤场边上，那里空旷，风大、光亮一些，蚰蜒怕见光亮，一下就失去目标，这才撤退了回去。

藏獒又看到她了，像是本能的反应，一下子就又站起来了。这畜生性机灵还记得他主人是最讨厌李拉二的，便朝着她又扑又吼的，把铁链挣得哗啦啦直响。李拉二此时此刻很希望有个人能出来招呼一下这只畜生，但并没有人这么做。

她怕藏獒，又只好退回去对付野蚰蜒。还没找着白贵昌哩，她无论如何得在这里过一夜才行，煤场那边进不了，那就只有这废窑洞可以安身了。对付野蚰蜒她有经验，找来一些烂草烂树叶点上火熏，烧起一大火堆就行，可她身上没有打火机。她还得去煤场那边找人借个火。

藏獒又一个劲地扑吼，把铁链挣得哗啦啦响。李拉二只好站下来朝那边细着声喊，"喂，喂！有人吗？"磅秤那边有两个人，一个是窑上专门过秤的管理员，一个是罗腔。听到叫喊声他们同时都朝她这边看，但并没有要理会她的意思。好在他们的事儿很快就完了，管理员回头进了屋子，罗腔拖了空煤矿车斗往窑洞口走去，但他走得并不专心，眼睛老往李拉二这边看，李拉二就又一边喊一边赶忙跟他打手势招呼："喂，喂，这位大哥，我喊你呢！"罗腔停了下来，却回头往房子那边看了看，不知道后面究竟有没有别人在看着他们。李拉二说："大哥，你有火没？"罗腔没吱声，脚步快起来，半路上把矿车斗丢下，朝洞口边上走。他站在一个离藏獒和灯光都比较远的地方停下来望着李拉二。李拉二见他站住了就快步走过去，他从黑乎乎的身上掏出一个红色打火机递给李拉二，不敢答话，转身走了。

李拉二在洞里点了一大堆柴火，用湿柴草闷了一洞子烟，把野蚰蜒全都赶出了洞口。为了不让它们再回来咬人，她拾了很多湿柴草和干木柴放在身边，一直维持着可以吓退野蚰蜒的烟雾，自己则靠在火堆旁边用那块沙发套盖在身上，一个人蜷在烟雾底下熬着长夜。

　　夜很深的时候，罗腚轻轻地摸了进来。那时候洞里的火堆已经只剩下猫眼睛那么大两个火星了。李拉二因白天累了一天睡着了。罗腚摸到她面前直盯着她脸看，那直勾勾的目光是烫人的，李拉二一个哆嗦后醒了过来，她仿佛听到一个人的呼吸。问："你是哪个？"罗腚不应，只盯着她看，那双眼就像老鼠眼睛一样泛着贼光，咕噜咕噜直溜。罗腚粗大的手随心想动，但似乎又不知道该往哪伸，就一直在自己身上搓。脚下搓了一堆黑泥，似乎觉得不雅，又换成左手搓右手，右手搓左手。渐渐地他左右手也变得很累的样子了，直喘着一股热气。这个时间里李拉二的脑子是完全清醒过来了，她定了定神认出了罗腚，她把打火机掏出来递给他。但罗腚没接，他只盯着她看。李拉二被他呼出的热气烫着了，本能地往后一躲，她说："大哥，还你火机，多谢了。"罗腚却并不接火机，他没完没了地搓手，搓得手心都起火了才张嘴说："是你……先撞到我的。"李拉二说："大哥，我是不注意撞的。"罗腚说："我……没怪你。"接着他还是一个劲地说你先撞到我了，你先撞到我了……他的声音略微有些怪，听起来似乎是从他背上发出来的。说着话间他的身子便朝李拉二身前凑，凑得很近。

　　李拉二退一步他就跟一步，一躲一凑之间，李拉二感觉到他身体在发抖。罗腚说："你再撞我一下好不？"

　　李拉二有撞了鬼似的感觉，浑身紧绷。罗腚说："再撞我一下嘛，先是你撞了我，我这儿就不舒服了，一直都不舒服。"罗腚指着自己的左肩和下肋，刚才李拉二撞的就是那里。李拉二迷糊了，她想不到自己竟会有那么大的劲，能把一个粗壮的汉子撞出问题来。

　　罗腚的确难受得很，似乎气都喘不出来了。此时，男人的耐心到了极限，他用蛇出击时才有的敏捷捉住李拉二的手往他这边拉："快点快点，你再撞我一下，再撞我一下嘛……"他似乎在乞求，他喘得很厉害已经不成样子。李拉二一急，就顺手挠了他一把，这一把挠着了罗腋的脸，挠下一手黑煤。罗腋放开了手，呲呲响，像蛇那样，但他很快就不呲呲了。罗腋略带一点哭腔说："我就想摸一下，你让我摸一下吧，摸一下我就跟你说白贵昌去哪了。"

李拉二说："你晓得他去哪了？"罗腋说："我当然晓得。"李拉二说："那他去哪了？"罗腋说："我给你说，但你得让我摸一下。"李拉二说："你快说，求求你了！"

罗腋说："他死了。"李拉二说："你才死了呢。"罗腋说："真的死了，是瓦斯闷死的。"李拉二说："那他人呢？"罗腋说："给埋了。贪老板和他儿子拖去埋的，埋了就不用赔钱了。"李拉二好久好久都没出声，眼睛也不眨一下。罗腋就用肘拐推了推她，说："我都跟你说了，你让我摸一下嘛。"李拉二突然问："他们把他埋哪了？"罗腋说："具体埋哪我不清楚，我只看到他们把他拖着往那边方向去的。"他把手放到肩膀上面指着他的身后说："用我们拖煤那种矿车斗拖出去的。"

李拉二呼地一下站起来。罗腋忙问："你要去哪？"李拉二说："找他们要人。"罗腋说："你去不得。"但李拉二没管去得去不得，她直冲冲朝着煤场那边去了。罗腋在她身后发急，一个劲直跺脚。

藏獒很快狂叫起来，好像它一夜根本就没睡，一直在盯着李拉二哩，这是它对主人最好的表现时机。拴狗的铁链增长了二倍的半径，它那气势汹汹的样子让人觉得它可以挣断粗大的铁链去吞掉任何一个敢于进犯煤场的大活人。李拉二被吓住了，不敢再向前走去，她朝身后看了看，希望能看到罗腋，但她的身后连个人影也没有。李拉二突然想大着嗓门喊一句什么，但她终究没有喊，也不敢再喊。不知道这煤场还有多少她不知道的禁忌，她怕犯下众怒，于是她又退回到废窑洞里，重新蜷下来抱着膝盖无助地哭，无助地悲痛。

等到天亮肯定还会有藏獒，他们故意拿藏獒挡她哩。李拉二在洞口看到一根煤铲，煤铲把上有一个黑色手印。李拉二想到了罗腔，但她左找右找也没找着他。她提起了煤铲，足着一口气朝煤场走去。

那藏獒还是那么凶，拴狗的铁链还是那么的长。李拉二双腿打战，不知所措。但她不能停下，她要找贪老板他们要白贵昌。老远她就举起了煤铲把，她只有靠这把煤铲给自己壮胆了。但凡是狗天生都怕棍棒吧，藏獒也不例外，那藏獒看见煤铲竟一改刚才气势汹汹的样子，竖着两只大耳朵且吼且退。李拉二受到了鼓舞，腿上增了一股劲，脚步就快了起来。房子里贪老板的儿子小贪老板在大声地叫喊："克马，克马!"（傣语咬他，咬他的意思）

听到主人喊叫，那藏獒就回头往他主人那边逃。小贪老板拿起身边的电棍一棍打在它腰杆上差一点蹲下去了，它痛得尖叫一声，才明白自己把主人的意思领会错了。主人是叫它去冲锋陷阵，不是叫它回来的，也许是它平时缺少训练，也许是它平时根本就是习惯了欺善怕恶的人，所以今天的煤铲令它害怕了。于是它只好掉头回来，但它是真怕李拉二手里的那把粗大煤铲，刚掉转头又给吓回来了。这回它没敢往主人那里去，而是往另一边躲得远远的，虽然一直在汪汪地凶吠，但那不过是无用的空吼声罢了。

李拉二凭着那把煤铲胜利地站到了贪大老板儿子面前，贪家大儿子还在气他的藏獒没用，脸皮一阵青一阵白。李拉二的脸也是铁青的，"我家男人白贵昌呢?"小贪老板瞪了她一眼，打算走开。李拉二紧着问："你们把白贵昌埋哪里了?"小贪老板愣了一下，站住了。用他那双猫头鹰的眼瞪着李拉二，"哪个跟你说的?"李拉二说："我只问你们把他埋哪里了?"李拉二哭了半夜，眼睛红得不成样子，小贪老板害怕盯着那样的眼睛看，就把目光转开溜了。他慌慌地在煤场上四处找，想找到个能落眼神的地方，最后找到了他那不争气的外强中干的假藏獒。那狗毕竟是狗，再怎么凶它永远还是只狗。它两头惧怕，怕电棍，怕煤铲;

怕主人，怕冤家，两头都可以要他的老命，它开始怕了，怕得远远地躲着，还夹着尾巴装模作样地朝着这边有一声没一声地吠，不过已经心虚得要命了。

煤场上的人突然多了起来，轮晚班的农民工也陆陆续续从地下冒了出来，清一色的黑，而且都拖着一条沉重的煤矿车斗慢慢地爬着行走。轮白班的人也从煤场四面聚拢过来，换上一身黑衣，准备下窑洞了。小贪老板的眼神在他们中间扫来扫去，右手提着电棍像拿着枪一样点着每一个农民工，乌着脸喝问："你们哪个跟她说我们把他家男人埋了？哪个说的？"农民工们一个个忙着摇头，嘴上还不停地叽咕着好像在表白自己没有说过这事儿。

李拉二说："你不要管是哪个说的，你告诉我你们把白贵昌埋哪了。"

小贪老板激动得下巴上的胡须直颤抖，"我们把他埋哪了？我们根本就没有埋他，跟你说过了，你男人早走球了，我们去哪里埋他？"李拉二顿时感觉心头一阵寒凉，心肝五脏像是被猫给抓去了一块肉，问："他当真是走了？"小贪老板火气冲天地说："当然是真的！"

可昨晚罗腔明明说得那么清楚，不可能听错呀，李拉二想找到他让他来作证。她伸长脖子四处找，却没有找到他。她突然明白昨晚罗腔一直是一张黑脸，现在他本人就是站在她面前，她也不一定能认出来。更何况他是那么胆小的一个人，现在肯定是不知道躲到哪个旮旯儿去了。李拉二觉得自己怎么这样倒霉，好不容易才打听到一点点线索证人就像是人间蒸发一样，说没了就没了，好委屈好无助啊，眼眶一烫，泪水滚了下来。没人再理会她，她就也感到孤独无援，不知所措。

远远地听到一阵小车的喇叭声，不一会儿一辆越野三菱车带着一阵灰尘来到煤场。贪老板来了，手里同样地拉着与藏獒一模一样的大狼狗，凶巴巴的，舌头伸得老长，口水都流到了地下。看农民工们都站在场上，他立即喊道："怎么都站着？还不下井掏煤去？”他右手拉着的狗也扯起吃奶的嗓门吠了两声。农民工们就各自动了起来，拖了自己的矿斗车向窑洞走去。刚从地下轮换班上来的一拨人，也都看着自己的煤，安静地等待过秤。

贪老板早看到李拉二了，老远他就问她：“你怎么又来了呢？不是已经跟你说你男人不在我这里了吗？”李拉二抹干眼泪说：“他没走，他在你的窑上给瓦斯闷死了，你们把他埋了。”贪老板眼睛猛撑了一下，随后就挤眯起来，走上去打量了眼前这个难缠的小女人，问：“是哪个说的？我把他嘴撕烂了喂狗呢！”李拉二看一眼场上的农民工们，最后却没有说出是哪个说的，她只说：“是你和你儿子一起拖去埋的，用的是拖煤的矿斗车。”贪老板一直在抚摸狗的前爪，这时他手上的频率好像是快了许多，很快一个不祥的念头一闪而过。不过此人毕竟是个老到的江湖中人，一个精明能干的老板，他这样的人什么场面没有见过，什么没有经历过，不然怎么会有能力开一个上百十号人的煤矿呢。他对眼前头发凌乱，身体干筋骨瘦却透射着一股倔犟的女人挤了挤眼，眼神似看非看，倒是他的下巴指向很清楚，是直对着李拉二的。他嘘地深吸了一口气，很久才把那口气吐了出来，看来他城府深着呢，他说：“你是相信别个人呢，还是相信我呢？”李拉二说：“你要是没干那样的事别人也编不出来。”贪老板又嘘地深吸一口气说：“你的意思是相信别个人了？那你打算怎么办？”李拉二此时此刻也没有想好要怎么办，所以她只能眼睁睁地盯着贪老板那张看起来有些胖胖的脸。贪老板却没耐心让她盯着看，他不想再理她了，说：“你爱怎样就怎样吧。”

李拉二这才有了主意，她要自己去找。她在煤场上找了一个箩筐和那一把铁铲，铁铲很锋利，箩筐则漏底了，她就找来铁丝重新绑了，还算结实。她决定拿这把铁铲和箩筐把白贵昌从土堆里掏出来。贪老板看出她的意思了，用一种玩笑的口吻说：“你想把你男人掏出来呀？那得吃饱了才行啊，来吧，进屋来吃碗面再去？”李拉二没理他。

按照昨晚罗腔指的方向，李拉二的目标是有新土堆的地方，但她没有想到这山坡上露出新土堆的地方很多，因为这山上有煤，附近的人就想凭两把锄头挖回几箩筐煤去烧，所以东掏一个洞西掏一个坑，渐渐地整个梁子就变得像是着了天花的麻子脸一样，坑坑洼洼的。李拉二一个一个地挨着刨，每一个都要刨出老底才肯罢休。有些地方挖动得很浅，也就刨了两个印子，或许是别人刚刨两锄又改变了主意，就放弃了。但即使是这样的地方李拉二也不会放过，她小心翼翼地掏，怕不小心伤着了男人。每掏一个土堆她都以为白贵昌就在这里了，但每一个土堆掏完都没有白贵昌的影子。

　　那一整天没有出太阳，天空是灰蒙蒙的，太阳一心想穿过云层，但始终没有得逞，于是它把整个大地都变得比有太阳的时候更加压抑，更加闷热，像待在蒸笼里似的。今晚一定会有暴风雨来临。

　　李拉二一趟一趟地涌汗，她把自己湿了一次又一次，也把地湿了一块又一块。那些给她翻得底朝天的红泥土，被她的汗水打湿以后散发出一股淡淡的咸腥味。

　　到该吃午饭的时间，李拉二已经掏了十来个土坑了，但她依然连白贵昌的一根头发都没找到。她歇了下来，她渴得喉咙都已经裂开口子了，从昨天她就没有进过一粒米，一口水了，此时她突然感到一阵头晕。她在山箐的石头下面找到了一个水坑，水坑底呈橘黄色，像黑皮肤上生长的一朵花。水一动不动，上面还覆盖着一层薄薄的膜，李拉二用手拂去上面的膜，捧起水来喝。水有点酸，但李拉二还是把它喝进肚子里了。

　　旁边有个洞显得有些深，李拉二喝完了水就去掏。洞口比一个壮汉的腰粗不了多少，洞壁很光滑，像食草动物和蛇爬过的洞，李拉二从小在山上放牛她一定见过的。她顺着洞，把腿伸到前面倒着往里爬。怕踢着了白贵昌，进洞前她特地脱了塑料鞋，但她爬了很久也没踢着白贵昌。冰凉的地贴着身子，让她感到很一阵凉爽。大约爬了百十米深的洞，她歇了一会儿，把整个身子和脸都贴在地面，紧紧地拥抱着那股凉爽，这时候她真想永远就这么闭上眼睛躺着算了。这里很舒服，说不定很有可能躺着白贵昌，歇下来她还真听到了声响，一下一下，再一下两下的，对，是镐锄挖掘的声音。李拉二想到了掏煤的农民工，这洞里肯定有人正在掏煤。有人在里面掏煤，白贵昌被埋在里头的可能性就几乎没有了。李拉二爬了出来，又去刚才那个水坑里喝了口水，水不多，她伏到地上轻轻地直接伸嘴去吸，一直吸到水坑的一半。她感觉比刚才好多了，疲惫的身子也感到轻松了好些，渴是缓了点儿，饿却上来了，李拉二这才想起自己还是昨天清早在南面那家窑上端过一回碗。那窑上有个食堂，掏煤的农民工们平常可以在那里买饭吃，李拉二当时也买了一碗面，但几乎没吃，因为她心里惦着白贵昌。这会儿她饿得只剩下一肚子大小肠子了，她知道水是不解决饥饿的，得先去找一点吃的东西。

旁边的洞里有了动静，先是一颗脑袋冒了出来，慢慢地上半截身子也出来了。掏煤的农民工几乎是爬着出来的，屁股后面拖着一矿斗煤，看到李拉二他吓了一跳，待看清是一个女人，他才干咳了一声。李拉二看他一眼问："你在这里掏煤呢大哥？"黑汉点点头，又摇摇头。然后赶紧从洞顶上拿起一个背篓来装煤，十万火急的样子。

李拉二问："大哥在这挖煤，晓不晓得前边窑上给瓦斯闷死的那个人埋在哪啊？"

那汉子吃了一惊，向她翻了翻白眼，好像冒犯了他什么地方似的，然后他静静地看了一阵李拉二，然后滑溜着来到李拉二身边悄无声息地对着她耳朵说："你小点声，小心前边窑洞上的人听到了。"李拉二心里一紧，以为黑汉知道白贵昌的下落。可黑汉怕的是窑上的人收拾他，发现了不光要没收煤，还要挨一顿狗撵和拳脚棍棒，他说他的裤子都给窑上那狗撕烂过好几回，腿肚子上至今还有一个肉坑，那是被狗咬掉一坨肉留下的。为了让李拉二相信，黑汉把他小腿上那肉坑掀起来给李拉二看，果然是一个不小的肉坑，可以埋得下一个山洋芋。黑汉说完这些，才问李拉二是不是在找人。

李拉二说："是的。"黑汉又问她："你找的人是谁?"李拉二说："是我男人，叫白贵昌。"黑汉又问李拉二："男人是哪时候死的。"李拉二说："是几天前了。"黑汉又问："是被他们埋了?"李拉二说："是的，是给他们埋了。"黑汉说姓贪的老板不是个东西，这样做已经不是第一回了。李拉二又问："你晓得他们把我家白贵昌埋哪里吗?"黑汉遗憾地摇摇头，说："不晓得。"又说，"他们做这种事情是不会让人晓得的，都是悄悄地做。"李拉二失望得头都抬不动了，她索性把头搁膝盖上，闭上了眼睛。

死男人阴魂不散

让李拉二失望，黑汉很是惭愧，就想多说几句，"你家离这远吧?"李拉二点着她那颗沉重的头。黑汉说："只有对远处来的农民工贪老板才敢这样做。"看见李拉二带着一把铁铲，还看到不远处给新翻过的泥土，他又说："你这样找哪行，这山上有好多洞啊坑的，咋个挖得完呢?"李拉二说："那我怎么找啊?"黑汉说："你找窑上要去。"李拉二说："我要过了，人家不承认。"黑汉说："回去搬人，把你家七姑八舅都叫来，最好喊上几个敢拼命的，不怕他不交人。"又说，"最好你家有个把当官的人，当干部的也行。"可李拉二家哪有当官的亲戚，祖宗三代都是老实巴交的农民，既找不到敢拼命的，也找不到当干部的。

黑汉回了一趟洞，拿出一把新铁铲说："我把吃饭家伙借给你，你用完了给我放回这个洞里就行。"又叮嘱，"放进去些，要不然窑洞上的人发现了就给我没收了。"黑汉说完背着煤走了，他说再不走窑上的人就会牵着狗来巡查，等他们巡过来，他挖了一天的煤就泡汤了。

临走时黑汉又给了李拉二两个烤洋芋，洋芋是藏在灌木丛里，很隐蔽。虽然用塑料袋装着，但上面还是爬满了黄蚂蚁。总共只有两个，他全给了李拉二，还有用百事可乐塑料瓶装着的半瓶水。李拉二非常感激了，可就是不会问人家一个名呀姓呀什么的，她自己也觉得自己好笨哦。

天近傍晚，半个峨嘎梁子算是给李拉二刨遍了，结果还是两手空空。两个洋芋早已变成力气被她挥霍干净，一歇下来，肠子就在肚子里叽里咕噜地闹。她拖着绵软的双腿回到窑上，找食堂的人买饭，人家说不卖。李拉二说："我给钱呢。"人家说："给钱也不卖，老板打招呼了，不能卖给你。"李拉二问："为哪样呢？"人家说："你自己问老板去。"

还没等李拉二去问，贪老板自己进来了，"哟，你回来了？掏到你男人没？"李拉二不看他，也不吭气。贪老板一遍一遍地撸着他右手上牵的黄狗，把狗撸得眼睛一鼓一鼓的。"我还以为你掏到男人了，这回是回来找我麻烦来了呢。没掏到啊？要不要我借个挖机给你，你把这道梁子全翻一遍？"贪老板连挖苦带讽刺，一脸十分得意的样子。

李拉二去了废窑洞，在那里生烟火熏野蚍蜉。天黑了一阵子然后天空上响起了闷雷声，接着是山芋一样大的雨点，噼里啪啦地往地上砸。再接着煤场上空接连响了两个炸雷，雨就好像下疯了似的，一直不停。李拉二把自己关在洞里，呆呆地看着大雨倾盆的洞口，感觉自己被一股泥腥的潮气穿透。

罗腔头上罩了个黑乎乎的蛇皮口袋钻进废窑洞，但雨太大了，他身上还是淌着一身的煤黑水。李拉二一开始被他吓了一跳，接着心里就生起感激，他来得真是时候，她正愁一个人解不开心里的愁结，说："我正想找你哩，你是不是对我扯了谎了？"罗腚说："我没扯谎，他们没把白贵昌埋在山坳那边。"李拉二问："那他会埋哪里？"罗腚不做声，试着把手往李拉二身上伸，李拉二啪地一下把他打回去了。罗腚说："我也是刚才打听到的，说可能是埋荒堆里去了。"

荒堆就是煤窑上用来倒煤渣煤荒石的地方，一般都在坡口和箐底下，煤荒石从洞里运出来，直接就从坡口倒下去，就是说白贵昌可能被他们当煤荒石一样扔下坡去了。李拉二像突然给人灌了一口辣椒水，从胃到眼鼻腔口一股的辛辣，她呛了几口，终于没能够忍住，呜呜地哭起来了。

罗腚也干咳两声，李拉二一哭他就显得有些紧张，老往洞外看，他怕李拉二的哭声引来了别人，但李拉二还是哭。好在雨一直下得很大，而李拉二的哭声又是那么隐忍。罗腚悄悄地靠近李拉二，他一下又一下地吞咽着并不存在的唾液，他的喘气声渐渐粗起来，手犹豫着伸向了李拉二的身子，他想从她的肩上下去，去到那个最柔软的地方。但李拉二弯着身子，头顶着膝盖，这样就给他增加了难度。他在半路上碰着了李拉二的脸，所以又给打了回来了。他本想横了心再一次伸过去，想不达目的不罢休，但李拉二却突然转过来抓住了他，李拉二要罗腚跟她一起去煤场找贪老板，她说："你跟我一起去找他们，你给我作证，我要他们还人给我！"

罗腚被她说的话吓白了脸，说："你想害死我啊！"罗腚把李拉二的手甩开了，他好怕，又有些恼。李拉二突然说："我不信你的话。"罗腚说："信不信由你，但别人就是这么说的。"李拉二说："人怎么能当荒石扔呢？"罗腚说："心黑的人哪样事情做不出来？"李拉二又蹲下身子继续呜咽，一下一下地抽着鼻子，眼睛看着黑漆漆的深洞，没了主张。前面好似万丈深渊。

罗腚默坐了一会，才想起自己带来一钵饭，说："刚才我看到你去食堂买饭了。"李拉二没吱声，但哭声明显弱了，显然是为了听罗腚说话。罗腚说："我这里有饭，你吃了吧。"

罗腔走后，雨就停了。雨停了一会，老胡来到废窑洞。老胡打听到她歇在这里，是专门来接她到他的窝棚里去的。老胡刚从家里赶回来上班，今晚是他的夜班，棚子反正空着。老胡的窝棚在梁子尾巴还要下去几百米的山坳里，那里平坦，背风，外乡掏煤的农民工就都在那里扯了个窝棚，里面用木棒搭一张简单的床，铺上稻谷草，扔一床破棉絮，仅供睡觉，饭都是在窑上买来吃的。

窝棚里一股酸臭的汗味，床上跟地下一样黑，但毕竟有了人气。好几个掏煤的农民工轮白班，他们这会都歇在窝棚里。白天他们都在窑洞口上见过李拉二的，知道她是来找男人，但他们不知道李拉二跟老胡是什么关系，看老胡带着她来到窝棚，就都蹭过来看，眼神一跳一跳的，显然是想弄清楚李拉二是老胡的什么人。"是白贵昌的婆娘哩。"老胡说，"都说晓得呢，她到窑上找白贵昌哩。"老胡说："白贵昌家和我是邻村，俗话说远亲不如近邻嘛，是不是？"大伙就都说："是哩，是哩。"眼神也慢慢地定了下来，有人伸头看一眼老胡的窝棚问："老胡你没蚊烟吧？我那还有。"老胡说："没哩，借一下。"人家说："借什么呢，多值钱的东西嘛？"就拿了一条递过来，长长的，像蛇，用皮纸裹着的，里面是加了硫黄的锯末面。一点燃，蚊子们就得赶紧逃命。这里比那废窑洞里好多了，李拉二对每一个人都露出感激。

大伙都蹲在老胡窝棚边上抽烟，那浓烈的草烟味跟那蚊烟味差不多，呛，蚊子早被吓跑了。大伙都关心李拉二的事情，问她："白贵昌到底去了哪？"李拉二说："白贵昌死了。"问："死的真是他呀？但贪老板说他换窑了，不在这窑上干了，你是听哪个说他已经死了，准不准确啊？"李拉二胸口揪得慌，她说："不光死了，他们还把他当荒石扔了。"李拉二没能够强忍住，泪哗哗地掉下来了。

大伙都给李拉二那句话吓傻了，一堆来自四面八方的掏煤汉死静了好一会儿，感觉一股不祥之兆就像幽灵围绕在他们身后。后来老胡递上他的毛巾，比抹布还黑，刺鼻的汗臭味远远就能够闻到，李拉二没有拒绝，她用手接了过来抹了抹眼泪，这时候黑漆漆的毛巾又多了一股说不清道不明的味道。

老胡说："怎么可能呢?"接下来有人说："是啊，哪能把人当荒石扔了呢?""不可能。"大伙都不相信，问李拉二："是哪个告诉你的啊，准确不?""就是呀，可不能乱说，说不得呢!""诅咒也要看人、看地方哩，不吉利的话以后咱们可是要少讲哩。"大伙你一言，我一句，都在摇头，表示不可能。

"我倒是听说我们这窑上原来确实是死过人的，是煤层塌下来打死的，不是你们说的什么瓦斯啊什么东西。说姓贪的也没跟人家家属说，掏出来找个地方给埋了。后来那人的家属也是来找过人的，但姓贪的也说他走了，那家人大概是信了贪老板的话，以后就再也没来找过他。我这也是听说的啊，也没亲眼看见。"这是一个40岁左右的汉子说的，他在这个煤场干的时间最长，大家都相信他。

老胡对李拉二说："你先歇着，我试着再帮你打听打听。"老胡要上夜班去了，轮白班的几个都蹭回到自己窝棚里歇下了。李拉二睁着眼坐在窝棚里，听到旁边窝棚里响起了强劲的呼噜声。她无法入睡。

天刚亮出鱼肚白，李拉二又回到了窑场，她听到有人在骂，狗杂种罗腔，你这两晚没掏多少煤哩，在搞哪样名堂?钱挣多了撑着腰了是不是?罗腔正在称自己的煤，眼睛老往废窑洞那边飞。废窑洞那边看不到动静，他就伸了脖子往别处转，这才发现李拉二原来站在另一边，却又慌慌忙忙地把眼神移开了。

老胡也出来了，在罗腔身后排着队。看到李拉二，他冲她喊："过来了?"李拉二点头。老胡说："你到食堂去吃早饭，钱算我的。"李拉二过去了，藏獒跳起来冲她吠，铁链挣得哗啦啦响。老胡想喝住藏獒，莫叫，莫叫!可藏獒不听他的，但藏獒怕李拉二手里的煤铲，最终还是夺拉下耳朵节节败退，躲到一边的墙角去了。

李拉二没去食堂吃饭,她问老胡要了一把好点儿的煤铲。老胡问她:"要煤铲做哪样?"她说:"掏白贵昌去。"老胡还没表态,一边过秤的管理员说话了:"老胡你跟她哪样关系?"老胡说:"邻村的。""人家说别管闲事,要不你就滚回家去,不要在窑上挣钱的。"老胡的黑脸扯了几下,掉下一堆煤渣,不吭气了。李拉二回头看罗腔,罗腔低着头,白眼在地上乱扑。

　　李拉二顾不得这些,一个人抬着煤铲、煤筐去荒堆了,干筋骨瘦的女人,但走起路来依然是那坚定的样子。

　　这间窑开的时间长,荒堆很大,从箐口一直挂到箐底,足足有一里地宽、两里地长,像一条长长的河,黑色的河。

　　罗腔突然从旁边灌木丛里冒出来,怕被别人发现,他只探出脑袋冲着李拉二低沉了声喊:"哎,哎,你想在这里掏啊?"李拉二说:"你不是说白贵昌在这里头吗。"罗腔说:"这……怎么掏啊?荒堆是松的。"李拉二问:"那你说白贵昌会在哪里?坡上还是坡下?"罗腔说:"天天都有荒渣荒石倒,一车一车地往下倒,这荒堆是松的,多少天了肯定早给冲到坡底去了吧。"李拉二说:"那白贵昌可能就在坡底。"

　　李拉二提了铁铲朝坡底走去,罗腔跟在她身后只是哎、哎地喊,但她再也没理他。罗腔追下来了,他说:"你还真要去掏啊?"李拉二没跟他啰唆,她来这里就是为了找白贵昌,她不真掏还要怎么着?罗腔说:"很危险啊,上面老倒荒石,荒石滚下来会砸着人的。""再说了昨晚刚刚下的大雨,不知道会不会又冲远了呢?"罗腔的话听起来让人感觉到一种藏头露尾的关心,李拉二听着,听着眼眶就烫起来,她赶紧拿衣袖抹了抹眼,眼泪给抹回去后,继续往坡下走。

　　老胡也缩头缩脑地出现在他们身后,问:"拉二,你真掏啊?"李拉二说:"白贵昌在这里头哩。"老胡说:"哪个说的?"李拉二看着罗腔,罗腔把黑脸扭向老胡说:"我听人说是当荒石扔荒堆里头了。"老胡急了,"狗日的罗腔,你搞清楚没有,这么大个荒堆，怎么找啊！"罗腔说："我亲眼看到他们把白贵昌拿煤矿斗车拖往这边的，老张头、大老李他们几个人也看到了，老张头还亲眼看到他们把白贵昌埋荒堆里了呢。"老胡在罗腔面前哑了，好半天他才自言自语："真有这样的事啊？"罗腔说："不能说出去啊，说出去老张头还不两铲子拍死我才怪哦。"

李拉二继续往坡下走，头顶突然飞过两只黑乌鸦，呱呱怪叫了两声，听了特别地叫人心寒。罗腔冲着她背后说："你多盯着头上，看有石头滚下来就赶紧躲开。"他还想说点什么，但最后还是改变了主意，闭上嘴走了。李拉二也没说一句感谢的话。罗腔掏了一晚上的煤，肚子饿坏了，他得回去吃饭，然后再睡上一觉。老胡却骂："狗日的罗腔你害人啊，这怎么掏？一掏就滑坡的啊！"接下来又劝李拉二，"妹子你别去了，别听罗腔瞎说，人哪能扔这里头呢？"李拉二像是没听见，还在往坡下走。老胡叹一口气说："妹子你在坡下歇着，我给你拿饭来。"

罗腔消失在灌木丛中，老胡也回窑上去了。李拉二一个人到了坡底。

从坡底往上看，荒堆就像从天上挂下来的，稍一恍惚你会觉得它很像一块黑幕，仿佛它还在慢慢地移动，想要罩住整个大地。白贵昌就给他们藏在这黑幕背后，它要真是一块幕，揭开就是了，可它却是一个实实在在的石堆啊。李拉二凄凄地想，这得掏到哪个时候啊？但她还是要掏，一定要掏，她要找到白贵昌。

一锹一锹地掏，齐齐整整地掏，顺着坡底往上掏就不相信找不着白贵昌。荒堆土是松的，铁锹一起来，上面的土石就会跟着滑下来，填满李拉二刚掏开的那个地方。她不断地想揭开真相，却又不断地被新滑下来的荒石掩盖。李拉二就老在同一个地方重复很多次。日头爬上山冈，正好坐在坡口上，那是这条黑河的源头。李拉二掏一锹，日头就松一下。日头往上纵一下，脚就把松松的荒堆踢一下，一点一点地，日头就把荒堆踢远了，踢到李拉二的面前来了。日头走得很快，李拉二却越来越走得慢了。汗水像河流一样淌下来，打湿了荒石，荒石在阳光照射下发出金属般的光芒。每隔二十分钟，就有人在上面一车一车地倒荒渣，荒渣不怕，荒石轰隆隆从上面滚下来，就很危险了，李拉二不得不躲在一边歇着，等过了那一阵再接着干。两只黑乌鸦一会儿盘旋在天空，一会儿躲在一边高大的干树枝上，有一声没一声地怪叫。没有一个人能够听得懂它们的声音。

老胡真的拿饭来了，顺便又带来了一把好煤铲。老胡看着又陡又长的荒堆直唉气："唉，在这里头掏人，不是像在河里捞针吗？"李拉二说再难也要掏，白贵昌还在里头哩。老胡让李拉二坐边上吃饭，他提了铲子去掏。他力气大，一铲子能掏出好大一个坑，但再大的坑也会被新滑下来的石块盖住，他同样也是一样的吃力。李拉二吃好饭说："大哥你去歇着吧，晚上还要掏煤哩。"但老胡没歇着，他默不作声地挖，挖得很卖劲，像在跟谁赌气似的。

直到下午过后，罗腔来了。他带来了一钵饭，还有一大瓶百事可乐瓶装的水。老胡说："你龟儿子来得正是时候，只是饭少带了一份了。"老胡叫罗腔先替着他，他到窑上去买饭，顺便再找一把铲子下来。罗腔就真拿了铲子去掏，他是有力气的，但并不好好使，好像有心事，那双眼神像是长着翅膀不断地扑闪，脸莫名其妙地红得不成样子。李拉二低下头看了一眼自己，发现给汗水湿透了的衣服紧贴着身体，凹凸处轮廓显得很分明。于是她扯了一把衣服，扯出拍水的响声来。罗腔不敢抬头看，慌里慌张地只瞟了一眼。

上面又在倒荒石了，黑色的石块轰隆隆往下滚。罗腔此时不知道为什么走神了，石头滚下来他全然不知，李拉二喊罗腔快躲开。罗腔猴子一样逃开，脸就唰地白了。李拉二说："你就歇着吧。"罗腔没有说话就真的歇着去了，眼神像蜻蜓点水一样时不时地在李拉二身上反复打量着。

李拉二把一瓶水咕嘟咕嘟全灌进肚里，才开始吃饭。罗腔怎么也没想到李拉二吃完饭会给他钱，当李拉二拿着钱把手伸向他的时候，他的眼神总算定了下来，呆呆地站在那盯着两张一元的钱发愣，"为哪样要给我钱？"罗腚恼了。李拉二支吾："这是饭……还有昨晚上的饭钱。"罗腚眉头乱拧，很不自然地说："我又不是开饭店的。"李拉二一寸一寸把手缩回来，不知道怎么做才好。罗腚说："我是可怜你。"又说，"白贵昌在的时候我们也是熟人，老胡知道的。"罗腚说完又拿起铲子去掏，这一回他很专心很使劲。李拉二也上去了，两人并排一起挖，两人都寂默着，只有铁铲和石头碰撞的声响和两人粗喘的气。

老胡回来了，又拿了把铲子，还有一壶水。没有多余的话，一下来就开始掏。三个人一起排起来掏，进度就快了些。到日头偏西，他们已经掏到荒堆前一个星期范围内大约四分之一的地方了，可白贵昌却依然没影儿。

李拉二要老胡和罗腚先回去睡觉，说："你们晚上还要上班哩。"罗腚说："明天是七月半了老板放假，我今晚不去上班了。"老胡也说："明天有的是时间补瞌睡。都七月半了啊？"李拉二神思恍惚起来，眼神似乎穿过荒堆看到了很深很远，仿佛她和男人一起已经飞到了天堂。罗腚说："明天才是七月十四，我们这地方过十四，有的地方过十五。"李拉二寂默了一时，回过神来自己问自己："我明天要不要……烧点纸张？"老胡和罗腚你看我一眼，我看你一眼，脸黄着，都闭住了声。

头顶突然传来咚、咚的滚动响声，一抬头，黑光闪过，几块荒石已飞将下来，三人同时喊了一声，飞身就逃。荒石发出奇怪的声音从他们身边擦过，向更远处滚落下去。

惊魂出窍。罗腚站在那边，老胡站在这边，李拉二因为刚才脚下不稳，跌在一丛白茅草上。两个男人都瞪着李拉二，木桩一般。等吓飞了的魂再回到体内时，罗腚才喊出一句："好险啊。"喊过之后他就又笑起来，"呵呵呵呵！毕竟是有惊无险，太神奇了，老天保佑我们值得庆幸。"李拉二的脸上也一点一点地绽出一缕笑影，但很快又被痛苦代替了——李拉二脸上很多地方都给白茅草划伤了。

老胡说："天黑了，我们这样掏太危险，明天放假没人倒荒石，可以安安心心掏。"罗腚也说："是的，明天掏更好。"李拉二也寻思，真要是为掏白贵昌伤着了老胡或罗腚也不好，就听他们的劝，撤了。

第二天，老胡和罗腚帮着李拉二掏了整整一天。往深处走，荒堆就更厚了，但又不能草草了事，每一寸都要掏到底。整整两天下来，他们还没掏到荒堆的一半，白贵昌更是一点都没影儿。到太阳要快落山时，罗腚终于泄气了，说："干脆别掏了，就当这荒堆是他的坟，过年过节来这给他烧点纸……"老胡也一脸焦虑地看着李拉二，他也没信心了。李拉二却说："要掏，得让他回家去。"罗腚叹气了，说，"这得掏到哪时候？"李拉二不吱声，一个人默默地掏。

罗腚看她坚持，自己也只好坚持。老胡看他们都没歇下，也只好跟着干。天渐渐地黑了下来，但老天有眼，这回罗腚一铲子下去好像是看到了一块布片，他心里咯噔一下，把布片从荒堆里扯出来冲着李拉二喊："哎！哎！你们快过来看。"李拉二看到他手上摇摆着的布片就奔过来，蹲下身子用手去刨。罗腚也刨，老胡过来了，也用手去刨。他们怕煤铲伤了白贵昌。

老胡又刨到一块布片，李拉二刨到一只胶鞋，罗腚刨到一块骨头！一股腐臭味从黑色的石堆下飘起来……李拉二突然停下了。眼看真相就在面前，她却突然失去了勇气。罗腚看她一眼，继续刨，老胡也跟着继续刨。又是一只胶鞋，一块布里裹着几块骨头，老胡急忙掏出打火机一看："对哩，是人骨头，还有一串钥匙。"钥匙扣上穿着一颗黄蜡石……李拉二看见此物，突然哇地一声号了起来。

天亮了，李拉二扛着白贵昌的尸骨去找贪老板，罗腚陪着她。老胡没有一起去，掏出白贵昌以后他就垮了，像被人抽了一股神筋，躺在窝棚里一动不动。他叫罗腔陪李拉二去，他说他得歇歇。回窝棚的路上他一直在嗳气。

到了大平镇上时，天已经完全黑了，街上到处都是流光烛火，按照当地风俗农历六月二十四是请鬼神，七月半是祭鬼神，所以家家户户人们都在烛火前烧纸，烧得一街都是纸灰味。街东头有一栋楼比谁家的房子都要高出许多，高楼的四周栅栏和其他人家一样排着烛火，不过他家楼上楼下，楼内楼外，里三层外三层都点燃了烛火，所以远远一看好像要把整个楼燃烧起来一样。罗腔说："那就是贪老板家。"老实说此时罗腔并不打算陪李拉二进贪家，因为他与李拉二还什么关系都没有，他叫李拉二一个人进去，他守在外面等她。

正说话间，空中突然响起炮声，粗的夹着细的，接着就看见贪家楼上闪着火光，足足有半小时多，按照当地风俗习惯这是他贪家在放鬼节的阴鞭炮，送老祖宗一路好走。本来过七月半，原是不兴放鞭炮的，鬼节是阴节，也就静静地点香燃烛给老祖宗们烧点纸钱，表示虔诚之意并嘘寒问暖，寄托哀思，激励后人，继承古训，发扬光大。正因为如此，这一天所有的大小鬼都得以大赦，所以人们就都在房子外面烧纸燃烛，为的是让孤魂野鬼们也捡一点纸钱去花，不至于在另一个世界过得太寒碜。但阳界的人太浮躁，一有钱就喜欢玩花样，贪家人也一样，自从做了矿老板，贪家过鬼节就兴放鞭炮了。他们家气势隆重一点也不亚于农村人过春节，鞭炮是选最大的，簸箕大的一盘又一盘，拆开能从他家六楼楼顶一直挂到地上。一挂挨着一挂，一串连着一串直到把楼房的四面墙壁挂满，然后再一挂接一挂地燃放。

贪家人烧纸钱当然也是在屋子里烧的，所谓财不外露，水不外流，在一楼的正堂间郑重其事地装了神龛，神龛前是一张八仙桌，八仙桌上摆着贡品——整个猪头，整块的豆腐，整只的鸡、鸭、整瓶的酒。李拉二进去的时候贪老板的婆娘正在烧钱，真钱！红红绿绿的真票子。地上已经有了厚厚的一堆纸灰，旁边的簸箕里还装着几捆百元面钞的"红蜻蜓"。李拉二从来没见识过给鬼烧真钱的，当头就看傻了。

烧真钱的火苗非常旺，老舔婆娘的脸，婆娘就老别着脸，一边烧一边用筷子去扒，怕烧不尽了老祖宗不高兴。烧了有一阵子她的脸烫了受不了别过去得多了，突然就看到了站在一旁的李拉二。"你找哪个？"她问。李拉二说："找贪老板。"李拉二全身上下一身脏乱，臭熏熏的，还扛了一个怪里怪气的蛇皮口袋，贪老板婆娘心上就起了疑。站起来就赶李拉二："去、去、去，哪来的疯子。"李拉二说："你才是疯子。"

贪婆娘说："你个疯婆娘还出口骂人啊，出去！"隔壁间拴着一条大狼狗，听到这边有生人的声音就粗声粗气地吠。狗身子扑在铁门上，两前爪撑着门框，一阵一阵地发出刺耳的响声，很有些狂暴疯人的阵势。正吵时，贪老板和他另外的两个儿子从楼上下来了。即使在这样虔诚的鬼节贪老板依然不忘记牵着他的黄狗，看起来那黄狗什么时候都不会离开他的身边，这是他的依靠，这是他的惟一能够壮胆的工具，也等于是贪老板身体的一部分了。

黄狗听到门背后的大狼狗叫，也跟着叫，屋里太吵了，贪老板就呵斥大狼狗："黑狼，你住嘴。"叫黑狼的大狗就真住了嘴。

贪婆娘说来了个疯子。贪老板没理她，她忘了自己正在干什么了，火堆已经熄了，纸灰惨白。贪老板很不高兴婆娘对祖宗的怠慢，像呵斥狗一样呵斥她："该干哪样干哪样！休管非屋之人！"

两个小儿子上前赶李拉二："出去，出去！"小贪老板还捂住鼻子，嫌李拉二身上的臭味儿难闻。李拉二说："不用撵，说清楚了我自己晓得走！"贪老板就叫儿子们一边去。

恰巧正在这个时候谁家的娃儿突然哇的一声哭了起来，哭声很是尖利，街坊邻居都听得真真切切的，贪老板还愣着眼听了一会儿。贪老婆娘喝斥两个小儿子，来帮忙烧纸！两个小儿子就过去同他们的母亲一起把一沓沓崭新的百元面额钞票一张张抛进火盆中，一时间火堆又重新旺了起来，整个屋子火光冲天，光彩照人，火苗唰唰地往人们身上舔。李拉二莫名地生起了气，"你们贪家还是人吗？你们竟把真钱当纸钱烧！"贪家婆娘对着她喊叫："关你屁事，钱是我自家的，又不是你的。"贪老板却突然哧哧笑起来，这笑声里好像是对眼前这个阴魂不散的女人的一种蔑视，好像这一笑他才有了跟李拉二说话的兴致，他终于冲李拉二开了口，他说："鬼哄不得呀，你哄了他们，他们就哄你呀。我烧真钱给他们，是表示我的一片真心，他们就能保佑我挣钱啊。你们用纸钱烧给老祖宗，老祖宗能高兴吗？"

李拉二说："那你就不怕冤鬼来找你？"贪老板的脸本来松了，这一下又本能地绷紧了，"你瞎说，尽瞎说些鬼话！"李拉二的话让他瘆得慌，感到不安了。李拉二又说："为人不做亏心事，半夜不怕鬼敲门，你要是不怕，就不会给鬼烧真钱。"贪老板觉出李拉二话里有话，镇定一下，嘘地深吸了一口气，他立刻感觉到李拉二身上那股味儿不大对头。这股味道贪老板实在太熟悉，太敏感不过了。他下意识地想到了一个结果："难道她掏到了不成？"他不敢掉以轻心，便小心地问："见着你男人了？"李拉二说："当然见着了。""真见着了？你说鬼话吧！"李拉二说："他现在就在你屋里。"

贪老板的脸皮狠狠地抽了一下，他有点不敢相信，便问："你在哪掏到的？"李拉二咬紧牙说："在哪掏到的你不比我更清楚？"贪老板的脸立刻由乌变紫哆嗦得不成样子，他被李拉二打了个措手不及，他太低估了眼前这个干筋骨瘦，貌不惊人的农村妇女了。但他毕竟是贪老板，很快就找回了感觉和主张，他甚至笑了起来，脆脆的、冷冷的几声令人哆嗦，那完全是发自内心的笑，好像李拉二刚才说了一个荒唐的鬼话，逗得他忍俊不禁。他说："你说笑话啊你，你家男人跑到哪去了我怎么会晓得？我又没义务天天专门负责去看住你男人。"李拉二咬着嘴唇，她感觉到自己从头到脚的皮肤都在往外鼓，她像个气球一样整个正在膨胀，全身的气都快要炸开了。

死活不认账

贪老板还在哈哈地笑，但这回笑得并不由衷，明显是强装出来的，他说："你男人来我窑上挖煤，我只负责给他工钱，并没说还要负责照看他吧，嗯？即使你男人死在哪了，只要不是死在我窑上，又关我什么事呢？"

李拉二把肩上的口袋紧了紧，咬着牙说："在白贵昌的尸骨面前，你还敢扯谎！"李拉二的声音仿佛来自地底下，一股阴冷，寒气逼人。贪老板急了，声音兀地大起来，"我扯哪样谎……我……"没等他喊完，李拉二把白贵昌的尸骨往他面前一放说："你要是有胆量，你就当着白贵昌的面诅个咒，就咒如果你扯了谎，你不得好死！如果你没扯谎，那我李拉二就不得好死！"这句话一出，犹如晴天霹雳，贪家的大洋楼都震颤了。

贪老板竟没那样的胆，他怕诅这样的咒。他的脸白一阵黄一阵，抖动得厉害，最后变黑了，黑得像煤。他突然暴跳起来，冲他两个儿子吼："还不快把这疯女人给我拖出去！"

两个小儿子闻声立刻弹起，架着李拉二和白贵昌的尸骨扔到大门口外，竟然比扔一块煤荒石还要干脆，还要简单。街面上人来人往，稍不留神一个大活人和一个蛇皮口袋被重重地丢在地上，地是水泥浇的，很硬，李拉二痛得直捯气，好半天气才换了上来。好多人立刻围过来看，都闭了气息，只在眼睛上用劲地看。贪家婆娘杵在门口对众人说："看哪样看？有什么好看的，一个疯女人，大过节的跑来人家家里胡闹，真是倒霉，晦气！"李拉二已经稍微缓过了劲，只是还站不起来，她的双腿不知道怎么突然软得无力，软得发抖。她便干脆坐在地上声讨："你贪家不要丧尽天良，老天会有眼的，我家白贵昌在你窑上死了，你们还把他扔到荒堆里去……你不得好死……"贪老板冲到门口指着李拉二狮吼："你一个疯婆娘，满嘴胡说，大过节的跑来别人家里诅咒，你才不得好死，谁晓得你在哪荒郊野岭上捡来的几根狗骨头！"李拉二也撕烂嗓门喊："你才是个狗东西！"

人们一时还听不明白，究竟是谁诅咒谁。

人越围越多，贪老板和他婆娘就出门来撵，说："乡亲们，你们都回吧，都回吧，有哪样好看的，是个疯婆娘来讹钱哩，小心不要让她脏了你们的身子骨呢。"不明真相的人们却不退，反倒好奇，于是更走近了些。贪老板就叫婆娘，"你回屋头去，纸还没烧完哩。"婆娘就进去了，俩儿子还留在门口，把门神一样，一边站一个。

屋里大狗小狗自然又是一阵激动，吠声压过门口所有的声音，为贪老板着实壮了不少胆。贪老板又赶儿子们，"进去进去，你们也都进去。一个疯婆娘，值不得理会她。"儿子们一转身，他也像缩头乌龟一样缩进去了。看热闹的人们等贪家关上了门，狗的声音也关小了，就向李拉二围过来。李拉二还是站不起来，她冲着那扇紧闭着的铁门喊："你姓贪的不是东西，我要告你！你等着看，我扛了白贵昌的尸骨告你去！"

李拉二喊着，脑袋一阵眩晕，喉咙被死死地哽住喊不出声来了。她看到人群中藏着罗腔，缩头缩脑的，脸上全是惭愧。她强咬着牙艰难地爬了起来，重新扛上了白贵昌的尸骨，好奇的人群为她裂开一条缝，她就从那条缝里走过去，一趔一趄地消失在熙熙攘攘的人群中。罗腔一直隔着两米远的距离跟在她后面，一些人跟在罗腔的屁股后面送了一程，后来也放弃了。现在的人似乎对什么事情都有兴趣，可是什么都坚持不了多久。

慢慢地走到街口，李拉二找了个地方歇下来。罗腔往后看看，蹭上去了，"先前……我怕……你摔痛了没？"李拉二说："没有天理了！"她现在都还沉浸在悲愤和痛恨里，一个人自言自语，一边摇头，不知道是感到人世间的寒冷还是对自己失去了自信。罗腚却很关心她那一摔跤的后果，一再小心问："摔到哪儿没？"她说："没有天理了，真的是无法无天了，我非告他不可哩！一个人哩，哪能当荒石说扔了就扔了？姓贪的就不是人。"

罗腚说："就怕……你告不倒哩。"她说："我非告不可。"然后回头问罗腚："你愿帮我作证去不？"罗腚惭愧地低下他的头，支支吾吾："我……我是土生土长的本地人，怕他今后收拾我哩。"李拉二说："你不愿作证反正我都要告他。"罗腚说："我看你不如叫他赔钱算了。"李拉二说："不要钱。"罗腚说："你不要钱那要哪样呢？"李拉二说："我要天理！"

再次回到贪老板面前，李拉二也是这么说的。关了门冷静地想了想，贪老板意识到这样随随便便地把李拉二打发走几乎不可能了，因为他太有钱，所以总是喜欢把任何事情都跟钱联系起来思考，这个世界上没有钱解决不了的问题，这是他一贯的主张和观点。所以他叫两个小儿子赶紧到街上去找，务必把李拉二找回来。俩儿子在街上找了一圈，在街口把李拉二找到了。不过带回去后并没让李拉二进屋，因为李拉二不愿放下白贵昌的尸骨。于是，两个小儿子分把门的两边，贪老板站在中间，李拉二就站在门口的水泥地板上。依旧是有很多来来往往的人围过来看，其中还有一些娃，嘴上叽叽哇哇着，一点也没感觉到那场面的严肃与气氛。

认 罚

"你要告我？"贪老板问。李拉二眼神冷定，没有说话。贪老板说："你凭哪样告我？哪个相信你说的话？"这时候李拉二也学会了冷笑，她说："那你等着看，等着看哪个相信我说的话。"贪老板顿了一会儿，然后咬紧牙问："你要我给你好多？"李拉二一时没明白他的意思。贪老板又说："两万，够了吧？"李拉二说："我不要钱。"贪老板说："三万如何？"李拉二说："我说过了我不要钱。"围观的人群中立刻海潮起一片叹声："哇三万块钱哩！"贪老板也惊讶，"你不要钱要哪样？"李拉二说："我要天理！"人群中又海潮起一片更大的叹声！

　　这天理怎么个给法，是什么样子，谁也没有见过，难坏了人。这个年头连钱都不能解决的问题是很多人都没有遇到过的，贪老板起初以为是钱给少了，一万一万往上涨，到后来把他的婆娘和儿子都涨绿了眼，涨到十万块了，李拉二还是说她不要钱，她要天理。最后连贪老板自己的眼睛都绿了，一咬牙涨到了二十万元，可是李拉二依然说她不要钱，她要天理。到头来贪老板提紧的一口气终于垮下来了，说："那你爱告告去吧。"他算是看透了，李拉二要么是个白痴，要么就是神经有问题，是一个偏执狂，随她去吧。围观的人们也觉得李拉二是个白痴，二十万块啊，那是好多钱哩！你口口声声说告状，怕是不晓得铧口是生铁铸的，到头来怕只怕竹篮打水一场空，可能哪样都捞不着呢。傻女人，简直是个疯婆娘，给钱都不会要，李拉二傻得让他们直捯气，甚至于跺脚以示不解，"真是个疯婆娘"。
　　李拉二不管别人怎么看她，她咬定了要天理。她一定要去告。罗腔说："二十万哩，你想好了哦，有了这钱要哪样没有啊？一辈子都够花了呢！"李拉二说："要天理有吗？"罗腔给噎住了，张着嘴巴出不来声。李拉二说："你不懂。"罗腔也真不懂，因为他从来没有遇到过这样的事。她说假使他贪老板像对待白贵昌一样对待你婆娘，你就懂了。罗腔没婆娘，所以他还是不懂。李拉二又说假使他像对待白贵昌一样对待你爹你妈，你就懂了。罗腔仔细想了想，觉得自己似乎有些懂了，就说："要得，告他，我帮你去作证，我就说我亲眼看到他们把白贵昌扔到荒堆里去的。"罗腔还说:"老黄头、大老李他们几个人也可以作证的,是老黄头和我们一起把白贵昌从洞里面掏出来的,那钥匙还是老黄头掏到的哩。"

老黄头也愿意作证,只是他像突然得了大病,浑身上下只一个软,气老往下沉,一天都在唉声叹气,饭也不吃,水也不喝。他说他不想掏煤了,这一辈子都不想再掏煤了,他想回去好生歇歇。他说他先回家歇着,只要李拉二这边要他来作证,带个信他马上就来。

李拉二僵坏了的脸上隐隐露出一丝喜色来,涩涩的,吃力地推动着她那一脸的苦,她感到一阵轻松。但老黄头刚走,罗腔就再次埋下了头,他又担起了心,要是贪老板报复,收拾我怎么办?罗腔还年轻,好多事情都还没经验,只是一个怕字。李拉二只好把刚才那点喜色一寸一寸地退隐到脖子后面去了。看到她那么失望的样子,罗腔又不知道从哪里转回了心思,又打算什么都不顾了,他很有力地抬起了头,眼神也很来劲,但气刚提到嗓子眼就又落下去了。那被一时间海潮起的勇气冲开的嘴还张着,但也只是张在半空中而已,脸涨红得不成样子,头一低一扬折腾一会儿,罗腔说:"要不,我给你看着白贵昌的尸骨,你……去告。"李拉二没让罗腔看白贵昌的尸骨,不是不信任他,而是考虑到自己要是扛着告状才更有证据。

第二天一早她去了大平镇党委办公室,她找到了镇党委书记王批得("批"傣族人叫鬼,所以大家背后都叫他鬼书记)。"告哪个?"鬼书记似乎没听清她说的话。她就重新说了一遍:"我告贪老板。"鬼书记不知道贪老板是谁,要她说名字,她说她只晓得他姓贪,在峨嘎梁子北面山上开煤窑。鬼书记就想起来了,哈哈大笑,说:"那人哪是姓贪,人家姓坦。"还笑,哈哈哈,"你们认不得字,跟人家乱喊。"鬼书记旁边还有个人,大概是下级,也附和着笑,说:"别个倒是宁愿把他叫错,贪老板总比'汤老板'好多了。"两人哈哈哈地乐上了一阵,鬼书记才正了脸色问李拉二："你告他哪样状？"李拉二说："我家白贵昌在他窑上给瓦斯闷死了，他不告诉我，还悄悄把他当荒石扔了。"鬼书记露出了巨大的惊愕，脸都给撑变了形，李拉二觉得自己的悲愤和屈辱终于找到了回应，鼻子一酸，眼泪花花就流了出来，几天的委屈、遭白眼、凌辱……统统都得到了释放。

鬼书记静了一时，直到脸形恢复过来，他指着李拉二后面的沙发说："你先坐下，慢慢说。"看到李拉二扛了一个蛇皮口袋，又叫她把口袋放下来。李拉二没敢把口袋放下来，她坐在沙发上也一直扛着口袋。鬼书记又劝："放下吧，放下来你好说话。"李拉二还是没放下，她刚落过了泪，听鬼书记这么诚恳地对自己，俨然是被感动了，潮起的泪又唰唰地挤出眼眶。鬼书记再没有坚持，他让刚才陪他哈哈乐的那位干部忙自己的事去了，他替李拉二倒杯水放到她面前。李拉二很渴，就不客气地拿过来喝了。一杯水太少，李拉二一口就喝干了，鬼书记就接着给她倒了第二杯。鬼书记真是个好人，李拉二眼睛又发起了酸，红红的，像带着雨点的花瓣。鬼书记忙说："你不急，慢慢说。"李拉二就又喝了一口书记倒的水，调整一下肩上的口袋，不知为什么，这时候她突然觉得肩上的白贵昌好沉。

鬼书记又接着说："不急，慢慢说。"

"我家白贵昌在贪老板窑上掏煤……""姓坦，那人姓坦。"鬼书记纠正。李拉二忙改正，"我家白贵昌在坦老板窑上掏煤，被瓦斯闷死了……"李拉二有些哽，停下来吞一下喉咙里的梗块继续说，"他没有通知我来接人，悄悄把白贵昌当煤荒石扔了……"李拉二喉咙又哽上了，她索性静了，默默地抹泪。鬼书记似乎也沉默着，他把眉头都挤烂了，看起来他思考得很痛苦的样子。过了好久他问李拉二："你有证据吗？"李拉二耸了耸肩上的蛇皮口袋说："白贵昌的尸骨就在这里，是我从煤荒堆里掏出来的。"

鬼书记原来也是怕尸骨这类东西的，他的脸唰地一下就白了。不过思维并没乱，问李拉二："你掏到的是尸骨，不是完整的尸体对吧？"李拉二哽咽点头。鬼书记说："那你凭哪样认出那尸骨是……"李拉二拿出了钥匙串，她觉得凭这个就够了。她说这钥匙串上的黄蜡石是我给他穿上去的。她说："你们要不相信的话，可以拿这钥匙去开我家的大门，别人的钥匙是开不开我家门的吧？"但鬼书记却觉得这个还不够，他说："哪个又能证明这钥匙是白贵昌的呢？你掏到白贵昌的时候，有别人在场吗？"李拉二说："有两个人帮我掏哩，这钥匙串还是老胡掏到的，他可以作证。"鬼书记说："那，你怎么晓得是坦老板把你家白贵昌扔到荒堆里的？哪个可以作证？"李拉二说："是罗腔说的，他也在坦老板家窑上一起掏的煤，是他亲眼看到他们扔的，而且是晚上。"李拉二一转眼又把"坦"当"贪"念，鬼书记这次也没心思纠正她了。他闭着嘴，眼皮低下来，看着屋角点头，似乎心里已有了数，并词不达意地轻轻地说出两个字："晚上？"之后却突然又问，"他们能来作证吗？"李拉二说："罗腔不敢来作证，怕以后遭贪老板收拾。"鬼书记说："哪能呢？你对他说，谁也不敢因为他做了证人就收拾他，我给他保证！你叫他来，明天吧，明天叫他跟你一起来，明天我就让你得到答复。"李拉二问："还用叫上老黄头和老胡他们吗？老胡他可以证明这钥匙……"鬼书记说："暂时不用，只叫上那个罗腔就行了。"

　　李拉二和罗腔次日来到鬼书记办公室的时候，贪老板早已坐在那里了，他跷着二郎腿，不屑一顾，俨然一副主人的态度，他面前的茶已经喝掉了一半，茶的颜色已经开始泛黄，看起来他在这里坐的时间已经不短了。罗腔来之前是鼓足了勇气的，但见了贪老板还是掉头就走，贪老板放下架着的两腿打算追，狗日的罗腔！但鬼书记严肃地制止了他，并出门把罗腔叫了回来。罗腔的脸像番茄，青一块红一块，鼓着两个腮帮，瞪着眼睛，心里还是胆怯，所以就尽量让表面看起来勇敢些。鬼书记把他叫到屋里就关了门，或许是怕他再跑掉，或许是为了别的。鬼书记拉长了脸训贪老板："你可不能恐吓证人哦，你答应过我的，这事调解完后不再找证人的麻烦的，你要是找他的麻烦，我给你把煤窑炸了，你信不信？"贪老板灰了脸说："我信，我信，鬼书记我相信!"但还是凶狠地剐了一眼罗腔，让罗腔双腿直打颤。

鬼书记给李拉二和罗腔每人倒了杯水，但只是白水，并不像贪老板那样泡着绿茶。鬼书记一直挤着眉头，一副焦头烂额的样子。鬼书记从一开始就要罗腔先说话，罗腔却因为胆怯说不好。也是这样鬼书记就也放心，他要的就是这个效果。他表里不一地叫他："别怕，好好说。有我在你怕哪样？"嘴上虽然很是关心的客气，可是眼睛里却透射出一股莫名的凶光，只是罗腔一直不敢对视一眼鬼书记的目光，所以才傻乎乎地增了些胆量，干咳几声，话就流畅了。他一直没去看贪老板，他豁出去了。闭嘴的时候他已经一身湿透，汗比话淌出来的还多。他说话的时候，贪老板剐他的眼神一下比一下用劲，一下比一下凶狠，好几次都差点蹦起来了，但鬼书记也在一眼一眼地剐着贪老板，好像示意他不要急于露出声色，以至于到最后他也没能蹦起来。不过他骂了一句狗日的罗腔！骂得很用劲，那几个字是他嚼碎了才吐出来的。

鬼书记在他刚骂完就冒了火，他冒火的方式是把自己的茶杯哐地在办公桌上墩了一下，响声很闷钝，但还是把他对面的几个人都吓了一跳。吓得最厉害的是贪老板，恍惚间他竟怀疑罗腔是鬼书记的儿子，谁听得了别人骂他自己儿子是狗日的呢？鬼书记接下来明确表明是贪老板做下的事情太让他气愤了，再接下来就是一通严厉的批评教育，讲了很多大道理，立场都是站在农民工这边的。贪老板给他说得头一寸一寸往下低，李拉二一边听得泪花儿直滚。到后来，罗腔觉得鬼书记差不多都可以当农民工的爹了。

鬼书记差不多说了半个钟头的时间，他累了，歇下来喝茶。喝茶时用一种恨铁不成钢的眼神看着贪老板，所以此时此刻贪老板也觉得他仿佛就是自己的爹了。

于是贪老板忙趁着他喝茶的机会认罪："我错了，我认罚。"

鬼书记狠声地说:"你当然该罚,不罚你,你这种人指不定还会干出更加灭绝天良的事来!"贪老板忙不迭地说:"是,是,是。"他突然显得有些火燥,想早点结束这件事,说:"鬼书记你说罚好多就罚好多吧。"

鬼书记转过脸看李拉二,李拉二还在抹泪,那泪忍都忍不住,所以她老也抹不完,没完没了。鬼书记问她:"你看呢?"李拉二不说话,她听了书记刚才那一通话,只觉得心重得很,只想哭,哭出来就什么主张都没有了。罗腔也低着头。鬼书记用右手的拇指和食指做着数钱的动作,好像在对贪老板暗示着什么,然后对贪老板说,"人家一个女人家,死了男人,孤苦伶仃的……"贪老板说:"鬼书记给说个数吧,你说罚好多我就认好多。"鬼书记又看了一眼李拉二,最后坚定地说,"罚你二十万,你认也得罚,不认也得罚!"贪老板狠狠地咬了一下嘴,又再咬了一下嘴,赖了脸跟鬼书记求情:"能不能少点儿?我……也不宽裕呢。"鬼书记毫不留情地断喝:"就这么定了,二十万,你要不赔我就封了你的窑。"贪老板忙点头说:"那行,行,行。我服从鬼书记安排。"

但李拉二却不答应,李拉二不要钱,她要天理。贪老板白着眼看鬼书记,鬼书记也白着眼去看李拉二。"他赔了你钱不就行了吗?"鬼书记说。但李拉二不是这么认为的,"狗啊猫啊死了还要挖个坑埋呢,白贵昌是个人啊,可他姓贪的却把人当煤荒石扔,天理何在呀?"鬼书记不高兴了,他觉得李拉二简直是胡搅蛮缠了,他开导李拉二:"别人家的掏煤汉在窑洞里死了,也就是赔个一两万块钱,你这里人家坦老板赔你二十万哩,二十万不少啊,你好好安埋了你男人,自己今后的生活也有着落了,还有老人不?有老人那也足够的了。"可李拉二还是说:"他凭哪样把人往荒石堆里扔呢?是老板就可以这样做吗?天理何在?"贪老板突然喊起来:"我都认罚了!你还要怎么样?"贪老板是真急了,他觉得这事到此为止最好,他已经给烙糊了。他鼓了双眼冲李拉二喊："我跟你说，要是当时你男人死了我就叫你来领尸，也就最多赔你两万，这回你一搅，书记罚我赔二十万你还嫌少啊？"他手心里搋着的黄狗也跟着激动，粗大的嗓门汪汪地对着李拉二吠了两声。

鬼书记没容他在自己的地盘上继续做狮吼，"你吼哪样吼？"鬼书记这么一吼他，姓坦的才低下了高傲的头。在这屋里他鬼书记才是狮王，轮不到姓贪的咆哮。鬼书记还很讨厌他手里的憨狗，它是个什么东西呢？也敢跟着在这里出声。鬼书记说："把那狗东西拉门外去！"姓贪的心痛爱犬，忙缩脖子求饶，这么个不懂事的东西，把它放门外了会不安全的。大概鬼书记也觉得那么一个不懂事的东西值不得跟它计较，就没再坚持，只咕哝，"一个大男人，整天搋着一只狗像什么东西？"鬼书记显然没想到事情会在他认为已经有了结果的时候卡了壳，李拉二是那么的不配合，所以当贪老板闭上嘴后，他就把劲都用到了李拉二这边，"你不满意我的调解结果？"李拉二点头。问："你嫌少了？"她摇头。问："那是为哪样？"她说："我咽不下这口气。"问："他赔你二十万也咽不下这口气？""赔再多也咽不下，不关钱的事。""那你到底要怎样？想把他枪毙不成？"李拉二说："就是把他枪毙了也解不了我这口气。"

在场的人全部给她噎成白眼了，连罗腚在内。

不是钱的事

李拉二要去找县委书记，罗腚也要一起去。李拉二怕太耽搁他，叫他先上窑挣着钱，等她找到了县委书记需要证人时才叫他。罗腚却告诉她说，贪家煤窑已经给书记封了，没煤掏了，很多人都没地方去了，大伙都等着钱寄回去给孩子读书呢。这个消息让李拉二心里海潮起一丝丝的感动，也平添了几分振奋。但当罗腔告诉她后半句话时，她愣了一下，傻了。罗腔就说："农民工们没煤掏了，就都骂她，说就是因为她不听鬼书记的调解，还要上告，书记怕出篓子才封了贪家的窑，说窑封了就耽误大家挣钱了。"

李拉二也觉得耽误了那么多农民工兄弟挣钱，很是对不起人的，但她一点也没动摇去找县委书记的决心。

这回她先就告诉县委书记她要的不是钱，是天理，要父母官一定给她做主，给个说法。县委书记很重视这事，把它当做县里的头等大事来抓，只两天就给了李拉二一个结果，不光让贪老板赔偿李拉二二十万块钱，还把姓贪的关进了公安局。

别人都说这回李拉二该满意了，很多人还觉得她这下子赚大了，再看她的时候眼神都怪怪的，好像她赚的是他们的钱似的，至少也是他们亲戚朋友的钱。但李拉二还是觉得心头堵得慌，心里那块疙瘩还没完全化开。一个人呢，他姓贪的怎么就能当块没用的荒石扔了呢？这个问题对于她来说简直就像村子里放鬼的毕摩（傣族人的巫师）蛊一道咒语，只有施蛊咒的人才能解得开。但施蛊咒的人是谁？李拉二并不清楚。

罗腔说大概只能这样了，老黄头和大老李他们也说大概只能这样了。李拉二就想，是了大概只能这样了。罗腔主动留下来帮李拉二料理白贵昌的后事，老胡和他婆娘、老黄头、大老李他们一伙农民工也大老远地都过来帮忙。前后忙了几天，算是有了个了结。

老黄头的病还没全好，骨头还一个劲地软，提不上气，走路时老没劲，嗳气的毛病也没减。他婆娘说，老黄头回来后还无故地添了个做噩梦的毛病，半夜里经常会直愣愣喊叫，怪吓人哩。老黄头说，唉，都是白贵昌这事闹的，想起来这人挺没意思哩。

老黄头和他婆娘要回去了，叫罗腔一起走。罗腔不走，两脚不停地蹭地，把土一层一层地蹭起来，说："你们先走嘛，莫管我。"老黄头嗳了口气，就和他婆娘一起走了。老黄头其实才四十出头，背影看去却像六十岁的样子，一边走还一边嗳气，说这人活着没意思，到头来真没意思。

老黄头和他婆娘走后，李拉二家冷清下来。远处有几只秋蝉在不厌其烦地鸣叫，听起来像是哭，又像是撕心裂肺地叫，怪凄惨的。李拉二寂寂地站在屋中央，木头一样盯着神龛上那三炷还没燃尽的香火。屋里太静，罗腚干咳了一声，远处的蝉鸣戛然而止，仿佛是给罗腚那一声咳嗽吓住了。

死不瞑目

李拉二对着神龛出了声，话却问的是罗腚："罗腚，你说白贵昌会瞑目吗？"罗腚支吾："大概……不会的吧，但也只能这样了。"李拉二慢慢转过身，眼神依然直直地对着神龛说，"我很感激你和老黄头、大老李几个兄弟。"罗腚说，"我……老黄头才是好人呢。"李拉二又寂默了一会，眼神散开，大约心思已经飞远了。远处的秋蝉又叫了起来，声音很嘹亮，也更热烈了，看起来李拉二像是在听蝉鸣。

时间一点一点往前走，走了很久。

罗腚说："我得回去了，我得回去了哩。"却并不真走，李拉二的娘家住得偏僻，单门单户地落在山坳里头，他走了就剩下李拉二一个人面对这一山坳的空寂了。大平镇西庄那富庶的地方她再也不想回去了，对她而言那是一个让人痛苦的地方。

罗腚想走但有些不忍，但他又不能不走的。他心里矛盾，年轻轻的脸就这样给焦虑害得有些苍老了。

李拉二突然说："罗腔你来。"罗腔动了一下，将原本蹲着的姿势变成了半蹲。李拉二往一间屋子走去，说："你来。"罗腔就站起来跟上去了。那间屋子一半做了灶房，另一半隔了个睡房，李拉二进了睡房，罗腔的脚步在睡房门口迟疑不前了，他的心咚咚地跳。李拉二却在里面不停地唤："罗腔进来吧。"罗腔把心捏紧了，他几乎是低着头走进去的。虽然并没有门槛，他却差点绊了一跤。

李拉二端端地坐在床沿上，看他一眼后低下了头，脸红得发紫地说："你摸吧。"罗腔心里哐当一声，不知所措。

李拉二又说："摸吧，没事！"罗腔因为这事来得突然，让他显得好怕，但又不知道自己怕什么，他又开始搓手，搓得直溅火星。李拉二说："别怕，你对他那么好，他不会怪你的。来，你过来吧！"李拉二解开了胸扣，低着眼眉静静地等待着，等待着这一段时间以来朝夕相处的陌生男人，向她慢慢地靠近，再靠近，罗腔哆哆嗦嗦地伸出手，但半路又缩了回来。他轻轻地干咳嗽几声说："我还是……算了……"李拉二说："摸吧，真不用怕。长这么大了你还没真摸过女人吧？"罗腔又干咳了几声，暗暗下了下决心，把手小心翼翼探进去了，却又突然在到达目标的时候停住了。像是谁在他背后突然给了他一巴掌，他清醒了，喘着粗气，全身心上下好像感觉被一种穿透的快感凝成了一块生铁。但接下来他的手，不，再加上另外一只手就疯了一样，把动作整得很过分了，李拉二就把它打了出来。

李拉二说："好了。"罗腔意犹未尽，喉结上下滑动，不停地喘着粗气，他说："真好！我……我想……要是你做我的婆娘……行不？"李拉二傻了，好一会儿说："我不想再跟一个掏煤汉了。"罗腔说："我以后不再掏煤了，我讨了你就不掏煤了，我都掏了好几年了，我攒了好多钱哩。"又说："我早就拿定主意的，只要一讨上婆娘就不掏煤了，我更不想让婆娘守寡。"罗腔突然变得口舌利索起来。

罗腔回去才一天，又来了。他这么急急地来是要告诉李拉二，贪家的煤窑又开了，贪老板还继续好端端地坐在窑上。李拉二不相信，窑洞不是给封了吗？姓贪的不是给关起来了吗？罗腔说："我亲眼看到贪老板坐在窑上，我们村那些农民工又全都上他那掏煤去了。"李拉二还是不相信，她要眼见为实，就和罗腔赶了半天的路来到峨嘎梁子，还真是看到贪老板好端端地坐在窑上，窑洞也好端端地开着，有拖着空矿斗车的掏煤汉进去，也有满载的矿斗车被掏煤汉拉出来。李拉二突然变得恍惚起来，如同刚做了一场梦醒来，一时间分不清眼前是不是真的还是在梦中。

李拉二决定再告，这一回她要直接上到市委里去告。罗腔和老黄头、大老李等一帮农民工兄弟都跟着，准备随时为她作证。市委书记不像县委书记那么容易见着，招呼他们的是市信访局的工作人员，他们说跟他们反映和跟市委书记反映是一样的。信不信由不了他们，他们见不着市委书记，最后也只能把状先告到那里。告完了就叫他们回去等结果，他们就回来了。

几天过后李拉二得到通知，叫她去县里。同去的还有镇上的鬼书记，他见了李拉二就把脸皱成一个苦瓜，苦水一直不停地滴答，他说："你这人怎么就没完没了呢？把我们害苦了。"县委书记的脸色更不好瞧，镇党委鬼书记一到他眼前，他的脸就变成了一颗烂苦瓜，黄一块青一块的，"你搞的什么工作？坦家煤窑不是给封了吗，怎么又开了？"镇党委鬼书记矮着县委书记一级，平常都只有当儿子的份，这会就只能当孙子了，孙子在老爷面前满腹委屈，一肚子的苦水无法倒出来，把脸都撑烂了说："是封了啊，哪晓得他哪个时候又开的呢……""你不借他胆，他敢开吗？""我哪敢借他胆呢，我只是……只是想到他开着那窑，当地百姓还有个挣钱的地方，财政能有一点收入，对地方起码也是有所贡献，所以平时就对他姑息了一点。您是晓得的，我那地方的老百姓穷啊……"

他是为老百姓着想的，县委书记沉默了一会儿，心就软下来了。县委书记对李拉二也是一肚子的怨气，而且埋怨她："你对调解不满意你再找我呀，你跑到市里去搞哪样呢？"李拉二从他的口气中听出来这事使他打屁股了，就觉得自己有些对不住他，但李拉二此时更关心的是到市里那一状告的结果如何。

县委书记拿出一个批文在李拉二面前晃了一下说："市委领导批下来了，叫我一定要严肃处理，你该满意了吧？"李拉二听了很满意，市信访局那帮人还真是好人哩，市委书记也真是个大好人。

这回县委书记亲自下去封了贪家的窑，还罚贪老板这辈子不准再开煤窑。

李拉二隐隐感觉有个人在戏弄自己，但这人是谁她又不清楚，似乎不是县委书记，他那一脸的无奈明确而真实，他的话也说得是推心置腹，你再不满意也没办法了，"贪老板并没直接杀你男人，他错就错在想悄悄把你男人埋在荒堆里了事，想躲过一两万块钱的赔偿，单就从这一点上讲我们不能让他去坐一辈子牢，更不能把他枪毙呀。枪毙一个人哪能这么容易？我们罚他十倍的赔偿，还让他蹲了几天看守所，你不满意，这回我们又彻底封了他的窑，这辈子都不让他开煤窑了，断了他的财路了，你不满意还要怎样？"李拉二并不明确知道自己还要怎样，但这个结果确实让她感觉到很荒唐，罚姓贪的一辈子不能开煤窑？剥夺他这辈子做矿老板的权利？断了他今后的财路？就这么个冠冕堂皇的理由，这不等于诳三岁的娃娃吗？

没过多久，姓贪的自己把这个戏言戳穿了，他在原来的煤窑旁边又组织人马新挖了一个洞，正门不让进，他就开了个侧门，他不能发财了就让儿子发好了，早早晚晚都得由他们出来接替的。就这样他替小贪老板看守，不？这时候应该是变成另一个大贪老板了，于是原来的贪老板依然端端正正地坐在窑场，手心还拽着他那只心爱的大黄狗。他俨然还是个矿老板的样子，不过他并不承认自己是老板，他说这窑的老板是他大儿子，他不过是在替大儿子管理罢了，儿子发工资请老爸守工地，天经地义，市场经济受法律保护。

李拉二病倒了，她心口痛，一整天一整天的痛，她就那么捂着胸口，不思茶饭也不说话。脸一天比一天黄了。罗腚、老黄头，还有大老李他们几个农民工兄弟聚在一起，看着一天比一天病重的李拉二。罗腚说："干脆，我们把那二十万块钱还给县委书记，再往上告，这回我们不去市里了，我们到更远更远的省里告去。"老黄头嗳着气说："到哪里告也都是这样了。""别说更远了，更远！更远我恐怕是走不动了。"

罗腚说了句什么，但声音小得根本就听不清楚。

一堆人围坐在李拉二的床前，谁也没有说话。秋天的夜里开始有了一些凉意，旱烟枪在他们中间轮过来转过去，那一屋子的辛辣味、汗味、酸臭味，李拉二早已经习惯了。野地里突然传来猫头鹰凄厉的叫声，"呱呱，呱……呱呱，呱……呱呱，呱……"听起来很有点像婴儿啼哭的声音，传得很远，很远。

二〇一三年五月一日于玉溪

父亲的永生楼

何葆国

一

父亲年轻的时候曾经有一次机会可以很体面很光荣地离开永生楼。那是一次冬季征兵，大队推荐、公社同意，体检通过，政审初审也通过了，报送马铺县武装部复审，据说也通过了，准备第二天正式公布，但是前一天晚上，那个最讲认真的武装部领导闲得蛋疼，又把各人的政审资料档案翻了一遍，这就有了重大的发现。父亲的政审资料里有一笔小小的描述涉及到父亲的父亲曾在南洋做过几年小买卖，后来携款还乡建造土楼。这还了得，在南洋做过小买卖，这不是海外历史复杂吗？于是，父亲的姓名就被红铅笔毫不留情地圈掉了。

这件事情的后果就是导致父亲继续在土楼乡村待了二十多年。如果那一年父亲顺利地当兵离开永生楼，那么后来也不会有我，更不会有我像他年轻的时候那样渴望着走出永生楼。抬头看着永生楼围起来的圆圆的一圈天空，我总是想，要是父亲那一年就离开了永生楼，现在的我就不会被圈在永生楼了。

在闽西南莽莽苍苍的崇山峻岭之间，永生楼只不过是我们华坑村一座平常的圆土楼而已。后来土楼慢慢出名，甚至成为世界文化遗产之后，我才知道像永生楼这样的土楼有成百上千座，虽然只有少数土楼荣升世遗新贵，但许多土楼都开发成旅游区。这是后话。当年父亲待在永生楼里，满心满腹都是怨气和伤感。粗糙而坚硬的土墙，杂乱无序的天井、楼门厅和走马廊，狭窄阴暗的公共楼梯，环环相连的小房屋，圆圆一圈的天空，每天面对的都是相同的景象。从面前走过的每一张脸也都是相同的忧愁和沉重，如果有笑容也是苦涩的。父亲获知他的当兵梦想破灭之后，独自躲在小房间里哭了一天一夜。

父亲在田地里干活挣了几年工分，村里办起小学，他就被推荐为民办教师，谁叫他初中毕业呢？全村也不过三五个，而永生楼再也筛不出第二个了。于是父亲光脚上岸吃起了粉笔灰，虽然也是挣工分，但是在祖祠里教学生们认认字识识数，风吹不到雨淋不着，比起田地里干不完的活，差不多算是享受了。在那个年代，"教书先生"还是受人尊敬的。父亲的好日子随之而来，邻村有人介绍了一个对象，几个堂伯上门察看门风，这是一个很好的姑娘，而且彩礼要求很少。这样父亲就结婚了，然后就有了我两个姐姐，再然后有了我。事实上，大姐出生后不久，父亲的好日子就结束了，因为奶奶得了重病，家里又添了一张吃饭的嘴，而且代课教师的工分又被新上台的大队书记打了八折。我出生时，奶奶都过世了，父亲因此欠下一屁股债，而且母亲的身体也不大好，我们家已经沦为永生楼最穷的人家，我初懂人事便从父亲的脸上看到了人世的艰难。那时父亲还在当民办代课教师，工分改为工资，只有九元六角，后来提到了十二元、十五元，又提到二十一元。我记得父亲的月薪提到二十八元的那年，我刚刚考上乡里的初级中学，他给我二元八角的报名费和学费，还另外给我三角钱，让我在乡圩上随便买点零食吃，他说："你爱吃啥货就买啥货。"说得我心头热乎乎的，鼻子都发酸了。这是我平生第一次拥有一角钱以上的零花巨款。

"好好读书，拼搏考个中专，端上铁饭碗，你这世人就不用待在永生楼了。"那天晚上父亲为了庆祝我明天到乡里中学报到还让母亲专门炒了一盘五花肉，他给我夹了一块肥硕的肉，眼光里的期待也泛出了油腻腻的光芒。

我咬了一口五花肉，绵软香嫩的肉质令我的信心嗞嗞地猛增，我说："我以后要到城里去工作。"

"好，有志气，离开永生楼，到城里做公家人。"父亲不住地点头，又给我夹了一块肉。那盘肉几乎被我吃光，我发现二姐的目光都拉直了。

但是那年我没有考上中专，城里的高中也只是刚刚到线。那个年代初中考中专，男生只有一所师范学校可以考，女生多了一所卫生学校，要读五年，比考高中难多了，然而一旦考上就意味着跳出农门，吃谷变吃米，布鞋换皮鞋，都有稳稳当当的铁饭碗。

父亲得知我中专落榜的消息，内心的痛苦和煎熬比我更甚，他独自一人坐在永生楼楼门厅的槌子上，用报纸卷着晒烟丝，一根接一根地抽得干咳不已。等我从外面低着头走进永生楼，他突然从槌子上跳起来，冲着我就是一阵臭骂："你怎不给我加把劲？这下没戏唱了，这世人你就给我死在永生楼好了！看来，你也是没那个命，唉！"

我在黄昏的幽暗里看到父亲的脸变形得一塌糊涂，他还朝我不停地挥着拳头，大意是，从此你就自生自灭吧，我顾不上你了。实际上，那几年父亲自己也顾不上自己，学校连续几年都有民办教师转正名额，但是每年都轮不上他，他的忍耐越来越有限，他的脾气越来越暴躁，课堂上学生小声说句话，他也会气得把粉笔拗断摔在学生脸上。在家里吃饭，只要母亲做的菜不大合意，淡了一点或者稍微咸一点，他都要大发雷霆一通，甚至把吃了一半的饭碗狠狠砸烂在地上。其实那时母亲已病入膏肓，只是没有去医院检查，永生楼里很多人都看出来了，她脸色蜡黄得像一张土纸，她是硬撑着身子给父亲做饭、养猪种菜以及料理其他家务。父亲没来由的发作，总是让她恐惧，缩着身子在门边发抖，一句话也不敢回。

"要是那年我去当兵，我就离开了永生楼……"有一天我要进卧室睡觉，突然听到父亲的声音从黑暗中响起。原来父亲一直站在我卧室前的通廊上，身子往栏板外探出了一小截，眼睛望着头上一圈幽蓝的夜空。他是对着夜空说话的，却是要把话说给我听。

我想了想，顶了他一句说："要是那时你离开永生楼，我现在也不用在这里了。"

父亲明显愣怔了一下，但是他没有生气，向我走了过来，把一只手搭在我的肩膀上说："还是要拼搏。"他的手无力地从我的肩膀上抽走，踩着有些飘忽的脚步往前面走去。

一九八七年对我来说是一个泪水和笑声交织在一起的年份，三月，母亲病逝；八月，我收到了泉州供销学校的录取通知书。父亲也在这一年的九月离开了学校，因为转正无望，他动手把学区校长和乡文教助理揍了一顿，被公安局拘留了十五天。当父亲坐着警车离开土楼乡的时候，他望着不断往后退去的连绵的群山，心里打定了主意，从拘留所出来就留在城里了，不再回土楼，别了，永生楼。

一九八九年七月，我中专毕业分配在马铺县土特产公司，单位给我和另一个新分配的大学生安排了一间宿舍。那是原仓库改成的房间，约三十平米，宽阔得不大像双人宿舍，看到自己的床摆在墙角下，虽然只是比较简陋的马铺话所说的"卫生床"，我的眼泪几乎要掉下来了，我终于在马铺城里拥有了属于自己的一张床！那天晚上，父亲不知从哪里得到消息，居然问到了我的宿舍里来。我已经两年没看见过他了，开学不久他给我寄了一封信，里面夹着二十块钱，信只写了半页纸，字迹如书法般狂草，感觉他很忙，没时间静下心来写字，大意是他不回永生楼了，就在马铺城里生活，只要有一双手，哪里也饿不着人。一九八八年春节我回到永生楼，父亲没有回来也联系不上，我只好和从厦门打工回来的二姐在嫁到邻村的大姐家过了年。一九八九年春节我就没回家了，留守在学校过年。这两年的学费和生活费，除了我自己打工赚一点，大多是大姐和二姐资助的。记得临近毕业时，学校闹哄哄的，像是世界末日的兵荒马乱，我却意外收到父亲一封信，里面又夹着钱，这回是五十元，他在信上问我何时毕业，让我一定要分配在城里。我没有给他回信，他没有留地址也没办法回。两年不见的父亲，精神气色看起来比在永生楼还要好，上身穿着一件印着XX猪饲料的广告衫，腰间扎着一条新皮带，裤子也是新的。父亲拍着我的肩膀，连声叫好，说我没有辜负他的期望，然后他就大致说了一下这两年他在马铺城里的经历，搬过十多次家、擦过鞋、踩过三轮车、卖过狗皮膏药、摆过地摊卖过各种假冒伪劣杂货、在丧乐队当过吹鼓手、到河里淘过金，他用一种夸张的语气说："除了走私军火、埋死人，我什么都干过啦。"父亲在我的宿舍里不停地转着身子，显得非常的激动和高亢，突然神秘兮兮地放低声音对我说："我攒了一笔钱，准备在城里买一间房子。"他蓦地拔高声音，像功放器一下拧大音量一样，"你是城里人，我也是城里人，我们都不用回永生楼啦——"他故意拉长着声调，好像要唱出来一样，我看到他的脸红扑扑的，像是酒醉红脸似的满脸写着兴奋。

　　一九九〇年春节前几天的一个晚上，我刚睡下不久，听到门外有敲门声，以为是舍友回来忘记带钥匙了，打开门，却是父亲一头闯了进来，他劈头盖脸就指着我说："你有多少钱？"像是打劫一样。我工作才几个月，能有多少钱呢？不等我回答，父亲就说了："把你的钱统统给我，有多少算多少，我要买圩尾街的一座房子，明天中午十二点前就要先付一半钱，正月初九再全部付清。"

　　原来不知是谁给父亲介绍了圩尾街的一座房子，其实也就是一间两进式平房，外加右侧搭建的一间厢房做厨房兼饭厅。父亲找到业主谈好了价格和交割时间，立即回到租住房里，把藏在床脚下和天花板上的现金和储蓄存单全部取出来，摆在床上合计了一下，如果再向三个子女分别派款一部分——他心里转了一下，摊派数字就出来了：大姐一千元，二姐两千元，我五百元。这样交了一半的钱还略剩一点，留到过年再一起凑齐另一半的钱。

　　面对父亲伸过来的摊开的手掌，我的眼睛刺痛般移开，从抽屉里抓出几张大钞和一把零票，全都塞到父亲手里。父亲迅速表现出算术代课教师的才能，眨眼间就算出这些钱的总数：四百六十元。我又从口袋里掏出四十元给他，说："明天吃饭我都要向人家借钱了。"五百元正暗合父亲摊派给我的数额，他高兴地收起钱，说："我们就要有城里的房子了！"

父亲把买房的一半钱交给业主，业主同意父亲先搬进来过年，然后等正月初九交清另外一半的钱，再正式签合同，一起到房管局办理过户手续。父亲一个人在新买的房子里走来走去，蹑步、跺脚、跳跃，东看看西摸摸，几乎把每一块砖都抚摸过一遍。整整一个晚上，他就在房屋里不停地走呀走，越走心里越踏实，脚不酸，人不累，这不是做梦，这是活生生的现实，脚下踩的就是自己的房子啊。

"这是华坑村华岩公第二十五世孙华胜明在马铺城里买的房子。"父亲正色地端着酒杯说，语气正式得像是新闻联播一样。华胜明就是他的名字，他在嘴里念着自己的名字，显得特别庄重，特别神圣，"华胜明有生以来第一次在城里自己的房子过年，来，列祖列宗，受华胜明祭酒一杯。"父亲把手中的酒杯举过头顶，然后往地上一洒，这一系列动作行云流水般流畅，充满了一种动人的仪式感。这年春节我和二姐陪父亲在新买的房子里过年，他居然做了十二碗菜，虽然有几样基本上是重复的，他说晚上越迟睡父亲越长寿，可是年夜饭吃完不久，春晚的节目才看几个，我就哈欠连天了。二姐帮父亲收拾了碗筷，到后进的房间睡觉去了。我和父亲坐在前进的厅里看着那台旧货市场买来的旧彩电，上面演着无聊的小品，父亲笑得鼻涕都淌出来了。最后我还是趁他看春晚看得入迷，偷偷溜回了自己的宿舍。

父亲正月初五独自回了一趟永生楼。他已经两年多没回到永生楼了，这趟行程的最大举动就是把我们家在永生楼的一间灶间、两间禾仓和两间卧室卖给了他堂哥华胜谷，我们家在楼外还有一间猪圈和一间早已废弃的茅厕，则卖给他表姐夫华正冬，而我们家的自留地和责任田因为不能买卖，便无限期租给了小姑丈江长山。如果说，卖掉在永生楼的房间，原先也动过几次念头，因为卖价太低，还是作罢，但这一回，父亲是打定了主意，无论如何要卖掉，因为手上太需要钱了，而且现在城里买了房子，不用再回到永生楼那伤心之地了，若不卖掉，只能锁上门空在那里关蚊子，这多不划算啊。永生楼有什么好呢？圆圆的一圈厚墙，几十户人家住在一起，虽说都是同一个祖宗的亲戚，但磕磕碰碰的总是有扯不完的矛盾，楼里又嘈杂又肮脏，走几步就能踩到一泡热气腾腾的鸡屎，最重要的，父亲觉得在永生楼生活了几十年，日子似乎没有顺畅过几天，父母早逝，妻子也早逝，自己一直无法转正，这座土楼里里外外充满了太多苦难的回忆——所以，他下定决心卖掉在永生楼的房间以及楼外的猪圈等等。

其实，永生楼是祖先建造，历代修葺，然后一代一代传下来的，各家各户所占有的房间并不平等，有人住不完，有人不够住，父亲的堂哥华胜谷家就属于不够住的状况，所以父亲一提出卖房，他立即就有了兴趣，在族中长辈的见证下，他们说定了价格并正式签订了买卖文书。这文书是父亲亲自起草的，他还在上面特别强调了四个字：永不反悔。

二

永生楼，中型圆土楼，为华坑村华氏所建，始建于一五四八年，历经五年竣工，原址为四层，一六六三年间烧毁。华氏村民请来风水先生，发现永生楼大门正对着一座山峰，其峰峦形如火焰，所以一把火将永生楼化为乌有，重建时必须把原有的4层降为3层，才能避开火舌，不然一百年就要烧一次。华氏村民采纳风水先生的建议，于一六八〇年重建永生楼，便只建了三层。一九三〇年代，永生楼被土匪再次烧毁，后有乡人从南洋还乡，合力重新建楼，依清朝旧样，依旧建成三层，楼高十二点三米，楼底墙厚一点六六米，楼外径长四十五点七米，宽三十四点五米，内径长二十八点三米，宽十七点一米，每层有三十二个房间，共有九十六个房间，全楼有一口水井，两部公共楼梯。最高峰时永生楼住有二十几户人家，一百人左右。永生楼从二〇〇〇年起开始经营家庭旅馆，后来整体改建为"永生楼客栈"，土楼成为世界遗产后，永生楼客栈被评为最受欢迎的十大土楼旅馆之一。

以上这段文字来自马铺县政府网站的土楼介绍专题。实际上，你现在随便到网上搜索一下，都可以找到许多介绍永生楼的相关网页。当然，这一切都是因为土楼在二〇〇八年被联合国教科文组织列入了世界文化遗产。永生楼虽然不在世遗的名单里，但是毕竟也是土楼家族一员，一荣俱荣，永生楼所在的华坑村早在申遗前就被辟为旅游景区，门票更从十元一路提到了三十元、五十元，而我堂哥华栋才投资经营的永生楼客栈，一个房间标价一百八十元一天，周末和黄金周则涨到二百八十元，仍然一房难求。

当父亲了解到这些情况后，他内心的惊讶和痛苦可想而知。一九九〇年春节期间，他将我们家在永生楼的五个房间，以每个房间二百八十元的价格卖给了他的堂哥华胜谷也就是我堂哥华栋才的父亲。一个房间二百八十元，卖了，世世代代卖了，现在还是这个房间（当然有重新装修过），让人住一个晚上，就是二百八十元，世世代代可以收这个钱。这之间巨大的落差，令父亲痛不欲生。当年永生楼是父亲的伤心地，在他看来，就像狗屎堆一样臭不可闻，越早离开越好，谁知道十几年之后它居然变成了聚宝盆，变成了印钞机。实际上也不能责备父亲的短视，当年父亲虽然没有跟我商量卖房的事，我也是认为那破破烂烂的土楼毫无价值，要是我八十元一间也不想买，心里还嘲笑我堂伯父太傻。我记得当年马铺县领导也很烦土楼，有一次全县什么大会上，一个女领导还把有些人的思想比喻成"像土楼一样顽固保守"，然后她借题发挥把土楼臭骂了一通。谁知道呢，土楼后来成了世界级的宝贝！这里用得着一个词，这就叫作：世事难料。

一九九〇年正月初九，父亲如期把另外一半的房款交清，大概两个月后，写着他名字的房产证和土地证也办来了。他把两证用报纸包起来，外面再包一层塑料，然后用透明胶粘在内衣上，一天二十四小时用体温焐热着它们。直到五月份天气转热，父亲才把紧贴心窝的两证解下来，收藏在一个不为人知的地方。

圩尾街位于马铺旧城区，是一条纵横交错的老街，父亲所买的房子差不多就在中间地带，四通八达，有几条小巷连通着外面的大街。父亲有了自己的房子，他感觉自己就像一根楔子深深地钉进了马铺城里，彻底告别永生楼这一天，终于从遥远的梦想变成了触手可及的现实。他不能再像前两年那样到处打零工了，他要有一项比较稳定的谋生头路，尽快还清因买房而欠下的债务，同时他也考虑到了我将来结婚需要一笔钱。他到外面走了一圈，又在房间里估算了好久，决定摆卤料摊。

说干就干，父亲向邻居低价买来一辆摆了几年没用的平板车，一边请来木匠师傅改造成上下两层加笼箱的手推车，一边到农贸市场和药铺采购做卤汁的原料。花椒、八角、桂皮、甘草、砂仁、丁香、杜仲、香叶还有黑糖、酱油、料酒、鱼露、白醋、葱蒜姜等等，还有一堆猪下水、鸭脖子、鸡爪子等等，父亲一手提着一只大竹篮，篮子里满满当当的，他的笑也挤满了脸，对正在钉钉子的木匠说："晚上你就可以吃到我做的卤料了。"

父亲在厨房里的煤灶上烧起一锅水，他像作法一样搓了搓手，又像是拜神似的双手合十，然后操起菜刀，开始在案板上大显身手。桂皮用刀背敲成小块，生姜用刀拍松，甘草切成厚片，刀起刀落，轻重缓急，在案板上发出的声音高低起伏，和外面木匠刨花钉钉的响声相互呼应，形成了一个多声部的交响。

到了中午，父亲的一锅卤水已经烧开，正用小火慢慢熬，房间内外飘满了一种浓烈的香气。木匠回家吃饭回来，不由抽了几下鼻子。父亲连午饭也顾不上吃，把猪下水、鸭脖子、鸡爪子洗净，分门别类，放入几个冷水锅里慢慢地烧。

"想吃你一点卤料，还要有耐心啊。"木匠说。

父亲说："这当然，就像你木工一样，慢工出细活，我这卤水也要慢慢熬才能出味。"

傍晚时分，那辆行将就毙的平板车被木匠成功改造成适宜卖卤料、粉条、四果汤等一应吃食的手推车，大功告成的木匠喊着父亲的名字，父亲应声从厨房里小跑着出来，手上端着一只盆子，就往木匠眼前一伸。木匠猛地连打三个喷嚏，手往裤腿上一擦，便伸手从盆子里抓起一只热气腾腾的卤鸡爪，放到嘴里一边啃一边说："香啊，香，香。"

"你算有口福了，这可是我的处女卤啊。"父亲说。

木匠又连打两个喷嚏，差点被卤鸡爪的碎骨头呛住了，一边点头一边说："你这什么风味？有点咸，特别香，是不是内山那什么土楼风味？"

父亲脸上的笑容立即就僵住了，因为他不喜欢人家说他来自内山，更别提那土楼，他突然想起二女儿在厦门打工，便有了底气似的尖着嗓子说："我这是厦门风味，你不懂了吧？这叫作特区风味。"

父亲当天第一次出锅的卤料，装盆放到手推车的笼箱里，推到圩尾街靠近城隍庙的小巷口，一个多小时就卖完了。回到家里，他找到一块纸板和一瓶钢笔水，但找不到毛笔，就用筷子蘸着钢笔水，在纸板上写了四个大字：特区风味，后面再写两个小字：卤料。

我是有一天晚上偶然经过东风街闻到卤料香味才发现父亲的卤料摊已经是马铺城里小有名气的品牌了。此前几次舍友买卤料回来配啤酒，说是在圩尾街和东风街交叉路口买的，还说是什么厦门特区风味，原来就出自父亲的手艺。

"你要来点什么？"父亲也看见了我，像招呼其他顾客一样地说，"你看，所剩也不多了。"

"生意很好嘛，都供不应求了。"我略带讥诮地说，对父亲没有告诉我做卤料生意这件事表示不满。

父亲咧嘴笑了笑，说："有女朋友要带来给我看看。"说话间给我装了一小袋子的卤料，卤鸭脖子和卤豆腐若干，然后交到我的手上。

这一年有两个女孩子出现在我身边，令我春心荡漾，摇摆不定。一个叫作钟春曼，是一次我给舍友当电灯泡时认识的，她是舍友女朋友的初中同学，中专毕业在马铺医院做财务，家也在内山的土楼里，实际上和我老家华坑村就一山之隔。另一个叫吕炜炜，是马铺统计局办公室科员，我在一次全县什么大会上认识的，我们都是坐在会场最后一排随时准备开溜的那种角色，我正在领导的讲话声里开小差，她叫我"哎"，并用手推了推我的肩膀，向我借自行车用一用，因为她的车来时破胎了，她想回办公室一下，等会再来继续开会。我当然非常乐意，但是，"你认得我的车吗？"她摇头，这样我便和她一起溜出会场，用我的车把她送到了办公室，到了之后我才知道，她父亲是这个局的局长，她是高中毕业招干进来的。钟春曼高挑健硕，身材饱满，这方面比较符合我的审美要求，而且她为人朴实，脾气温顺，手脚勤快，似乎什么都好，最大的不好就是家在乡下，父母亲还有一个弟弟生活在一座破旧的土楼里。和钟春曼相比，吕炜炜属于娇小型，身上该大的地方都不大，最主要的是很有小姐脾气，善于支使人干这干那，但是她的优势同样明显，具体先不说了。我不认为我是脚踩两只船，我和钟春曼、吕炜炜同时交往，虽然是朝着恋爱的方向走去，但彼此都没有说破，心照不宣地保持着一种默契。说实在的，我乐于享受这种状态。有一天，钟春曼刚刚离开我的宿舍，吕炜炜从天而降似的出现在我面前，用手指着我的鼻子说："你不是说那个医院小财务只是一般认识的，怎么三天两头来找你？"我噎住了。吕炜炜瞪了我一眼，从鼻孔里重重地哼出了一声，然后转过身子，散开的头发从我面前拂过，踩着高跟鞋咯噔咯噔地走了。她抛给我一把发梢和香气，我知道我必须做选择了。

这天晚上，舍友和女朋友在宿舍里缠缠绵绵，并且不时发出一些异样的声响，我只好默不作声地掩门而去。到荆江边走了一圈，那里黑灯瞎火，只有波光水影映照着我的孤单，黑暗的树丛下晃动着一些可疑的身影。在钟春曼和吕炜炜之间，我差不多心中有数了。我从荆江边穿过几条街走到圩尾街口，父亲摆摊的位置已经空了，那地上只有一小堆垃圾。父亲收摊回家了，我想了想，还是往他家里走去。

父亲正在他的家里看电视泡茶——我以前曾无数次看到他在永生楼的灶间里泡茶，总是心事重重地洗杯、斟茶，然后端着茶杯到嘴边，不像是喝茶，倒像是喝草药，而此时，他是神清气定，悠然自得。父亲在永生楼的场景隐去了，虽然永生楼的房间是祖上传下来的，也是属于他的，但那毕竟是在聚族而居的土楼里，现在这是他自己在城里的家。一种情景，两种状态。

看到我这个不速之客，父亲一只眼睛还停在电视上，另一只眼睛瞄了我一下，只是淡淡地招呼我坐下。

"老爸，你明确发个指示，我选女朋友要选哪一样的？"我开门见山地说。

父亲把两只眼睛全部转移到我脸上，郑重其事地看了我几秒钟。我不得不佩服他的智慧，他这一眼就好像把什么都看透了，而且也明白我处于一种两难的抉择中。他幽默地说："当然，第一个条件，选女的。"这是正确的废话，不选女的，还选男的不成？他接着说："第二个条件，选家在城里的，必须是城里人，乡下内山就不要了。"

父亲的"指示"其实暗合我内心的决定。当我徘徊在荆江边的时候，我一遍遍想起深山里的土楼，无数座土楼化身成永生楼，高高耸起的土墙，围成一座圆圆的巨堡，坚硬的外墙，苍凉的屋顶，破败的楼内景象——这不仅是父亲也是我一直想要逃离的地方，内心里真不愿和它再有任何联系了。我对父亲说："我知道了。"

"哪天带来我看一看啊，除了刚才说的那两个条件，其他我是不会干涉你的，你老爸也是开明人士。"父亲说。

我没多说什么，想起从此就要告别钟春曼，心里有一种隐隐的痛。但是，为了永远告别土楼，这点痛算什么？

三

吕炜炜第一次正式带我见她父亲的时候，吕局长坚持把手上的报纸看完才抬起眼睛看我一眼，事实上他早已知道我的存在，此时的眼光意味深长。他坐在办公桌后面的大班椅上，颇有些居高临下地审视着坐在对面茶几前沙发上的我。

"你老家是土楼里面的？"吕局长带着庭审法官的语气问道。

"嗯。"我的双脚很不自然地并拢起来。

"土楼我去过，那东西太脏了，我的新皮鞋都踩到鸡粪。"吕局长皱着眉头说，"那么大一座楼，连个卫生间都没有。"

吕局长对土楼的鄙夷是有道理的，同时也让我觉得很惭愧，好像那鸡粪是我家的鸡故意拉下来陷害他的，我连忙说："我父亲把在土楼的房间卖掉了，已经在城里买了一座房子，嗯，旧房子，有三间房。"

"那土楼越来越少人住了，我看以后说不定要炸掉。"吕局长像是思想家一样深谋远虑地沉吟着，"那么一大坨，炸掉可以整出多少地建洋楼啊。"

若干年之后，当吕局长声称要炸掉的土楼开始声名远扬，并最终成为世界文化遗产时，他虽然已退休，却参与了马铺县土楼文化学会的发起，担任了副会长一职，他心里或许早已忘记当年曾经说过的话。当然，这是后话。当年我在吕局长面前，因为土楼而感到底气不足，幸亏父亲在圩尾街的那间平房给了我一点面子。

这回进见吕局长，其实最大的目的是想请他跟我们土特产公司的经理说一说，公司改制在即，办公楼下的商场准备承包出去，按吕炜炜的设想，我把它承包下来，然后努力做生意，早日成为先富起来的那一部分人。我知道，吕炜炜已经事先跟她父亲打过招呼，所以用不着我多说，吕局长什么都明白了，他像领导又像长辈一样拖着腔调说："年轻人想打拼，求上进，这是好事啊，我很支持，现在国家政策放开了，鼓励大家去闯，搞活经济，这很好嘛，我很拥护，这个明天县政府开会，我会碰到你们杨经理，再专门跟他说说这个事。"

显然吕局长的话起了相当大的作用，不久我就顺利承包到了土特产公司的商场，公司的工资照领，我的精力全部投入了商场的经营，首先把原来的老营业员辞退了几个，然后由吕炜炜负责从社会上新招了几个年轻漂亮的姑娘，全面拓展进货渠道，直接和晋江、石狮几家服装鞋帽品牌工厂建立了业务联系。记得那年《马铺消息报》报道了我，题目是很标准的宣传体，《小伙子勇挑大梁》，还配发我一张故做深沉的相片。

父亲是在卤料摊上意外看到我上了报纸的，那可能是某个顾客无意中落下的一张报纸，父亲留下它用它赶了几天的苍蝇，这天无聊中翻开报纸，一眼就看见我在上面做眺望状，他心想，这小子，有出息啦。当天晚上，父亲提了一包卤料来到我的宿舍，但是没找到我，其实我已基本上不在那里住了。吕炜炜家给了她一套房子，是她在交通局工作的母亲早几年分的，虽然只有六十多平米，但是我们两个人起居已经很阔绰了。那天晚上，我的舍友也不在，所以父亲在门口逗留一会，又提着卤料回家了。父亲从香港街抄近路回家，这街上一间连着一间的发廊，浓妆艳抹的女子倚在门边，一个个袒胸露乳，热烈地向父亲招手，有的甚至出手来拉父亲。父亲几次心旌摇动，差点就被拉进那幽暗发黄的发廊了，关键时刻他还是有了定力，说："不用了，我家里有。"
然后加快脚步跑了。

回到家里，父亲的心情一时难于平复，他想这总算在城里站
稳了脚跟，儿子同在一座城，可是想见也见不着，这家里也没个
女主人，显得多空寂。其实，这段时间以来，父亲也不是没考虑
过续弦的事，同永生楼的一个表姐夫到城里帮儿子带孩子，前些
天还专门跑到他的卤料摊前，说是同村祥瑞楼华哲青前年车祸死
了，他老婆想改嫁，问父亲中意不中意，他愿意牵线，父亲立即
摇头，表姐夫说人家今年才四十二岁，父亲还是摇头。表姐夫无
功而返，他是不懂得父亲的心思，内山土楼里的，即便是黄花闺
女，父亲也不想要，父亲想的是在城里找一个城里女人，现在他
在城里有房子，他有资格找个城里女人了。实际上，父亲的卤料
摊前每天来人往，信息来源广泛，他已经注意到一个孀居多年
的女人。这个女人叫作方淑丽，就住在圩尾街斜向的橄榄街，年
纪在五十岁左右，穿着很朴素，但是身上有一种气质，显然是乡
下人所没有的。她从马铺味精厂内退了，据说一个儿子中专毕业
在厦门工作。她来买卤料，父亲总是特别的笑眉笑脸，给的分量
也特别足，甚至有一次父亲还推开了她递过来的钱，说："不用
了，不用了。"她说："这怎么行？"父亲接过她的钱，顺便和她
的手触碰了一下，那是一种久违的感觉，像一股暖流流过全身。

父亲这种类似年轻人的暗恋已经有一段时间了，如何表白成
为最迫切的问题。这个晚上他辗转反侧也没理出个头绪。天快亮
时迷迷糊糊睡着了，六点时猛地醒来，生物钟在他身体里上了发
条，一到点便睁开眼。他起床刷了牙，简单抹了一把脸，便提上
两只竹篮子，挂在自行车车把的两边，骑上车往安美路的农贸市
场跑去。

早上把原料采购回来，做早饭，有时米多放一点，做成干
饭，连午饭也一起做了，然后开始清洗那些原料，分门别类在卤
水里进行卤制，四点左右全部卤好，吃一下点心，把卤料摊用手

推车推向街头，卖完回家再吃宵夜，看看电视，然后上床睡觉。这基本上就是父亲一天的生活流程。这天他一边清洗原料，一边想，其实他很需要一个帮手的，至少他在清洗时可以有人陪着说说话，现在他要么自言自语，要么对着猪下水和鸭脖子说话，身边没有一个活人真的不行了。父亲对猪下水说："我洗你一小时，人家吃你几分钟。"父亲想起在永生楼，要是他在灶间门口或天井的水井边这么清洗猪下水，肯定会有一群孩子围观，还会有大人过来探个究竟说上几句，那是完全没有私密空间的公共场所，他并不喜欢，但此时只有自己一个人面对无穷无尽的猪下水，他又感觉到了说不出的孤寂。

这一天，方淑丽没有来买卤料。父亲想，也是，谁也不会天天买卤料吃，再说她一个妇道人家，那么节俭，来买卤料肯定是家里来客人或者儿子回来了。收摊回家，时间还早，父亲准备煮一碗面线，看到橱柜里有半只卤鸭，猛然想起，这是下午去摆摊前切下来的，当时也不知是出于什么想法，就这么留下半只卤鸭，他的心思跳到方淑丽身上，何不提着这半只卤鸭登门去看望她？父亲被自己这一大胆的想法吓了一跳，似乎有一股热血呼呼地往脑门冲，他想，这有什么呢？难道连这么点勇气都没有？他把半只卤鸭装进薄膜塑料袋里，提在手上就走出了家门。

走进橄榄街，这是一条和圩尾街差不多的老街，两头尖中间大，方淑丽家住尾尖那地方，也是一座一间两进的老厝。走到方家门前，父亲听到虚掩的木门里传出电视人物说话的声音，他心里突然发虚了，这是不是太唐突了，要是不被理睬，或者被赶出来怎么办？他发愣了一会，又做了个深呼吸，决定冒险试一试，大不了被当作猪八戒一样赶出来。

父亲上前敲了两下门，一轻一重，同时喊了一声："方淑丽在吗？"

"谁呀？"传出来的正是方淑丽的声音。父亲连忙说："我是卖卤料的老华。"柴门吱扭从里面拉开，方淑丽探出半个身子，看到父亲时颇为意外地一怔，但还是把门开得更开一些，问道："你有什么事吗?"

"没事，路过讨杯茶喝行不行?"父亲说。

方淑丽哦了一声，开门让父亲进来。方家这前厅的格局和面积都跟父亲的家相差无几，但是布置要雅致许多。父亲双脚踩到这充满女人阴柔气息的房间里，身子竟微微颤抖了一下。

"坐嘛。"方淑丽指着沙发请父亲入座。父亲有些拘谨地坐下来，又朝房间望了一圈，然后把眼睛转向电视上的连续剧，心想，自己这出戏怎么开场? 方淑丽坐在他对面，神情镇静，好像父亲不是一个陌生人，而是一个多年的老朋友，她提起热水壶倒了一些热水烫洗杯子，动作慢悠悠的，不像是思考什么问题，而是她的性格所致。

"你孩子多大了? 听说是个儿子，很优秀，在厦门工作。"父亲脑子里迸出灵感，谈孩子，这是最好的开场白，再说他也有一个令他觉得有面子的儿子值得一谈。

"一般啦，"方淑丽脸上因为儿子受到表扬而露出了谦逊的笑容，"今年二十五了。"

"哦，那跟我二女儿同岁，她也是二十五，也在厦门工作。"父亲说。

"你真好命，有几个孩子?"方淑丽饶有兴趣地问。

"两个女儿一个儿子，儿子是最小的，今年也二十三岁了，土特产公司那商场，现在就是我儿子在承包经营的。"

"哦，这么厉害，真是太厉害了。"方淑丽由衷地赞叹了一声。

"一般般，"父亲笑了笑说，"你就一个儿子吗?"其实他早已清楚对方只有一个儿子，他这是明知故问。

方淑丽点点头说："我叫他回来马铺工作，他偏偏就不回来，说厦门好。"

"孩子求前途，都顾不上父母，这也是没办法的事。"父亲说，"你一个人在家，是比较孤单。"

方淑丽淡淡地说:"习惯了。"终于泡出第一杯茶,端了一杯到父亲面前的桌上,父亲手指头往桌上叩了叩,然后端起茶杯小饮了一口。他把那半只卤鸭放在大腿边侧,一只巴掌遮掩着,心里在寻找一个恰当的时机把它公开地亮出来。方淑丽还是发现了他腿侧的异样,但只是瞄一眼,并没有说什么。父亲突然感觉第一次登门不宜拖拉,不可一次把话说完,留一些话慢慢说,这样更好。他猛地把半只卤鸭端到茶几上,说:"卖剩的,我自己吃多了,给你尝一尝。"然后迅速站起身,也不顾及对方的错愕,便往门口退去。

"哎,这……"方淑丽喊了一声。父亲回头摆了一下手,做贼似的匆匆走了。

第二天,父亲刚在街头推出卤料摊不久,远远看见方淑丽走过来,心里竟有一种怦怦跳的感觉。方淑丽还是像往常一样走到摊前,脸上带着微微的笑意,掏出二十元放在卤料的笸箩上,说:"昨天那卤鸭的钱。"父亲叫了一声"哎呀",就抓起钱塞到方淑丽的手里,方淑丽又把钱推回来,两人这么来了两个回合。父亲说:"这么推来推去不好看,快收起来吧,自家做的一点卤鸭,尝尝鲜就是了,客气什么?"有人走过来了,方淑丽终于把钱收了起来,她呼了口气,看了父亲一眼,显得意味深长的,然后抬脚走去。

令父亲窃喜的是,他从方淑丽的眼神里看出了那么点意思,虽然大家都一把年纪了,但这种心照不宣的暧昧好像又让他回到了年轻时代。不久,父亲又一次登门拜访了方淑丽,方淑丽让父亲帮他换了一个水龙头和一只灯泡,在这一过程中,父亲感觉正在融入方淑丽的生活。过了两天,方淑丽提着一包马铺特产"山城米香"登门回访父亲,她虽然只在父亲家里停留了短暂的五六分钟,但已经让父亲欣喜异常,他胸有成竹地有了一种水到渠成的感觉。

就在父亲每天乐滋滋地做着美梦的时候,厄运突然降临。那天晚上他正要收摊,对面走来两个身材高大的男子,后来他才知道年轻的是方淑丽已故丈夫的大哥的儿子，年纪大的是已故丈夫的小弟，他们还没走到面前，父亲就感受到一股不怀好意的汹汹气势。他们围住父亲，年轻的开口骂了一声"内山猴"，年老的说："你真敢死啊，才进城几天还没褪掉内山猴毛，就敢做美梦啦？"那年轻的突然伸出一只手就抓住父亲的脖子领，另一只手就往父亲胸前擂了一拳，那年老的夺过父亲手里的手推车，推着车往旁边的电线杆撞去，砰的一声巨响，手推车撞翻在地，笼箱撞破了，车上的盘子、秤子和刀滚落下来，这时父亲也被他们推倒在地，几秒钟的懵懂之后，他立即明白了来人的意图，他大叫一声说："我有犯法吗？你们要打死人了？"旁边有人围了过来，那两个人骂骂咧咧地扬长而去。

有熟人从地上扶起父亲问道："不要紧吧，这是怎么回事？"

父亲说："不要紧……他们说我抢了他们的生意……"

隐瞒了真相的父亲谢绝熟人的帮助，独自从地上拖起手推车，收拾了掉在地上的各种物件，然后推着破损的手推车走回家，这时他的内心里也是受伤了，他在想，方淑丽的家人怎么这样蛮不讲理？莫非方淑丽向他们透露了心思，遭到了他们的强烈反对？原来以为不大要紧的父亲回到家里，腰骨以下和左腿膝盖痛得很，痛了一晚上没睡好，第二天虽然还是六点醒来，但他感觉起床很吃力，全身痛得没有力气，便只好躺到天亮，躺到近八点才挣扎着爬起来，雇了一辆三轮车到马铺县医院检查。这一检查就查出膝盖骨折了，医生给开了一大包外敷药和西药，嘱咐父亲好好卧床休息。

在父亲卧床休息的前几天，他还幻想方淑丽会来探望他，恍惚间，方淑丽走到了他的床前，弯下腰关切地询问他怎么了，但是眼睛眨了两下，方淑丽就消失得无影无踪，只有疼痛在身上丝丝入肉地颤栗着。几天后，一个前来探望父亲的熟人给他带来了一个伤心而又失望的消息。熟人是无意中当作谈资说起来的。他说："你不知道吧，橄榄街那个方淑丽前天嫁给了一个台湾老货子，那老货子听说是她儿子的老板，都七十岁了，给她儿子在厦门买了一套大房子。"父亲的嘴巴张成一个大洞，发不出一点声响，他听到心里哐当一声，什么东西破碎了。熟人又说起了别的事情，父亲只觉得脑子里嗡嗡直响，什么也听不清。

这天夜里，父亲摸下床，一路走走停停，不时扶在人家的墙壁上歇一会儿，走了好久才走到橄榄街方淑丽家门前。房门紧闭，门上新贴了一张红双喜。父亲缓缓转过身子，又一路走走停停走回家。回到家后，父亲把自己小心翼翼地放倒在床上，昏睡了一夜一天。

四

父亲在受苦的时候，适逢我商场和情场双双得意。所谓春风得意马蹄疾，天天忙忙碌碌，一连几个月没去看他，甚至把他忘记了。这时，吕炜炜从马铺统计局调到经贸局当了综合科科长，她肚子里有了我的孩子，但是我对结婚一点也不上心，我早享受了已婚的待遇。倒是吕炜炜半年前就开始在添置结婚用品，布置我们的婚房——也就是她母亲分的那套小房子。有一次我逗她说："你不想等我们买了大房子再结婚吗？"她说："我是等得起，可是你儿子等不及了。"她认定肚子里的就是儿子，甚至给他取了个名字叫作吕部。第一次听说这名字引起我的强烈不满，我说："怎么不是姓我的华？"吕炜炜把脸凑到我鼻尖说："住谁家的房子就姓谁姓。"她接着说，"不然我们回你家那永生楼去住，就姓你的华。"后来她多少松了口，说："等你买了大房子，就姓你的华，叫华吕部。"我讥讽她说："叫吕部，也就个部长，胸怀不够大，我建议叫吕主或者吕常，怎么也得努力个主席啊常委啊。"吕炜炜看着我眯眯地笑，露出一脸慈母样的笑容。

一九九二年元旦，我和吕炜炜的婚礼在当时马铺最豪华的金马大酒店举行，宾客如云，笑声阵阵，觥筹交错，推杯换盏。坐在主桌位置的父亲突然把我拉到一边，指着婚宴背景墙的红布条上的字对我说："怎么能这样？女的姓名写在男的前面？"其实我早已注意到，那红布条上写着"吕炜炜小姐、华栋梁先生新婚大喜"，吕炜炜爱怎么写随她的便，我觉得父亲有点小题大作了，对他说："这又不是在永生楼，计较这干什么？"他一下哑了，是啊，这是在马铺，不是在永生楼，他的话语权一下丧失了。而实际上父亲的永生楼也已经没有他的份额了，永生楼变成了一个老家的符号。

这一年的春夏之交，我的儿子呱呱出世。大姐从土楼带了一只老母鸡出来，和从厦门请假回来的二姐相约来看儿子。那只老母鸡受到了热烈的欢迎，二姐的红包则被我偷偷塞回她的包里。父亲第一时间赶来看他的孙子，不过他并没有想象中的那么兴奋，我甚至在他的眉眼间看到一种失落和忧郁，因为孙子被我岳母全方位地照料着，他完全帮不上忙，想看一眼、抱一把都必须经过我岳母的同意。他对我感叹道："你妈死得早，不然她可以帮你带孩子。"我说："现在有炜炜她妈带就行了。"父亲很不满地盯我一眼，满脸愠色。

父亲的红包是当着我岳母的脸塞到孙子的襁褓里的。我岳母其实根本就不在乎。我偷偷把红包取出来，看了一下，有六张大钞。过了几天父亲又来，送他下楼梯时，我把红包还给他——其实是把红包纸留下，把六张大钞塞到他口袋里。

"你这是干什么？我给我孙子。"父亲从口袋里掏出钱来。

"有了，收了，这算我给你的吧，你买那房子还欠着钱呢。"我说。

"好吧，你给我，我也不客气了，我的目标是五年内还清债务，现在估计能提前一年。"父亲说。

看着父亲走去的背影，肩膀略向左斜，外八字的脚步已显得蹒跚，不像几年前那么稳健了。父亲四十几岁的时候毅然离开土楼来到城里，把永生楼的一切全部舍弃，在城里置业谋生，他这一路走来确实非同寻常。相比之下，我在马铺城里扎下根来，就轻松多了，对我儿子来说，就更简单了，出生决定一切。

父亲在经历"方淑丽事件"之后，黯然神伤了大半年，才慢慢收拾好心情，开始日复一日的卤料生意。

时间过得好快。一九九四年的五一劳动节，二姐也终于要结婚了，她嫁的是厦门同家工厂打工的一个中层经理，是一个外地人，马铺话所说的"阿北佬"，据说已在厦门买了一套房子。二姐出嫁按礼俗是要从永生楼出门的，并在永生楼请客，但我们家在永生楼已无片瓦，父亲决定就在马铺把二姐的婚宴办了，并在圩尾街家里把二姐送出门。这一决定引起永生楼的许多长辈的不满，父亲心里也很不满，对我说："是我嫁女儿呢，还是他们嫁女儿?"

二姐在结婚前一天和她丈夫回到马铺，父亲在溪边饭店订了八桌酒席，但是永生楼出来赴宴的亲戚比父亲预计的还要少得多，甚至原来表示要出来的几个比较亲的亲戚也不来了，他们说吃好喜宴没车回土楼了，城里又没地方可以投宿，总不能住旅社。我的三个舅舅来了两个，大姐和大姐夫来了，小姑和小姑丈来了，我的堂哥华栋才来了，他是正好在城里办事，关键时刻还是吕炜炜这边的亲戚力挺了一下，差不多来了四桌的人，我再临时通知一些关系比较好的朋友、同事、同学和生意伙伴来捧场，总算把八桌酒席坐满。五一清早，二姐夫的朋友从厦门开来了两部车，在我的指引下，倒车开到了圩尾街家门口，衣着一新的二姐由父亲背着过了家门槛，便自己走着上了新娘车。我发现父亲只是背着二姐过了个很低的门槛，呼吸都变得急促了。那两部厦门来的车在鞭炮声中缓缓驶出圩尾街，我看见父亲眼睛里噙满了泪水，有一颗特别大的就挂在眼角边，晶莹闪烁，许久掉不下来。

"我们家除了你妈留在土楼，你大姐留在土楼，其他人都走出来了。"这天晚上，父亲带着总结的语气对我说。

就在父亲准备把最后一笔债务还清的时候，他的阑尾炎发作了，那天晚上他还没卖完卤料，剧烈的腹痛令他大汗淋漓，他嘱人用公用电话给我打了电话。我刚刚和一个汕头客户吃完饭回到家里，吕炜炜用炫耀的口吻向我控诉儿子在她身上拉屎拉尿的经过，我一边听她的一边听电话，挂下电话说："你照顾好儿子，我得去当儿子了。"

我赶到父亲的卤料摊前，他已经一屁股坐在地上，两只手按着腹部，咬紧牙根嘶嘶地叫唤着。把父亲送到医院检查后，医生说是急性阑尾炎，并且已经穿孔，必须尽快手术。办理住院手续时，小窗口里看不到面目的收费员只传出一个好听的声音："先交两千元。"

这好听的声音像锤子一样在我心上叮当敲了两声，我身上的钱包里虽然有五六张银行卡，但只有我知道它们全部的金额不会超过两位数，实际上我最近的经营遭遇到了前所未有的资金困境，我是表面风光，后面的资金链岌岌可危。我为难地看了父亲一眼，父亲坐在长条椅上满脸痛苦，他明白了我的意思，说："你先垫一下，我家里有两千五，准备还你姑丈……"

"我……"我一时不知怎么说，转头又向小窗口里说，"可以先欠一下吗？明天上午就交。"

"不行。"里面又传出好听的声音。

父亲哆哆嗦嗦从皮带上摘下一串钥匙，伸手递给我，说："你回家取……"我上前接过钥匙，父亲指给我看一把小钥匙，低声说这就是开抽屉的，钱放在里面一个纸包里。

我手里紧紧攥着钥匙，一路狂奔跑回圩尾街的家里。取了钱，跑出圩尾街，差不多要断气的感觉，看到一辆三轮车，连忙招手叫停，挪着屁股坐上去，喘着气说："到马铺医院。"

交费办好住院手续，扶着父亲到病房里安顿好，已将近十二点。不一会儿，护士过来给父亲输液。我突然想起钟春曼就在医院工作，便套近乎地问护士认不认识钟春曼，护士说她前些天刚调到土楼乡卫生院当副院长了。我惊讶地哦了一声。

第二天上午，父亲走进了手术室，他自己也明白，这是个很小很小的手术，他说早年在永生楼，他就陪他一个堂哥到当时的公社卫生院割过阑尾，当时只要一块九角钱。虽然只是小手术，但是昨天夜里我回家取些住院必备的毛巾、水杯等日用品，跟吕炜炜说起父亲做手术的事，她嘱我要给主刀医生和麻醉师送红包，万一他们给你多割几刀或者麻药不给足量怎么办？说的也是，我只好用我钱包里仅剩的四百元包了两只红包。刚才这两只红包已经被我分别送了出去，他们一边笑纳一边说，你太客气了。我心里踏实了许多，在手术室外面走来走去，这里还有其他手术患者的家属，和他们满脸忧愁的形象相比，我显得镇静多了。

大约两个小时，手术室门开了，护士探头喊着父亲的名字，我连忙走进手术室，把父亲从手术台移到担架车上，此时父亲像是睡了一觉醒来，配合着我挪动屁股，不然我一个人可能搬不动他。我问他："痛吗？很痛吗？"他说："麻药还麻着呢。"

回到病房不久，护士又来给父亲输液。一瓶药液输了一半，麻药劲过了，父亲开始感觉到疼痛，他说那里的刀口好像要裂开了。我让他静静躺着别动。他咬着牙问我："这一刀花了多少钱？"我刚才到护士站看过账单，如实告诉他说："手术是一千六百多，加上床位费、输液费、护理费等等，两千花完了，我刚才又交了一千，你放心。"

父亲叹了一声说："同是阑尾，那时我堂哥割一刀才一块九，现在都要一千六百多，加上住院，三千都不止了。"

我说："时代不同了啊。"

父亲说："时代不同，但阑尾还是阑尾啊，阑尾又没变成肾脏。"

我说："好了，割掉就好，永远不再复发。"

父亲说："要是我知道今年会痛，当年就把它割掉，反正也是没用的东西，当年割才一块多钱，这可以省多少钱啊？"

我听出父亲叹息里的幽默，还有苦涩。我说："听说犹太人就是一出生便割掉阑尾。"

"我真应该在永生楼时也割掉它，这没用的东西真不应该带到城里来啊。"父亲忍着痛说，"跟永生楼一刀两断，就少了这么一刀。"

"这说明，永生楼长的东西到城里就没有用了。"我故作高深地说。

中午时分，大姐从土楼乡赶到了父亲病房，我这才得空离开医院，到我先前承包后来买下的商场去处理一些事务。

五

我和吕炜炜商量，把我们住的这房子的两证拿出来贷款。我的话还没说完，她就冷笑一声说，你别痴心妄想，这房子两证写的都是我妈的名字。我说我知道，可以征得她同意，让她来签字。没想到这句话把吕炜炜激怒了，她几乎暴跳如雷地说："没门，这是我母亲的财产，借给你住就不错了，你怎么不把你家土楼拿来抵押？"

"土楼不值钱，再说我家也没土楼了。"我说。

其实当初正是在吕炜炜的鼓励和支持下，我先是承包，继而买下土特产公司的商场。开头还是赚了一些钱的，但后来扩张为贸易公司之后，几单业务都亏损了，而且马铺城里相继建起几家大中型超市，商场的利润也在不停下滑。这时我感觉到吕炜炜对我的态度开始改变了，有一次她嘲笑我说，男人有钱就变坏，你这变坏的节奏也太慢了吧。她甚至希望我把公司关了，把商场卖掉，看能不能有机会调到某个单位去上班，殊不知我们土特产公司早已改制，除了当时经理、书记和一个副经理调动之外，其他人全都买断工龄，自谋出路，像我这样再回到体制内进行调动，应该是没有可能性了，但是吕炜炜说，如果她父亲肯帮忙，一切皆有可能。不过我自己还是希望在生意上再努力一把。

我也曾打过父亲圩尾街房子两证的主意，他似乎早就洞察了我的阴谋，我的话头刚涉及两证，他就把话题引开了，不给我任何机会。父亲对两证的保管一直是绝密级别的。有一天上午他在厨房里做卤料，外面有人喊了一声，便有两个人走进来，走到厨房门前，一个是见过面的居委会干部，另一个是警察，一看就像是个新警察，警服显得紧了，不时要把下摆扯一下。

"你是哪来的？"新警察两手抱在胸前，故作老练地问父亲。

父亲托起盘子，把刚做好的卤豆腐送到他们面前，说："来，尝一块。"

居委会干部和新警察也不客气，各自用手抓了一块卤豆腐到嘴里，大口咀嚼起来，新警察嘴里还没吞咽下去，手上又抓了一块，然后又问了一遍："你是哪来的？"

"土楼乡。"父亲说。

"有办暂住证吗？拿出来给我检查一下，"新警察把嘴里的卤豆腐咽下去，又把手上的卤豆腐塞到嘴里，"味道还不错。"

"暂住证？没有。"父亲说。

"怎么可以没有呢？这是不对的，这一段要开始检查了，下午赶快来所里办。"新警察说。

"可是这是我买的房子，我不是暂住，我就住这了，长住。"父亲说。

"你买的房子？"新警察翻了一下白眼，嗓子差点被卤豆腐噎住。

"嗯，我买了，我住我买的房子，还要暂住证？"父亲说。

居委会干部在一旁插话说："我有听说老华是个能人，从土楼出来的，还真买了这房子啊，不是租的？厉害。"

"是你买的房子，可你户口不在这里吧？户口不在本地的，就要办暂住证。"新警察说。

"可是，我住的是自己的房子啊。"父亲说。

"可是，你户口不在这里。"新警察说。

"可是，我在这里买了房子。"父亲说。

新警察业务不精，挠了挠头，因为吃了人家的卤豆腐，也不宜大声发作，便说："我回去问问我们所长，该办的话，你就赶紧来办。"

这两个人走了之后，父亲接着卤鸭翅膀，他心里越想越觉得可笑，我明明住在自己的房子，却要办什么暂住证，虽然我是从土楼出来的，可是我在土楼已经没有房子，我在这马铺城圩尾街有了房子！我为什么要暂住在自己的房子里呢？父亲越想越觉得不是滋味，捞起最后几块卤鸭翅膀，他没心思往下卤别的，起身走到厅堂上，把家门闩上，然后从床铺底下的一块红砖下面翻出一包塑料纸包着的东西。这就是他细心收藏的两证。他走到外面大街上的复印店，把两证分别复印三份。

回到家里，父亲把复印的一份四张纸的两证贴在厅堂最显眼的墙壁上。有一天我来到父亲家里看到这墙壁上的张贴，说："你这是干什么？很高调的嘛。"

"我不高调，我只想证明这房子就是我买的。"父亲说。

后来我听说那个新警察又一次来到父亲家里，单枪匹马的新警察看到墙壁上的两证复印证，没再说起暂住证的事，而是夸奖父亲卤料做得好，说这有内山土楼风味，父亲纠正他说这不是土楼风味，是特区风味，他顺口编造说这是从厦门特区学回来的手艺。新警察临走前买了一些卤鸭翅膀，父亲先是给他打了八折，最后一高兴也就不收他的钱，新警察乐呵呵地走了。

六

　　我第一次在电视上看到土楼的风光片，感觉很诧异，那是父亲和我逃离的地方，总是觉得它萧瑟、破败，墙壁坚硬得过于狰狞，此时从电视屏幕上看来，却显得那么雄伟、壮观。就在我准备用遥控器转换频道时，吕炜炜喝住了我："哎，别转，那不是你老家吗？土楼还很好看嘛。"

　　"好看，你有空去住住就知道了。"我带着讥讽的口气说，"一楼是灶间，二楼是仓库，三楼才是卧室，每个房间放了一张床，两个胖子就转不过身了，楼里都没有卫生间，撒尿就在卧室门口的尿桶前，就不知你是否能习惯？"

　　吕炜炜眼睛直盯着电视上的土楼，并没听出我的讥讽，说："有空我要去看看，听说那里要开始搞旅游了。"

　　这几年我的生意总算有了起色，虽然还是住结婚时的房子，但儿子送进了马铺最贵的私立幼儿园，我有了手机，还有了一部二手的桑塔纳。有一次我去看望父亲，不知怎么说起土楼，我说最近突然在报纸上、杂志上看到很多土楼的照片，还有介绍土楼的文章，电视上也有了专题片，父亲淡淡地说，那有什么好看的？少见多怪。我说，听说有的土楼开始收门票了，外地人来看，每人收五块钱。父亲从鼻子里哼出一声，说疯了。夜里我做了个梦，梦见父亲和我、还有一家人都在永生楼，在一楼的灶间里，我和父亲两人坐在桌前吃饭，母亲在灶洞前烧火，大姐挥动着大煎匙从锅里盛出一盘菜，二姐端到了父亲和我面前。平常得再也不能平常的生活场景，醒来后我却感到一阵怅然若失。

　　这天在办公室，我接到一个客户电话，聊完了相关业务，他竟然向我打听起土楼，说他前几天刚看电视介绍我们马铺的土楼，我笑了笑说，就那样啊，是有点像城堡，几十户甚至上百户人家聚族而居。放下电话不久，我堂哥华栋才进来了，这让我有点惊讶，因为他从未到办公室找过我。

华栋才大我半岁，初中毕业后就一直待在村里，据我所知，他干过泥水工，包过茶园和柚子园，还开过养猪场，前几年在永生楼开了一间杂货店，在土楼里他算是一个很勤力，又比较有脑子的人。一进来，华栋才就连声赞叹我办公室十分阔气，很有大老板的派头。我请他在沙发上入座，准备泡茶，就顺便问起他土楼收门票的事，他说收门票是有的，不过我们华坑村还没有，主要是田螺坑、河坑那里，土楼里的老人以老人会的名义印了一些小票，外地人要进村看土楼，就要花五块钱买一张票，乡政府来制止过，便又改成以收卫生费的名义收钱。喝了一杯茶之后，华栋才便开门见山要向我借钱，他想把永生楼里几个空闲的房间重新装修一下，做家庭客栈，村里偶尔会有一些外地人来旅游，以及画画、拍照什么的。

"开旅馆？"我有点意外。

"算是吧，前些天有个深圳人到永生楼拍照，我安排他在我房间住了几天，就那条件，你也知道的，他建议我可以搞几间好点的房间。"华栋才说。

我笑了笑，在永生楼里开旅馆，这多少有点天方夜谭。我直截了当地告诉华栋才说："我看不到什么前景，这个我无法支持你，我不能看着你赔钱——你这是把钱扔水里听水声，我建议你还是算了吧。"

华栋才愣了一下，用一种空洞而迷茫的神情看着我，嚅动的嘴里好久说不出话。他似乎感觉到羞愧，把头低下了。

若干年后当我回想起这一幕时，感到羞愧的人变成了我。我只能说，我真没想到，真是没想到啊。

其实华栋才被我拒绝不久之后，我就发现土楼在各种媒体上以及马铺人的口碑里，似乎一夜之间变成一个出现频率特别高的词。有人知道我老家原来是在土楼之后，向我打听起土楼的生活状况，这本来不是三言两语可以说清的，而且这还是我一直在回避的现实，此时我不得不用一些似是而非的话来敷衍大家。我也在内心里想过，土楼真的有他们说得那么好吗？他们带着猎奇的心理，远距离地观看，或许是真的看出了一种美，如果让他们也像父亲和我一样在土楼出生、在土楼长大，看看他们会有什么样的体验和感受？说实在的，在我内心深处，似乎有一个念头顽固地抗拒着土楼，不愿意看到它的好。

父亲也是一夜之间惊讶地感受到土楼的某种魔力。那天晚上他刚摆摊不久，卤料摊右前方的一家旅馆里陆续走出几个人，他们都是一伙，操着相同的方言，父亲听出这是厦门腔的闽南话，他们原来是一起结伴到土楼玩的，想住在土楼的旅馆，没想到今天是周末，土楼旅馆都住满了，他们只好出来马铺投宿。他们中间的一个人看到父亲卤料摊的纸牌上写着"特区风味"，便提议说等会买点卤料，大家在房间喝啤酒。他们走到父亲的摊前，东看西望望，有个人说我们就从厦门来，什么特区风味吃腻了，要吃就吃土楼风味。大家附和着，继续往前走。这时，父亲突然开口说话："我老家就是土楼的。"

有两个人停住，转过头来，似乎颇有兴趣地看了父亲一眼。

父亲说："我老家在华坑村，距离田螺坑不远，你们没去过吧？那里也有好多座土楼。"

有个戴眼镜的中年人说："土楼很有意思，下回再到那里住几天。"

这伙人闲走半个多小时回旅馆时，再次经过父亲的卤料摊，这个戴眼镜的中年人向父亲买了好几样卤料，他说你这是土楼风味吧，父亲笑而不语。

我有一天告诉父亲说，县里准备把土楼申报世界文化遗产，据说已经上报到省里了。父亲沉默了好久，其实他早已知道这个消息，因为马铺电视台的《马铺新闻》每天都在播报县里的这个重大决策。他突然说："无毛鸡就要变成凤凰了？"过了一会儿，他又说："莫非原来就是凤凰？只是我们瞎了眼看不出？"

父亲的问题我无法回答。后来我才恍然明白，或许这就是因为我们生存于其间的缘故，尽管永生楼的房子早已被父亲卖掉，但是我们所有的一切都和土楼密切联系着，没有任何的缝隙让我们可以喘气，可以比较从容地来打量它、欣赏它。

七

父亲的卤料接连几个晚上没有卖完。时节已进入深秋，夜风带着凉意，吹得父亲的裤管肥来瘦去，他推着卤料车回圩尾街，身体不禁微微哆嗦。回到家里打开电视，本地新闻几乎全都是说的土楼，联合国专家到土楼考察，某个省领导到土楼调研申遗工作，马铺通往土楼的公路改造项目正式批准，某村民在土楼办起了家庭旅馆。父亲心里已经接受了"土楼正在出名"这个现实，对他来说，这是个痛苦的过程，因为这意味着对自己的重新认识和评价。当年不断寻找机会离开土楼，最后几乎是不顾一切地逃了出来，就是不愿意继续在土楼里生活下去，想要换一种活法，现在却有无数人从城里涌向土楼，政府还要把土楼申报为世界文化遗产，这是为什么呢？

父亲的生意越来越难做了，一是做的人多了，二是他一直没有推出新菜品。有一天上街前，父亲把卤料摊上那个"特区风味"的纸牌扔掉，重新找了一块纸牌，写上"土楼风味"四个字，这个晚上的卤料意外地全部卖完。

这年冬天，我惨淡经营的生意突遭滑铁卢，一个汕头人骗走了我二百多万元的货物，还有一车货在晋江被工商局查获，认定为假冒伪劣商品，全部没收并罚款九万元。在家里吕炜炜对我下了驱逐令："这是我妈的房子。"我暂时赖着不走，因为我还没有找到好的去处，有一天我在抽屉里无意翻到我们的户口本，发现儿子的姓名"华吕部"被她用涂改液涂掉了一个"华"字，这种小孩子的行径令我发笑，又感到一种难过和失望。

我的二手桑塔纳被人开走抵债了，每天出行走路或者骑自行车。这天我急匆匆走路要到地税局办事，后面一部小车开上来，缓缓减了速，车窗摇下，我看到开车的正是钟春曼，对我微微一笑。

"到哪？我送你去。"钟春曼说。

想起来我已经好久没看见她了，前不久听说她当上了土楼卫生院的院长。我发现她比过去更显得圆润，有一种诱人的富态。我犹豫了一下，还是坐上了副驾驶的位置。

"华大老板，最近好吧？"钟春曼瞟了我一眼，把眼睛转向了车窗前。

我笑了一下，内心的苦涩只有我自己知道，只是淡淡地说："一般吧，还好。"

"你都没回老家吗？怎么也不到卫生院来看我？"

"都没回，我家在土楼的房子都卖掉了。"

"你可能想不到吧，现在土楼好热门，我几乎每个星期都要陪县市卫生部门甚至外省市的客人去看土楼，最多的一天陪三拨客人。"

说到土楼，我无语了。好在地税局就到了，我对钟春曼说："我到了，谢谢。"我下了车，看着她的车向前驶去，心里有一种很复杂的感觉。要是我当初选择的是她，现在又会怎么样？看来，生活是无法假设的，它只有种种的想不到。

我在年前把公司关掉了，而商场被法院贴了封条，准备春节后拍卖。父亲年前摔了一跤，开头他还不在意，又坚持做了一天卤料，卖了两天卖完。我带他到医院检查，虽然无大碍，但毕竟年纪大了，经不起了。扶着父亲坐上三轮车，我这才真切地感受到父亲老了，还不老吗？我都满心是苍老的感觉了。想想父亲到马铺城里已经二十年了，他满打满算六十六岁了，这个年纪的城里人，早就领着退休金，含饴弄孙，过着悠闲、幸福的晚年生活，而他却还必须每天起早摸黑，为了生计忙碌奔波，说到底，他还不是城里人，虽然在城里买了房子，他只不过把土楼老人的晚境从乡村搬到城里。

这个二〇〇八年的除夕，是父亲和我两个人一起过的，我们在圩尾街的家里一边吃着年夜饭一边闲聊。父亲竟然说起在永生楼过年的情形，那是多么欢乐的景象，家家户户都在一楼的灶间围炉，拿到红包的小孩子早已不安心吃饭，从这家跑到那家，相互炫耀着，并热烈地讨论到哪买鞭炮或者买零食。大人的祝酒声、小孩的欢叫声响成一片，整座土楼就像一个热闹的酒席。土楼的往事都在记忆里，现在城里这个窄小的房间里，只有我们父子俩吃几口菜喝一杯酒，然后说几句话。我告诉父亲过年就安心休息，刚摔伤要好好恢复，以后就不要做卤料去摆摊了。

"不卖卤料，我吃什么？"父亲说。

"我和二姐每个月给你一点钱。"我说。

"算了吧，你们也赚不多，好看而已。听说你的商场要被卖来抵银行贷款？"父亲说。

"生意嘛，总是起起落落。"我说。

"你能顶住就好，我们土楼人能到城里站稳脚跟不容易。"父亲说。

我一时不知说什么，忽然想，要是父亲没有离开永生楼，他会是什么样的一种生活状态？像其他土楼老人一样，种一些菜，养一些鸡鸭，然后闲坐、发呆、晒太阳。他会开心吗？或许他早已麻木了，或许他看到土楼一点一点被开发成旅游区，他的心也随之兴奋起来。

"听说你堂哥在永生楼开的那个什么家庭客栈，生意很好。"父亲忽然说。

我说："是呀，我也听说了。"

这下轮到父亲不知说什么了，他手上的筷子在空中停了一会，还是放回到桌上。莫非他想起当年卖掉永生楼房间？那时他生怕对方反悔，还特意在买卖文书上加了"永不反悔"四个字。现在反悔的人是谁呢？我听到了父亲的一声叹息。

吃过年夜饭，我帮父亲简单收拾了碗筷。他递给我一只红包说："快点回家吧，帮我把这红包给华吕部。"他知道我跟吕炜炜在冷战，不知道最近冷战升级，昨天我已被吕炜炜赶出了家门，事实上我已经无家可回了。前些天我和钟春曼有过几乎一整夜的QQ聊天，她告诉我她离婚一年多了，今年春节一个人过，并且半正经半开玩笑地问我，要不要陪她过除夕，初一她就要到土楼卫生院值班了。但是刚才我给她发了个拜年短信，她回复说临时回娘家了，在娘家吃过年夜饭才要回到城里。我想了很久，还是决定不去找她。我对父亲说："晚上我就住你这里，陪你守岁。"

父亲似乎并不意外，说："守什么岁？老规矩，早不时兴了。"

电视上是欢天喜地傻乐的春晚，我并不喜欢，转到本地频道，却是马铺县委书记在宣讲土楼申遗的意义，只好又转回到春晚。父亲说："就看这个吧。"我烧了壶水，把茶盘、茶杯烫洗了一遍，说："把最好的茶拿出来。"父亲从角落小圆桌上抱起一只锡罐，从里面取出一包茶来，说："喝来喝去，我还是爱喝这土楼老茶。"

我看那只锡罐很熟悉，从小就在永生楼的家里看过它，据说是曾祖父传下来的，这是父亲从永生楼带出来的东西，看来父亲并没有完全从生活中排除土楼。

喝了几杯茶，看了一两个春晚节目，我竟迷迷糊糊在沙发上睡过去。猛一惊醒，发现父亲裹紧身上的衣服，双手抱在胸前，半眯着眼，还有滋有味地看着电视。马铺这几年春节期间禁炮，除夕都是静悄悄的，像圩尾街这样的老街更是沉寂如山。其实这样的除夕适宜睡觉，但我想还是应该坚持陪着父亲守岁，这毕竟是永生楼里的习俗。前些年都在自己的小家过，没有来陪他，今年也算是因缘际合，有了这么一个机会。

我擦了擦眼睛，对父亲不好意思地笑了一笑。父亲说："你睡得好沉，叫你不醒，你到里屋睡吧。"我说："现在有精神了，晚上我睡这沙发就行，你给我一床棉被。"

八

没想到我陪父亲在圩尾街守岁是第一次，也是最后一次了。正月初六我来到泉州一个朋友家里，他准备介绍我到一家公司就职，第二天我就接到了父亲的电话。

"圩尾街要拆了。"父亲在电话里带着哭腔说。

"拆？什么拆了？"

"政府拆迁，公告今天贴出来了，要卖给开发商，建商品房，这怎么办？"父亲的声音里带着震惊、不满和无助。

这怎么办？我也说不上来，政府要拆迁，谁也挡不住，这几年电视上网络上有太多拆迁与反拆迁的故事，最终失败的都是弱小的被拆迁户。我好像看到父亲满脸忧愁地站在圩尾街的家门前，眼神涣散，六魂无主。当初他毅然决然卖掉永生楼的房子，进城置业，就是为了做一个永远的城里人，没想到城里的房子也要被拆迁了，这城里人也快做不成了。我想了想，对父亲说："不是有补偿吗？还可以……"话未说完，就被父亲愤怒地打断了，父亲像是冲着敌人吼道："补偿款一平米三千元，我这才四十八平米，你知道现在马铺的商品房多少钱吗？最低的也四千元，好点的都上六千了！"父亲最后用永生楼的粗话骂了一声。我哑住了，手机里传来一阵噪音，父亲的电话挂断了，我的心开始悬在异乡的空中荡来荡去。

二〇〇八年五月，圩尾街拆迁正式开始，几台推土机像巨兽一样开进来，前头几座低矮的平房在轰隆声里化为平地。也就一天，圩尾街拆掉了将近一半，父亲和十来户人家还没签订拆迁协议，但是两三天下来，周围一片残墙断壁，满地瓦砾，父亲的房子像江中一座孤零零的小岛，水电都被断了，父亲坐在门槛上失神发呆。拆迁办和开发公司几个人又上门来了，他们告诉父亲说，若今天把协议签了，他们还可以提供东方红小学旧校舍的一间平房给他做安置房，免费住半年，若不签，明天还是照拆，免费安置房就没有了。

"我签……"父亲哽咽着说。

"这就对了。"拆迁办的人欣喜地说。

"我签、签你们老姆臭×……"父亲用永生楼粗话骂了一声，勾下头，像一个委屈的孩子哭个不停。

开发公司的人沉着脸，克制着没发怒，有个人说："老货子，你不是土楼人吗？可以回土楼去嘛，现在土楼多风光，成旅游区了。"

"土楼的房子早就卖掉了，你叫我怎么回去？"父亲抹了一把眼泪，愤怒地盯着面前的那些人，好像是他们逼着他卖掉了永生楼的房子。

拆迁办的人拿出协议书，不耐烦地说："卖掉，买新的，拆掉，建新的，好了好了，快签吧。"

父亲知道，这是命，拗不过的。从土楼净身出户，来到城里，最终城里失去立锥之地，生活却无法兜满一个圈，从城里又回到土楼，因为土楼早已没有他的寸瓦寸地，他只能悬挂在空中，两边不着落，无处归依……这是他从没想过的结局，但结局竟然如此，他也无话可说了。

"我签。"父亲说。

父亲在拆迁协议上一笔一画用力地签下自己的姓名。

被安置到旧校舍的第一个晚上，父亲无法入睡。拆迁办的小卡车把他圩尾街家里的家私物品一股脑卸在安置房门口，他像蚂蚁搬家一样地一件一件搬进房间里，从早上搬到天黑。父亲发现这房里只有一盏灯，不知是没电还是灯泡坏了，总之是不亮了。各种舍不得扔掉的物品堆满房间，形成一条峡谷般的狭窄通道，他就坐在谷底的沙发上，嘴里发出的喘气有一下没一下地触碰着这房间里又浓又重的黑暗。天快亮时，父亲走出这黑暗的安置房，走到大街上，在一间小旅社前台用公用电话拨通了我的手机。

"我想回永生楼……"父亲的声音像是从遥远的地方传来，苍凉幽远。流落异乡的我还没有完全从睡梦中清醒，听到电话里传出唰唰唰的清扫大街的响声，父亲的声音断断续续又响起，"我想回去……"

父亲想回永生楼？可是永生楼早已没有他的房子，他又将如何回去呢？我想对父亲说几句，可是电话里是一阵嘟嘟嘟的忙音。

父亲在茫然向前走的时候经过了马铺汽车站。有几部中巴车就停在站外的街上，售票员轮流用普通话和闽南话向行人吆喝着："土楼，土楼，马上走，马上走。"父亲不知道现在每天有数十趟上百趟的班车开往土楼，原来每天只有一趟的，想起来那都是上个世纪的事了，自从那次他回去把永生楼的房子卖掉，他再也没有回过土楼了。现在的班车不仅有到土楼镇上，还有到田螺坑、河坑、华坑等等村庄。父亲看到一趟班车上的牌子写着华坑，便上了车，车上几乎坐满了，满车都是陌生的面孔。售票员把最后一排一个占着位置的行李拿开，让他坐了下来，用普通话问他："你是到镇上还是村里？"

"我回家。"父亲用着永生楼腔调的闽南话说。

售票员是个年轻女子,有点惊讶地看了父亲一眼,因为华坑村的老人,不管在家的还是在外的,她几乎都认识,只有面前这个老人十分陌生。

父亲微微闭上眼睛。班车开动了,驶出城区后,车速越来越快。父亲睁开眼睛,此时天已大亮,他看到公路拓宽了许多,汽车接连穿越了两个山洞,这都是原来没有的隧道,以前汽车总像是哮喘一样爬着爬不完的坡。他记得那时从土楼圩上到马铺城里,汽车最快也要三个小时。现在从马铺到土楼镇上,一小时十分钟就到了,再二十分钟,又到了华坑村。父亲回想起来,自己走出土楼,逃离永生楼,几乎用了大半辈子的人生,现在汽车一个多小时就把他送回来了。

汽车停在华坑村村口的一块空地上,那里有一个停车场,已经停了好几部小车,还建了一幢三层高的楼房。这都是父亲所不知道的,他最后一个下了车,往村子里走去。那楼房里走出两个穿保安制服的人,其中一个喊道:"买票,买票。"前面有人走向楼房那里的售票处。父亲心想,果真是旅游区,果真要买票了。但他并没有拐弯走向售票处,而是继续往前走。

"哎。"一个保安拦住了父亲。

"我也要买票吗?"父亲抬起头问保安。

"当然要,进村看土楼,人人都要买票。"保安说。

"我出生在永生楼时,你都还不知道在哪里呢,你却要我买票?你老爸叫什么名字?"父亲对保安说。

另一个保安走过来,认出了父亲,叫了一声"胜明伯"。父亲想说什么,却没说出来,背着手往村子里走去。脚下的水泥路看样子修建不久,父亲的脚踩在这硬实的村道上,心里涌起一种惶然的感觉,虽然这里是他的家乡,却早已没有他的房子,甚至进来都被要求买票。父亲心想,让我买票回家?这都什么世道啊?

父亲看到永生楼了，那土墙上挂着五个传统竹筛，每个竹筛上写着一个大字，组成"永生楼客栈"。他的心被刺痛了，刺成了筛子一样，往下滴着血。

　　永生楼的住户早几年陆续搬出去了，他们把房子租给华栋才改造成客栈房间，到了去年底，永生楼里已经没有一家住户，变成了一座完整的客栈。华栋才请了三个村里姑娘（其实都是亲戚）当服务员，还建了私人网站，开通永生楼客栈的博客、QQ群，生意越做越大，到了周末、黄金周节假日，客栈的房间涨价之后还是供不应求。回来之后父亲才知道，除了他把房子卖给华栋才的父亲（前年已过世），其他人都是出租的，租期最短的20年，一般是三十年，至于租金多少，则没人愿意具体地告诉父亲，但父亲隐约地猜到，一间房子的一年租金就比他当年的卖价要高出几倍。父亲在村子里转了一圈，出入其他几座土楼见了一些人，这才鼓起勇气向永生楼走去。

　　话说父亲时隔十多年之后第一次跨过永生楼的石门槛，内心的情感非常复杂。左脚提起要迈过门槛时，他不由顿了一下，换成右脚先迈了过去，全身都在微微颤抖。楼门厅已改造成服务台，像所有的宾馆一样，墙上挂着几只时钟以及价格表。服务台里的人抬起头，正是华栋才，他看到父亲时还是略微吃了一惊。

　　"胜明叔。"华栋才从服务台里迎了出来。

　　父亲的眼光向廊台、天井和对面的房间望去，永生楼虽然还是永生楼，但已经不像过去那样脏乱，到处显得干净、明亮，井井有条。

　　"胜明叔，好罕啊。"华栋才说。

　　父亲只是转头不停地看着，愣愣地没有说话。

　　华栋才指着一楼对父亲说："我把一楼有的灶间打通了，做成了大餐厅，有的留着做包厢。二楼、三楼都是客房。"

　　"生意很好啊。"父亲硬硬地说了一句。

　　"还好，土楼在申遗，今年要是成功的话，可能会更好一些。"华栋才说。

父亲走到廊台前，抬起头望了望永生楼上面的天空，那天空还是圆圆的一圈，他突然对华栋才说："我可以去看看我的房间吗？"

华栋才似乎愣了一下，连忙说："可以可以，我带你参观一下。"

不用他带，父亲已转身走向楼梯往上登。父亲的脚踩得很重，几乎全身的重量落在脚上，停顿了一下，再提起另一脚。父亲走到二楼歇了一口气，华栋才三五步赶上来，咚咚咚走上三楼。父亲走到三楼时，华栋才打开了一间房间的门，那正是父亲原来住过的卧室，若不是华栋才开门，父亲也许不可能一下认出来。门上还是保留着原来传统的铁锁，但房间里焕然一新了，一张床、一只床头柜还有一只小桌子，床上是洁白的被褥，床头柜上放着一部电话机和一座台灯，墙上挂着液晶电视机，墙壁往里侧开了一扇门。华栋才说："那是卫生间，我们这二十四小时有热水，房间还有网线可以上网。"

父亲一点也想不起自己原来卧室的摆设，反正和面前的样子截然不同，它们是完全不同的两个世界。他站在房间里发愣，过去的那个世界是再也回不去了。

这时，华栋才口袋里的手机响了起来，他掏出手机走到廊道上接听。父亲在房间里木木地转了一圈，感觉到头晕，一屁股在床铺上坐下来。那软软的被褥像弹簧一样，把他的身子往上弹了一弹，他瞬间有一种要被抛出的感觉，两手在床道上抓紧，才让自己坐稳下来。

父亲坐在房间的床铺上，像打坐入定一样，不声不响，不挪不动，不吃不喝，从上午一直坐到天黑。华栋才接了电话下到一楼服务台，忙起来就把父亲忘记了，根本没想到父亲会一直坐在房间里。他是帮客人提行李上来，经过这个房间时看到床上一团黑影，这才凛然一惊，父亲还没离开！

华栋才把行李送到客人房间，回头来到父亲的房间门前，伸手在门边打开电灯，冲着床上坐得像雕塑一样的父亲说："你怎么还在这里？"语气里明显带着惊讶和不悦。

父亲缓缓睁开眼睛，说："我在自己房间坐不行吗？"

"咦，胜明叔，你怎么这样说话？"华栋才尖声叫了一声，"这以前是你的房间没错，可是你一九九〇年就卖给我们家了！"

"我反悔了。"父亲静静地说。

华栋才冷笑了两声，说："你在合同上还特别注明，永不反悔。"

"我是跟我堂哥华胜谷签的买卖文书，你让华胜谷来跟我说话。"父亲说。

华栋才气得全身发抖，说："那你找他说去。"然后一转身，向楼梯口大步走去。

这个晚上父亲继续坐在房间的床上纹丝不动。华栋才找来八叔公和三堂伯，好言好语劝父亲离开，父亲不争辩也不大理会，冷不丁地说："我反悔了。"

"你怎能反悔？白纸黑字呢，做人讲的就是信用。"三堂伯生气地跺了一下脚，整座永生楼都微微晃动起来。

"当时价钱是低，可是一时是一时的价，再说那时土楼根本不起眼，有的房间破破烂烂，送人都没人要。"八叔公说，"我做个公道，栋才，你给你叔补两千块，胜明你就认了吧。"

华栋才听到补偿，心想两千元是小数字，但这等于认可了他的反悔，这口子一开以后怎么办？他急忙说："合同是法律保护的文书，板上钉钉，我不同意什么补偿。"

八叔公做公道不成，感觉很没面子，独自走了。三堂伯也说不动父亲，嘀咕着走了。华栋才看着瓮子一样戳在床上的父亲，动手打是打不得，拖也拖不得，只能愤愤地离开。

父亲就这样整个晚上坐在了床上。第二天一早，华栋才上来看他，他仍旧背靠着墙壁坐着，眼睛紧闭，像是入睡又像是入定。

"胜明叔，自家人，你别这样好不好？"华栋才说着，手痒痒地攥起拳头，声音却像是要哭出来了，"我今晚接了一个团，客人早上就会到，你能不能离开这里？"

父亲的眼睛一先一后地睁开，看着华栋才说："我反悔了。"

华栋才也定定地看着父亲，说："从法律上说，这是我的私人住宅，如果你十分钟内不离开，我就报警了！"

不知是给报警这句话吓着还是怎么了，父亲缓缓站起身，佝偻着背，神情恍惚地走出了房间。

九

父亲回到马铺城里的安置房，最大的现实横亘在他面前，他在这个城里已经没有家，没有立锥之地了，这间安置房只不过是暂时的栖身。他想起此次回永生楼的历程，心力交瘁。如果说当年是他抛弃了永生楼，现在则是永生楼拒绝了他，可是这杯苦酒就该由他一个人独饮吗？此一时，彼一时，谁人能参透？风水轮流转，谁知道就转出这么一个结果？

接连十多天，父亲过着昼夜不分、浑浑噩噩的日子，做一顿饭吃几天，有时几天不吃，有时整个白天在昏睡，而夜晚却在周边四处游荡，有一天还梦游般走到早已变成工地的圩尾街，被一根钢筋绊了一跤。有一天深夜走过马铺县法院，父亲突然哆嗦了一下，脑子里迅速冒出一个念头，打官司，让法院撤销当年的买卖文书，依靠法律收回永生楼的房子。

这么一想，父亲立即兴奋起来。他毕竟也是读过书还教过书的人，他想，以显失公平为由，向法院提起诉讼，要求撤销当年的买卖合同。父亲回到安置房里，烧了一锅水，好好洗了一个澡，然后换了一身干净的衣服。他要一改前些天的颓废和疲软，他要振作，要奋发，要扼住命运的咽喉，要逆转命运的走向。

"你等着，我要把永生楼讨回来。"有一天父亲给我打电话说，他的声音里显示出一种坚定和自信。

流落异乡的我当然必须鼓励他、祝愿他，我说："好吧，相信法律。"

父亲说："我把永生楼的房子追回来，我就搬回永生楼去住，现在我年纪大了，一个人在城里也没有了房子，其实在城里这么多年，我现在才知道我不是城里人，我没有城里户口，没有医保，没有社保，没有老朋友，也没有亲戚，虽说有个孙子，可是被他妈教坏了，一年也看不到几次面，原来你也在这城里，可是现在你也离我那么远了……我到这城里二十年了，本打算这辈子就做个城里人，还幻想续弦续个城里人，不过你找了个城里人老婆又怎么样呢……我还一直模仿城里人说话的腔调，可是至今仍然是华坑村的地瓜腔……我想，我是土楼的一滴水，怎么羼进城里的油呢？我还是回永生楼吧，有一句老话是怎么说的？从哪里来，回哪里去……"

父亲唠唠叨叨跟我说了好多，没想到这竟成为我们最后一次的说话。那时我在异乡的打拼似乎有了一点起色，我想今年过年一定要回马铺看看父亲，当然我希望就在永生楼看到父亲。我从小生活的永生楼，原先一直觉得它面目可憎，现在突然感觉它还是很美好的，那里曾经有一家人生活在一起的温暖时光。

父亲花了三天的时间，认认真真地写了一份诉状，然后又花三天的时间反复修改，最后工工整整地誊写了一遍。他把所有的希望都用力地写在了每个文字里。

走进法院前，父亲又特意洗了一次澡，换了一身干净的衣服，他想这样才显得庄重，和他所要办的事情相配。这一天，父亲走进了马铺县人民法院。一个工作人员问他有什么事，父亲说:"我要打官司,依法维护自身权利。"

工作人员便把他带到立案大厅。父亲从衣服里掏出用塑料纸包着的起诉状,解开塑料纸,把那两张纸的状子双手递给了一个穿制服的中年男子。

那中年男子一手接了过来,两只眼睛在上面飞快地看了几行,立即退还给父亲,说:"这不行。"

"怎了?是不能手写,还是⋯⋯"父亲愣了一下。

"是你的合同追诉期过了,无法立案。"那中年男子说。

"怎么就过了?"父亲的声音在发抖了。

"合同追诉期也就两年,你这都快20年了,根本就不行。"

"不行?"

"不行。"

"不、不、不行吗?"

"不行!法律规定不行就是不行!"

父亲彻底呆住了,张大的嘴巴空洞洞的,半天吐不出一个字。父亲不知是怎么离开法院的,迈着踉跄的脚步,像喝醉酒一样摇摇晃晃回到安置房。

昏睡了一天之后,父亲醒来发现天刚蒙蒙亮。他走到街上,看到很多单位大楼的墙上刷了许多新的标语,有的还做了红布拱门,天空中飘动着很多红气球。人民广场上更是聚集了满满当当的人,像是开大会一样,还有一支腰鼓队、一支大鼓凉伞队在那敲敲打打。这是二〇〇八年七月七日凌晨六点左右,马铺县在土楼多个旅游景区和县城地区组织群众,等待正在加拿大魁北克市召开的第三十二届世界遗产大会传来投票结果,一宣布土楼列入世界文化遗产项目,各个点便开始鸣炮庆祝。

父亲站在广场边上看着密集的人群,那一张张的脸喜气洋洋,因为大家都很有把握,土楼一定能列入世遗的,土楼就像是这些人家里的土楼,而唯独不是父亲的,因为父亲一直沉着脸。没人知道父亲此时的复杂心情。他突然生出一个坏念头,就是盼望土楼落选。

这时，有人用高音喇叭喊道："马县长从加拿大大会现场打来电话，土楼成功了！"下面的欢呼像海浪一样，一浪高过一浪："成功了！成功了！成功了！"鞭炮惊天动地地炸响，腰鼓队和大鼓凉伞队齐刷刷敲响了鼓，顿时广场上鼓乐喧天，一片沸腾。父亲知道，他的坏念头阻挡不住土楼的入选。他也流下了一串长长的眼泪。

父亲转到了汽车站，坐上了开往华坑的班车。这一路上，公路两边飘动着许多红布气球，上面的字他看不清，只觉得是许多红色的影子在扭动，就好像他小时候在永生楼看到布袋戏表演，许多小偶人被上面的线一抽一抽，笨拙地迈着脚步，父亲闭上了眼睛，他感觉这一生也是被一根看不见的线抽着，不断地抽着，他就像那小偶人一样不断地动着，动着。

华坑村村口的停车场彩旗飘飘，售票处的高音喇叭播放着欢快的音乐，不时穿插一句广播："为热烈庆祝土楼成功列入世界文化遗产，所有土楼景区连续三天免费参观。"游客三五成群，一撮一撮的，只有父亲是孤零零一人，尾随在所有游客的后面，脚步蹒跚地走进这个他一直想要逃离的土楼村子。

永生楼门口呈喇叭状插着两排的小彩旗，父亲抬起的脚放落到地上时，竟有一种发麻的过电感觉，他耸了下身子，镇定住自己，以便适应这热烈而庄重的仪式。父亲打起精神，迈着端正的方步，慢慢走过这段彩旗夹道欢迎的并不长的路。他跨过石门槛，走进了楼门厅，径直就往廊台走去。

这时服务台出来一个年轻的姑娘，用普通话对父亲说："哎，老伯，你找谁？"

"我不找谁，就回来……"父亲用永生楼腔的闽南话说。

正巧这个服务员是外地刚刚招聘来的，听不大懂闽南话，她又说："你想住宿吗？今天庆祝土楼申遗成功，有优惠的。"

"我都住过四十多年了……"

175

"如果你不住宿，请不要上楼参观，因为昨天的客人还没退房，他们有的出去了，房间门没关。"

"我、我住……"

"住宿请到这边登记。"

父亲回转过身子，缓缓走到服务台前。

"请你出示一下身份证好吗？"

"我要三楼，右边这楼梯往右第三间……"

"好的，我看一下，这间有没有人住了？"服务员一边查着台历一边说，"那你就要这间是吧，三一八房，我们每个房间同时也用土楼名字命名，比如三〇一是和贵楼，三〇二是怀远楼，三〇三是裕昌楼，你这间正好是永生楼。"

正好。父亲心里小小地惊喜一下。他摸了几个口袋，终于从裤子内口袋掏出皱巴巴的身份证。

服务员接过父亲的身份证，看了一眼，不由惊讶地说："原来你是永生楼的老住户啊。"

"嗯，住了四十多年，身份证一直就是这个地址。"父亲淡淡地说。

"老伯，我们今天庆祝申遗成功，住宿八折优惠，一百八十元收你一百四十，我是新来的店长，再给你优惠二十元，你先给我交二百元押金，退房时找你八十元。"

父亲又从口袋里掏出两张皱巴巴的大钞。

服务员登记好，递给父亲一张押金条和一把钥匙，手指向廊台右边说："你往这边楼梯上，三一八房，永生楼，你有什么需要，用房间电话拨八就可以了。"

我在这都住了四十多年，今天是第一次花钱住自己的房间，一天一百二十元，特别优惠价，沾土楼申遗成功的光啦。父亲心里想着，对服务员微微一笑，往廊台右边走去，他又想，当年卖掉一间才二百八十元呢。

十

土楼申遗成功这一天，永生楼客栈老板华栋才被请到田螺坑现场参加庆祝活动。活动结束后，在同样也是开客栈的朋友家里吃喝，因为高兴，大家都喝多了。华栋才很晚才被送回到华坑村永生楼，他一觉睡到了第二天九点多。起床伸了个懒腰，华栋才美滋滋地想，这当初谁也看不上眼的土楼，成为世界文化遗产了，这可是响当当的世界级宝贝，以后生意越来越好做了。

华栋才来到服务台，顺手翻看了一下住宿登记单。他的眼睛突然瞪大了，他看到了"华胜明"的名字还有所住的房号，这简直是不可思议的事情，华胜明花钱来住"永生楼"?! 华栋才脑子里闪过一个念头，他猛地冲出服务台，向楼梯大步冲去，三级并作两级，像跨栏冲刺一样，吃力地向上冲。

跑到三一八号也就是"永生楼"的房间门前，华栋才喘着粗气，伸手就往前推门。

但是门推不开，里面上了门闩。他从门缝往里面看，只看到一团模糊不清的影子。他做了个深呼吸，攒起全身的力气，往门上狠狠地撞去。

木门砰地被撞开了。华栋才一眼就看到华胜明和衣坐在床上，像是入睡又像是入定地一动也不动。

"胜明叔。"华栋才叫了一声，他知道叫也没用，只不过给自己壮下胆。他轻手轻脚走到华胜明面前，看到他胸前的衣服上粘着两张纸，原来就是给法院的起诉状。他伸手揭下一张纸，手指只是稍微触碰到华胜明的身体，没想到他整个身体就像偶人一样往床铺上倾倒而去。

父亲不知何时已在永生楼往生了。

赖活也是活

北　辰

一

　　冯老爷子想走了。

　　想走的意思，就是不想活了。不是活腻歪了，而是活得糟心。再活下去，真没意思的想法，三天两头地就打他早已白发苍苍的脑袋里头冒出烟来。冯老爷子不懂得是不是年纪越大了越时常如此，是不是越怕死越会这么想。

　　但他冯老爷子是不怕死的。当年打跑了鬼子，打国军，打跑了国军，打土匪，枪林弹雨的也没怕过死，如今活了一大把年纪了，更不怕死。冯老爷子活到这把岁数，他倒以为是赚了，怎么说没倒在鬼子的枪眼下，也没倒在国军的美国制造的火炮下，更没倒在匪窝里，不是赚了是什么？

　　临了，冯老爷子却是想要好好倒在自家屋里头，还真倒下过，可倒来倒去，倒下了又给支棱起来，没两天又活泛了，叫一帮嘈嘈切切的儿孙们闹的，想倒下也不能好生倒下，愣是把他给整回气儿来。有时候想想，人就活那一口气，赖活也是活。人家说，如今是最好的时代，在一辈子闯过无数风霜雪雨的冯老爷子看来，也确实是最好的时代，和平嘛，比什么都好。可问题是，最好的时代，怎么日子还是过得有些糟心呢？

　　冯老爷子临近九十岁了，还耳聪目明，腿脚利索。要说高寿，那放在过去，是绝对的。可他所在的霞碧村是县里有名的长

181

寿村，全村留守的几十个老人中，上一百岁的就有二十多人，上九十岁的少说有三十人，底下儿子辈儿在七十岁的就有六十多人。不知何时这样的世外仙气外泄了，招来各路媒体，一窝蜂来又一窝蜂走，打着好奇的幌子，搅了村里的宁静。后来据老二冯建胜回来说，省里专家调查出了咱村人长寿的神秘所在，就是咱村的水质好，从海拔一千九百多米的高山上渗下的泉水，养了方圆二十里的村子，就咱村的人平均寿命最长。

霞碧村一大拨高寿的人和霞碧村人祖祖辈辈饮用的山泉水一时声名远播。这村里的水，冯老爷子心里是清楚的。他年轻的时候，自个在村北面南的山坡上安了宅子，从山上引了一路泉水下来，水就顺着搭成细龙的竹片，一路蜿蜒着把山里的清凉和健康也带来了。冯家和村里的许多户人家一样，就在屋子一侧架起一只长木槽，盛放日日鲜活奔来的山泉水，水满则溢，长年不息，清清澈澈，叮叮哗哗，很具有生命的活力，在冯老爷子的老宅子安居后，这水就养活了他们祖孙四代。

可是这水，终于还是差点要了冯老爷子的命。由于山泉水里富含各种矿物质，未经过过滤和净化处理，是不大适合饮用的。这不，冯老汉年前就大病一场，先是突然感到腰眼疼得厉害，跟着浑身都不得劲，一个电话通知了老二冯建胜，然后他就被孩子们送到县城的医院里，忙活了半天，说是胆结石，最后还得到市里更高一级的医院里，动了激光微波体外碎石手术才算完事。后来细问，医生说跟患者平日的饮用水可能脱不了干系。冯老爷子就纳闷了，村里头那些比他还高寿的老人们也是吃这么一眼山里的泉水，他们怎么就没事？他们可都还能抽着旱烟，喝着烈酒呢，一个个还活得挺光鲜自在的。

冯老汉躺在医院的病床上养着，琢磨来琢磨去，心想这岁数，也差不多是时候了吧，越到老就越是吃身体的本钱，现在身上各个零部件也差不多开始逐一准备休业了。按说这把老骨头是经不起折腾的，早该陪老伴去了，可怎么还是心里头门儿清，家里家外大小事没一件放得下。越琢磨越睡不着，就想起老伴来了。

老伴几年前就先他一步走了。走的时候特别平静，就跟平日里睡着了一样，一早没醒来而已，生前也没怎么受病痛折磨，没受半点苦。留下一大家子的儿孙让冯老爷子先罩着。冯老爷子心想啊，这一大家子的，没一个让他省心，老伴真是操心操累了，狠狠心扔下不管，先走得了。冯老爷子也想撂下不管了，儿孙自有儿孙福嘛，管多了还招怨，可他天生的劳碌命，心里头好多事不是说放下就放下的。

这不，在病床上安生不到三天，夜里头接了个电话，他火急火燎地把守床的老大冯建国唤醒了，当即说要回家。老大还睡眼蒙眬的，问老爹啥事啊，深更半夜的，怎么也得等天亮了再说。

冯老爷子不答应了，黑着脸说，你云秀婶出事了，我得回去看看。

老大说，哎呀，您还是先管好您自己吧！人家的事，咱着什么急呀？

冯老爷子瞪大眼珠子，斥责道，云秀婶是人家吗？啊？她是人家吗？

一通骂声如平地炸雷，把同病房的人都给震醒了，结果把巡夜的护士也给招来。冯老爷子因此挨了批，还是老大冯建国央求着他才平息了火气，给大家赔个不是，病房才平静下来。

冯老爷子知道自家的孩子们不喜欢他跟云秀婶有什么关联，一时也只能按捺住性子，等天亮。

按说冯老爷子的病还得在医院住着养养看，虽然没什么大伤口，但老人家的身体不经折腾，而且动手术也不是小事。但冯老爷子一向就是个暴脾气，一听说是孩子他云秀婶出事了，他的心怎么也不能平静，一大早天刚擦亮，他就让老大张罗着赶紧办理出院手续，急草草地赶路回家。

冯老爷子的儿孙们哪个不晓得云秀婶啊？云秀婶年过八旬了，整个一掉光了牙的农村老太太。可是，云秀婶再怎么老态，她也是冯老爷子心中的神，最美的那个——女神。

从医院出发的公交车，一路在渐次醒来的市区各枢纽线上晃着，等晃到车站时，太阳已是老高了。然后是从车站出发的客车，赶上上班高峰期，在交通拥挤的市区蜗行一个多钟头，突围行进到环城路，这才上了高速。又过去了俩钟头。

冯老爷子急了，急得头上直冒汗。老大冯建国在一旁给老爷子擦着汗，关切地问是不是伤口疼。冯老爷子没搭理他。在他心里，三个孩子就数老大冯建国老实，可是老实总是吃亏，成不了大事。但偏偏这样的时候，还就老大这孩子死心塌地陪在他身边。其他孩子，有时候还真指不上。说是孩子，老大冯建国那也是花甲之年的人，看起来也不那么精气神十足了。冯老爷子坐在车上默不作声，可心里却在絮絮叨叨。

不过，这还算好的，要说他云秀婶子，可苦了。一辈子就俩孩子，孩子嘛，倒也出息，一个早早出了国，在新加坡做生意，一个在省城师范大学当了老师，已是个教授。可俩孩子，没一个能在身边伺候母亲，都说久病床前无孝子，这回当妈的出了事，她那两个远在天边的孩子不定什么时候才能回来呢。至于孙子辈儿的，早不知在哪扑腾，更指望不上了。

冯老爷子怎么就不知足呢？自己儿孙满堂，四代同堂，连曾孙子也上中学了，算是好福气了。

云秀啊，怎么一辈子也没熬出个头呢？冯老爷子又想起一个想了无数遍的假设，要是云秀当年能跟了他，这辈子荣华富贵不敢说，饿不着冻不着的总有个准吧，有个头疼脑热的床边也有个贴心的人不是？老了老了，还有个伴！

现在算怎么回事呢？云秀早几十年就没了男人，一个女人拉扯俩孩子，几十年怎么过的，谁心里没个谱呢？冯老爷子也是到前几年才没了伴，要想跟云秀再搭伙过日子吧，也不是不行。可孩子们都说，这么大年岁了，不是让人看笑话吗？

冯老爷子从来性子刚硬，不怕别人笑话什么。可经不住孩子们三番五次的游说，加上他云秀婶子的婉拒，冯老爷子也就只好作罢。反正同个村住着，就在坡上坡下相距不外乎二十米，冯老爷子腿脚硬朗，攀上爬下地一日数次去找她说说话，俩人也相互照看着。孩子们瞧在眼里，看着冯老爷子的黑脸，也不便再说什么了，反正多少算个照应。

冯老爷子当时就是在云秀婶子家里，正说着话，胆边疼得厉害，多亏了云秀婶子打电话给老大冯建国，才算挽救得及时。冯老爷子手术和住院期间，云秀婶也打电话说要来看，还是被冯老爷子拒绝了，大老远地出远门，她一八旬老太太，不合适，万一有个什么闪失，那事情可就大了。

可是，还没等冯老爷子养好身子骨，回家与云秀婶子再叙旧情，村长黄金玉一个电话就惊扰了冯老爷子，说云秀婶子昏倒在自家厨房里，是村民路过打招呼没回应，进门看才知道出了事。还好发现得及时，但云秀婶子一夜没醒转过来，气息微弱。村长黄金玉张罗着要把人送往县医院，正联系车的时候，清早，躺了一夜的云秀婶子醒了，转着迷茫的两只浑浊老眼，意识有点清醒，却说不了话。

村长黄金玉在村子里头只能算是晚辈，跟冯建国是一轮的。他轻轻唤着云秀婶子，要说什么肯定的，就眨巴眨巴眼睛，否定的话，就转转眼珠子。村长问的第一个问题就是，想见冯老爷子？云秀婶子就眨了眨眼。村长立马说，已打了电话，说话就回来。村长又问婶子，要不要上医院。云秀婶子的眼珠果然就转了两转。

得了，且等着冯老爷子回来说话吧。这云秀婶子跟冯老爷子的关系和往事，村里的人多数都晓得，尤其是这些留守在村庄里的老一辈人，无不怜惜他们的，大家也默认了他们。

一路上倒了四五趟车，从市区赶回边远的霞碧村，也过了响午时分了。冯老爷子不着急回自己的家，忍着腰眼的疼痛一路往村北坡直往上爬。平日里爬了无数趟的坡，陡然艰难了许多。到了自家的门他也不进，还继续爬坡上去，一路上在老大的搀扶下，一直爬到云秀婶子的老屋庭前，才歇了脚，喘上两口气。

等气儿顺了，才进门。村长迎上来，扶住冯老爷子，压低嗓子说，晌午又醒过来，喝了两口水。冯老爷子点点头，径直往西厢房卧室去了。

村长截住老大冯建国，俩人在屋檐根下蹲着，抽根烟的工夫，商量事情。村长问，老爷子怎么样？能挺住吗？

老大说，原本养着的，一接到电话脾气就上来了，抬脚就要往回赶，身子骨还没养瓷实呢，这云秀婶子也倒的不是时候。

村长吐出烟雾，叹口气说，我看婶子这回怕是起不来了，随时都有可能一口气提不上来。

老大问，那怎么整啊，她俩孩子可都在外头，赶紧叫回来呀。

村长答道，我也是这么想的，你让老爷子劝劝她，上医院吧，咱心里才有底，我这就去打电话，通知白家的两个小子。

村长说完先走了。这头屋里，冯老爷子正俯在床前，握着云秀的手，问话来着。屋里的光线不是很足，但冯老爷子还是看得清云秀的脸。在他心里，云秀再怎么老，还是他心里的那份真美，他一辈子都嫌看不够。

云秀婶子感觉到了冯老爷子的气息，她睁开眼，眼光平静，眼神是在说，你来了。

冯老爷子点点头，没说话。云秀婶子抬手指指他的腰。冯老爷子明白了，说，好些了，不必担心。

云秀婶子又闭上眼，轻抬嘴唇，轻吐俩字：老三。

冯老爷子问，你是说我们家老三吗？你想见他，我回头叫人找去，咱还是先上医院吧。

云秀婶子不说话，算是答应了。他们相互守了一辈子，没做成夫妻，可比夫妻还有默契。

冯老爷子出了屋子，叫来老大冯建国，吩咐他去找村长张罗人跟车来，下午就得赶紧把云秀婶子送往医院，一切费用由他老爷子承担。

一行人把云秀婶子抬出老屋，往山坡下走的时候，一旁的各老屋里跟老屋差不多岁数的各色老人或在廊上或在堂前或在门边，前来目送。仿佛冯老爷子带上云秀婶子这一去，就不再回来了。他们的目光让冯老爷子心里很不舒服，不断地涌起悲伤感。人老了，总还是容易伤感的，特别是碰上伤痛或弥留一类的事情时，更容易滋生悲观情绪。

　　但冯老爷子此刻不能流露半点悲伤，他自认是云秀心里的柱子，得挺着让她靠住。说不定这回云秀倒下，就是因为几天没看到他，担心老爷子的病情才造成的。所以，冯老爷子此刻万万不能倒下。

　　往前他俩也提到过。云秀婶子半开玩笑说，要走在冯老爷子前头，好让冯老爷子替她置办好后事，她才能放心。要是冯老爷子走在她前头的话，她会支撑不住的。这话让冯老爷子又温暖又心伤。打那以后，冯老爷子心气儿更硬了，一想到云秀就想着无论怎么糟心也得活下去。可一到自家的糟心事接二连三撞上来后，他又临近崩溃的边缘。

　　往县城的路上，老大冯建国跟冯老爷子交了底，说是接到老三冯建才的电话，知道云秀婶子是怎么晕倒的了。冯老爷子想起在屋里，他云秀婶子只提点到老三，只怕这个冒冒失失的臭小子脱不了干系。

　　前些日子，冯家老三冯建才正眼热着，咋咋呼呼地要跟来村里投资建厂的人合资，村里头吆喝着说要建起一家矿泉水厂，水源用的就是山上来的泉水。该项目县里立项，已获省级有关部门核批，各路资金正在融汇中。一门心思想着挣钱的老三冯建才也跟着活泛起来，在村里四处游说各位老人家，他也跟着融起资金来，想大干一场。

　　冯老爷子当时看这事不大靠谱，一度反对，但人老了，管不住孩子嘛，只好任其去折腾了。

　　果然，老大的讲述证实了老爷子的猜想。原来老三冯建才之前确实到过云秀婶子那，支走了十万块钱。这事冯老爷子还被蒙在鼓里，他也知道云秀婶子会瞒他，因为云秀婶子对冯家儿孙都特别好，别说老三去要点钱搞投资，冯家谁去，她都会给。这是两家人几十年的交情。

十万块钱也不算少，冯老爷子估摸着，那是云秀婶子的俩儿子长年累月寄回来的生活费，她攒下着的。老三冯建才知道老爷子不会给他钱，就找他云秀婶子去了，这小子善于投机取巧，年纪不小了，也没个正形。这回一定是出了什么事把云秀婶子给气着了。

村长黄金玉补充说，的确是出了点事，前两日来了几个派出所的人，还有县公安局的人员，到咱村子里查案来了，查的就是那个矿泉水厂的案子。原来，投资人携带政府部门拨助的款子和村里人融资的所有款子，突然就消失了。而且，这事儿的确跟老三冯建才有关系。

冯老爷子突然想起来了，他住院的这些天，压根就没看见老三的影子。这个没良心的东西，怕是犯了事，不敢来见老爹了，逃到哪猫着呢。

不知道是因为进县城的路上有点颠簸，还是因为听了大家伙的议论，云秀婶子在车上醒了过来，她示意冯老爷子凑到跟前，说了三个字：玉镯子。

冯老爷子马上接话，是不是老三把那对翠玉镯子也拿走了？

云秀婶子眼神有点急，却说不了话。此刻冯老爷子火气早又腾地上来了，叫老大打电话叫那畜生赶紧现身，否则老爷子就死给他看。

老大冯建国赶紧说，老三说了，他没有携款潜逃，他是拿了云秀婶子的镯子，但他是去省城办事，找云秀婶子借了来，要去依款式仿打一副，不曾想在车站让扒手给摸了去，他不敢回来见婶子，说要找到镯子才敢回来。

冯老爷子可算听明白了，敢情又是三小子出的幺蛾子。

二

冯老爷子绝对是个有故事的人。

在霞碧村比冯老爷子更老的人的眼里，冯老爷子还仅仅是一个娃子，就算他年近九十了，他也还是一个娃子。在他们的记忆里，这个不安分的娃子，这个特别能折腾的娃子，名字叫做冯强子。

冯强子不是霞碧村的原住民，他是村里一个老猎户捡回来的。那年秋天平静的霞碧村，响起了震慑人心的枪声，驻守东南方的小军阀势力因割据混战，当时还是深山里的老百姓所不懂的。据说当年老猎户在秋天的深山里穿梭打猎，听到枪声，吓得躲在山洞里没敢出声，一直到枪声平息了，他才猫着身子藏在树丛里偷偷往外瞧，发现一拨拨人从他跟前蹿过，好像一拨是逃的，一拨是追的。老猎户大气不敢出，直到人们跑远了，他往回走的时候，发现了被藏在树根隐蔽处的一个包袱，打开一看，居然是个十分乖巧的孩子。

老猎户眼瞅着这孩子可怜，想必是先前逃命的人万般无奈扔下的，扔在深山里，早晚也是遭了野兽的毒爪。老猎户怜惜孩子命大，遇上了他，算是缘分吧，就把那孩子带回村子。孩子随了老猎户的冯姓，取名叫强子，是希望孩子能坚强地长大。

等到冯强子长到十来岁的光景，长成个小小少年的时候，老猎户两口子撒手西去，留下强子跟老猎户的十岁的女儿英子。兄妹俩相依为命，在村子里成了野孩子，糊涂度年。当时匪事猖獗，各村各户人人自危。不料英子不慎被匪徒拐走，丢失妹妹的冯强子疯了一般，四处寻找。

每天，冯强子跟个野人似的在山林里穿行，在各个村子穿行，饿了吃山果子，渴了饮山泉水，为了寻找妹妹，他基本走遍全县各个村落，其间还要不时地躲避匪徒。耗时近一年半，才终于在距离霞碧村九十公里外的一个小村子里找到了妹妹英子。

　　可怜的妹妹英子骨瘦如柴，被卖作童养媳，在婆家遭遇了一个疯狂到毫无人性的婆婆，白天在饥寒中被逼着去牧牛，晚上在霜露里操持繁重的家务，每天还要遭受婆婆的毒打。那用作鞭打的刑具，是老到抽丝的荆条，往火里烘至坚韧，再往粪坑里捅一捅，然后就不分日夜地笞打在英子那羸弱的身上，之后还要关在不见天日的柴屋里，受饥受冻无人过问，受满身流脓的伤痛所折磨。

　　冯强子当然不能容忍妹妹遭受那样的摧残，当即选准时机，带上妹妹出逃，逃了三天三夜，没命似的跑，也没瞧准方向。等停下脚步细瞅瞅时，两人已跑到邻县去了。原想就在邻县找个地方躲着过活吧，可是邻县的土匪也是一样猖狂。在那个年月里，能存活下来真是万幸。

　　兄妹俩亲眼见过土匪的烧杀抢掠行径，见过村人的大腿中弹之后淋漓的鲜血与翻卷的皮肉，见过村庄的房子在匪徒的狂笑中燃起罪恶的大火。当时的土匪专抓老人与小孩，男孩可以贩卖，女孩未嫁人的更有人抢着要。冯强子年近二十，也是各路人马所中意的，抓去当壮丁正合适。所以兄妹俩四处藏身，每日里胆战心惊，好不容易回到霞碧村，又亲身经历了整个村子被土匪打劫的全过程。

　　也就在这一次的土匪打劫中，冯强子认识了白云秀。云秀其实是大户人家的闺秀，是地主家的闺女。土匪来洗劫时，她被家人藏在地窖里，逃过一劫。但老父亲却被匪徒抢了去，匪窝就在海拔一千九百多米的高山上，远近闻名的凶残，让人闻风丧胆，扬言让白家人送三百大洋前去赎人。

　　白家在霞碧村是大地主，掌控着村里大多数人的土地衣食。

190

可白家愣是没人敢出门上山到匪窝里去交钱赎人。可人总得救回来吧，白家老爷子是家里的顶梁柱，没他不行。白家放出话来，村子里谁要是能出面去干这个事，免去地租税债，土地赠送十亩。

消息传出，好些人蠢蠢欲动，但想到那是一件危险的事，只恐有命去，没命回，相比于债务田产，人命还是更重要的。因此等了半拉月，还是没人站出来。匪徒也不耐烦了，派人传话来，说赎金涨到五百大洋，三天之内若不见大洋送上山去，就要把白家老爷子的人头挂在山寨旗杆上晾着。

白家人吓得屁滚尿流，再度放出话来，说哪个英雄能救得老爷子归来，就把白家大小姐白云秀下嫁于他，并赠送田产若干。白家以为重赏之下，必有勇夫。

此时，冯强子站出来了。白家人认得这个村里捡来的小子，听说他只身一人跋山涉水翻山越岭走遍全县各个村落，终于寻回被拐卖的妹妹，这份勇气就足以叫人佩服。而且，出身猎户之家的小子，好歹也有些身手，由他前往匪窝赎人，倒也合适。

于是，初生牛犊的冯强子带着五百大洋，只身前往高山上的匪窝。他顺利地见到白家老爷子，可怜的老人因先前一直无人来赎，就天天被吊起来，被手掌宽大的竹片劈打，三魂七魄早已走了大半。匪徒见冯强子倒也身强力壮，看在五百大洋的份儿上，不敢对他太过，姑且把人放回去了。

冯强子一人背着已剩下半条命的白家老爷子，回到村里，也算给白家了了一桩大事。至于白家所应允的白云秀下嫁一事，一时因老爷子的病情只好耽搁。赎回的老人家，那伤残的身子一年都起不来床，精神恍惚，之后就凄惨离世了。白云秀戴孝之身，不能出阁，冯强子也不当回事。

好在白家人也算讲信誉，把冯强子兄妹二人收留在家里，大小做点事。要说是地主家的长工，却也不像，怎么说冯强子也是他们家的救命恩人，搁家里供着也是应该。冯强子在白家府里倒也勤快，兄妹俩不是白吃饭的，上上下下逮着什么能做的事，举手就做。一番做派很是让白家人看好。

白云秀最初是不愿意随便把自己的婚事押在一个丝毫不能自主的奖励上的，但时间一长，一看冯强子身强力壮，人也憨厚老实，不是什么二流子下三滥的角色，心里倒有几分默认。

在白家待久了，冯强子跟白云秀低头不见抬头见的，尤其几回透过雕花的窗子，看见白云秀在写字，执笔的姿势那么温婉可人，让五大三粗的冯强子心动了许多。俩人一来二去的，真对上了眼。

白云秀要等守孝期满才能嫁给冯强子，这是白家认可的一门亲事。白家人看着两个小年轻儿，越看越顺眼。有时候在白家的大庭院里，可以看到俩人背对背坐在树下，冯强子会拿树叶儿吹上一曲《鹧鸪飞》，就是南方乡间常听闻的那种小曲子。白云秀听得十分入神，两朵羞涩的红霞就在她的脸颊流动着。这情景有一个人看了不乐意，那就是冯英子。

按说这中间没冯英子什么事，可毕竟她也有了女孩子的心事。她强子哥是她老爹打山上捡回来的，冯家把他养活大了，临终还把女儿托付给他，指望冯强子能照顾冯英子一辈子。特别是她强子哥走遍各村，衣服剐破到不能蔽体，鞋子坏到不能跟脚了，把流落他方的妹子找回来，这让同样正值豆蔻年华的冯英子心里早已感恩不尽，而且自小一块儿长大，青梅竹马的，冯英子心里早认定，一辈子就要跟定她强子哥。

当时冯强子要出面去救赎白家老爷子的事，冯英子不答应。可强子哥说了，只要能获得些粮食，得以生存下去，就够了。冯英子这才同意强子哥去冒生命危险。可之后冒出个白云秀，是冯英子无法阻拦的。尤其在白家，每日看着强子哥跟白家大小姐眉目传情的样子，冯英子实在无法忍受。她势必有所动作。

事情再度突变的原因，在于白家管事的往中间横插了一杠子。白管事说话就奔三十，尚未婚娶，是因为早盯着白家大小姐和白家的家产。事实上，霞碧村的匪事多半就是他给招惹来的，为的就是把个白家毁了，好让他探囊取物般地拿下他想要的。正当他等着白老爷子被打得半死，他才要出面上山救人，好顺理成章地娶白云秀时，半路杀出个冯强子，横刀夺爱。

也不知什么时候，白管事的跟冯英子往一处密谋，再度招来匪徒。冯英子瞅个机会支走了强子哥。白管事的带头抢走了白云秀，直抢上山去，以为有个匪窝做靠山，谁也拿他没辙。

等冯强子知道事情真相时，白家基本被土匪端掉了。冯强子要再次上山救白云秀，被冯英子拦下。冯英子倒也实诚，把事情前因都作了交代，以为如此便能挽回强子哥的心。哪曾想，冯强子动了真心，只身要去冒死。但他倒也不怪英子，从小到大那是自家亲亲的妹子哟，怎么能怪她呢？

安顿好英子，冯强子立马上山，直扑匪窝。可他毕竟是只身一人，跟一窝匪徒没得斗，鸡蛋碰石头，还有那个诡计多端的白管事，早料到了冯强子会上山救人，使了些手段就将冯强子逮个正着。

当着白云秀的面儿，白管事的把冯强子往死里打，任凭白云秀怎么求都不松手留情。浑身是伤的冯强子几度昏厥，每次被冰冷冷的盐水泼醒后，说的第一句话就是，云秀，千万要活着！

白云秀看着这个自己心里也早认定的人，知道再无逃出的可能，于是她使了个离间计，假意应承愿嫁匪首山鹰，条件有二：一是要山鹰除去白管事，为白家报仇，二是放了冯强子，自此再无关联。山鹰一瞧白云秀，温婉可人，倒也是压寨夫人的绝佳人选，当即二话不说，毙了那个吃里扒外的白管事，再让人把昏死过去的冯强子扔到山下泉水边上，算是放他一条生路了。

冯强子醒来时，身上有一张白云秀的留言。

强子哥：

　　情恩难报，来世再续。

　　　　　　　　云秀留笔

冯强子悲伤不已，却也无可奈何。他在山下坐了一夜，天亮后，采下树叶儿，吹了一曲《鹧鸪飞》，算是跟白云秀作别了。

冯强子自此离开了生养他的霞碧村，出外参加了革命。

冯强子的革命脚步踏遍了南方的山山水水，深山密林里有他和红军部队洒下的血与汗，街衢市井中有他和红军部队前进的号角声。杀日本鬼子那几年，他和所在的游击队伍辗转四方，几度与死神擦身而过，他都是在对白云秀和妹妹英子的挂念中撑过来的。以为打跑了鬼子，他就可以一身武装地回到霞碧村来，把土匪窝子端了，把云秀救出苦海。

可是日本鬼子是打跑了，部队转眼又跟国军开了战。冯强子随部队往南直下，之后终于逮到机会，向上级申请回到霞碧村开展武装解放的工作。上级同意后，他带着一支小队伍开进了阔别多年的霞碧村。

队伍进村的当日，村民个个躲着不敢出来。冯强子行走在队伍的最前头，高呼着各乡亲的名号。乡亲们这才看清，眼前军装威武的汉子，竟是那个被捡回来养大的冯强子，这才认了解放军的队伍。

冯强子带着红军部队，在霞碧村开展的武装斗争工作，其实也相当艰难。一方面，我军与国军的力量，实力悬殊，冯强子的小队伍只能不断深入群众基础，壮大队伍，伺机配合上级大部队行动。另一方面，高山上的山鹰土匪的威胁势力也仍然存在，成为一个不得不拔掉的不定时炸弹。

而回到霞碧村的冯强子没有找到妹妹英子，村民们说，当年冯强子走了之后，冯英子也离开了村庄，听说后来在邻县一处安了家，嫁作他人妇了。详情不知。

至于白云秀，村民多有耳闻。说是白家大小姐成了山鹰的压寨夫人，还为他生下两个孩子，如今过的是有滋有味的夫人生活。村民的说法，冯强子没有反驳。多年的革命工作，他已炼就了沉稳的个性。他心里是知道白云秀的，知道她绝不是贪生怕死，而是忍辱负重地偷生。

果然，白云秀一听闻冯强子回到村子了，而且还有人民武装队伍，她知道是时候了。于是，她找人跟冯强子接上线，先不谈儿女私情，而是配合人民武装力量，来了个里应外合，顺利地在国军尚未到位的情况下，强有力地端掉了盘踞高山十多年的山鹰匪窝，算是为民除害了吧。

回到村子里的白云秀，带回了两个孩子。当冯强子再度表示想跟她再续前缘时，白云秀却拒绝了。她不说理由，但说只想好好带好两个孩子，别的什么也不想了。冯强子还是当年的冯强子，可白云秀却已不是当年的白云秀了。冯强子也不强求，送了她一对省城买回的翠玉镯子，安顿好她母子三人，然后带领队伍，开拔去收拾国军去了。

冯强子这一去直到解放，才复员回到霞碧村。彼时，白云秀的两个孩子都已长大，可冯强子还是一个人。回到村子的冯强子成了村里管事的，带领大家伙农耕作物，好好过日子。乡民们有的想再次撮合他跟白云秀，可女方不同意；有人要给冯强子介绍新的闺女，可男方不接受。

正当乡民们猜不透这对当年的金童玉女葫芦里卖的什么药时，冯英子回来了。

冯英子不是一个人回来的，还带回了一个孩子。带回来个孩子也不算什么，还带回来一个婆婆。她实在走投无路了，在听闻强子哥回到霞碧村后，她只好奔他而来。

原来，冯英子当年觉得对不住强子哥，只身离开霞碧村，出外随便落了户。好不容易嫁得个本本分分的丈夫，哪曾想，一家子在躲避战乱时，丈夫中了流弹，撇下她孤儿寡母的，实在举步维艰，为了活命，只好回转身来投奔强子哥了。

冯强子心里还装着白云秀，还无法接纳冯英子。此刻的白云秀，早已看淡情爱缘分，一门心思都在孩子身上。经过白云秀的一番开导，动之以情，冯强子终于明白，他还欠着英子一生情分。

在白云秀的安排下，冯强子接纳并娶了英子，自此，视英子的婆婆如母亲，侍奉其终老。将英子与前夫的孩子更名为冯建国，就是冯家老大。

兜了一大圈子，英子和强子，总算走到一起了。英子之后为强子哥生下两男，是为老二冯建胜，老三冯建才。

往后啊，日久年深，那些苦难的陈年旧事，冯强子跟儿子们讲述过，再跟孙子孙女们讲述过，跟前来老区视察调研的领导们讲述过，跟到老区红色革命教育基地参观学习的游客尤其是学生们讲述过。直讲到他成了冯老爷子，究竟讲了多少遍，谁也说不上准数。

可是，他讲归他讲，谁爱听呢？

三

在县医院，冯家老大冯建国里外张罗了一通，总算给云秀婶子办了住院手续，进入住院检查阶段。

冯建国来来往往地在人群里跑动，路过候诊大厅时，看着自己的老父亲白发苍苍的，还那么深情地守在云秀婶子身旁，那样子真叫人心疼得紧，冯建国不禁起了一阵心酸，他真怕自己的老爷子会再倒下。

云秀婶子是突发脑溢血，中风了。医生说，病人年纪大，又有高血压，是急不得气不得的。云秀婶子病发后，虽然经过简单的调理，人还是老到不可挽回的程度。手脚不利索了，哆嗦得厉害，身子基本不能活动，话也说不出，就脑子还清醒着，看眼神能看出来。可是，当她看着几天来一直守在身旁的冯老爷子时，就两眼泪汪汪的。

冯老爷子这时候倒还硬气，安慰她说，没事，还有我呢。

好在云秀婶子的二儿子终于赶回来了，也差不多是个年过花甲的老人。此时，冯老爷子才好走开一阵子，管管自己的家事。

首先得把老三冯建才给叫回来。事情毕竟跟他有直接关系。

可是，任凭家人怎么找怎么劝，冯建才愣是不回家。放话说，不找到云秀婶子的翠玉镯子，他就不回家。冯老爷子心想，这孩子，还有点儿骨气，知道惹了大祸，能担当了。姑且让他在外面练练也好。这边，他还得先把他云秀婶子给安稳下来再说。

可是，糟心的事还是接二连三地找上门。先是冯老爷子几天没瞅见老二冯建胜，心想往日但凡自己有点什么头疼脑热的，老二总是勤恳地前来问寒问暖，毕竟是自己亲生的，懂得知冷知热，近日却不见他到来，也不知是被什么事情绊住了。

冯老爷子让老大给老二打个电话，问问近况。老大一向很遵守老爷子的吩咐，哪怕不是老爷子亲生的，但从小到大，看着这个老爷子对自己母亲的关爱，对非亲非故的他的祖母的孝顺与奉养，冯建国心里早认定了这个爹。

在电话里，老二冯建胜得知老爷子暂时无大碍，也就实话跟老大说了。原来，老二家里也正闹家庭战争，起因是大女儿冯明月的婚事。老二冯建胜膝下只有两个女儿，大女儿冯明月大学毕业，成了一名中学老师，工作还算体面，可是工作不久，就谈上了一个男朋友。男方的条件不错，是县医院里的一名医生，但对方是离过婚的。俩人一谈就谈了两年，赶上明月结婚的年岁了，俩人的婚事自然就提到了议事日程上来。

关于孙女冯明月的事，冯老爷子也听老二冯建胜说过几嘴，老人家当然高兴啦。可老大冯建国说，在电话里建胜说女儿明月在家里正闹绝食呢？婚事怕是有变。

这话怎么说的？冯老爷子闭着眼沉思了一阵儿，说，早知道没那么简单，我还是得看看去。

老大冯建国说，爹，您还是养着身子要紧，老二家的事，让他自己张罗去吧，将来要是有个什么事情，免得您老还落个怪罪。

冯老爷子犹豫了一下，他心里明白，儿孙自有儿孙福，轮不到他一个半入土的人来管事，但一想到那可爱的大孙女乖巧的样子，这会儿正闹绝食，一定是有什么过不去的坎了，他疼孙女呀，还是忍不住想去看看，看个究竟。

冯老爷子语重心长地说，老大呀，虽说事情不该我插手，但你想想啊，当年你的女儿巧梅要是能听你的，改听我的话，说不定啊，她现在也不会过得那么辛苦了。

冯老爷子一句话戳到老大冯建国的心窝里，把他疼的呀。自家的闺女自家疼，谁不懂呢？自己的女儿冯巧梅，当年在他的安排下，嫁给了一个跑运输的司机，几年下来，没少折腾，日子过得差不多没人样了。要离吧，孩子还正是升学考试的关键时候，怎么放得下呢？

冯老爷子去安顿好云秀一家子，就带上老大冯建国，出发要去老二家看看。

老二冯建胜是三个孩子中唯一在县城买了房子的。原本呢，老二冯建胜是冯老爷子第一个亲生的儿子，他倍加爱护和重视，有什么好处都往他身上揽。特别是在冯建胜年轻力盛时，正赶上"文革"结束时期，冯建胜正好读过几年书，识得几个字，在村里的生产队上也算个有为青年吧。当时，县里的工商行政管理局正在面向全社会招募有为青年，冯建胜因有点文化基础而被推选出来，就去了县工商局里，任了一个小文书，每月可领二十一元。冯建胜因此摇身一变，成了国家干部了。

可是不久，又来了一桩好事。县里的文化部门响应国家号召，要向社会招募一批电影放映员，负责在各乡镇村庄放映电影，作为党和国家政策宣传的一分子，也作为向人民群众宣传文化思想的一个重要角色。这份工作的荣誉与责任姑且不说，关键是这份工作甜头多，比如工资就比一般国家干部高出几块钱，走村串乡虽然靠脚力，难免辛苦，但可以获得百家喜爱，十天半个月的能拿不少百家吃食，丰富家里的给养。这一比呀，吸引力就来了。冯老爷子一向自认为眼光独到，他立刻就把当时在县里干得正欢的冯建胜给叫回村来，死活要让他抢到这个电影放映员的活计。

好吧，冯建胜在冯老爷子的安排下，果然又迅速转变了身份，成了一名长年走村串乡的电影放映员，把原来工商局的工作让给了本村的另一位年轻小伙子。冯老爷子特别满意这一次的选择与安排，他以为从此，儿子就能过上幸福的生活，尤其是在冯建胜刚上任不久，就很快与邻村一位姑娘对上了眼，关键是那位姑娘还是邻村村主任的女儿，有点小背景吧。也就是说，冯建胜放着电影，以让人艳羡的身份和工作，志得意满地娶上了老婆。这在当时，还传为佳话，让许多人眼红不已。

但世事轮转，时过多年，乡村露天电影时代也只是盛极一时。随着时代的变迁，乡村电影放映员成了一拨被人遗忘的弱势群体，不仅没有了归宿，待遇更是低到基本比不上低保户。而原先进入类似工商局的人员，以国家干部的身份，一路扶摇直上，让冯建胜望尘莫及了。

可是，这哪是人人可以窥见或预见的变迁呢？冯老爷子能准确地摸清霞碧村的四季天气变化，就是根本弄不清楚各种政策的变化，他觉得对不住老二冯建胜，是他的一个小小走眼，拨乱了儿子的前途。因此，多年来他一直觉得心中有愧。

开门的是老二媳妇，她一看是老爷子来了，一张黑脸就拉得比驴脸还长。冯老爷子也懒怠理她，直接进到客厅，看到老二冯建胜正瘫坐在沙发上，裹在一团烟雾里，脸色隐约的黑暗。看来，老二的家里是一片愁云惨淡啊。

老二见老爷子和老大来了，忙起身迎接，还给老大冯建国让了烟。烟是那种原来白色的"富建"，后来改为白色七匹狼了，不是很贵的烟，也就两块来钱吧，可就是这种普通的烟，在冯家，也只有老二冯建胜才抽得了，老大和老三就是有烟瘾，也不舍得抽。老大冯建胜看了一眼老爷子，见老爷子闷坐着一言不发，就没接过老二递来的烟。老大的心气一向和老爷子顺着来，老爷子没抽烟，他也不敢先于老爷子。

老二一边叼着烟头，一边泡茶。往日，老大冯建国有什么心里不痛快，也愿意到老二家里来泡茶叙话。老二家的茶是干部茶，全仰仗老二媳妇。当年的老二媳妇是妇女大队的队长，随着政策的几多变化，身份一再提升，到目前为止，她已是城关一个镇区政府的文化站站长了，官不大，好赖也是一官儿。所以，老二家的茶就能是好茶，错不了。

泡茶的工夫，老二媳妇往客厅晃了两三趟，一趟是拿块抹布把茶几抹了几遍，然后进了厨房，一趟是捧出一盘西瓜，搁在茶几上问老爷子要不要吃，再一趟是出来打开电视，然后往沙发上一躺，抬手压在额头上，眼皮子都懒意多抬几下。老大冯建国没几时见二弟妹这么没精气神。往日里，因她是家里唯一的国家干部，在家族中也算个有主见的，亲戚们有个大小事都愿往来跟二弟二弟妹商讨，让他们帮忙拿主意。二弟妹在家族人眼里，心气也高许多，凡事总要争个出头。今天这副模样，自然是心里头堵的缘故。她那衣衫不整、头发纷乱的样子，特别是那眼里的神气都散得差不多了，外道人一眼也能看出有事。

三杯两盏好茶入口，气氛稍放缓了些。

冯老爷子先开口问，明月呢？老二伸手指了指明月的房间，也不接话。冯老爷子看了一眼明月的房间，在黄昏里，房间内没开灯，紧闭着的门却无形地渗出一股寒气，冯老爷子仿佛看到孙女的脸，布满忧伤，像她的奶奶，当年的冯英子。

冯老爷子问，说说吧，怎么回事？

冯建胜叹口气，说，明月要结婚，我们跟男方没谈拢，事情不顺利。

冯老爷子又问，什么问题谈不拢？什么也比不上孩子的幸福重要，你们究竟在想什么？

这时候，老二媳妇按捺不住，开腔了，一开腔就是一口浓重的哭腔。她说，爹呀，您说我们容易吗？我们没生个儿子，就这俩闺女，打小拉扯大，不知吃了多少苦头。如今她们长大了，翅膀硬了，想嫁人了，这一脚出了自家门，进了别人家的门，心思哪还有我们这当爹妈的呀，您说，这往后我们孤苦的日子，谁来为我们养老送终呢？

冯老爷子有点见不惯老二媳妇今天这做派，全没了往日的干部风骨，整个成了一农村怨妇。只听老二媳妇继续一把鼻涕一把眼泪地在那倾诉，说我们女儿也不是没人要，怎么会挑上他一个二婚的小子呢，还带着个前妻生的孩子，让我的女儿去当后妈。

这时老大冯建国说话了，孩子的幸福是他们自己选择的嘛，弟妹别太难过了。老二媳妇回说，大哥也别站着说话不腰疼，要说当年你家的巧梅不就是听了你的话，嫁了个你以为的好女婿，如今看看，日子过的那叫个日子吗？

这一番话愣是直接戳到老大冯建国的心里。冯建国一时就噤声了。冯建胜听不下去，斥责自家媳妇闭嘴。老二媳妇瞪了他一眼，不理会他，嘟囔了一句，自家的女儿，谁不疼惜啊？

场面有点僵，冯老爷子又问，看来，你们是不同意明月的婚事了？

老二冯建胜正要说话，还是媳妇给抢了先。她说，我们也不是不同意，俩人都走了两年了，远亲近邻哪个不知道啊，要是吹了，我们这张老脸也不知要往哪搁。

同意了，还有什么过不去的坎呢？

也没啥，聘金我们都不要了，我们就对男方提了个要求。

啥要求？

虽说男方是二婚，也有了孩子，但我们家明月还是未出阁的闺女，按政策，可以再生一个，我们就要求这第二个孩子，不管生男生女，都跟咱家姓冯。

糊涂啊，你们！冯老爷子听到这，就明白了，拍案而起。

老二媳妇不惧惮老爷子，尤其这当口，是自家女儿的终身幸福，她不能不横插一杠子，所以接着理论，说，我们这也是为咱冯家好，要是生个男孩呢，我们还能让他上族谱……

别说了！老二冯建胜冷不丁地吼了一句。客厅里顿时安静了下来。

冯老爷子不慌不忙地搜罗着掏出烟丝和烟枪，要抽吧两口旱烟，老人家一有心事或是在想什么的时候，就会抽上两口。老大凑上前去，给点着了。老二媳妇这时起身，把窗子打得更大些，好让风进来填补点新鲜空气。冯家爷们抽烟，女人家虽然有意见，可也不好反对。

冯老爷子抽吧两口，盯着烟枪发了会呆。这杆烟枪还是孙女明月送的呢，就前年，孙女暑假随学校的旅游团走了江南一线，把个上海南京苏杭周庄乌镇走了一圈，回来还不忘了给爷爷带个精致的烟杆枪，让老人家乐呵乐呵。冯老爷子一使上那烟枪吧，还真就喜欢上了，一时半刻都不能离身。

老大在一旁提醒老爷子，身子还没怎么好利索，少抽两口吧。

老二忙问，爹的身体好点了吗？要是缺钱就跟我说。

冯老爷子不接那话茬，倒是问说，孩子多久没吃饭了。

老二幽幽地说，一天半没吃一口饭了，一直窝在房里头。

冯老爷子敲敲烟枪，把烟窝里的烟灰弹到脚边的垃圾桶里，然后撑起坐久了的身子，活动一下肩膀，说，我看看她去。

他来到明月的房门口，敲了敲门，叫了声明月。没听到回答。他按下门把，门开了，里面昏暗，但还有点路边灯火透进的微光。借着微光，冯老爷子看见明月正歪在床上，一动不动。

老爷子把房灯按亮了。走到床边，看着自家的孙女。一天半没吃饭，看那气色，苍白无力的样子，发丝凌乱，全没了精气神。这孩子，打小就性子耿直，认定的事，就没办不成的。如今碰到自己的终身大事了，孩子还是拗着来。

老爷子挪了张凳子，在明月床边倚着坐下，慢慢说，月啊，爷来看你了，爷知道你没心情，爷就说几句，你听就听了，不听啊，你自己就掂量着吧。

明月睁开眼，看了看爷，眼泪就扑簌扑簌下来了。

老爷子说，我们家月儿长大了，眼瞅着要嫁人了，是好事啊，没什么好难过的，你爹妈的想法呢，要说大错吧，没有，就是观念落伍了，连我老头子都能看开的事，他们竟然还陷在里头，看不开，我看啊，就是蠢。

明月还是不吱声，就一个劲儿地落泪，枕头边早就泪水泛滥。

老爷子接着说，现在这社会啊，还想着养儿防老，实在不好说了，你看你云秀婆婆吧，如今病得不轻，这些年来，哪曾见过她家孩子来瞧瞧啊。要依我说，人生啊，活着就不容易了，揪住些条条框框的，不是自己找罪受吗？月啊，你是受过高等教育的人，你心里头应该敞亮敞亮的，对吧，爷相信你的眼光，你是不会看错人的，爷支持你，你的事啊，爷管定了，你只管朝着自己的想法，去努力，不难过了，啊，爷也没几天可活了，但只要有爷在，谁也不能拦着你！

明月听了爷这番话，心里的苦滋味全爆发了，忍不住埋头在被子里，压着嗓子哭。全家人第一个支持她的，还得是最疼她的爷爷。

冯老爷子也觉心酸，抹了一把老泪，说，月啊，起来吃口饭啊，啥时候都不能委屈了自己，可别事还没成，你倒把自己给害出病来。听爷的，站起来，自己的事啊，得自己去争取，不能躲避，躲避是成不了事的，爷活这么大岁数了，从来不躲事儿，你要迎着难事儿上去，它还就怕你了，难事反倒会逃开去，是这个理不？

明月边哭边应了声。冯老爷子勉强笑了笑，说，嗯，这就对了，好孩子，起来吃饭吧，人就活个精气神，你心气好了，凡事都好商量。好了，爷要先回去了，有事你就赶紧跟爷通个气。

冯老爷子说完，起身打开门要走。明月突然叫了声"爷"，老爷子听得清，回身看了一眼，只见孙女肿着双眼，戚戚地说，您慢点儿!

冯老爷子点点头,再嘱咐一句,起来吃饭啊,好好的!

关上房门,老爷子对冯建胜说,去弄点饭吧,明月会吃的。老二媳妇听到,赶紧拾掇去。

老爷子坐下来,接着对冯建胜说,老二啊,按说我这把岁数,你家里的事我不该插手。

爹,您这说哪的话?

你先听我说完。孩子的婚事呢,是他们自己的选择,谈了这么久,也知根知底了,能不能过日子,是他们说了算。

是是是……

至于生孩子和什么姓氏的事,我看你们还是算了,往这横插一杠子,坏了孩子们的幸福,你们俩也不会有好果子吃。

冯建胜听到这,眉头又皱起来。

老爷子接着说,我把话撂这儿,你们俩别把事儿做得太绝太过分了,免得让孩子将来恨你们一辈子!

冯老爷子说完,起身要离开。老二忙拦着,天都黑了,吃了饭再走吧。

冯老爷子不再说话,带着老大,开门投入县城的夜色里。

四

每回进县城,冯老爷子基本是住在老大冯建国的家里。冯建国在县城没有自己的房产,而是租住在他工作的瓷厂里,也就一处陈旧简易的小平房。可冯老爷子在那破旧的屋子里住得舒坦。三儿子冯建才最靠不住,指望不上,在城里租个房子,也就一房一厅,大人小孩子还挤在一处睡呢,压根再也腾不出地儿来。

按说他得住在自己的亲儿子冯建胜家里，并且也只有冯建胜的房子是自己的。可是冯老爷子住不下，他看不惯老二媳妇那张嘴脸，什么时候也不愿在老二家多待会，时间长了是给自己的心里添堵。

　　所以，冯老爷子去老二家看了看孙女，说说公道话就算了，晚饭也不吃就抬脚走人。在县城繁华的大街上，老大冯建国一直追随老爷子左右。老爷子说，饿了吧，咱去吃碗面。

　　爷俩在路边的沙县小吃店里，点了两份牛肉面。别看冯老爷子岁数大了，可牙口还算好，牛肉也还能嚼几口。他对埋头嗦面的老大说，老二家的事，咱不好管，但我不能不管，你可得帮我盯着点，明月有点什么事，你得赶紧告诉我。

　　嗯，爹您放心，明月这孩子也是我这大伯打小看着长大的，可不能让她再走上我家巧梅那样的苦日子，我会盯住的。老大说完，又埋头吃面。

　　冯老爷子心里突然又起一阵心酸，在他心里，也就数眼前这个大儿子最知冷知热。别看不是亲生的，可比亲生的还贴心。老大冯建国是个憨厚的性子，凡事都好做个老好人。一辈子谨小慎微的怕得罪人。从小跟他母亲冯英子改嫁到冯家，在那种寄人篱下的苦日子里特别懂得察言观色，讨好大人，也不把后爹当外人，一口一个亲爹地叫得让人心疼。年轻的时候在家里，也是里里外外的农活好手。那时候穷啊，送不起他上学，就让他一路在农田里摸爬着长大，一锄一镐地也能为家里倒腾些四季菜食，是家里必不可少的一个壮劳力。

　　老大冯建国比不得老二冯建胜有灵气，从来只知道本本分分地在家里干活，话都很少说，看一眼就是个让人放心的主。可有时也太蔫了，遇事也不会强出头拿个主意，总是跟在别人后面，生怕自己做得不好，误了事搅了局。而老二冯建胜事事都要强出头，年轻时就在村里头成了一大头领，好在不是流氓头子。当年冯建胜换下的工商局的位置，冯老爷子本想让老大去顶上，谁知老大唯唯诺诺不敢接，说自己不识半个字，还是别去丢人的好。那么好的职位，更不能让不学无术的老三冯建才去接，那会坏了国家政府的事。结果，只好眼睁睁地看着一份大好的吃皇粮的工作，愣是让别人给端了去。

冯老爷子对大儿子的愧，就在于没能尽力支撑让他去学堂认点字，只好让他当一辈子的文盲了，时不时总会吃文盲的亏。

爷俩吃了面，才摸黑往城郊的路走去。在南方这个以陶瓷产业为支柱的县城，繁荣的城关华灯闪烁，而城郊也是灯火通明的热闹。多年来大城关战略的推行，使乡下大部分劳动力向城里聚集，县城内饱和后，又向城郊扩容。城郊接合部，其实就是贫富的分水岭。

由于乡下大部分人往县城云集，乡村再无往日的繁盛景象，人口稀少，田地抛荒，连学校也撤并了不少。可有时候，冯老爷子倒更喜欢乡下那种宁静，没有城里的纷扰，那岂不是老人绝好的养生天下？

城郊接合部，矗立着一家家陶瓷工厂，灯火通明内，是工人们在不停地加班。老大冯建国一家人，就是在其中的一家瓷厂里打工，赖以生存。老大自从丢了农活不干，跟随大流进了城后，踏实地学起了瓷器灌浆的活，几年来也干得很好。老大媳妇在厂里做些其他诸如瓷器包装的粗活计，倒也还过得去。老大的儿子冯志远给瓷厂开货车，儿媳妇和女儿冯巧梅就在该瓷厂里做瓷花女工。老大的女婿，就是巧梅的男人，原先也在该厂里当司机，后来不知怎么，离了厂子去干别的了，没听到下文。

爷俩在夜色里就着瓷厂的灯火，往家里赶。还不到大门外，就听到一阵吵闹声。老大冯建国听出是自家门口的动静，加快了脚步。

家门口，一中年汉子站在门外，冲着门内的灯光叫骂着。那就是老大冯建国的女婿，巧梅的男人。冯建国上前吼了一声，女婿立刻被镇住了，噤了声。四周也跟着静了下来，围观的邻居也跟着不出声了，静静地想看看接下来有什么好戏。一时的安静，倒使门内传出的哭声更清晰了。冯建国听出来，那是女儿在哭。

你这是在干吗？冯建国瞪着女婿，问。

哦，爸您终于来了，您来评评理，巧梅把家里的存折都藏起来了，一分钱也不给我，您说这日子可怎么过呢？

冯建国还没说话，后面跟上的冯老爷子从黑暗里钻出来，上前一步逼到面前，说，日子没法过，那就别过了！趁早滚！

啊?！你……

女婿一时没防到还有个太上皇在后头冒出来，被吓了一跳，然后被冯老爷子这当头一句给震蒙了，一时说不出话。

两位老人往家门走去。门开了，暗淡的灯火里身影渺渺戚戚的，让人好生心疼。老人进了屋，关了门，把个冯家女婿撂在门外庭院里，让大家看笑话。女婿正待离开，刚一转身腿上就挨了一棍子。

你还敢来！我打死你个恶霸！我打死你！

只见灯火中影影绰绰地有一人拿着长棍子不住地往冯家女婿身上打。却原来，是冯建国的儿子冯志远回来了。只听得冯志远一边打，一边骂。

前几天你赌钱后喝了酒，回家打伤我姐姐，我还没找你算账，你这就自己送上门来了，今天看我不打死你个恶霸，为民除害！

一旁的人们也开始起哄了，冯家女婿抱头鼠窜，四处躲闪。家门又打开了，暗淡的灯火里，冯巧梅叫了声"志远"。冯志远就住了手。

冯巧梅带着哭腔，说，叫他滚。

冯志远上前又踹了姐夫一脚，吼了声"滚"，把个姐夫吓得浑身筛糠似的狼狈逃去。

人们看了一场现场直播的家庭闹剧后，心满意足地散去了。

这边屋里，一家人在灯下垂头丧气地坐着。老大媳妇一向贤惠，对冯老爷子也是毕恭毕敬，给老爷子倒了杯清水，她知道老人家不爱喝茶。老大冯建国一头闷坐，抽着老二适才拿给他的半包白七匹狼。儿子冯志远还找老爸要一根，也在一边抽着。巧梅知道给家里添乱了，搅得一家人不得安生，识趣地收住哭声，时不时抽一下鼻涕。

这时候，还是老爷子先开口。老爷子说，老话说得好，不是一家人，不进一家门，我看这小子不是好货，就是可怜巧梅家那孩子了，跟着大人受气受苦，长这么大没过过几天好日子。

巧梅一听，眼泪就下来了。冯老爷子心想，怎么两个孙女都不让自己省心呢？他问冯建国，老大有什么想法吗？

冯建国怎么说也是一家之主，自己的女儿日子过得这么糟心，他不能不吭声。他说，这小子近来更加猖狂，巧梅说了，之前放着好好的车不开，跑去跟人家玩六合彩，一下子栽进去，出不来，亏多少钱我们不知道，巧梅也没敢说。

冯老爷子看一眼大孙女，巧梅仍是不敢吱声。

倒是冯志远抢话说，我看那小子就是欠揍，别的不说，他打我姐，还不是一回两回了，这些年，每回姐回家来，哪回不是哭着回的？再这么下去，好好的人就白给他打坏了，我看跟他没法过了，趁早离了算。

冯建国瞪了儿子一眼。老大媳妇在一边开始抹起泪来。冯老爷子问巧梅，梅啊，你有什么打算？

巧梅抽噎着说，孩子还小呢，正上着学，转眼就要中考了，不能让孩子分心。

冯老爷子叹了口气，说，这事要依我看啊，越早离了越好。

冯建国抬头看着老爷子，想阻止他说下去。冯老爷子抬手反倒阻止他，坚持说自己的。

当年建国要是听我的，不把巧梅仓仓促促地嫁给他，也就没今天这档子事，当年我就看这小子不地道，一张口说话就没个好态度。巧梅在他们家受够气了，迟早要出事。

老大媳妇插了句嘴，说，要是当年巧梅生的是男孩，他们家可能就不会这么对巧梅不好了。

冯志远最不爱听这个，反嘴说，妈你说的这是什么话，顶个屁用。

老大媳妇就住嘴了。冯志远接着说，别说姐现在不想生孩子，就算再生他三个五个男孩子，我看那小子也是狗改不了吃屎，爷说得对，早离早好，脱离苦海。

冯老爷子说，志远说得对，我也是这意思，按说本该劝合不劝离，但这情形实在没什么好计较，巧梅没必要再受这种苦，巧梅的女儿要是跟着这么个畜生，也是没好日子过，长痛不如短痛。

老大冯建国还是不吱声。他还是那个样子，大事不知道如何处置。这事对他来说，是有些不好办。要知道，当年那小子对他是有恩的。就在冯建国一家人进厂子不久，有一次冯建国在倒瓷土泥浆时，不小心碰到了电窑的开关，把烧到中途的一窑艺术瓷给掐断了电源，他当时不懂，也没在意，第二天，管窑的工人一看，烧到中间的好好一窑瓷，多达五百个全毁了。这事报到主管又报到老板那儿，按说是要把冯建国给开除的，还要他赔偿损失，那损失也是好几千块钱啊。好在中间出来个小伙子，因跟冯志远同在运输队工作，彼此熟悉，说他能把事情摆平。

后来，事情还真让他给摆平了，至于怎么摆平的，谁也不知道。小伙子在冯家进出得更是频繁，不几日便征得冯建国的同意，跟冯巧梅正式谈起了恋爱。说是谈恋爱，多少还是冯建国的主张。巧梅一时也被蒙住了双眼，以为这个帮自己家解除困境的年轻人，是个好人。特别是后来，小伙子还帮冯家在厂里要来了这一处平房住处，租金低廉，很是称了冯家人的心愿。

一来二去的，冯巧梅就仓促地跟对方结了婚。谁料到这小子其实好逸恶劳，工作不怎么踏实干，整日里想着投机取巧的事。特别是女儿出生后，婆家人的脸色立刻不好看了，巧梅没少吃苦，心里怄着气，不管婆家人怎么要求，她都坚决不再生孩子，不想称了对方的心意，就这么扛着，还偷偷地去做了结扎手术。

总之呢，日子越过越不在正轨上。

不管怎样，嫁了人，是人家的人了，日子是巧梅自己在过，滋味她自己清楚，未来的路怎么走也是她自己才能拿主意的，谁也管不得，帮不了。

一家人关于巧梅的事一时半会也说不到底，夜色更深了。巧梅说要赶紧回家去，女儿晚自习快下课回家了。这孩子正忙于中考的备考复习，每天晚上回家还要再读会书，当妈的得给她准备点宵夜，给她补充点营养。这可怜的孩子，爸爸不成气候，也不怎么理会她，爷爷奶奶嫌她是个女孩子，不怎么疼惜她，也就只有巧梅这个当妈的还能一时罩着她，疼着她。

冯老爷子还是只能叹着气，感叹孙女的命不好。他叫孙子志远陪巧梅回去，再吓吓那小子，防他再拿巧梅出气。巧梅说不用，自己的家，自己知道该怎么处理。

说完，冯巧梅就趁着夜色，回去了。老大媳妇送到门口，扶着门框，这时节有谁能懂她这当妈的心思呢？巧梅也是自己打小拉扯大的宝贝女儿，女儿受苦，当妈的哪个能不心疼？巧梅会为自己的女儿心疼，巧梅的妈也在为她心疼呢。

冯老爷子也歇下了，他还得养好精神，明天得赶早去看云秀，不能让云秀看不到他，心思乱了。可是这一夜，终还是没能睡踏实，脑子里云来雾去的，一会儿云秀年轻时的笑脸从眼前飘过，一会儿冯英子忧郁的眼神抓住了他，一会儿是家人纷纷扰扰的折腾，一会儿是看见手术台上的灯光叫人寒心。冯老爷子活到快一整世纪的人了，什么风浪没见识过呢，可到老了，却还这么不能安生，他又一次想到早点走吧，活着简直是受罪。

天微微要擦亮时，冯老爷子正要迷糊过去，却被一阵响动给吵醒了，老人家原本就轻眠。他起身披衣，开门出去，见老大冯建国站在大门口往外望着，神色不大对头。冯老爷子往窗外看看，微微的晨光里，老大媳妇和孙子冯志远几乎是小跑似的越走越远，像赶着去干吗。

冯老爷子咳两声，问老大什么事，他们怎么那么早出门？

冯建国发现老爷子起来了，忙掩饰说没事，他们赶早去忙厂子里的货，今早要发货的。

冯老爷子瞧着老大的脸色不对，想想，可能是昨晚让巧梅的事给闹的，没睡好吧，也不多问了，又回屋里去，再躺会儿。

等天亮透后，冯老爷子再出屋门，见老大已把早餐候着了。吃早餐时，冯老爷子问，要是有什么事，别瞒着，我这把岁数什么没经历过啊，没那么经不起吓。

老大点点头，一声不响地吃早饭。老爷子又说，要是急用钱呢，我这还有点，就是政府每个月给我们老军人的那点补贴，我攒着呢，平时我吃你们的喝你们的，也够了，你要是急用，你就拿去。

老大又点点头，仍是不言语。老爷子便不说什么了，他心里可还记挂着云秀。

到医院看了云秀，看起来气色好点了。云秀的二儿子说，情况稳定下来了。冯老爷子心里也跟着稳定下来，但他发现老大却在一边焦虑着，心不在焉。老大什么个性，老爷子心里怎么会不清楚呢？这是一个瞒不住事的人，凡事可都写在脸上了。

冯老爷子跟老大说，现在你云秀婶子这边没什么事，我想在这跟她待会儿，你先忙你的去吧，需要的时候我再打电话找你。于是，老大冯建国先撤了。

老大前脚刚走，这边冯老爷子唤来云秀的儿子，跟他说，我不放心我家老大，他像有什么事瞒着我呢，你母亲这边我先看着，麻烦你去帮我盯着我家老大，看他是不是有什么事。

果不其然，等云秀的儿子回来汇报，冯老爷子吓了一大跳。

原来，老大冯建国走后，并未直接回瓷厂里上班，而是打着电话，在医院里转了几圈，转到急救中心去了。云秀的儿子说，看到老大在急救中心抢救室门口，跟几个人一起抹眼泪来着，铁定是出大事了。

冯老爷子知道老大是怕他老人家担心，没敢把事情报告给他。好在他是有心理准备的，他这边稳住云秀一家子，就要赶往那边去。云秀的儿子要阻止冯老爷子。可哪里能阻止得了呢？冯老爷子从来就不是个怕事的人。

五

医院。仍然是在医院。

冯老爷子一个人在医院的走道里转着。先后有三名护士要来搀扶他，他都拒绝了。活到老，他都不愿意靠别人，就是这个倔脾气。他更不愿去求人，总是告诉子孙，人生在世，能不求人最好，更不能向人跪下去。

他一个人终于转到医院急救中心，在走道上看到自己的亲人。老大冯建国、老大媳妇、孙子冯志远，还有曾外孙女。连老二冯建胜也来了。曾外孙女正伏在老大媳妇的怀里，哭得上气不接下气的，老大媳妇也差不多成了泪人。看来，事情严重了。

冯老爷子走到他们中间，咳了两声。众人这才注意到。

老大问，爹，您怎么来了？

我要再不来，只怕事情要更坏了。

老大老二都来扶着老爷子坐下。冯老爷子抚着曾外孙女的头，轻声说，别哭了，孩子，有太爷爷在，什么也不用怕！

众人不言语，老爷子问，看情形，是巧梅出事了？

没人回答。老爷子叫志远说说。

志远大概把事情说了说。一大早，他就接到巧梅女儿的电话，边哭边说不好了，妈妈死了，把个志远吓掉半条命，立马跟父母通了气，父亲怕惊吓到老爷子，没敢声张，只让母亲和他奔去看姐姐巧梅。

奔到巧梅家，才知道邻居已将巧梅母女送到医院抢救了。孩子受到惊吓，好半天才说清事情。原来，一大早孩子按时起床，却发现桌上没有往日的早餐，她去妈妈房间看看，爸爸不在，妈妈一人躺在床上，叫也叫不醒，这才发现房间味道不对，床头柜上放着一只空瓶子，孩子一看，认得是农药，当时就吓哭了，大叫起来，忙乱地给舅舅打电话，忙乱地哭叫着喊邻居，这才到了医院。

听到这，冯老爷子的泪也快下来了。他说，这孩子，有什么过不去的坎儿呢？非走这一道吗？

老大媳妇这时说话了。我们家可怜的梅啊，昨晚偷偷告诉我，她男人玩六合彩玩大了，输了快二十万块钱，人家讨债讨到家里来了，家里支撑不起，又不敢跟大家吱声，她把仅有的存折放我这，说无论怎样，这钱也不能再叫那混蛋给糟蹋了，这钱是她一朵瓷花一朵瓷花地捏出来的，是她给女儿攒着将来上大学用的，唉，我这闺女，怎么这么命苦呢？

说完，又跟巧梅女儿抱头哭到一处。蹲在一旁的老大冯建国也只有长吁短叹的分儿。

老二冯建胜说，二十万块钱不是小数目啊，真是作孽。大家不再作声，静静地候在急救室的门口。

老二媳妇老三媳妇一同赶了来，急匆匆地，说是得到消息，立刻放下工作赶来。听了些情况后，老三媳妇说，我说什么来着，咱家近来真是有点邪乎，家人三天两头地往医院里跑，大嫂啊，我看咱得好好烧香拜拜，啊，多拜拜。

冯老爷子最不爱听这个，斥责道，少废话，有什么邪乎的？大家好好过日子不就行了，本来好好的日子，就你们一干人等成天地瞎折腾，没事也给整出事来，一出事，又都熊样了。

老三媳妇小声嘀咕着，关我什么事啊，我又没招谁惹谁。

哼，没招谁惹谁，我看老三这小子也不是省油的灯，迟早要出事，你看他把他云秀婶给气的，现在还躺在床上起不来，中风了！别以为他干的那些事我不知道，我是老了，可眼睛还睁着呢，心里头什么都清楚，他到现在也不知躲在哪躲着我呢，你回去告诉他，最好到我死都别来看了我，我就当没他这个畜生了……

冯老爷子说到这，一口气呛着了，连咳起来。

老三媳妇不服，张嘴就想回，被老二媳妇给扯住了。

老二冯建胜上前帮老爷子抚顺气，安慰老爷子别生气，不值当，就老三这小子，回头我逮住他就给他一顿教训。

要说老三冯建才是冯老爷子的小儿子，可这小子打小就一股邪气，皮得不行，有书读的时候不好好学，成天就知道野地里到处使坏，闹了学校闹村庄，闹了山上闹水里，整个一混世孙猴子再现，在村子里能搞得鸡飞狗跳人人不得安生，没少让老爷子受气，也就当年冯英子疼他宠他，后来冯英子没了，他云秀婶子却更疼他宠他，使得冯老爷子对他没招。

最让冯老爷子受不了的，还不是三小子的顽皮不成器，更在于他好不容易成个家，就算当了两个孩子的爹，还嫌不够累，除了好吃懒做不挣钱图个好什么的，三天两头地跟老三媳妇掐架，一掐起来摔桌蹬椅的，有几回还动刀子，把个旁人吓得呀，谁见了他，有多远躲多远。曾经在村里头把老三媳妇追得满村子逃命，净让村民们看笑话了，大大丢了冯家人的脸。

老三媳妇虽说是个话唠子，净捡人不爱听的话说，凡事都她有理似的，也就那张嘴厉害，不饶人，坏也时常坏在那张嘴上，不时惹来老三的一顿顿打。奇怪的是，她就不长记性，挨了老三的打，还不识相地有点收敛，照样大模大样地跟老三干架，要不怎么说，不是冤家不聚头呢？这俩冤家哟，简直就是给霞碧村的人唱戏来的，哪天兴致上来，就满场地干仗，给荒凉的乡村生活填补点滋味。

可这俩冤家，骂归骂，打归打，膝下两个女儿都快长大成人了，他们还是在一块过日子，愣是没骂离没打散。神奇吧！其实，外人也知道，老三不成气候，没个正经的职业，差不多成了一个吃软饭的，家里就全靠老三媳妇在瓷厂里彩绘的技术，挣点钱支撑着，包括孩子的学费什么的。这一点，冯老爷子心里头也是门儿清，有时把眼闭着，不去管他们打打闹闹的事儿，自己讨个清静。

唉，这一家子，凑到一起，可真正是一个个活宝，没一个让人省心。

临近中午，医生出来了。大家围拢上前，七嘴八舌地问。医生说，幸好送得及时，抢救过来了，病人暂时没有生命危险，但身体很虚弱，需要静养。

大家看着冯老爷子，意思是要听老爷子下一步的安排。冯老爷子一听大孙女没有性命之忧，心也放下了大半。他像一位运筹帷幄的将军一样，稍作沉思，就做出了部署。

老大在病房外守着；老大媳妇先去给巧梅女儿弄点吃的，并向学校请个假；孙子志远去交费，给巧梅办理住院手续；老二和老二媳妇先回家去，把孙女明月的婚事好好张罗清楚，再作计较；老三媳妇回去，负责把老三给找回来，就说一家人事多，回来也好有个照应。

大家散去，各忙各的。老二冯建胜临走前，拿了一沓钱塞在老大手里，说先用着，不够了再拿。老大推搡着。

老爷子说，你弟弟叫你拿着你就拿着，亲兄弟，客气啥，谁家没个难处，大家多帮衬着点，也是应该。

老爷子这么说，老大夫妇俩又抹了一回眼泪。

后来，来了一个医生，他说他就是明月的男朋友，是明月父母嘱咐他过来的，帮着照看照看。大家一看，是个中年人了，有点发福，但很有亲和力，也不把自己当外人，里外张罗着帮忙给巧梅安排了住院的一切事项，还留下电话号码给老大冯建国，说有什么需要尽管开口，他就在隔壁那座楼里上班，随时都可以过来。

冯老爷子一直在观察这小子，看着人还实诚，不会靠不住，心里也放心了大半，替孙女明月感到欣慰。

巧梅还没醒转过来之前，她公婆也来了一趟。按说巧梅嫁过去，是他们家的人，可俩老人来瞅了瞅，话也没多说，先扔下一千块钱，说家里头生意得照看，就匆匆离去了，也没说要把孙女带回去照看，更没说谁来照看病床上的巧梅。

冯志远就说，他们那一家人就一路货色，跟咱远着呢，可千万别让姐的闺女跟了他们一路走，长大了不定败坏成什么德性。

巧梅那不成器的丈夫就更联系不上了。谁知道此刻正醉卧何方。一家人，也不知道昨夜巧梅回家后发生了什么事，究竟什么情况能刺激到巧梅不得已走上一条绝路呢？

到这天的晚间，巧梅神志清醒了，能认人的时候，看到娘家人一家子老小基本都在，可能觉得对不住大家，眼睛又湿润起来，不敢说话。

老大媳妇轻轻问，梅啊，喝点水吧？

巧梅喝水的时候，冯老爷子说，梅啊，咱家人都在，没什么过不去的，你对那小子那个家绝望了，可别对咱家绝望啊，更不能对不起咱家人对你的疼惜！

巧梅一听这话，眼泪就扑簌扑簌下来了。

冯老爷子接着说，昨儿我去看了你二叔家的明月妹子，她正要嫁人呢，你这么做，会吓着她，她还怎么敢结婚呢？不过话也不必扯远了，就说当下吧，你男人惹下的债务，你们夫妻都有义务偿还，但他是玩六合彩给陷进去的，按说咱不必替他还这孽债，但他不仁，不许咱不义呀，你别怕啊，有爷在呢！爷有点钱，能帮你，但你要好好的。

你呀，扔下谁都行，就是不该扔下你闺女不管，你要是走了，你让我那曾外孙女可怎么活哟，你说她爷爷奶奶吧也不怎么待见她，让她跟外公外婆过吧，那不是让你爹妈受苦吗？跟我倒是好啊，我不会让她饿着冷着，可我这口气也没几天活了的，你说，怎么办呢？

巧梅抱着自家闺女，哭得那叫一个肝肠寸断。老大冯建国说，爹，您少说两句吧，别吓着孩子。

冯老爷子严肃道，我不趁现在还有口气说，哪天我要是没了，你们听谁说去呀？往常我叫你们好好过日子，你们几个听我的呀？我这把岁数，说走就走了，他们这些年轻人，没经历过我们过去的苦难，不懂珍惜自己的性命，不懂得自己身上担着多大责任，我再不说，不说就晚了！

冯老爷子也觉得自己越来越絮叨了。起身说，不说了不说了，你们看着吧，养好身子，早点出院，孩子上着学呢，眼瞅着要考试，可别耽误了，将来的事将来再说。

说完，冯老爷子出了病房，老大冯建国跟上来，要跟着去。冯老爷子止住他，说你先看好自己的孩子，我没什么事，自己认得路，我还要去看看你云秀婶子。你云秀婶子啊，好久没听我吹曲子了，可惜啊，我牙也快掉光了，吹曲子会漏气了……

……

巧梅在医院住个两日就出院了，她要把心思都用在自己的闺女身上，好让冯老爷子也放心。然后是他云秀婶子调养得差不多，也出院了。他云秀婶坚持要回霞碧村，冯老爷子认为落叶归根，是该迁就老人家的心愿。云秀的孩子当然得听从。云秀的大儿子不日也将赶回来，这让冯老爷子多少感到些许欣慰。

冯老爷子都做好准备了，知道俩老人剩下的日子不多，能多说上一会儿话，就多说一会儿。所以，大把的时间，冯老爷子都是陪在他云秀婶的身旁。《鹧鸪飞》真是吹不响了，那美妙的音乐，只能是在俩人的心里流转着，就像岁月静谧地在霞碧村的田地、老屋、山泉、高树、篱笆间流转一样。

宁静的霞碧村，有一天突然来了三个警察，直接找到村长黄金玉。后来村长把警察直接领到冯家老屋里去了。老大冯建国在家，他一直得在老家守着老爷子，见到警察，吓一大跳。淳朴的乡民，一辈子也没几回正面跟警察打过交道，猛一见着都要腿软。而这回，警察就是找他冯建国的。

警察和村长说完事情，老大冯建国的腿不仅软了，简直心都要死了。他勉强支撑着，跟村长说，千万别把事情捅到老爷子那儿，怕老爷子受不了。村长说，这种事村里人传得快，早晚老爷子也得知道，晚说不如早说，老爷子又不是没经历过大风浪的人，我看老爷子就是心气硬，他可比你们强多了。

　　村长说的是，冯建国心想，眼瞅着老爷子的九十大寿在即，家里什么事都没法瞒，到时候晚点让老爷子知道，那九十大寿只怕也庆不成了。

　　冯建国送走村长和警察，回屋穿过厅堂，往后门出去，直接上了老屋后面的山坡。那坡有点陡，可每个石阶都是他们冯家兄弟年轻的时候一块块大石头填补瓷实的。现在，每天都能看到冯老爷子慢慢地爬上这条山坡，一直爬到云秀婶子的家去。

　　冯建国得去跟老爷子把事情说一说。往坡上爬去，爬到云秀婶子的老屋时，冯建国都有点喘了，他才六十开外的人，身子总要比冯老爷子还硬朗吧，想到每天老爷子都不厌其烦地这么爬上爬下，那得是怎样的毅力呢？

　　进了云秀婶子家的门，静悄悄的，云秀婶子的二儿子正坐在门内的饭桌旁打盹儿。冯建国不想吵醒他，但脚步声还是惊到人家了。云秀婶子的二儿子是个大学教授，文化高着呢，高得冯建国都不敢跟他正眼对上，怕一开口说话，让人笑话了。当然，人家也不会当面笑话，可难保人家不会心里头暗暗发笑啊。所以，一段时间以来，冯建国基本是避着云秀婶子的这个才高八斗的二儿子的。

　　教授还是醒了，一见冯家老大来了，虽然基本天天碰面，免不了还得絮叨几句，说感谢大哥天天送炖好的鸡汤上来，更感谢冯家人对他母亲的悉心照料。

　　老大脸上就红了，笑着打哈哈。当人家提到说，每天看着两个老人家在一起特别幸福的样子，很让人感动啊，他们早该在一起了，真的是难得的"夕阳红"啊。这话说的，老大的脸上更是一阵红过一阵，不知拿什么话来回，只得又笑着打哈哈。

218

隐约听得见楼上传来的笛声，冯建国认得那声音，正是《鹧鸪飞》的曲子。冯建国没什么文化，更不懂音乐艺术，但他熟悉老爷子常吹的曲子，也知道这是当年老爷子跟云秀婶子的定情曲。老爷子早就吹不动曲子了，现在听到的，那是儿子志远给老爷子和云秀婶子的一个MP3放出来的音乐，曲子虽说也叫《鹧鸪飞》，但跟老爷子当年吹的早就不一样了，可老人家还是爱听。

冯建国上了楼，移步到西厢房，看到老爷子正坐在床边，一汤匙一汤匙地正喂云秀婶子喝汤呢。屋内的南方小曲子弥漫开一种温馨，那情形很叫人心里暖和。云秀婶子先看到门口晃过老大冯建国的身影，就支吾着发声。她虽还卧病在床，好歹也能说些词语交流了。她说，老大，有事……

冯老爷子明白了，还是坚持把汤给喂好后，给云秀掖好被角，才起身出了西厢房，把门带上。老大已在二楼的厅堂等着了。冯老爷子一看老大的脸色，就知道又出事了，走过去问他，是不是巧梅又出什么事了？

冯建国说，不是巧梅出事，是志远出事了，志远和三弟都出事了。

冯老爷子心中明白了七八分，迟早的事啊。

在冯家，老三冯建才是个人见人怕上天入地的混世魔王。这回坏事就坏在这魔王手上，还顺带把冯志远给搭进去了。

事情的起因，那还得从三年前说起。在某次乡人的宴席上，冯建才酒后跟小侄子冯志远说了许多掏心掏肺的话。话里头的意思啊，就是他冯家老三不甘心成为二女户，他跟老二冯建胜不一样。冯建胜也是二女户，可他家媳妇是政府干部啊，在她成为政府干部之前，按早期的政策，已经受了应有的惩罚，如今也不敢再有别的想头了，就是想，人也老了，想生也生不了。

老三冯建才也不能生了，老婆不乐意啊。在家，虽说俩人冤大头似的成天掐架，可老婆毕竟还是家里的主要经济来源，凡事还不得听老婆的？老三不是吃政府公家饭的，想再要个孩子，那得冒政策的险，钱嘛，不是出不起，就是老婆不愿意生了。

唉，按根上说起来，他冯志远也不是冯家的亲孙子，冯家的血脉是传到老二冯建国和老三冯建才这一枝叶上的。可惜啊，俩人膝下都各自是俩闺女，没生个带把儿的，冯家的香火，真正就止步于此了，这不孝有三，无后为大呀。

老三冯建才说到伤心处，居然也能潸然泪下。

三叔的话，冯志远不爱听，他不爱理会那些个什么认祖归宗或者传宗接代的事，在他心里，爷还是那个爷，是亲爷爷，就跟在他爸心里一样，冯老爷子就是他冯建国的亲爹。但冯志远可把三叔的话给记下了，还处处留着心。

有一回，忽然有个朋友神秘兮兮地请他帮个忙，跑一趟远途。在跑车的路上，冯志远才知道朋友的真正目的。原来车上坐着一大妈和一年轻女子，聊天后才知道，她们是去邻县一家私人医院里，抱养一个即将出生的婴儿。所谓的抱养，其实是人家得了信息，愿意花五万块钱买下对方的孩子，不管是男孩女孩，只管买下。这当然是非法的，可人家一个愿买一个愿卖，没碍着别人什么事啊。

听说，孩子的母亲是未婚先孕，巴不得能早早甩脱孩子，何况还能净挣五万块钱，天大的好事啊。这世上，还真就有那么些没心没肺的女人，生下的孩子若是不要，不看一眼就卖给人家，不整死算是有良心的了。更甚者，还有内陆往沿海一线专职干生孩子的事，每年怀上一个，然后养着身子等孩子生下，几万块钱随便就能找到买主。南方沿海地区，还真就有这样的市场，多的是那些不能生孩子却需要传宗接代的主，削尖了脑袋钻国策的空子。

话扯回来，冯志远跑这一趟，就留了一个中间人的电话，把这事给三叔拉上线了。不几日，冯家老三真就给冯家抱回了一个大胖孙子。这叫一个突然啊，冯老爷子知道消息时，一时反应不过来，没听说老三媳妇大肚子的事啊。等老爷子弄清楚事情时，那小孙子已在冯家待了好长日子了，居然还风平浪静的。老爷子虽说知道买卖孩子的事是犯法，可心里也不敢吱声，这可是冯家丢大脸的事啊，再一瞅那小孙子，白白胖胖煞是惹人怜爱，心就软了，跟着默认了。

可是，纸终究是包不住火的。年内，县里公安局联手省外几大力量，连续破获几起跨省际贩卖儿童的大案，抓获了几个大头目，其中一个大头目禁不住审问，一连把几年来的贩卖事实供认不讳。冯志远跟冯建才也一起被供认出来了。

警察立刻撒开网，一边暗访，一边密切关注，以备缉拿。终于还是很快将冯志远给逮住了。冯建才没有得到消息，老三媳妇还来不及通知到他，就被警察控制住了。冯家的小孙子被警方带走，作为受害者先交给了县里的福利院收养，以备后期寻找孩子的真正家人后，认亲归还。现在全国所有出生的婴儿全都有DNA备案，DNA认亲已是公安局查破此类案件的常用手法。

冯家要找到老三冯建才不容易，只能苦等这浪子回来。可要依公安局的做法，那就简单多了，几条线一摸查，通缉令四处一发，不几日就在省城的某个小巷子里，把冯建才给堵了个正着。冯建才还在四处趸摸着抓小偷呢，没料到自己先被警察给带警车上了，半天都没弄明白怎么回事，还据理力争，要告警察大白天抓错了人。

冯老爷子和老大冯建国是在县城的拘留所里，见到冯家叔侄两个臭小子的。没人落泪，因为事实摆在那，谁也没冤屈了谁，错就是错了。冯老爷子就见了见俩人，一句话也没说，那威严吓得铁窗内的两个罪人半句哀求的话都不敢提，只一味地让老人家别气过了头，好好珍重身子骨。

老三媳妇心疼那孩子，虽说不是亲生的，可是三年来，对那孩子视如己出，一直宠爱有加。冷不丁地东窗事发，孩子被政府带走了，突然就不能见面，这建起来的母子情分生生地被扯断开，一种剧痛只有当母亲的人懂得。老三媳妇整日以泪洗面，上访要求要再见见孩子，可是未能得到政府方面的允许。

冯老爷子心里也想着这个三年前突然出现的小孙子，非常怜爱，突然不能见了，也跟着到公安局里提要求，哪怕只是见上一面也好。大热的天，冯老爷子在老大冯建国的陪同下，还有老三媳妇一起，守在公安局大院里的凉亭下，头上的太阳辣得要把人榨出油来。

可是公安局大院内，还是一派肃静。除了阳光分外灼热外，其余一味的冷漠。守了一上午又一下午，得到的答复是，不许再见。冯老爷子终于在那种灼热与冷漠的双重折磨里，倒下了。

突发心脏病！

这期间，云秀婶子的大儿子，从新加坡赶回来了。这个大儿子叫白苍南，跟母亲白云秀的姓，他可是个不简单的人物，说好听点，他是以华侨的身份受人关注的。他很少回国，可每年他都会为县里的慈善事业做些贡献，诸如教育界的奖教奖学啊、医疗上的扶危济困啊什么的，大把大把地拿钱回来撒，撒得县里的领导一任又一任的都特别尊重他。一听说他回来，县领导也得大老远地就把车队整好，到高速路口去等候。可以毫不夸张地说，依华侨白苍南对县里各方的贡献，只要他抬脚一跺，全县也要跟着抖三抖。

可是这个白苍南，却是冯老爷子的对头。追溯起来说，白苍南的老爹，就是当年山上的土匪头子山鹰。当年那土匪窝，不就是冯强子带着革命队伍给端掉的吗？革命队伍还逼死了土匪头子山鹰，虽说饶了当年被强迫当了压寨夫人的云秀和她与土匪头子生下的俩孩子，但云秀回到村子后的日子，并不是那么好过。

先是来一阵整风运动，云秀母子三人得当着全村人的面儿，细数土匪头目的错，可山鹰毕竟还是孩子的亲爹啊，弟弟还小不懂事，可白苍南能懂人事了，因此心里记着仇呢，记革命群众的仇。这心里记的仇全都挂到了始作俑者冯强子的头上。

特别是到了"文革"时期，白苍南看着母亲因为曾是土匪头子的老婆而饱受红卫兵的摧残打击，他和弟弟却不能上前阻拦，心里恨不得把冯强子给吃了。可是当时的冯强子也没好日子过，被革命群众扣了一顶奇怪的帽子，说他跟土匪老婆有奸情，是打入革命队伍的奸细，成天地批斗他，要他老实交代有没有干过对不起革命的事。

这让一生都心向革命和人民的冯强子情何以堪呢？无中生有的事叫他从何说起呢？可是，白苍南站出来了。白苍南坦白交代，他可以证明冯强子当年确实因与母亲云秀串通一气，里应外合，干了不少有害于革命解放事业的勾当。

这下子一石激起千层浪，连云秀也没料到自己的儿子怎么突然红口白牙地捏造或歪曲事实。结果，冯强子和云秀双双被村民抓上山去，到土匪窝里去挨整挨批斗，一天天被折腾得生不如死，一条命去了大半。可怜的冯英子在一旁有苦难言，大气都不敢出，生怕连累了无辜的孩子。

冯强子当时要不是为了云秀和孩子，他也真的忍受不了那些非人的折磨了，真想一死了之。但一生硬气的冯强子，终于带着云秀和自己一家人，熬过了那艰难的是非不分的年岁。"文革"结束后，冯强子和云秀都得到了应有的平反。这时候，白苍南却心生愧疚了，自认无法在村里继续生存下去，只身背井离乡，远赴他方。

但是，多年来冯老爷子从未有半点责怪加在白苍南的身上。在他心里，白苍南毕竟还是个孩子。八十年代中期，白苍南终于返回霞碧村探亲。彼时的白苍南，已是华侨身份。

如今，白苍南又回来了，比往日更风光。可惜这种风光，他母亲云秀在病榻上，已见识不了了。突发心脏病倒下的冯老爷子，也见识不了了。当他来到两位老人的病床前时，老人家的目光都是浑浊的。时过境迁，已过花甲之年的白苍南不由得老泪纵横。

冯老爷子看着白苍南落泪的样子，心里还是跟往常看他时一样平静。老爷子就交代白苍南一句话：帮我把家事理一理。

冯强子和白云秀，两家人，其实早就是一家子了。白苍南到老，可算明白了！

人们以为，冯家一连浪赶浪地出了一档一档的事，冯老爷子的九十大寿怕是做不了了，他还能撑得过去吗？可白苍南说了，人生能有几回九十年好活啊，老爷子的大寿不但得做，还得做得风光，不仅是冯家人的事，也是白家人的事。

冯家人的家事移到白家人的手上，这让外人看了，是有些奇怪。可眼下，冯家人心涣散，谁还能来收拾残局呢？别说是老爷子的九十大寿了，就是各家各门里的事都还理不清搞不定呢。既然冯老爷子发话了，白苍南多少也算是两家人中的年长者，勉为其难挑起了理理冯家家事的重担。

先从老大冯建国家开始。巧梅的事不难处理，人心昭昭，已是破镜难再圆，依众人的合理建议，巧梅还是把那半死不活的婚给离了吧，孩子这方面，依法也能判给有抚养能力的一方，这不正是巧梅占优势的地方吗？还有夫家玩六合彩赌博所欠下的债务，按理是得夫妻双方共同承担，但赌博毕竟是违法的行为，所生成的债务理应以不合法处理，责任全部由男方承担，若是有人敢来找巧梅要债，那便依法举报，端了那六合彩的行当。

巧梅难得自己愿意拿一回主意，这次可真是铁了心要离，孩子的心理工作也不难做，在孩子心里，有没有那个爹都无所谓，反正他也没正眼瞧过孩子，更别说爱过疼过了。

老二冯建胜家过得好好的，没啥难处，也就明月的婚事让冯老爷子放心不下。君子有成人之美，按冯老爷子的意思，明月谈的那对象，大家在医院里也见过了，明眼人一瞧就知道是个好人，成就一桩婚事不容易，俩人谈了有一段时间，多少也了解对方，再别提什么入赘啊孩子姓氏啊族谱什么的，太煞风景了，也别给孩子以后的婚姻生活留下什么阴影，还是成其好事，让人家好好过日子吧。

事实上，在儿女的婚姻问题上，基本上是父母输给孩子。明月心里早就打定了主意，认定了自己的选择，也就是因为尊重父母，知道爹妈养活自己不容易，爹妈的难处自己也懂，是不忍心伤害老人家。但是，婚终究还是要结的，自己的幸福得听自个的，谁干涉都没用。再说了，嫁出去又不是不回家了，这年头，有几个人真敢不赡养父母呢？

接下来要说老三冯建才和老大家儿子冯志远的事。这俩人的事可有点棘手，但白苍南托人问来了处理办法。买卖人口，在咱国家那是绝对犯法的，人道上也说不过去。而国家的法律上是对直接经手贩卖的犯罪分子予以重判，而对认错态度较好的买方是给予经济重罚。也就是说冯建才与冯志远都被处以经济重罚，这钱啊，白苍南也不给他们出。特别是，要让冯建才人财两空，既要不回当初买孩子的钱，孩子也要不来了，他白给人家养了三年儿子。那孩子长大些了，活蹦乱跳的，被送回外省生身父母那去。只可惜，冯老爷子想着念着这个外来的孙子，到头来也未能再见上一面。

临近中秋，天气渐凉。冯家终于平静些了。白苍南说，要为冯老爷子大摆寿宴，就设在县城最豪华的酒楼，所有费用由白家老大全权负责。哈哈，冯家人高兴坏了。唯独冯老爷子不乐意。

老爷子的意思是，不声张。老爷子以为自己没什么功德没什么贡献，最好还是不要张扬，免得落人口舌，招人闲话。于是，在冯老爷子的坚持下，寿宴就摆到霞碧村老家去了。

村子里宽敞，空气又好，人又亲和，想怎么摆就怎么摆，想怎么吃就怎么吃，想怎么吆喝就怎么吆喝。人啊，要的就是那个畅快劲。

大家伙都高兴了，纷纷去张罗。正是秋高气爽时节，在村子里还种些粮食的人不多，可还是收割了些，地里升腾起的稻香，让白苍南等久未亲近乡土的人大为欣慰和幸福。村庄没多大变化，老屋是越来越老了，就像村子里看着白家兄弟和冯家兄弟长大的老人们一样，越来越老了，可村子还是年轻的，仿佛人们出外二三十年，回来后，村子还是一样亲切。

在冯家老宅前的大庭院，满满摆了几十桌，好多人大老远地都赶回来。席上的老人家个个精神矍铄，笑谈风生；各家从城里回来的小孩子们在人群里穿梭打闹，把宴席气氛闹得几多活泼。

乡村大宴，民风淳朴，叫人心动不已。席上，村长黄金玉特别激动，说得眼泪都要流出来了，他说，白家兄弟是村里的骄傲，一个是有文化的教授，为咱乡下人争了文化的光，一个作为华侨，表示要为咱霞碧村的进一步发展做出贡献，咱村之前融资的矿泉水厂，不是让人卷款出逃后停滞了吗，政府正在全力追捕中，如今，白苍南回来了，他已作了表态，要接手投资发展咱村的矿泉水事业，还要发展咱村的魅力乡村旅游事业，为咱村的父老们谋点福利，尤其还要为咱村孩子们的教育再次出力，重奖优秀学子，报答乡民从前对他的恩待。

村民们一阵鼓掌，个个把手拍得好像自己都拿了好处似的，可劲拍。

黄金玉示意大家安静后，很是动情地接着说，我是跟白苍南一起长大的，他回来跟我说的最交心的一句话，就是：他在海外，一听到"中国梦"，心里就止不住一阵酸，谁能明白他心里的"中国梦"是什么呢？

大家沉默了。白苍南起身说话。他说，我的梦就在咱村里，在这片土地上，我在咱这个村里长大，以前很多人把我们兄弟俩视为异类，因为我们出身土匪窝，小时候我们没少吃苦，那时候，我的梦就是过上好日子，跟所有人没两样，可是，时代半点不由人啊，但过去的事终究是过去了，我们翻过那一页，翻过那些历史不提，无论我们走到哪里，我们对脚下的这个名叫霞碧的村子是深怀着感激之情的，因为我们吃着这里的水长大，我们经历着这里的风雨长大，我们的母亲终生都不愿离开这个温暖的村庄。这些年，我在国外，时常在想，母亲在哪，我们的根就在哪，所以，无论我们走到哪，走多远，我们的心和血脉，始终都不曾远离这片故土！这才是我真正的梦，我的梦，始终绕着故土，无论多遥远，都要回来……

说得好！冯老爷子带头鼓掌，他扶着身子站起来，举杯对白苍南说，说得好啊孩子，人活一口气，你值了！如今，你也老了，老了就回来吧，咱村子时刻都在等待远方的孩子回来啊！

白苍南又一次老泪纵横，点点头。

清秋的夜里，在轻轻袅袅的《鹧鸪飞》的曲子里，白苍南陪着冯老爷子和母亲白云秀坐在老屋庭前的晒谷场，头上是清清朗朗的月色。白苍南从口袋里摸出了个小手帕，交给冯老爷子。冯老爷子打开一看，咦，竟然是一对翠玉手镯，跟冯老爷子当年送给白云秀的一模一样。

白苍南说，这对翠玉镯子正是当年冯老爷子送的，当年母亲正是把这对镯子偷偷交给我，让我出外有个应急用，可我始终不舍得用，一直藏着，因为，这是母亲的爱。

冯老爷子问，那你母亲原本那一副镯子又是怎么回事呢？已被我家老三给弄丢了。

白苍南说，那是母亲后来特意仿的一副，怕您知道把原来的已给了我。

呵呵，冯老爷子嗔怪似的眼神，看着一旁轮椅上正闭着眼享受月光的云秀，笑了。

乱 世

高银交

序幕　离乡

日上三竿，阳光从窗檐照进房里，贾大空也准时醒来了。他抬手揉了揉惺忪的睡眼，盯着房顶屋角的蜘蛛网呆了半晌，想起昨夜自己生日时两个好兄弟的劝说，不禁叹了口气。

他二人投了军，虽是火头军，却也衣食无忧了，总好过跟着自己游手好闲混迹市井。可怜自己为了面子，将最后几个铜板也拿去换了酒给三人庆祝，这下真是一干二净了。

难道真的要去当兵？这念头甫一涌入脑中，贾大空便一个巴掌将之驱走，常言"好铁不打钉，好汉不当兵"，尤其是大宋的兵，缺粮少马，负重奔袭，哪里跑得过金兵的雷霆战马？况且战场上风云变幻，说不定哪一箭就跟自己沾亲带故或者有仇，到时候自己可学不来关公的刮骨疗伤。

贾大空瞧了瞧比自己脸还干净的房间，胡乱收拾了两三件棉衣扎成包裹，舀了瓢凉水喝下，又摸摸袖中的几粒石子，这才晃着身走出家门。

贾大空左右瞅瞅，自己家里比这街上干净不了多少，家里还有口水喝，街上却没口饭吃。

关中蒲城虽远不及京兆府繁华富庶，却因地处山陕要道，往年车马路人、行商走卒络绎不绝，可自从前年靖康之变后，就迅速萧条了。商旅不济，军马调动，惶惶的百姓从过往的兵卒口中听到了一次比一次震撼的战事消息，先是太原被破了，后来汴京被围了，连赵官家满门老小都被掳到了关外，这次又说金兵要趁着黄河结冰，很快将要过龙门打到陕西。这一两年间，蒲城商家大都相继歇业，大户多已陆续搬到京兆府长安，有的甚至打算入蜀避祸。

贾大空揉揉肚子，哀叹一声，这日子真过不下去了。以前出门上街就有百家饭，现在倒是还有，不过却是高楼大户自己吃不起的。如今没有了手下，自己光杆一个，偷鸡摸狗也少了帮手，一个不小心就会栽了跟头吃牢饭。

贾大空走向南门，看到街道上人渐渐多了起来，都是携家带口、推车拉货的。贾大空摸摸肩上的衣物，暗笑自己一人吃饱，全家不饿，可比他们要走得快多了，估摸着五六日就到长安了。忽然笑容僵住，五六日，可自己一点口粮也没带，真是猪头，难怪别人车上装了粮食锅碗。

不走了？不，长安皇城可比这小小的蒲城坚固，在长安做混混也比在蒲城安心得多。可是，兵马未动，粮草先行，这可如何是好？

有了，贾大空眼睛一亮，现在咱军队里有人，两个小弟也该为自己饯行送点"程仪"吧。想到这里，贾大空转身向县里的募兵大院走去。

转过街角，贾大空远远看到一队新募士兵正走出募兵大院，那队正呼喝着口号操练队形。他认得那队正，也是街上的混混，因为脸青心狠，外号叫做青面狼。也不知什么时候开始，这青面狼与自己一直明争暗斗，昨天还得意洋洋地炫耀当了队正，而自己仍然是混混泼皮。

贾大空忙转身，他可不想再被青面狼嘲笑吃不饱肚子。正想着，他忽地眼前一亮，一个老者正推了满满一车炊饼转弯。贾大空暗道一声江湖救急，掏出石子扔到车下。那独轮车正在转弯，突然碾到石子，重心倾斜，散落了不少炊饼，同时贾大空"哎哟"一声，假装被撞，却迅速将几张炊饼藏在怀中。

那老者以为撞到人，吓了一跳，一边道歉一边放好车子捡炊饼。贾大空听着老者道歉，不禁脸上一红，但下一刻，就由红转白了，因为他看到一双军靴走到他的眼前，稳稳站定。

　　青面狼抱肩站立，嘿嘿坏笑着，戏耍地看着贾大空。贾大空虽恼怒，知道理亏，却不惊慌，他回身掏出炊饼，作势还给老者。

　　老者认出贾大空是街上厮混的泼皮无赖，只好自认倒霉，一边唉声叹气，一边收回炊饼。

　　"光天化日之下，贾大空竟敢盗取我军队口粮，给我拿下。"青面狼叫嚣着一挥手，指挥两人来拿贾大空。

　　贾大空怒目相向道："青面狼，往日里这些好事你也做过不少，不要欺人太甚。"

　　青面狼神气无比道："如今我是兵，你却仍是做贼，正要拿你立威。"

　　贾大空呸了一声道："你这贼配军，想拿小爷立威，门儿都没有。捉贼捉赃，你问这老儿，我可尽是帮忙了，没拿他一张炊饼。"

　　青面狼冷笑一声道："死性不改，你也就会抛石问路那一招而已。我赌你身上还有石子，给我搜。"

　　贾大空缩了缩衣袖，避让着来人，忽然急中生智，开口叫道："我是来投军的，你总不能阻挡我投军吧？"

　　县衙外张贴告示，鼓励投军勤王，因此青面狼敢捉拿混混贾大空，却不敢寻衅兵士贾大空。

　　"终有一天你会落到我的手里。"青面狼放下狠话，带队离开。

　　贾大空呸了一声，待青面狼走远，这才对那老者和蔼笑道："大叔别听他的话，我其实也是来投军的，只不过还在犹豫之中，这几张饼就当是暂领的伙食……"

　　贾大空说着，伸手去拿刚刚还给老者的炊饼，不想扯了几下没扯动，便拉下脸来，语气一冷，恐吓道："我若是真投了军，做了队正，到那时候你这老儿……"

贾大空的话刚起头还没有说完，那老者便懦懦地放了手。

贾大空满意地点点头，将炊饼收起，转身向城门走去。

在贾大空眼中，先前巧取，全是泼皮所为，后来豪夺，也是无赖之举，反正不是伤天害理、杀人放火的事情，错就错了，做就做了，江湖救急而已，但对上青面狼这样的人，需要不落下风，却是因为面子问题。行走江湖，有时面子不重要，一文不值，有时面子却最重要，价值千金，所以贾大空背井离乡，远走长安，终究没有向两个好兄弟、曾经的手下讨要"程仪"。

第一章 寻道

出了蒲城，贾大空不禁又有些惴惴，京兆府长安是十三朝古都不假，自己这个乡下混混能否安身立命还两说，那金兵据说如狼似虎，连大辽国都灭了，不知长安城能否阻挡雷霆一击？

一路上，贾大空慢悠悠地跟在几家驴车后，寒冬腊月，饼干水冷，苦不堪言，几次想早早赶路投奔长安，终于忍住，现在兵荒马乱，一切为了安全，他这样安慰自己，总算是过了渭南，向西再有百里就到长安。

这一日午前，官道上忽然有军马过境，那一哨军马绵延数里，骑兵在前，步兵紧随，一路向蒲城奔去。待到军马过后，官道上尘土未歇，两侧忽然多了不少逃难的百姓，想是大家都知道现在前线吃紧，京兆府连夜派出了援军，此时更要抓紧时间赶到长安。贾大空随着人流奔跑，觉得一颗心都要跳出来，那是死亡来临的恐惧。

入夜，路上纷纷燃起了火把，百姓们都连夜奔走，一条粗壮的火龙在官道上蜿蜒，前方正是鼓舞人心的安全所在。远远地，贾大空似乎看到了巍峨的城墙。

忽然，一阵隆隆声从天边传来，贾大空抬头看天，星空璀璨，不是雷声。贾大空蓦地目光收缩，那隆隆声是从蒲城方向传来，莫非是金兵来了？转瞬一片喧哗声从身后响起，喧哗声中夹杂着哭喊，贾大空的心也抽紧了，暗暗后悔之前散漫，否则此时早已在长安城里了。

一声声呼喝随着马蹄传来："大军回城，车马回避，挡路者杀无赦！"马鞭在空中啪啪响着，人们纷纷退到官道两侧，有躲闪不及的，皆遭到骑马军士的鞭打。

贾大空看着奔向前方的军士，眼中闪过茫然。渐渐地，一声声议论从人群传播开来，到了最后，竟成了悲戚哭喊，人们都想到了那个迟迟不敢相信的事实：金兵攻来了！

大军回城，依然是骑兵在前，步兵紧随，只是这次在火把照耀下显得颇为狼狈。贾大空看着奔行的士兵，看着哭喊的逃难人群，忽然觉得十三朝古都长安城也不会如想象中那般坚固。虽然如是想，但贾大空仍旧随着人流到了长安城外。

长安城墙在午夜暗影中显得异常阴森，此时军马已然回城，驻守在城门的官兵正呼喝着驱散人群。京兆府临危，面对金人攻打，城内除招募部分民壮守城外，一般会杜绝易生民乱且消耗粮储的流民入城。

贾大空迅速盘算着眼前的情况，寻找可靠的退路，先前还后悔走得慢了，此刻又暗暗庆幸进不了城。金兵攻来，四下乡间定会遭受掠夺，这样看来，城里城外都不安全。唉，难道要上山落草？不行，杀人放火自己是下不了手的，那就只有被人杀这一个结局。咦？上山不一定要落草，还有一条路是出家。贾大空眼前一亮，出家不失为一条出路，战乱出家避祸，太平了再还俗嘛，保命第一。想到这里，贾大空看一眼杂乱无章的人群，紧一紧肚子，毅然向着城南走去。

越往南走流民越少，贾大空暗夜里怕迷失方向，尽量围着城墙绕路，终于在破晓前后看到了城门和远处的群山。

"故人今居子午谷，独向阴崖结茅屋。屋前太古玄都坛，青石漠漠长风寒。"子午谷内的玄都坛自汉武帝建筑以来，历经千年，逐渐成为道家圣地。李唐与赵宋皆以道教为家教，民间的神仙故事更是层出不穷，贾大空从说书人口中也听了不少传奇，对玄都坛自然仰慕已久。一路走来，谷内青山直立，白雪盎然，偶尔有鸟鸣山间，振翅飞翔，贾大空行走在子午谷内，早已忘记了饥饿，战胜了疲劳，只觉得周身舒泰，仿佛有仙人点化一般飘飘然。

也不知走了多远，转过一道弯，就见一座山峰迎天而立，那山壁凹凸不平，有的像是盔甲武士睥睨四方，有的像是白袍士子昂首挺胸，有的像是小鬼青面獠牙，依稀映照在余晖之下。贾大空心中喝一声彩，早就听说玄都坛建在千面摩崖上，今日见了，果然巍峨。

转过山脚，只见前山半落处散布着数座宫殿，远远看去，飞檐翘角，斗拱连绵。贾大空大喜，他才不会去投山野间的小道观，要出家也要选一个大观才安心。美好的归宿就在眼前，贾大空也不停歇，强忍着饥饿疲劳寻路上山。

山陡路绕，雪多石滑，贾大空虽然早已累得气喘吁吁，仍是坚持不歇，他几次抬眼眺望，总觉得那道观隐隐现现，就在眼前。终于，当他再一次抬头远望，眼前一花，似乎见到了仙童飘落在他面前。贾大空惊喜之下，口叫仙童翻身拜倒，五体投地昏了过去。

钟磬传声，仙音绕耳，这是贾大空似醒未醒时的感觉，他暗自得意，这绝不是到了神仙福地，但也不差了，玄都坛下的大道观果然不同凡响，就是不知钟磬传声是召集众道士做早课呢还是开堂吃饭？

　　一想到吃饭，贾大空肚饿难耐，似乎闻到饭香，顿时睁开眼睛醒了，而触目所及，令他目瞪口呆。这屋子简陋非常，没有桌台座椅，没有锦布帷幔，比自己家可干净多了，与蒙眬中所想的辉煌大殿真是地狱天宫之别，贾大空顿感失望，心生鄙夷，想不到玄都坛下的道士们生活这般清苦。转头看去，床边一个粗布麻衣的道童正手端清粥喂食自己，贾大空正肚饿，连忙换上感激的笑容，接过粥碗感谢道："多谢仙童救命之恩。"

　　道童早就看到贾大空醒来后的失望鄙夷神色，撇嘴揶揄说道："你这人可不老实，嘴上叫着仙童，心里指不定在说什么，刚才还一副鄙夷的嘴脸，别以为我没看见。"

　　贾大空正胡乱喝粥，听说这话，尴尬之下一口呛到，忙咳嗽几声掩饰，心中念转，这小道童真不厚道，亏了自己蒙眬中以为他是天上的仙童，不过吃人的嘴软，大英雄不能忘恩负义，可不好耍无赖本性。抹了抹嘴，贾大空讪讪说道："哪里哪里，救命之恩如同再造，我恭敬还来不及呢。"

　　贾大空虚心请教，小道士告诉他这是玄都坛下的金仙观，唐时为金仙公主所筑，至今已有四百多年。这时，钟磬声又传来，远处响起一阵嘈杂，转瞬恢复了平静。小道士端了空碗向门外走去，不忘叮嘱贾大空："你不要乱跑，回头师父还要问你话。"

　　贾大空哪里听话，前脚小道士走远，后脚就出了房门。庭院不深，西、北两面是数间静室，东面墙开了拱门。穿过拱门，是山门大院，南连山门，北接正殿玉陛。玉陛十八级台阶，左右护栏柱上雕九对瑞兽，尽头的玄天影壁高有两丈余，雕刻"金仙观"三个大字。

　　贾大空看了看紧闭的山门，院中空无一人，暗道一声古怪，刚要走上玉陛瞧一瞧究竟，那玄天影壁后绕出数十个道士，走到各院纷纷忙碌，有的包裹衣物，有的搬弄锅碗。

　　不会吧？道士们不是出家人吗，怎么也要下山逃命？贾大空正自糊涂，先前的小道童来寻他，带他走上玉陛，绕过玄天影壁，进了正殿太清阁。

大殿内三清像下坐了一个面容清瘦的青衣老道，三缕长须垂在胸前，抬眼看着贾大空和蔼问道："你是关中哪里人？家乡可还好吗？"

贾大空连忙回答道："回老仙长的话，小民是蒲城人，从小就与道门有缘，父母还特意为我取名大空。双亲去世后，我就外出寻访得道高人，一定拜入道门修行，即使做杂役帮工，也要侍奉三清祖师，以告慰父母遗愿。"

这番说辞是贾大空在进山路上反复思量想出的，重点突出拜师的决心与诚心，淡化借出家避祸的嫌疑。但老道何许人也，早就知道他话中的漏洞，也不说破："悟道悟道，在于自悟，等你有所悟，再说拜师不迟。"老道顿了顿，又问道："现在战事怎样了？"

原来你还不知道金兵入陕了，这样更好，我来给你加加料，吓你一吓，到时就不好意思不让我跟你们下山避祸啦。于是贾大空学着说书人露出一副忧国忧民的样子说道："黄河天险，竟不能奈何铁蹄践踏，十三朝古都，可堪金人一击？前几日金人攻打龙门，想必此时，金人就已围了长安。唉，国破山河在……"

贾大空话没说完，就见那高人模样的老道伸手抓住自己衣襟，颤声问道："你说什么？金狗已经围了长安？不……不可能，怎么没有人来报信。"

贾大空吓了一大跳，他完全没有想到这老道竟然怕成这般模样，哪里还有一丝仙风道骨？想必他们还在山下安排了眼线，一看势头不对就要下山跑路。贾大空刚要重提拜师，不想老道接下来一句话吓了他两大跳，生生将拜师的念头压下去。

第二章　下山

"小乙，去通知大家，略微收拾，只带粮食衣服，提前到申时下山，日落前入城。"

那小道童听了老道的话，急急赶去传话，贾大空则拍两句马屁，欲重提拜师："老仙长英明，所谓识时务者为……为……"忽然贾大空说不下去了，因为他想到一个问题，"日落前入城"，入哪里的城？肯定不是穿过子午谷去入兴元府，而是入即将被包围的长安城。这么说，这老道士要投军守城？那我辛苦上山，不是白来了吗？

贾大空讷讷问老道："老仙长是世外高人，何必过问打打杀杀的俗事呢？深山修道岂不是更好？"

老道叹息一声，甩甩道袍，恢复了高人模样："我辈平时吃穿用度，皆赖京兆府百姓供奉，值此敌兵犯境，理当与民共同进退，抵抗敌兵。况且太平修道，乱世伏魔，皆可救民于水火，乃是出家人清修的宗本。"老道见贾大空讪讪羞愧，话锋一转，谆谆诱导道："想必蒲城已经陷于敌阵了吧？你大好男儿，理当保家卫国啊。否则一味避祸，到最后退无可退，仍是逃不过金人的铁蹄长刀。不如你随我们下山，于阵前杀敌立功，挣一个富贵前程。"

贾大空忙摇头不迭道："我长这么大，杀只鸡都没有过，何况上阵厮杀？我怕一见敌兵就跪倒投降了。我还是留在山上侍奉三清祖师，清修悟道吧？"

老道摇摇头，无奈问道："那我来问你，对于我道家，你知道多少？"

你可问到我的强处了，贾大空暗笑一声，自己常年在市井厮混，对志怪故事神仙传奇听了没有一百也有八十，早就达到张口即来的地步："话说混沌初开，三清立世，妖魔鬼怪祸乱人间……"

老道毫不客气地打断贾大空："你这泼皮，把市井传奇当成我道家真义来听了吧？"

贾大空不想一句话就被识破出身，赞叹老道士果然是行家，但仍不服气，将信将疑问道："老仙长怎知我要说的是什么？我可刚说了一句。"

老道轻笑一声道："就教你一个乖。我道家有妖怪之谈，却无魔鬼之说，那是佛家的说辞。至于道士驱鬼除魔，那是市井之间的无知传言，后来成为走道方士的糊口手段。你若是在别处厮混无赖也就罢了，但在三清祖师面前，可不能胡言乱语，亵渎神灵。"

仿佛小孩偷吃被抓了现行贾大空顿时满面通红道："原来是这样，这么说……咦？不对呀，你先前还说什么'太平修道，乱世伏魔'，这个……这个……"

老道瞧着贾大空想质问又不敢，既兴奋又强忍的模样，不禁莞尔："你没有听我说么？那是我辈出家人理当所为，可不止我道家这般，佛家也一样，前唐少林就曾助唐王打过天下。所谓小道修身养性，大道救世济民，此时兵荒马乱，正该大丈夫挺身而出……"

贾大空翻翻白眼，反正都是你说了算的，听他又要长篇大论，连忙截断道："我也想做那救世济民的大英雄，可惜没那么深的道行，还是先修小道吧。"

老道听他执拗，不再劝说。贾大空有些犹豫，抓住最后一丝希望问道："老仙长，不知从这里去兴元府，有多少路程？你们总不会全都去长安吧，总会有人去蜀中，去湖广布道吧？"

老道掐指算算道："走子午谷去兴元府，倒不失为一条退路。月前我们观中还有数十位弟子南下布道，正是走的子午谷。那子午谷大概有五六百里路程，而且山高路险，没有度牒路凭，定会被当作叛贼九纹龙的奸细击杀。”

老道说完，叹了一口气。金仙观由于占据了玄都坛前山，且是前唐皇室修建，在这子午谷内一直一家独大。这两年战火渐近，周边小观纷纷南迁，金仙观也出现分裂，一部分道士南下湖广布道避祸，一部分留守坚持。最近听说金人再次伐宋，前方战事吃紧，老道士紧急召集众人赶赴长安。

这时道童小乙来报告，有道士上山来报信，于是老道起身去殿外指挥众人收拾，丢下贾大空一人在殿中呆坐。

贾大空瞧着大殿里三清祖师的铜像，脸上变幻不定，一会儿觉得已经走上绝路，一会儿又觉得那老道有些道行，跟着他也许不错，一会儿又觉得跟去长安实在不靠谱，君子不立危墙之下，还是在山上安全，金兵总不会跑来山上抓人。

计议已定，贾大空找到老道说了想法，老道不置可否，只告诉他，留在山上不能白吃白住，需得听观中道士的话，做些杂役的工作来糊口。贾大空自然满口答应，先留下再说。老道又捡了几本通俗的经，留给贾大空消遣。

待到老道带队下山，人人一派悲壮的神色，留守的十来个道士纷纷上前惜别。

贾大空混迹于市井之间，喜欢听词讲书，最佩服故事里为国为民的侠义之士，什么赵太祖千里送京娘，什么狄武襄鬼面破千军。他自己瞧不起大宋的贼配军，却又爱煞救民于水火的大英雄；他当然羡慕一战功成的名将，却又不肯做那万千枯骨之一。所以，饶是贾大空对老道的做法不以为然，仍是衷心祝福道：“希望老仙长能大展神威，帮助长安太守打退敌兵。”

老道见他表情真挚，点点头道：“尽人事，听天命而已。”

回到金仙观，贾大空开始了他贫苦的杂役兼修行生活，他一人扛起了所有杂活，洗衣做饭，劈柴挑水，累得苦不堪言，而且顿顿粗茶淡饭，最折磨人的还是晚上读经，那老道留下的是《道德经》《南华经》《太上道君度人经》等经书的注解，虽是入门典籍，却也令他头昏脑涨，尤其是解释修身养性的做人道理，往往与他平日作为冲突，令他懊恼不已，但是看在收留自己的分上，他还是强忍了逃下山的冲动。同时贾大空在与道士们讲经修道时打听得知，老道是关中颇有名气的四维真人，这次是应京兆府经略相公唐重之邀，出山助其守城。

转眼月余过去，贾大空不禁有些纳闷，按说逃难的百姓无数，总归会有一些前来寻求庇护吧？可是古怪就在这里，按说这些日子新年过了，上元也过了，却始终不见有人上山，莫非金人并没有攻到长安，半路就被打退了？

贾大空终于忍不住，偷着下山看个究竟，他可不想又做杂役又做清苦的道人。可走了不远，就见陡峭的山路已被大树乱石封住，等他费了九牛二虎之力翻过乱石转过弯路，前面又是同样的情形，这才明白是老道下山时封了山路，以免流民兵痞骚扰。贾大空只得怏怏回到观里。

过了几日，忽然有道人上山报信，说是长安城已于上元前日被金兵攻破，经略相公唐重中箭而亡，经略副使傅亮率众投敌，巷战中四维真人下落不明，后来却出现在城外义军中，已被拜为军师。原来四维真人保护经略相公的尸身出城，于子午谷北口遇到了打算落草的张宗谔。那张宗谔本是长安游侠，曾在童贯的胜捷军中担任都统领，后来被遣散归乡，在四维真人的点化之下，丢掉了落草的念头，于终南山下重打胜捷军旗号，自称京兆府观察使，招募溃兵难民组成义军，誓要光复长安。

听着山下风云变幻，贾大空心中激荡，佩服张宗谔的英雄胆色，几次想下山追随老道谋个将官当当，却自觉不切实际，而且义军突起，不知命运如何，不妨先做着假道士混口饭吃，静观其变。

自此数月间，贾大空翻找出一身合适的道袍穿上，早课晚课也跟着念些似是而非的经文，讨教些斋醮法事的问题，只是往往说不了几句就扯到江湖伎俩上，令众道士头疼不已。

其间又有数次消息传来，金兵退走后，经过数月策反劝降，义军一举收复了长安，处置了一批降金的伪官，随后金兵破潼关又来攻打，与义军在渭南、蒲城一路大战后北上鄜延，此时长安已恢复了秩序，甚至有传言要迎官家来此定都。

这一连串儿的好消息令贾大空心动不已，他犹豫多日后，终于包扎了棉衣道袍，偷跑下山，这时已入冬月，距离他上山将有一年，路上又是白雪盖山了。

先去投奔四维真人，若是没有好的着落，就以真人弟子的名义混迹长安，除非再有兵乱，那时上山避祸，过这清苦生活也不迟。这样想着，贾大空无心观赏山中冬景，翻过几道乱石，出了子午谷。

走上子午官道，一路上村庄破败，少有生机，显然经过了战火荼毒，恢复艰难。贾大空可不管这些，加紧脚步，终于在城门关闭前随着稀少的人流进了长安，打听到义军帅府。帅府门卫听说他是军师弟子，慌忙禀报，引他见到了四维真人，也见到了义军首领张宗谔，从此开始了他的风云不归路。

第三章 夺权

那张宗谔武人出身，因与西夏作战勇猛成为童贯的侍卫胜捷军统领，后来童贯被处死，胜捷军多被调换，童贯的亲信统领也被降职甚至遣散，张宗谔正是其中之一。如今张宗谔率众收复长安，又与金兵交手几次，兵锋正盛。帅府内兵将进出，士气高昂。

贾大空在后堂坐了没多久，就听见一阵爽朗的笑声传来，接着走进一个高大的汉子，虬髯满面，双目有神。贾大空虽不是神仙，也一眼能猜出这人正是张宗谔。被张宗谔的气势所震，贾大空连忙起身施礼，也看到了随后跟来的老道四维真人。

张宗谔打量贾大空一眼，摸着胡须询问老道："既然是真人的高徒，你看？"

哎哟，这就要安排好处了，贾大空可怜巴巴地望着老道，期待着一两句好话。

老道瞧了瞧贾大空的神色，轻笑着摇摇头说："我还以为真是我的弟子来了，却不想是你这泼皮，年前才上山避祸，也不知读了几句经文就下山来，可不算我道门弟子，别想着打义军的秋风。上阵逞威风，你胆量又不够，如果真心想要糊口饭吃，只要你把心态放低，这里倒还是有不少事做。"

张宗谔虽然作战勇猛，却对老道佩服有加，对他门下众道士也颇多照顾，所以才首先询问老道，听他这话，心中有了分寸，拍了拍贾大空的肩膀连称不错。

贾大空被他一拍，阵阵酸痛，知道是在试探自己，咬牙忍住，却腹诽不已，暗道若是给个芝麻大的狗屁差事，没点油水，小爷转身就走。心中如是想着，面上却不表露，贾大空强撑笑容道："我道行不够，还需师父时刻点拨，就不去上阵杀敌了，但能在张帅手下做事，大小都是我的荣幸。"

张宗谔点点头，这人虽然混混出身，体格倒还不错，想想问道："会骑马射箭吗？"

贾大空连忙道："射箭倒不在行，但是关中子弟，哪有不会骑马的？不瞒张帅，我们平日的基本功就是遛得好马，斗得好鸡，赛得好船，蹴得好鞠。只是这两年……唉！"

张宗谔呵呵笑道："有点意思。你真的不愿上战场？那里可是男儿汉搏出身的地方。想当年，我就是在战场上大小三十余战，一刀一枪拼出的前程。"

贾大空谦虚笑道："我胆量不够，要不磨炼磨炼再说？"

张宗谔道："大好男儿，怎能说胆量不够？战场上见见血，胆量自然就有了。本来我眼前有大事要做，可以带上你，不过既然你这样说了，这样吧，你暂且充当劳军副使，等事后再做计较。"

听到有大事要做，贾大空第一反应就是想要逃避，不过初来乍到，又事态不明，倒不好意思开口，否则刚刚在讲忠贞义气，此刻反口推辞，让人看轻。也不知这劳军副使是什么军官，听着倒是威风，职责应该是粮草后勤一类，而且又跟在他家人身边，总归是安全的，于是答应下来，见老道也没有什么话要交代，不由有些失望，只好由人带领，去见了劳军使，安排住宿。

那劳军使是个眼大嘴阔的武官，见到贾大空，互通了姓名，自称宋大军，与张宗谔是邻里，跟随义军后一直护卫张宗谔之子张凤鸣。尽管张凤鸣才十一二岁，张宗谔却有意栽培，让他接触军事，常常以劳军为名笼络义军内部各路人马，施恩示义。

当贾大空得知其余十几个家将都是劳军副使的名头，不禁腹诽几句。问起张宗谔所说的大事，宋大军却闭口不谈，只是让他放心，一切尽在把握。贾大空思来想去，患得患失，最后打定主意，话要听一半，可不能尽信，明日一见势头不对，立刻跑路。

次日一早，贾大空换上了家将的青衣劲装，与众人会合。一行十几人只有张凤鸣和宋大军两人骑马，其余众人驾驶载满酒肉的牛车，前往长安城东。

来到城门前，驻守将官上前询问，宋大军答话，说是有小股义军有意前来投靠，现在奉命出城去劳军。守城将官多次见过宋大军带领张衙内巡城慰劳，也不细问，开了城门放行。

出城行了几里，连走了几条小路，拐到一处树林，宋大军命众家将加强戒备，独自策马离开。众人在附近安歇，不久，宋大军赶来会合。待到午时左右，众人正在吃着酒肉，忽见城南天空升起一红一蓝两道烟火，宋大军哈哈笑道："张帅的大事定了。"

见众人疑惑，他也不再隐瞒，讲明了事情缘由。

原来在兴州称帝的叛贼九纹龙史斌攻打兴元府不成，入蜀又无望，只好趁金人退出关陇时回转关中，连克数县，更是扬言定都长安。而关陇各路官兵却在争夺兵权，不肯分兵来救，任由关中一片混乱。张宗谔假装与史斌议和，以精兵简政为条件迎他入主长安，再逐渐架空。史斌本就觉得流民组成的大军消耗过大，有意精简，于是遣散老弱流民，只留了两万多人马，分兵驻守各县与长安。张宗谔一面以财色腐蚀史斌，一面暗中分化史斌部下，恰好此时泾源路兵马指挥曲端命吴玠追击史斌，于是张宗谔暗中与吴玠联络，定下计策，将史斌骗出城，由吴玠率领精兵埋伏在半路擒杀。今日史斌终于答应出城安抚前来投靠的义军，宋大军则以劳军为名，奉命送信给吴玠告知具体时间路线，约定联合动手。

贾大空被这时局吓了一跳，很久才摸清脉络，想来这定是那老道的杰作了。先让史斌遣散队伍失去人心，再逐步消化整合后的精兵，最后借官军之力擒杀史斌，好一招空手套白狼。

宋大军得意洋洋道："如果借虎吞狼成功，张帅将谋得两方的兵权，到时候有平叛之功，定会被朝廷正式封为京兆府经略，说不定还要兼管一路军马，那时你们做了将军，都能封妻荫子。"

众人听了都兴奋不已，互相调笑着道贺，这时又有两道红色烟火冲天而起，城门方向已经有了混乱，想必城内城外正在厮杀。宋大军命众人等候，自己悄悄回了城门察看情形。

傍晚时分，贾大空正在做着将军的美梦，忽然一阵蹄声，宋大军骑马回来，远远的扑通摔下马。

众人大惊，纷纷戒备，等扶起宋大军，见他前胸后背有几道伤痕，血迹已经干了。有人连忙拿出刀伤药包扎，一碰伤口，宋大军竟被疼醒了，他挣扎着对众人说道："快逃……快逃……官军杀来了……"

众人面面相觑，不解问道："宋大哥，我们不是正在帮官兵擒杀史斌吗?"

宋大军裹了刀伤药,大喘了几口气,精神渐渐缓过来,说道:"张帅被官军骗了,他们说我们是史斌的同党,要抓住头领,斩首示众。"

众人顿时惶惶起来,束手无策,想不到官军是螳螂捕蝉黄雀在后,要将叛军义军一道灭了。贾大空浑身发冷,后悔不迭,暗想这天下真是乱了,金兵只是攻城拔寨,来也匆匆去也匆匆,大宋却是没了龙头指挥,开始文武对立,官贼攻伐。

张凤鸣听闻变故,虽然镇定,却勉强忍耐,问宋大军道:"不知我父亲怎么样了?"

宋大军说道:"我也不知张帅怎样了,想必已经……已经……"说到这里,他已哽咽,再也说不下去,众人明白他的意思。宋大军继续说道:"我到城门时候,叛军要逃,被义军截住,后来城里又有官兵赶到,先是帮助义军剿杀了叛军,立刻对义军下手,后来发现了我,我只好引他们兜圈子,好不容易才摆脱。"宋大军虽然没说,但众人能够想象追杀时的惨烈。

宋大军看了众人神色,说道:"自打起事至今,我就跟随张帅出生入死,现在这般情形,我定会保全张帅的骨血,至于你们,是走是留,全凭自便。"

众人纷纷说道:"宋大哥说哪里话,我等与张帅同是乡里,自当与宋大哥共保张帅骨血。"

"我这条命是张帅救下,现在怎能弃鸣哥而去呢?"

"全听宋大哥吩咐,水里水里去,火里火里去,不说二话。"

贾大空本想与他们分道扬镳,他可不愿意亡命天涯,可听众人表态,知道自己是走不了了。若是自己要离开,定会被宋大军开刀立威,对于这点,贾大空毫不怀疑,于是连忙说道:"宋大哥说得对,我们一定齐心协力,保护鸣哥。"

宋大军点点头说:"你是四维真人的弟子,我当然信得过。"接着话锋一转,厉声说道,"不过话说在前面,生死存亡,谁敢拖后腿，谁敢有二心，我第一个杀了他！"

此话一出，众人神情整肃。宋大军冷冷扫视众人一眼，道："官军从西边赶来，而北方三城有金人，我们只有希望华州还没落在官军手中，这样或许还有一线生机，出潼关投奔李彦仙。"说完开始部署，带足了食物，将牛车赶进树林藏好，连夜朝着华州方向赶路。

宋大军忍着疼痛骑马殿后，十几人知道在与官军争抢时间，都默不作声急行军大步前行。

贾大空从没这样长途奔走过，行了一个多时辰，开始脱力，但生怕停下来会被宋大军一刀砍了，只好拼命抬腿落腿，渐渐地有些麻木，双腿像是踩在棉花上一样，终于一脚踩空，摔倒在地。

看到宋大军铁青着脸走近，贾大空吓得连连摇头大喊："不要杀我，不要杀我，我真的是……没有力气了，不是……不是故意掉队，我没有二心。"

第四章 托孤

宋大军低声喝道："你闭嘴！不要喊叫。我都怀疑你是不是四维真人的弟子，怎么如此没用？"见贾大空满面羞愧，宋大军呸了一声，让人把他抬上自己马背，两人共乘一骑。

贾大空许久不曾骑马，稍有些生疏，不久之后，两腿内侧就开始火辣辣疼痛起来，但他不敢喊叫，只是拼命忍住。

冬日夜长，众人奔行一夜，待到天色大亮，日头高升，终于远远看到了渭南城。为了安全起见，一行人并没有走官道，也不知有没有官军追来。宋大军命众人隐藏行迹，吃饭休息，带了两人前往县城查看。

小半个时辰后，三人借了十来匹马赶回，同时带来一个坏消息，官道上正有官军赶来，即将逼近渭南，而渭南义军叛军杂处，很难守住。众人纷纷上马，有的合乘一骑，有的单人匹马，绕过渭南城向郑县出发。

有了马匹代步，众人顾不得太多，从小路迂回上了官道，果然听到渭南方向杀声震天。渐行渐远，后面的厮杀声低了下去，然而不久，却传来阵阵马蹄声，众人心头震撼，这官军真是一支劲旅，想必已经攻下渭南，朝郑县追来了。

贾大空扭头看去，果然是官军，一色的战马奔腾，杀气凛然，已经追到众人身后不远，甚至能看清面目了。那领头的武官三十多岁，浓眉凤目，威严无比。武官旁边一个也是相似打扮，却目光狠戾。

众人心中惶惶，虽然做好了必死的准备，却仍旧拼命打马。奇怪的是，那官军也不放箭追杀，也不喊话威胁，只是跟在众人身后。

忽然，官军中出现了争执声，隐隐有"抗命""军令"字眼传到众人耳中。不久，那目光狠戾的军官勒马回转，疾驰而去。众人有的扭头看了，暗自奇怪。

那领头武官扬声对众人说道："吴某奉命，只为平定史斌叛乱，其他不论。不过监军乃是曲指挥心腹，已经回转渭南抽调人手，追捕你等。请小心在意。"

贾大空听话语知道这人就是吴玠了，不禁有些暗自佩服。宋大军则招呼众人，并不理会，只顾前奔。

两拨人马一前一后到达郑县，守城人见有军马，早已关闭了城门，莫名其妙在城上观看。宋大军率领众人在城下绕道而走，继续奔向潼关方向。

贾大空看身后官军停在城门下，那武官扬声喊道："权泾源路兵马都监吴奉命平叛史斌，有赖义军相助，已经将其擒获，凌迟斩首，而今追捕各城贼首，收复失地，从贼者不论，杀贼者有赏。"话声中，有人用长竿挑了头颅在城头上展示，大概就是史斌的人头。

城头上一片混乱，有的人转身想要逃命，有的人抽刀砍向身边的同伴，还有的人大喊着打开城门，城下官军束马挺立，冷眼以对。

宋大军回头看了，叹息一声，这吴玠真是厉害，用一颗人头一句话就挑动两边厮杀，自己坐收渔翁之利，难怪单以马军就快速攻下了渭南。

山路迢迢，一行人虽已人困马乏，却不敢稍作停留，终于在午时过后赶到了潼关。此时潼关守军还不知长安的乱事，宋大军以出关联络陕州义军李彦仙为由叫开潼关。义军中有认得宋大军的，也不怀疑，当下放人出去。

"丈人视要处，窄狭容单车。艰难奋长戟，万古用一夫。"峡谷之深，崖壁之绝，可见一斑。众人出了潼关，都松了一口气，奔出十数里后才稍作歇息，拿出食物分吃了，也到附近寻些枯草，从马匹搭袋中取出豆饼掺着喂马。

众人对吴玠议论纷纷，有的称赞，有的鄙夷。张凤鸣将宋大军叫到一旁，密语几句，初时宋大军连连摇头，张凤鸣又说几句，宋大军才点头答应。

再上路时，一行人为了恢复马匹体力，有意放慢了速度。宋大军心头有事，一直注意着后方动静，忽然皱着眉头侧耳听了一阵，脸色大变，招呼众人："大家加速，有追兵。"

众人大惊，想不到敌人来得如此之快，纷纷提快马速，沿着山谷向东飞奔。深山峡谷，蹄声激荡，再次惊破了夹道的宁静。众人虽休息了一阵，却终究抵不过追兵有备而来。斜阳西挂，队尾的贾大空果然听到后方传来马蹄声，渐渐地，前方的队友也听到了，这吊在后面的蹄声仿佛催命的丧钟，一声比一声清晰地敲击在众人心间。

函谷蜿蜒，也不知走了多远，宋大军忽然轻声说道："男儿百战，当死沙场。或许这里将是我的葬身之地，不知你有没有命走出这道函谷。"

贾大空大脑一片空白，吓得冷汗直冒，颤声问道："我……我……你是不是要……要杀我？我可以和你们……一同抵抗。"

宋大军笑了笑，问道："你能不能告诉我，你到底是不是四维真人的弟子？"

贾大空认命一般，老老实实回答道："不是，我……我逃难到山上，见了真人一面，他不收我，后来我知道他做了义军军师……"贾大空初始还有些结结巴巴，后来说起这一年的种种，一幕幕出现在眼前，说话也越来越顺畅。

宋大军也不打断，听他说完，才略微沉吟道："贾兄弟，如果到了万不得已，请你帮我照顾凤鸣，好吗？"

"好，好。我一定做到。"贾大空暗中松了口气，有些不解，问道，"可是，为什么是我？我怕到时候……"

宋大军沉默一会儿，说道："我不知道，这是鸣哥的意思。嗯，你不会打仗，最后留下来也没用，你是道士，至少是侍奉过三清祖师的，也许会有神灵保佑。"

你不如直接说我胆小怕事、坑蒙拐骗好了，贾大空腹诽不已，却语气真诚说道："宋大哥，你放心好了，虽然责任重大，但是我拼了命也要保护好他，我可以发誓。"

宋大军笑笑说："发誓就不用了。我常听四维真人讲道，有两句话觉得很有道理，'尽人事，听天命'，'所说所做，苍天有眼'。就是不知道天会不会保佑你们走出函谷。"

追兵越发近了，已能听到隐隐的呼喊声。宋大军一面前行，一面左右观察，等到进入一段曲折之地，立即招呼众人停下。这一段路曲折蜿蜒，远比别处难行，绝对是一夫当关万夫莫开的地势，适合防守作战。

宋大军说了决定，又问众人："如果谁有儿有女，也可以跟随鸣哥离开，留下的，就不要想或者退后一步。"

十几人中有的犹豫，更多的是愤慨激昂，摩拳擦掌，纷纷叫嚷："为张帅报仇，就在今日。"

"绝不退后一步，誓死杀敌。"

"杀一个够本，杀一双赚了，十八年后，又是英雄好汉。"

几个犹豫的也终于说道："之前说了，全听宋大哥吩咐，我们绝不说二话。"

宋大军满含热泪说道："好，好兄弟们，今天，让我们一起杀个痛快。"

宋大军把贾大空和张凤鸣叫到身边说："你们每人多带一匹马，前行半个时辰后，就将马留在路上，这样敌人就会在附近山坡上搜索，至于能不能骗到他们，你们能不能走出函谷，就全凭天意了。"说完，他挑出四匹马，命人撕了衣袍包了马脚，喂了豆饼，将剩下的食物和豆饼绑在马背上，将一把精巧的小手弩交给张凤鸣，说道："鸣哥，以后你事事小心，人心隔肚皮，不要轻易相信别人。"

张凤鸣听到父亲消息时没有流泪，面临追兵时没有流泪，此时生离死别，终于流下泪来，连连点头。

宋大军拍拍贾大空的肩膀，冲他点点头。饶是贾大空没心没肺，此时也不禁酸楚上涌，他强忍住没有流出泪来，只是握紧了缰绳。

宋大军大喝一声"走吧"，用力拍拍几匹战马，看着他们转过山路，这才猛地回过身来，喊道："兄弟们，将战马杀了堆在这函谷古道上。与敌对战，首先杀马。生无退路，誓死杀敌！"

众人齐声大喊："生无退路，誓死杀敌！杀！杀！杀！"

绝望愤怒的呐喊震彻山谷，传到贾大空耳中。这也许就是战场之殇，同袍之义了吧？贾大空从没经历过这般情形，心中不禁牵挂这十几个勇士的命运，甚至有了回去和他们一同作战的念头，尽管这念头一闪而逝，却已在他心中悄悄萌芽。

贾大空自然是敬重英雄，却绝不愿做牺牲自己的英雄，他向来不担责任，这次却因形势所迫答应了这个比天还大的责任。答应的时候并非自己的本心，那么要不要甩掉这个包袱呢？唉，真是个麻烦事。不过，也许在那个小麻烦眼中，不能保护他，不会打仗的自己才是个麻烦吧？贾大空直起身子，侧眼向张凤鸣看去，却见张凤鸣正转头看着他，平静地问道："你是不是觉得我是个麻烦？"

第五章 逃生

贾大空听到张凤鸣的话吓了一跳，暗叫邪门，莫非这孩子能看透别人心中的想法？看他小小年纪，却少年老成，事事处变不惊。心思电转中贾大空连忙摇头否认："怎么会？你看我现在跟着你逃命，还得依赖你的弩箭保护，说起来，我才是个麻烦。"

张凤鸣尽量与贾大空齐平，脸色平静说道："爹爹义旗高举，招揽关中各路豪杰，被推为盟主，他向来身先士卒，归功部下，同时让我四处劳军，施恩示义，所以宋大叔才能在渭南借到马匹，叫开潼关。无论我爹爹是生是死，在义军中还是有威望的，也只有史斌的部卒才会来追杀我。官军捉了我，义军无可奈何，别人捉了我，定会有义军为我报仇，来笼络人心。"

贾大空听着他东一句西一句，摸不到头脑。

张凤鸣见贾大空仍是不明所以，转过头去，叹息道："我说了这么多，无非是告诉你，现在你我一体，同生共死，至少在这函关古道内是这样。"

贾大空这才明白，张凤鸣是暗示自己不要卖了他，不禁恼怒，虽然自己有些犹豫，可还做不出这种丧尽天良的事情，他瞪着张凤鸣说道:"你把我看成什么人了,要是不信任我,为什么不让宋大哥换个人来保护你?"

张凤鸣忽然笑了笑,说:"你错了。如果追兵能追上,无论是谁跟我一起,都会被追上,所以宋大叔才将所有家将留下,多一分武力,我才多一分时间。而且前日爹爹告诉我你的底细,让我不要受你影响,但我是先小人后君子,把话说开都好做人。"

贾大空想想也对,自己混混出身,当然不会成为心腹,想不到这孩子小小年纪,心思这么透彻。

张凤鸣又道:"我六岁开蒙,八岁读《诗》《书》,有爹爹教我战阵,有四维真人传我道法,而今以后,我将谁都不能相信,隐忍在市井之中,不需要忠诚的护卫,只需要你的市井生存之道。"

贾大空本来还在纠结,听到这话顿时眼睛发亮,原来救了这小子双方大有好处,于是拍胸脯保证道:"大家共坐一条船,说什么谢不谢的,以后有我一口干饭,绝不会叫你吃稀。"

张凤鸣露个笑脸,拍马当先行去,大声道:"贾大哥,'函谷古道三十里,车不分轨马并鞍',说的就是这里了。函谷关就在前面!"

"小子,叫贾大叔,我可是和宋大军兄弟相称的。"贾大空望着张凤鸣的背影大喊,连忙催马跟上。

夹谷之中开始天黑,道路渐渐狭窄。两骑四马颠簸前行,大半个时辰转眼即过,身后隐隐约约传来蹄声,两人心中不禁同时抽紧,满不是滋味。追兵既然已经追来,那么宋大军等人想必已经战死,血染古道。

两人立刻换了马匹,带了食物继续前行,将先前骑过的马丢在路上。奔出两三里后,果然疑兵之计奏效,身后的蹄声停了,而此时两人也终于穿过函谷古道,驻马关下。

函谷关自春秋始建,控扼关东八百年,关东崛起、潼关建立以后，才逐渐失去战略地位，到宋时已荒废日久，名不副实了。

在黑夜里，残败的关口似是大张着嘴的怪物。两人穿过关口，迎上呼啸寒风，望着关前的大河与原野，轻舒一口气。

张凤鸣用手弩狠刺贾大空的马，让它冲上河边大道，朝着陕州城方向飞奔而去，然后将豆饼喂了自己的马，与贾大空同乘一骑，将马速提到极致，向东纵马前行。也不知过了多久，侧后方又传来隐隐的马蹄声，但很快，就渐行渐远了。

贾大空虚抱着张凤鸣，侧脸看着他抿嘴皱眉的样子，难以相信，看上去仍然稚嫩的孩童竟有着远超常人的谨慎与冷酷，这与他的年龄实在不符。

"反其道而行之罢了。他们以为我必然急于赶去陕州，所以直追过去。不过过不了多久，他们就知道错了。"张凤鸣似乎知道贾大空在想什么，"这在兵法中很是平常。我们现在必须赶在他们追来之前，找到一个安全的藏身之所，等明日再想办法去陕州。"说着，他将马头转向陕州城，也不管山野道路，奔出二十几里，停在一个庄子外。

张凤鸣下马取了食物，同样刺伤马臀，放任它自行朝南跑去。贾大空骑马奔行百十里山路，大腿内侧早已血肉模糊，只是因为有追兵威胁，才强自忍耐，下马后站立不稳，由张凤鸣搀扶着，在庄子边沿摸索前行。两人寻到一处偏僻空居的时候，已是深夜，胡乱歇息下来。

次日，贾大空双腿结疤，却被张凤鸣催促赶路，只得找了一根木柴作拐杖，蹒跚着出了门。见张凤鸣面带忧色，贾大空转转眼珠，坏笑道："其实也不必察看，想蒙混过去也简单，找一件女孩儿衣服，把你打扮打扮，他们是绝对想不到要找的人竟然会变成个小娘子。"

张凤鸣缓缓神色道："算是一个好主意。另外我们还需要确认一件事情再走。"

贾大空问道："是什么重要事情？我们直接去陕州城不好

255

吗？昨夜那么拼命赶路，想必这里离城不远了。"

张凤鸣道："昨夜我们出关，如果直接奔陕州城，很有可能半路就被追上杀了。他们追过去，有可能半路就回转寻找我们，也有可能会碰到陕州城的探马，惊动了陕州官军，从而不敢大肆搜捕。所以我们需要知道现在离陕州城有多远，他们有没有在附近出现，这样才能决定怎么走。否则我们就会像瞎子一样，撞到他们手里，或者寸步难行。"

贾大空想想有道理，不由得更加佩服。两人进了庄子里，看到各家各户都在热火朝天，有的将粮食装车，有的背着细软带着孩子。

贾大空想起从蒲城赶往长安，很快明白，暗暗吃惊道："他们这是要进陕州城，金兵就要打来了。"

张凤鸣点点头道："我听爹爹说过，去年金人屠陕州，李彦仙克复后，经略得当，附近百姓多有举家依附的，甚至河西蒲城、河东绛州的豪强都暗中投靠。他为了守住陕州，保护百姓生产，大力屯田，同时修筑城防，战时则招募百姓充当民壮，补给战兵，而且将全家从巩县搬来，誓言与城共存亡，以此鼓舞士气。百姓感动，多会听从招募，鲜有避祸山中的。"

两人询问路旁老者，果然是金人近日又要攻打陕州，就在昨日，李抚帅宣告各庄乡里，招募民壮。庄子距陕州城只有十里左右，每次金人攻打陕州，这里总是最受荼毒的地方，所以很多人拖家带口投奔陕州城。

张凤鸣兴奋道："只要我们混到进城人群里，他们就算追来，也很难下手了，除非他们和陕州官军联合。"

贾大空怀疑道："想李彦仙为人，应该不会这么做吧？"

张凤鸣道："爹爹也很推崇李彦仙，可是谁知道呢？现在最重要的是隐藏身份，我需要一套女孩儿衣服。"

贾大空哈的一声笑道："说吧，想要大户千金还是乡里村姑的款式？"

张凤鸣道："我和你打赌，你只能偷到后者。"

贾大空笑笑，瞄准刚刚离开的一户人家，开锁潜入，很快拿了一套女孩儿衣服出来。张凤鸣已经在脸上涂抹了些泥巴，换了女装，顿时成了乡下的丑丫头。

两人混进人流，张凤鸣刻意凑近一个中年村妇身边，很快与她身边的两个女儿有说有笑。贾大空得了张凤鸣的眼色示意，只得也和那村妇搭话。村妇看他带了女儿，只当他是附近的百姓，也不怀疑。

走了不久，身后人群中跟上来几个劲装汉子，贾大空更加佩服张凤鸣的谨慎，同时暗暗担心。那几人果然在暗中搜索，重点挑了单个孩子的行人仔细观察，倒是对张凤鸣三个丫头没有太过在意。

待几人走过，贾大空这才舒了一口气。人流缓行，远远的已能看到陕州城，城外正在修筑工事，有官军巡逻。

忽然，进城路口附近传来一阵吆喝："各位乡亲，我们刘大善人老来得子，为了还愿，广散钱财，为每个孩子提供百文当三钱的红封，请到这边来领啦！"路过的百姓带了孩子的，无不欣喜，上前领取。

贾大空待要上前，却被张凤鸣扯住，一愣之下，发现那里散站着几个劲装汉子，不禁懊恼，险些中计。两人扭身朝着旁边走去，却见又有几个劲装汉子围了上来，知道自己没有领钱，已经被人盯上。

张凤鸣路过牛车，突然拿出手弩，刺伤牛臀。那牛吃痛，向着城墙疯跑起来，两人立刻爬上牛车。劲装汉子被冲开包围，顾不得暴露身份，纷纷取出兵刃追杀两人。人群顿时乱起来，纷纷闪避，引起了巡逻官军的注意。

"拿命来吧！"一个劲装汉子跳上牛车，挥刀划过贾大空头顶，直向张凤鸣砍去。贾大空大惊，慌忙低头，抓起牛车上的铁锹抵挡。那汉子不得不隔开铁锹，将贾大空踢下牛车。生死存亡之间，贾大空伸手抓住车尾，忍住疼痛，任由牛车拖着。

那车上的汉子狞笑着转头看向张凤鸣，看到的却是一张冷笑的脸，他胸口巨震，一支弩箭已穿透他的身体。那汉子仰面倒下，正砸在贾大空身上。

贾大空被撞得放开手，不甘心地看着牛车远去。他挣扎着翻过身，却骇然发现已被身后的劲装汉子赶上，迎着砍来的刀光，他只来得及抬起手臂抵挡。剧痛由手臂直穿入心脏，贾大空不知手臂还在不在。

"杀！"一声大喊震彻心扉，那一刻，贾大空看到了死神在向他微笑着扑过来。死神越来越近，近到他的眼前，忽然化作一片明亮的刀光，然后，竟然在贾大空眼前定住。贾大空顺着长刀看去，那长刀已被一支长枪轻轻架开，长枪尽处，一个粉面剑眉的将官轻飘飘看了他一眼，提马越过他的头顶，挺枪杀过去。

那一眼似冰似水，轰然灌入贾大空的头脑，淹没了他的神魂意识。贾大空晕过去之前，他的最后一个念头不是"得救了"，而是"他好漂亮"。

第六章 动情

"孩子，你记着，刀枪阵里不长命，我宁愿你坑蒙拐骗偷，也不想你走你爹的路子。你要记着，长大找个好娘子，好好活着，别让她伤心，你要记着，记着……"

"娘，我记住了，我不去投军，我好好活着……"

……

"大哥，你真的不跟我们去投军？虽然是火头军，也比老是混混强啊。你这样混下去总归不是办法。"

"是啊大哥，投军还可能有个出路，世道这么乱，做良民顺民不如做暴民，跟随军队才有饭吃啊。"

"好了，好兄弟，不要劝了。你们投军别像以前那样，以后好好做事，成为像狄武襄那样的大英雄，大哥等着听你们的传奇故事。"

……

"有点意思。你真的不愿上战场？那里可是男儿汉搏出身的地方。想当年，我就是在战场上大小三十余战，一刀一枪拼出的前程。"

"我胆量不够，要不磨炼磨炼再说？"

"大好男儿，怎能说胆量不够？战场上见见血，胆量自然就有了。"

……

"男儿百战，当死沙场。或许这里将是我的葬身之地，不知你有没有命走出这道函谷。"

"'尽人事，听天命'，'所说所做，苍天有眼'。就是不知道天会不会保佑你们走出函谷。"

"生无退路，誓死杀敌！杀！杀！杀！"

……

"拿命来吧！"

"杀！"

……

"不要杀我……不要！"贾大空大喊一声，猛地惊醒，汗如雨下，许久才从纷杂的梦境中回过神来，心跳渐渐平息。他扭头看去，身边一个五旬左右的大夫正在给他把脉，张凤鸣在床头坐着。

砰的一声，房门打开，闯进两人，向贾大空走来，头前一个将官头戴凤翅银盔，身着细鳞山字甲，他身后跟着一个年轻文士。

贾大空的心跳又加快了，这是与之前不同的快，也是与二十四年来所有的快不同的快，因为他看到了一张脸和一个眼神，一张在他濒死见到的脸，一个淹没他神魂意识的眼神。这张脸也并非是艳绝天下，眼神也并非勾魂摄魄，却令贾大空目不转睛，心跳加快。

完了，我竟然被一个男人吸引，为什么会这样？我怎么能这样？我不要做兔子！

"喂，我在问你话，你是聋了还是哑了？"

啊，他竟然对我大喊大叫，不过声音真好听，像黄莺唱歌一样清脆悦耳。咦？这是形容女人的吧？

贾大空连忙看向美将官的脖子，没有喉结，是女人！

哦，还好还好，我是被一个女人吸引了，她的粉面剑眉如出水芙蓉如迎风烟柳，她的眼神似寒冰初冻似秋水横波，哦，还有她的喊声如黄莺怒吼如……咦？黄莺怎么会怒吼？

一瞬间，贾大空知道黄莺怒吼是怎样的声音了，因为他听到了那女将的话。

"啊……不不。我知道……我知道……你……你刚刚说了什么？"贾大空尴尬问道。

"哈！装傻是吧？你今日不说清楚来龙去脉，就来尝尝我的长枪的厉害吧！"女将气极反笑道。

"啊……哦……来龙去脉呀，嗯，我说我说，我们是……"贾大空看一眼张凤鸣，见到他微微摇头，知道他还不想说出身份，只好临时发挥道，"我们是蒲城人，城破之前我曾应募做弓弩手，城破后一直没机会逃出，最近好容易才找到机会，没想到还是被发现了。"接着又指着张凤鸣道，"这是我们都头的孩子，他叫……"说着看向张凤鸣。

张凤鸣会意，接口道："我叫名凤，我爹爹他……他……"想到也许父亲已经身死，他不禁悲从中来，说不下去。

贾大空适时叹口气道："我们名都头，被敌军害死了。"

女将听两人身世，联想到金人不日就要攻打陕州，不禁感同身受，眼圈有些泛红，先前的火气早已消失，拍拍张凤鸣的头安慰道："你们放心，等过几日，我一定去杀几个金狗替你们报仇。"

贾大空想不到这女将如此好骗，压抑着心中的愧疚说道："当时军中有人降金，他与名都头有仇怨，一定是他注意到我们逃走，才带兵来追。不知道他们……"

女将不疑有他，得意洋洋说道："我当时就杀了两个，一枪一个，真是过瘾。不过，后来邵云带兵去追查了，也不知怎样。金人真是猖狂，就连狗奸细都敢来我们陕州追杀，等他们来了，一定给他们好看！"女将说到最后，咬牙切齿，摩拳擦掌。

贾大空一直在瞧着那女将的神色，看她一会儿生气，一会儿同情，一会儿得意，一会儿愤恨，煞是好看，不禁看得呆了。

"你们没事就好了，先在这休息吧。"女将看贾大空没事，随口安顿下，转身带着文士离开。

贾大空呆呆地看着女将离开，一颗心忽然坠落。张凤鸣瞧着他的神色，揶揄道："人家走了，没影了。"

贾大空喃喃说道："是啊，走了……她走了……"忽然清醒过来，手臂疼痛，胸口疼痛，大腿根部也疼痛，这才发现自己包扎着手臂，磨碎了棉衣，颤抖着双腿，想到自己狼狈的模样落入女将眼中，懊恼无比，忽然看到张凤鸣揶揄的眼神，大怒道："要不是为了你，至于这样吗？"

张凤鸣想到贾大空在牛车上拼死抵挡，收起揶揄神色，诚心道："这次真的谢谢你。"

贾大空内心得意，表面大度道："好了好了，你记在心里就好，以后多多服侍我。"

那大夫收拾了药箱道："走吧，去外面等着吧，一会儿有人来安排住处。"

贾大空道："住这里不行吗？她……她都说先在这休息了。"

大夫翻个白眼道："她还说过要杀到金国黄龙府去呢，你也当真？"

贾大空又道："她要是再杀了那……那些奸细，想要告诉我们，一下子找不到，那样多不好？"

大夫叹息道："你不就是看上她了吗？不就是想知道她的底细吗？来起身走动走动，我告诉你。"

贾大空想不到大夫这么直白，尴尬不已，磨磨蹭蹭下床走动，不断请教。

那女将名叫李孝贞，乃是李抚帅的幺妹，自小受几个哥哥宠着，学了一些枪棒武艺，自认天下无敌，一心想着横枪跃马平天下。她几个哥哥生怕她出了意外，一直不让她上阵厮杀，只是派给她巡逻工事的差遣。今日巡逻城外工事遇到乱子，才好不容易耍一回武艺过瘾，而现在去追查的则换成了邵云。

"唉，你们这些年轻人，跟我那傻儿子一样没出息，陕州城里没女人吗，看上这么一个不靠谱的母老虎。"大夫想起儿子忤逆自己的意思，忍不住对贾大空说了许多。

"也没什么不靠谱嘛，不就是凶一些吗？等等，你儿子是？"贾大空问道。

"你刚刚见到了，就是那个记室。那邵云年轻气盛，同样好武，看上她倒没什么，可我那儿子饱读诗书，也看上了她，跟在她后面厮混。人家谁都不理，一直对有家室的邵兴有意。你说这要是靠谱，什么才叫不靠谱？"大夫痛心疾首，将贾大空和张凤鸣送出门外，交给赶来的坊正，开始招呼别的伤病患者。

"这么复杂？"贾大空无语，一路纠结着，跟坊正到了分配的屋舍，做了记录。陕州城经过多次战火，很多人逃到南方，也有不少人从附近来投奔，李彦仙派人整理空闲房屋，又临时建造一批，总算可以勉强容纳流民。房屋虽简陋，桌椅床榻却都齐全。

坊正告诉他们，招募的民壮各有分工，按工发条引，按条引换取钱财或者领粮米油盐和衣物等等，可以自己做饭，也可各屋舍共用灶台。由于贾大空受伤，而且带了孩子，先发条引，伤好后再循例处置。

坊正将生活种种，事无巨细，告诉了两人，又代领了食物衣物，这才离去。待坊正走后，张凤鸣见贾大空仍在纠结，好心说道："没用的，你们才见了一面而已，何必呢？"

贾大空拍拍张凤鸣的头道："两面好不好？你没听说过千里有缘一线牵吗？一线就是那生死一线，她救了我，就把我从鬼门关给牵出来了。你还小，说了你也不懂。"

张凤鸣道："人家贵为李抚帅的妹妹，你却是个不上台面的混混，天差地别，这是癞蛤蟆想吃天鹅肉——馋死。"

贾大空不禁心虚，恼怒道："没听说过牛郎织女天仙配吗？不也是天差地别吗？正所谓好男无好妻，赖汉娶娇妻，他们几个算什么，我不出手则已，一出手必成。"

张凤鸣嗤笑道："子不语怪力乱神，你拿神仙传奇来说事，不是自欺欺人吗？"

贾大空道："子是儒家的祖师爷，可管不了我们道门，道门里全是怪力乱神。不信你看着，道爷我神功一发，事半功倍。"

贾大空也知道自己是在吹牛皮，不过他一向如此，有时对面子看得极重，尤其是在张凤鸣这孩子面前，见他充耳不闻，去打水洗了脸，恢复男孩装扮，自己也只好从领来的衣物中挑了一套，换下磨破的衣服。

破衣好容易才脱下，还没换上，却听咣当一声，房门打开，李孝贞走进来，对两人说道："有件事情告诉你们……"

第七章 争风

贾大空骤然见了李孝贞，又不争气地怦怦心跳，发起呆来，忘记了换衣。而张凤鸣更是惊讶，还以为贾大空的胡诌请动了神仙来帮忙，把李孝贞送了过来。

李孝贞推门进来，忽然见到贾大空赤身裸体，饶是她胆大豪放，也红了脸，连忙扭头不看，却正看到洗脸换装的张凤鸣变了男儿身，也搞不清情况，呆在那里。

张凤鸣首先回过神来，咳嗽一声提醒道："你要不怕得伤寒，就不要穿衣服。"

李孝贞顿时想到贾大空的裸体，像受惊的兔子一般逃出门外。贾大空赶紧三两下穿好衣服，生怕李孝贞走了，一边整理仪容一边走到门边呼喊："好了好了，李娘子有什么事，请进来说。"

李孝贞恢复了平常，进门盯着张凤鸣问道："这是怎么回事？"

贾大空忙道："路上被追杀，只好将他扮成乡下丫头，蒙混过关。"

李孝贞想起来的目的道："对了，我来就是告诉你们，那些奸细说不定会混进城来，你们要小心在意。"见到两人惊慌失色，李孝贞道："不过你们也不用害怕，我会暗中保护你们，叫他们来得走不得。"

贾大空巴不得时时见到李孝贞，连忙答应。李孝贞想到可以杀敌，异常兴奋。

这时，先前那年轻文士匆匆赶来，恰好听到李孝贞暗中保护的话，连忙阻止道："万万不可啊，李抚帅交代，你的职责是巡逻工事……"

李孝贞不悦道："大战在即，现在最重要的是扫除奸细，这比巡逻工事重要多了。"

那文士就是大夫的儿子，对李孝贞道："是不是奸细还说不定，不可能听他们一面之词。"见贾大空、张凤鸣两人脸色不善，文士看了一眼冷哼道："现在追查奸细的是邵云，听说他已经回城，说不定抓了活口拷问。咱们不好插手。"

李孝贞眼色一亮，转身就走道："走，去看看再做计较。"

薛迪一来本着李彦仙的吩咐做事，不想李孝贞以身犯险，二来听父亲说了贾大空的事情，这才来阻止。

贾大空本来听李孝贞要保护自己，惊喜不已，这下惊喜化作郁闷，想到文士也垂涎李孝贞，按捺不住，看张凤鸣在旁边思索，吩咐道："你不是要学学市井之道吗？现在给你一个任务，不管用什么方法，去将那邵云和狗屁记室的底细打探清楚，对了，还有那有妇之夫邵兴，都姓邵，也不知是不是兄弟两个。"

张凤鸣看贾大空一副挟恩图报的大爷模样，本不愿去，却又想知道邵云有没有抓到人，自己身份有没有被拆穿，以及陕州官兵会不会帮助曲端的心腹，于是怀着心事出门去探听消息。

傍晚，张凤鸣面带忧色回来，贾大空忙询问情况。张凤鸣气他挟恩图报的模样，也学着装大爷道："知己知彼百战百胜，想知道对手的底细，认真伺候着。"

贾大空忍了又忍，还是低声下气去请邻居煮了饭，又端到张凤鸣面前，倒了水伺候着。张凤鸣这才说了探听来的情况。

那邵兴是解州人，在神稷山结寨抗金，人称邵大伯，后来弟弟邵翼陷入敌手，战事不利，前来投靠李彦仙。邵兴有勇有谋，又善于诗词，李彦仙极为重视，常说手下文武，只有邵兴最像他。李孝贞对邵兴青睐有加，无奈邵兴已有家室。

邵云本是龙门人,聚集数百人投靠邵兴。邵兴失去弟弟,见到邵云年少轻狂,武艺高强,思念邵翼,认了他作弟弟。邵云跟随邵兴投靠李彦仙后,一直迷恋李孝贞,战时出外作战,闲时奉命保护李孝贞。今日城外出现乱子,他细心追查之下,竟捉到一个活口送到李彦仙府上盘问。

那大夫的儿子名叫薛迪,本是陕州士子,对李孝贞一见倾心,甘愿跟在她身边做个记室,期盼近水楼台。

张凤鸣想到父亲常说李彦仙心怀国家,有镇抚收复之才,而他此刻正在审问追杀自己的人,不知会是什么反应,会不会与曲端同流,杀了自己。

贾大空则心想,常说幺妹随大哥,看来是李孝贞素来崇拜大哥,才对文武全才的邵兴感兴趣,要想得她青睐,还得向李彦仙看齐才行。于是,贾大空更加虚心照顾张凤鸣,缠着他请教些诗词名句和攻守战阵的方法。张凤鸣忧心忡忡,随口应付贾大空。

次日,两人正闲得无聊,砰的一声,屋门打开,李孝贞闯进来宣布,李彦仙已查明,那些奸细正是金人派来,此刻大战在即,为了不发生乱子,由她来保护二人,震慑宵小。

张凤鸣放下心来,他已明白李彦仙的意思,身为官员,自然不会明目张胆为他说话,只好派李孝贞借口保护,委婉将自己的意思示意给曲端,只不过看李孝贞振奋的样子,显然是被哄了。贾大空则以为蒙混过关,见到李孝贞心中大喜,殷勤招呼,搭话攀谈,三言两语之下开始卖弄昨夜紧急恶补的学问。

"李小娘子,昨日承蒙相救,在下不胜感激,这厢谢过。"贾大空彬彬有礼道。

"小意思,就算是别人遇难,我也会出手的,除暴安良乃是我侠义道的本分。"李孝贞摆摆手道。

"李小娘子侠义无双,不慕名利,令人敬佩。"贾大空接着负手吟道,"'十步杀一人,千里不留行。事了拂衣去,深藏身与名。'壮哉，壮哉！"

"这是李白的诗。想不到你出身行伍，也满腹书香。"和李孝贞随来的记室薛迪道。

"略懂，略懂。"贾大空谦虚笑道，"古人曰，诗言志，歌永言，在下虽不是文人墨客，却一向喜读诗书。"

"原来如此，那你可以向薛迪请教请教，他可是陕州有名的士子。"李孝贞满怀敬意道。

"贾兄，实不相瞒，在下也是略懂皮毛，不过难得遇到一个懂诗词的知己，咱们切磋切磋？不知平日可有佳作？"薛迪道。

贾大空有自知之明，再看薛迪淡淡的笑容，怎会上当，连忙话锋一转道："诗词乃发乎本心，若是与人切磋，岂非落了下乘？杜甫一生忧国忧民，诗篇无数，有哪一首是与人切磋得来的？"

李孝贞被带起了兴致道："啊，杜甫，我知道他，邵大伯常说的'国破山河在'就是他的诗吧？"

贾大空道："然也然也，杜甫向来心忧天下，'安得广厦千万间，大庇天下寒士俱欢颜'，真是令人敬佩。"

薛迪被贾大空刺了一句，料想跳梁小丑不足畏惧，本已住口不语，却听李孝贞提起邵兴，不禁脸色微变，醋意上涌，讽刺道："贾兄，我辈文人，从不直呼其名，向来称呼字号以示恭敬，否则定被别人认为是狂妄自大之辈。杜甫乃唐诗圣手，你不会连他的字和号都不知道吧？"

贾大空赶紧回忆道："杜甫，自号少陵野老，人称杜少陵，字子……他的字嘛……"

贾大空夜里请教张凤鸣诗词，张凤鸣告诉他诗歌以前唐为顶峰，前唐诗人又以李杜为最，所以首先选了他二人的几首名篇教给他背诵。贾大空只顾背诵诗句，倒是忽略了二人的字号，也不知文人常以字号称呼。今日他将话题引到诗歌，又快速引到李杜身上，却被薛迪讽刺，情急之下，忘记了杜甫的字，一时卡在那里，十分尴尬。

薛迪眼睛一亮，露出一丝诡异的笑容，低声提示道："杜甫字子腾。"

贾大空只记得杜甫字子某，正急得难受，听到薛迪提示，也不分辨，连忙道："对对，杜甫字子腾，人称杜子腾，杜……"恍然明白过来，自己被薛迪骗了。

薛迪窃笑，而李孝贞一愣之后，突然爆发出一阵大笑，弯了腰揉着肚子，笑道："肚子疼，哎哟，我……我肚子疼。"

贾大空羞愤不已，知道自己现了丑，露了馅儿，恨恨盯着薛迪，大声道："不错，我贾大空从来不懂诗词，是个西贝货，可你薛迪又能好到哪里去？李小娘子，他为人刻薄，心胸狭窄，有句诗怎么说得来着？哦对，'恩怨分明江湖客，情意微薄纸墨人'，他这样的可做不得良人。"

薛迪大怒道："臭小子，你住口！"

李孝贞笑着笑着，听他们吵了起来，又听说什么良人，顿时明白过来，不悦道："吵什么吵？瞧瞧你们成什么样子。一个装模作样，一个冷言冷语，现在外面都在为守城做准备，你们倒好，在这争执些没用的。薛迪，你饱读诗书，却不愿担任属官，整天跟着我当个记室，我都觉得屈才。"

贾大空忙落井下石道："就是就是，你爹对我们都抱怨过你，可见你有多不孝。"

李孝贞转头训斥贾大空道："还说别人，你又好到哪去？大宋是以文人治国不假，武人也能沙场卫国，现在正当乱世，你不思杀敌报国，却装模作样卖弄诗词来糊弄我。你说你要装得像也就算了，弄成个四不像来现眼，真是不着调，丢人。"

李孝贞说完，丢下满脸惭愧、面面相觑的两人，砰的一声用力关闭屋门走人。

贾大空、薛迪两人松一口气，同时怒视对方，就要破口大骂，屋门砰的一声打开，李孝贞又愤懑地走了进来。

第八章　倾心

李孝贞脸色不悦，愤懑地走到桌前坐下，独自生闷气。

贾大空见薛迪上前安慰，连忙抢先，小心说道："李小娘子，刚刚是我的不对，我不该装什么狗屁文人。"

薛迪瞪了贾大空一眼，也低声道："我也不该揭人短处，指着秃子骂和尚。"

李孝贞叹息道："你听听你们又来了。唉，大哥让我来保护你，震慑奸细，现在想想，真不是好办法，还不如引蛇出洞，暗中下手，杀光奸细，杀光金狗。"

薛迪道："要不，去请示李抚帅，改成暗中保护？"

贾大空可不想李孝贞离开，立刻反对道："不行不行。我现在受了伤，万一有个意外怎么办？李抚帅肯定有他的用意，还是以安全为主吧。"

李孝贞犹豫道："算了，大哥很忙，还是不要去麻烦他了。无聊就无聊吧。"

此时，一直没有说话的张凤鸣忽然道："贞娘，咱们去城头看看吧，你可以一边巡视一边保护我们，怎么样？"

薛迪见李孝贞有所心动，连忙阻止道："不行不行。城头附近人流复杂，万一有个意外怎么办？还是留在这里，以安全为主吧。"

贾大空听着这话耳熟，立刻想到是刚刚自己反对薛迪的话，不禁狠狠瞪了他一眼。

"走，去城头找邵云，有他在，大哥也不会唠叨。"李孝贞忽然双手一拍，当先而行。

贾大空与薛迪对视一眼，一个扬眉得意，一个满含怒气，同时冷哼一声，连忙跟上。张凤鸣一声不吭跟在后面。

虽然金人即将来攻打，城内却秩序井然，百姓各有分工。登上城头，李孝贞突然对城下的巡逻队伍喊道："邵云，邵云！"

队伍的头领挥挥手，独自跑上城头。

贾大空打量着邵云，二十左右，面容俊朗，看不出丝毫狠戾，但他却知道，邵云能同时得到李彦仙与邵兴的赏识，一定有过人之处。

邵云也在打量贾大空，却听李孝贞问道："邵云，抓到奸细的同党没有？"

邵云愣了愣回答道："嗯……还没有。还差两个，想必他们已经换了名字藏身。你还得继续保护他们。"说着，邵云扫了一眼贾大空与张凤鸣。

贾大空听到"两个""换了名字藏身"，不禁有些心虚，生怕被看破，忙把注意力放在城外。

城外的民壮在修筑工事，有的加固城墙，有的挖长沟，有的从山下采了石头运进城，搬上城墙。

邵云见贾大空注意城外，与他并肩站立，问道："贾兄弟，看我陕州城如何？"

贾大空回想一会儿昨晚张凤鸣说的话，道："有四面环山做屏藩城墙，有黄河天险做护城河，易守难攻。"

邵云笑笑说："难攻，就是还有的攻。如果是你带兵攻打，该怎么攻？"

贾大空想也不想说道："围了。陕州控扼关西中原，连锁河东两湖，本来是天下咽喉，不过，现在中原、河东晋地已经任金人来去自如，所以围住之后只要再困住就行，没必要浪费兵力攻打。"

邵云又道："如果是你来守呢？"

贾大空道："坚守待援。如果没有援兵，进山结寨。"

邵云叹息一声，点点头不再说话。

薛迪旁边听了，不以为然道："我陕州城险粮多，百姓依附，民心可用，何必进山结寨？有李抚帅坐镇，有众多将官奋战，金人来犯，必败无疑。"

李孝贞点点头道："是啊，大哥就是这样说的。可惜大哥不让我出战，否则……邵云，等金人来了，你去求大哥，让我也出战好不好？"

邵云摇摇头道："有我大好男儿杀贼，何需你上阵？如果真有需要你上阵的一天……"

李孝贞怒声喊道："邵云，你又说这种话，你从心底看不起女人，是不是？"

邵云皱眉道："如果真有需要你上阵的一天，你也不用上阵了。"

这话矛盾，李孝贞能听懂他的意思，但仍是不服气，她自言自语道："等邵兴回来，我去求邵兴。"

一时间气氛沉重，众人都不说话。

到了晚上，贾大空对张凤鸣大献殷勤，软磨硬泡逼问了许多义军中的英雄事迹，自己暗暗在心中过了一遍。

次日，李孝贞又去城头巡视，却将贾大空与张凤鸣扔给邵云，独自跑到谯门楼上瞭望。贾大空不明所以，只好在城墙上转，遇到守城兵士就攀谈闲聊。

到了第三日午间，贾大空正在闲聊，却听谯门楼上一声欢呼，飞快跑下一条人影。贾大空莫名其妙，旁边一个弓弩手端着调治的大弩朝城外望了望，说道："是邵大伯回来了。"

"邵兴？"难怪李孝贞这么雀跃。贾大空恍然，望着一行数人骑马进城，最前那人三十多岁年纪，微微蓄须，满面沧桑。贾大空问那弓弩手道："宋炎大哥，听说这邵兴是有家室的？"

"是啊。邵大伯的儿子叫邵继春，跟那孩子差不多年纪。"弓弩手指指张凤鸣道，"可惜邵大伯的娘子被金人害了。"

李孝贞拦在路边，邵兴带领一行人进城，也不停留，伸手把她拉上马，朝着李彦仙府邸奔去。贾大空看那两人熟稔亲切的样子，心头泛酸。

邵兴回城，带来了金人最新消息，也带来了满城风云。

两天！贾大空已经两天没有见到李孝贞了。他在这两天终于确认一件事情，那就是他的心已经不属于他自己。

第一天，贾大空还觉得时间过得很快，拆了胳膊的伤布，与张凤鸣有说有笑，只不过时而走神，会想起李孝贞威风凛凛、挺枪跃马的风姿。

第二天，贾大空开始觉得时间慢下来，与张凤鸣聊天，听的时间多过了说，眼前时而浮现李孝贞的种种神态，有时摩拳擦掌，有时怒声吼叫，有时雀跃欢呼。到了晚间，他躺在床上，不敢闭眼，他怕一闭眼，就走进了别人的梦中。

贾大空是被呐喊声震醒的，他知道，金兵已经攻到陕州城下。他很奇怪，他是被震醒而不是惊醒。去年也是这个时候，他决定离开蒲城，躲避战火，可是现在，他却不再惊慌。是自己曾被追杀，最后险些丧命，见了血，有了胆气？他不知道。

李孝贞来了，一个人来的。她走进门，就坐在桌边怔怔出神。

贾大空不敢靠近她，只是远远看着，有些担心。如果是前日，他肯定上前搭话询问，可是今日，他不敢。

城外呐喊声渐渐平息，街上飞快地奔跑着马匹和队伍，马蹄声和跑步声纷杂。

当呐喊声又起，贾大空终于鼓起勇气，走到桌前坐下。李孝贞抬头看着贾大空，眼神许久才汇聚在他脸上，叹息一声道："他也不让我去城外杀敌。"

贾大空当然知道"他"就是邵兴，不知他们之间发生了什么，也不知怎么安慰她。

李孝贞道："你是……蒲城的弓弩手，能对我说说你是怎样杀金人的吗？"

贾大空连忙道："当然可以。你想听哪一段？嗯，这样吧，我从我投军开始讲好不好？"

李孝贞点点头，目光若有期待。

贾大空轻咳一声道："我二十三岁生日那一天，我和两个好兄弟一同投了蒲城的守城军，他们两个进了火头军，而我做了弓弩手。晚上，我们叫上第三个兄弟一起庆祝，他第二天离开了蒲城……"

贾大空将听来的故事糅进自己的想象，细细说道："那天夜里，风雪漫天，我们睡得都不安稳，蒙眬中听到马蹄声冲进大院。金人渡过龙门了！众人都慌着寻找衣服，有的人还忍不住喊了起来，都头赶紧捂住那人的嘴，防止发生营啸……"

贾大空一面想象一面描述，将天气的寒冷和众人的慌乱细细说来，气氛烘托得分外紧张，李孝贞听着听着，慢慢提起心来。

"白雪翻飞，马蹄隆隆，千万匹战马踏着雪漫过来。我感觉得到，城墙都开始摇晃，我忍不住抓着旁边同伴的肩膀，他也在发抖……"

此时恰好陕州城被震得微微晃动，桌子也稍稍斜了斜。李孝贞不禁抓住桌沿。

"无数的签军和金人冒着箭雨攻城，我一边放箭，一边流泪，那可有我们汉人啊，是失去家乡的汉人，他们被金人签发，冒死攻打我们的城池。签军太多了，我身边的同伴一个接一个倒下……"

忽然传来阵阵呐喊，就像贾大空故事里战场上的喊声。李孝贞的手开始发抖。

"寒风呼啸，也许是刀锋呼啸，我看着刀砍过来，跌坐在城墙上，刀锋擦着我的脸砍在身后。我的左手撑在同伴的尸体上，抬起来看，是满手的鲜血，在冷风中还是热的。我吓得大叫，右手摸到了一把刀……"

也不知是曾经面对过死亡还是因为本来就太过血腥，贾大空讲出时自己的牙齿都有些发颤。李孝贞的手心湿了。

“我们一刀一刀对砍，他再冲上来，我砍在他的肚子上，他的刀也刺入了我的身体，他倒下，我疼得大喊，晕了过去，蒙眬中看到他倒下时对着我笑了……”

贾大空呆坐着，他不知道他的故事有没有说完，他已经不知道自己说了什么。

“谢谢你，我明天再来听你的故事。”李孝贞临走说道。

……

“一直杀到晚上……我一个不注意，就被金人跳上城墙砍过来，名都头大喊……那刀就把名都头砍翻在地上，那本应该是砍在我身上的啊……”

“名都头就这样……死了？”

“嗯……”

……

“金人骑着马跑到城墙下，竟然没有被射死……那城墙有三丈高，他就那么爬上来，我看着他扒在城墙上，一刀就砍了他的手……”

“吹牛吧你，蒲城哪有那么高的城墙？”

“呵呵……那时只看到城下密密麻麻的金人，感觉像是恶鬼从地面往上爬……”

……

一连几日，他们两人就在讲述故事中消磨而过，一个听得认真，一个讲得传神。贾大空看着李孝贞对故事的痴迷，几次想坦白告诉她，却又怕再也没有这样两人相处的机会。他每次都在心里说，下次，下次一定告诉她，然而每到下一次，他却迟迟不敢开口。

“谢谢你的故事。”李孝贞轻声道，“虽然你很用心，这几日我也很开心，但是今日我不想再听了，无论如何我都要出城去。”

贾大空急忙道：“我们……我……”他就要坦白。

李孝贞道：“你放心，曲端不会派人来了。”

"你……"贾大空愣住，她已知道。他忽然抬头，对上李孝贞的眼睛说道："今天，是我的生日。"

第九章 殇恋

贾大空过了一个有生以来最难忘的生日。李孝贞转身出门，回来时提了食盒。四个小菜，一坛酒。酒在战时很稀少，可是她却带来了一坛。城外还在对战，李孝贞说，她大哥亲自出城作战了。两人就听着呐喊说着故事，每一声呐喊传来，他们就停下来喝一杯酒。

……

"我们李家的枪法来源于马战，只因大宋少马，被先祖去芜取精，这才改成了以步战为主，以马战为辅的独特枪法。

我的武艺是四个哥哥亲自教授的，在西北武林道上，人们都以'忠诚盖世，仁义无双'来说他们的武艺绝伦，你就能想象我的武艺有多高了。"

"那你和邵云谁厉害？"

"没打过，不知道。他肯定会让着我的，没意思。啊，又开打了，来，喝酒。"

……

"我大哥散尽家财，募兵勤王，仗义执言，却遭到李纲的报复，被通牒海捕，不得不改名，弃官逃走。"

"李纲是什么官？这么厉害？"

"大哥说，李纲是谏臣出身，虽然敢说话，但不会做人，又不懂军事，使得河东、河北出现战而不战，不和而和的怪现象。"

"朝廷没人了吗？怎么会让谏臣管军队？"

"不说他了，无聊。"

……

"你知道吗？我可是偷偷来到陕州的。大哥恢复陕州，把全家从家乡接来。我可是万分激动，一心想着杀金贼的，谁知道临走，他们竟把我丢在家里，不让跟着。哼，我只好一路偷偷跟着来，最后大哥也无可奈何。"

"他们都不希望你有闪失吧？话说，你一个女人何必掺和打仗的事呢？"

"我从小就跟大哥学武艺，大哥说大宋是太祖皇帝一根盘龙棍打下来的，现在有外敌入侵，还得靠武人来保家卫国。我怎么说都是个武人吧？抗金打仗怎么能不算我一份呢？"

"呵呵……啊，又在打了。来来，他们打仗，我们喝酒。"

……

"你说，他们教了我武艺……又不让我上阵，你说，是为什么？为什么？"

"血战沙场自古是男人的事，有几个女人打仗的？他们是为你好。"

"呸，你和他们一样……没意思……"

"世上能有几个木兰，几个梨花……你该为他们想想……"

"不说这个了，喝酒喝酒……"

"来来，喝酒……"

……

又一阵呐喊响起，只是这一次，呐喊声经久不歇，由城外一路传到城里，已经变成了欢呼声。有奔马飞速绕着城中各坊奔跑，有人在高声宣告："金人退了！金人退了！李抚帅打退金人了！"

"金人退了……呵呵……"贾大空终于醉倒，桌上只剩了他一个人。

……

贾大空是被张凤鸣叫醒的，他迷茫地看着眼前的孩子，当他看到张凤鸣身后的李孝贞时，立刻清醒了。

贾大空低头道："你什么时候知道的？"

张凤鸣道："贞娘说李抚帅让她来保护我们，我就明白了。"

贾大空道："你呢？"

李孝贞道："我去求邵兴和大哥，大哥无奈才告诉我。"

贾大空喃喃道："好，好。我以为你不知道，原来是我不知道。我利用人，别人也利用我，没有什么大不了，世道本来就是这样。你们走吧，我也该走了。"

张凤鸣急道："贾大哥，李抚帅听了那天攻城守城的议论，愿意让我跟在身边学习。你跟我一起去吧，去李抚帅府上，还做我的护卫，好不好？"

贾大空摇摇头道："我虽然没有辜负宋大哥的嘱托，但是如果当初我可以选择的话，我绝不会选这条路。"

李孝贞道："你要是留下来，我去求大哥让你投军，去杀金狗，再把经过告诉我。"

贾大空道："我宁可投降也不会投军。"

李孝贞怒道："我就不明白，我想去杀贼大哥不让，你大好男儿，却贪生怕死，只会往自己脸上贴金吹牛皮。我最瞧不起这种人。凤鸣，我们走。"

贾大空喃喃说道："是的，我就是这样一种人，你永远也看不起我，也永远不会明白。"说着，贾大空慢慢抬起了头，看着两人走出屋门，独自失落在灯光下。

坑蒙拐骗，做了就做了，认了就认了。但有时亲自坦白说出，与被人揭穿道破，是两回事情。此事若换了旁人，贾大空的面子一文不值，偏偏在李孝贞面前，他的面子却价值千金。既然失了面子，那就丢个彻底。

日上三竿，阳光从窗檐照进房里，贾大空也准时醒来了。他抬手揉了揉惺忪的睡眼，盯着房顶呆了半响，想起昨夜李孝贞与张凤鸣的劝说，不禁叹了口气。张凤鸣并不是要混迹市井，而是通过自己展示才能，跟在李彦仙身边，才有机会晋身，甚至报仇，所以他理解张凤鸣。李孝贞在金人围城的时候也不能上阵杀敌，心情失落之下，只好来听他说说故事聊作安慰，所以他也理解李孝贞。

贾大空走上街，走向民壮招募处，他伤好以后已经断了粮。金人从陕州城退走，却转道横扫虢州，此时陕州四周的战事并没有停止，陕州一面出兵收复，一面重修城防工事，需要大量民壮。

贾大空随着民壮到城外，硬着头皮试了几种工，终于放弃，进山采石需要背出石头放在车上，修补城墙需要肩顶力抗，哪一种工都不是自己吃得消。

贾大空摸了几颗石子放在袖中，这种熟悉的感觉却让他有些犹豫。一路回城，他屡次忍住出手的冲动。

"李抚帅派兵了！"街上人群一阵骚动，纷纷让开道路。州府衙门大门敞开，走出几个将官，当中三人正是邵兴、邵云和一个光头。有人牵过马匹，三人翻身上马，回头抱拳辞别送行的众人，拍马而去。人群散开，衙门口仍有一个将官驻足远望。贾大空转身走开。

咕噜一声，贾大空正浑浑噩噩地走，被肚子叫声惊醒，忙甩开脑中那驻足远望的身影。他忽然抽抽鼻子，闻到了熟悉的炊饼香味，四下看去，不远处正有载了炊饼的车子推行，很快走到身边。贾大空暗道一声江湖救急，掏出石子准准地扔到车下……

贾大空一边吃着炊饼，一边思考出路。江湖落魄，看来得听张凤鸣的话去川蜀了，到天府之国混可比在难民堆里混强得多。那么就从现在开始，解决眼前的吃穿和将来的盘缠，对别人狠一点，对自己好一点。

贾大空路过薛家的医药铺子时，门口正围了许多人，里面有妇人孩童的哭声传出。他犹豫着是不是趁机摸几个铜板，于是挤进去看。

"听说昨日他随李抚帅在城下大战金酋乌鲁撒拔，身受四五处刀伤，仍然奋战不已，这才打退金人。"一个民壮说道。

"好汉子！他是咱们陕州的好汉子呀！"一个老者感叹道。

贾大空肃然起敬，自己虽是市井无赖，却最敬重杀身报国的大英雄、好汉子。

"让让，让让！"薛记室带着几个军汉走到母子身边道，"刘家娘子，按照军中优抚规定，你家应得五万钱，由于战事紧张，先发五千，剩余按照军册记录陆续发还。另外，如果你家已经没有依靠，可以搬去优抚园居住。现在，我派人将刘二郎葬了。"

那刘娘子没了丈夫，儿子还小，全没有主意，只是趴在尸体上哭，依依不舍，众人也不好强行分开。

贾大空看着不忍，叹息一声道："刘家娘子，请别太伤心，二郎总归要入土为安才好。这样吧，我念一篇《太上道君度人经》，算是为二郎超度，让他走得安心。"

薛迪虽知道他曾在终南山金仙观厮混一年，却不料他敢当众诵经，略微惊讶。而众人不知贾大空底细，还以为真是修道人士，纷纷劝刘娘子想开些。那刘娘子听了劝说，谢过众人，也对贾大空微微施礼。

贾大空还礼之后，盘腿坐下，把手放在尸体上，回忆着经文慢慢诵道："太上道君语众生门下，人生一世，有福有祸，或悲或喜，生亦有时，死亦有律，罪不重至，报与冥通……"

一时间，人群中只有贾大空的诵经声和母子俩的低低哭泣声。薛迪见他低眉诵经，似乎有模有样，不觉有些刮目相看。

贾大空诵了一阵经文，记忆模糊处就索性放低声音，甚至带上哭腔，借以掩饰，最后诵道："太上大道君悲悯世人，普此无量功德为度人经，济度逝者，安神生人。"他起身对刘娘子道："逝者已矣，生者如斯，你还有儿子需要照顾，事事得向前看，请节哀顺变吧。"

众人也都又劝了一番，刘娘子这才收住哭泣，向贾大空再次施礼拜谢，牵了儿子跟随军汉去葬夫。

贾大空转身走了不远，忽然几个青衣汉子赶上来围住他，一个青衣老仆走过来道："小哥请了，请问阁下是在家居士还是出家道士？"

第十章　混世

　　贾大空看见众人都在腰间缠了白布，脸色戚戚，隐隐猜到来意，忍住兴奋问道："怎么说？"

　　老仆道："我们韩老员外过世，需要做法事，可如今陕州城里出家人都远避他乡，而城外又战火不停，所以……"

　　果然是生意上门，贾大空忙胡诌道："我本是终南山金仙观的道士，学道日久，无奈四维真人要修大道，去往长安抗金，说我尘缘未了，要我下山行三千里路，超度三千个亡魂，募捐三千贯修缮之资。"

　　老仆想想后道："待我禀告家主，如果应允，再请来府上打醮，如此可否？"

　　贾大空心中一动，连忙答应，说了坊间地址。陕州刚刚经历战火，伤亡惨重，肯定有众多人家需要做法事，而现在城中缺少和尚道士，正好浑水摸鱼。想到这里，他不禁得意，自己坑蒙拐骗偷十八般武艺不需动用，单靠冒充道士打醮念经就可敛财。

　　函谷关自老子留书出走后，逐渐成为道家圣地，到了唐宋年间，更是道观林立。陕州城里也有几个道观，只是自靖康之后，道士多逃往山中，李彦仙恢复陕州后，对出家人占有大片田地寺观，积聚大批粮食大为不满，寻找借口把城中道观寺庙统一管理，强制他们安排民壮、难民居住、就食，和尚道士忍无可忍，纷纷离开陕州。

　　贾大空走街串户，果然如他所想，城中处处哭声，不禁心下恻然，安慰自己，这虽然是骗人，却能抚慰生者，也算是做了善事。他又想到混迹蒲城时见过的法事，规则不甚了然，但大体程序不会错，现在最需要的是一件道袍，说不得，还得去"借一借"。

贾大空连走了三处道观，才找到一件合身的破旧道袍，不禁感叹陕州的出家人太过出世了，哪比得上四维真人出得世入得世，道法高深。他又拿了木鱼、拂尘，顺便将几本经带出，以便日后得用。

等到次日，先前那老仆果然前来延请。贾大空已换了道袍，挽了发髻，提着木鱼来到韩府。

韩老员外是官宦后人，诗书传家，对忠义看得极为重要。金人两次攻打陕州，韩老员外都曾出钱出力。此次在病榻上听说李彦仙打退金人，大喜之下，连笑了三声，溘然而逝。韩家家主极为孝顺，让贾大空在棺材前念足七日经文。

贾大空念了七日经，已经能摘头摘尾念得顺畅无比，得了韩家千文当三钱，当天就买了酒肉，饱餐一顿。等他再要找大户人家打醮念经，却遍寻不得，出征战死治丧事的多是平民人家。无奈之下，贾大空从药铺买了朱砂，从纸墨铺买了黄纸，从木材铺买了桃木请匠人做成木剑、木板，自己胡乱做了道符、桃符，专挑治丧事的人家上门兜揽生意。

"大叔，人死不能复生，请节哀顺变。小道我最擅长打醮念经，超度亡魂，不如大叔为你儿子做一场简单的法事，也好送他最后一程。"

"有劳你了。"

"哪里话，小道我自下山来，师父就叮嘱我说，大道三千，若想窥破道门，就得行三千里路，超度三千个亡魂，募得三千贯修缮之资。"

"哦哦，应该的应该的，不会让小道长白忙一场的，你看？"

"千金不算多，一文不算少，全看大叔诚意了。"

……

"大婶，人死不能复生，请节哀顺变。小道我最擅长打醮念经，超度亡魂，不如大婶为你儿子做一场简单的法事，也好送他最后一程。"

"唉！人都没了，再做法事也没用了。"

"大婶，话不能这么说，你大儿子没了，还有小儿子，日子总得向前看。不如让小道我来看看风水，改改运势？"

"你……会看风水？"

"这话说的，小道我虽然看不出龙脉，改不了国运，但小家小户的风水还是难不倒我的。"

"怎么样，要怎么改？"

"嗯……水缸向东南移两尺，取祸水东引之意，在原地三尺处埋一把桃木剑镇住，再在西屋房角长年挂一道桃符，即可保家宅平安。"

"桃木剑、桃木符……"

"有有，小道我早有准备。"

"那……"

"千金不算多，一文不算少，全看大婶诚意了。"

……

"这位大哥……"

"滚滚！我又没死，你是要咒我吗？"

"这话说的，小道我哪是那种人？"

"那你来做什么？"

"古人常说'瓦罐不离井上破，将军难免阵前亡'，小道我本着良善之心，劝大哥你请一道护身符带在身上，一来自己安心，二来家人不担心。"

"哦？这护身符……要几钱？"

"千金不算多，一文不算少，全看大哥诚意了。"

……

"这位娘子，人死不能复生，请节哀顺变。小道我最擅长打醮念经，超度亡魂，不如娘子为夫君做一场简单的法事，也好送他最后一程。”

“……”

“除了打醮念经，超度亡魂，小道我还可以看风水，改运势。”

“……”

“那，不看风水也罢，请道护身符总可以吧？”

“……”

“这位娘子，你……”

“喂，小道士，那娘子是个聋子，听不见你说话的。”

“……”

邵兴趁着年关与金人在城外交战数次，互有胜负，将战线推到函谷关附近。不断有伤亡回到城里，悲伤笼罩了本该是欢乐的陕州城。而贾大空却不理会年关的气氛是喜是悲，白日穿了道袍走街串巷，专挑治丧事的人家下手蒙骗，晚上脱了道袍躲在屋里喝酒吃肉，日子过得快活无比。

忽忽数日过后，有消息传来，邵兴在函谷关大败金人，于正月十三乘势收复虢州，将金人彻底赶出了陕州。上元佳节，城里街心搭建了灯塔，灯塔上挂满了灯笼。陕州城两三个月来首次有了节日气氛。

欢乐是别人的，贾大空却愁肠百结，忧思生计。战事结束，城中伤亡骤减，他又念了几天经，在欢乐的上元佳节这天彻底失业了。

去川蜀吧，是时候出发了。贾大空做了决定，回到住处点算盘缠，也不知够不够用。正收拾包裹，忽然有几人在门外求见，他开门看去，是几个精壮汉子，大概是修缮城防的民壮，问道：“不知众位有何事寻我？”他经书读的次数多了，道士装得久了，说话时常半文半白，极力装出一副修道的样子。

几人中走出一人对贾大空作揖道：“我等是来请小道长前去捉厉鬼的。”

贾大空心中一动，他曾请教金仙观的道士会不会捉鬼，那些道士告诉他，鬼怪不过是人的心障，大多因为惊惧忧思过度而导致神志不清，江湖道士便装模作样捉一番厉鬼，然后给人喝一些安神养性的汤药符水，再开导心结，很多时候就能奏效。

贾大空询问道："不知是什么情况，可否详细告于我知?"

那人点点头，挑了重点述说。原来战后阵亡的官兵尸体都由专门的民壮收殓，按照军中名册或者运回城里，或者直接送往家乡。他们都是附近庄子的百姓，将尸体运回城里后送到各家。昨日夜里，同住的陈三郎和李大眼送完最后一具尸体，回到临时住处，突然大喊大叫几声。他们以为二人只是争吵，没有注意，谁知今早却不见二人吃饭，就去屋子叫人，发现二人互掐着脖子，已经死了，死状非常可怖，都是嘴歪眼斜，口吐白沫。

贾大空奇怪道："这该报官吧? 是不是两人有隙，互殴至死?"

那人道："官府来查看后，带走了二人尸体，也是这般结案，但我等都知道二人关系向来不错，不然也不会同屋居住。我等猜想，定是有战死之人心有不甘，化作厉鬼，而他二人不小心冲撞，被厉鬼拿了命去。我等一同进城，总得对他二人家中做个交代，所以还请小道长施以援手，一来超度亡魂，二来捉拿厉鬼。"

贾大空略带为难道："听你们所说，这厉鬼应当非比寻常，小道我法力尚浅……"

那人道："我等聚了五贯辛苦钱，请小道长务必捉拿厉鬼。"

贾大空听到五贯钱，眼前一亮，且赚了这一笔，马上就走，于是轻咳一声道："降魔除怪，向来是我道门的本分。现在出了厉鬼，小道我虽然法力尚浅，法器不全，却也义不容辞。走，前头带路。"

贾大空随众人来到分配给他们的住处，不敢在死者屋内停留，略略看过，来到屋外打量一番，指了位置摆好香案器具，开坛诵道："天师开四道，八门各一方。老君不出山，小鬼太嚣张。今有弟子在，除害众莫慌。急急如律令，有请神来帮……"

正当贾大空手舞足蹈，口中念念有词，坊内忽然冲进一队巡逻官兵，其中一人冲着他怪笑道："贾大空，你冒充道士，胡乱作法，害死齐都头家眷十一条人命，你不束手就擒？"

贾大空睁眼看清眼前之人，又惊又怒道："青……青面狼……是你？"

第十一章 活命

青面狼对那武官道："林都头，正是这厮。"

林都头扫了周围的民壮一眼，微微皱眉问道："贾大空，你昨日可是在齐家改风水？"

贾大空已被青面狼的话震到惊呆，惶恐道："是……可是……"

林都头挥手道："堵嘴，锁了，带走。封了此处，任何人不得走动。"

官兵锁拿了贾大空，将他穿街过坊，一路往州衙而去。军官家属十一条人命不是小案子，此时早已传遍陕州。贾大空在城中各坊兜揽生意，早已混了个脸儿熟，人们也都知道有这样一个年轻道士，此时听说了案子，纷纷拥挤，要一睹为快。

"听那青脸军汉说，这道士是他们蒲城的混混无赖，作恶多端，蒲城城破后逃到陕州来冒充道士，骗吃骗喝。"

"对对，我一直觉得这道士可疑。李抚帅管理寺观，和尚道士们早走光了，年前突然冒出这么一个人来。"

"我早看他不顺眼，上门叫卖道符桃符，哪有得道高人的模样。"

"齐都头老爹心软，被他哄着改了风水，转天家眷就死绝了，造孽啊。"

"是不是被这妖人胡乱改了风水，放出了厉鬼索命？"

"哎哟，我买了他的桃符镇宅，不会出事吧？"

"快去摘下来恢复原状吧。"

贾大空披散着头发前行，已经绝望。他已明白事情的来龙去脉，他的确哄骗了齐家，可当时还不知道齐都头已死。齐都头尸体夜里送回家，今日家眷就死绝；陈三郎和李大眼正是送尸体之后发作而死；青面狼听说道士名字后，歪曲事实把死因引到他身上；林都头不问清楚立刻堵嘴锁拿，封了民壮住处……种种迹象表明，陕州城中已出现了瘟疫。想到这里，他不禁浑身战栗，他已被当作平息百姓惶恐的牺牲品。

贾大空被押上州衙大堂，见到了一众文武官员。当中坐着的一人明明是文官打扮，却虎虎生威，看上去三十岁出头，却生了满鬓白发。两旁有文官书吏，也有武官战将，邵兴、邵云、李孝贞都在其中，最怪异的是战将中有一人身披铠甲却光了头，烧了戒。众人没看丢在一旁的贾大空，都在沉默着。

许久，中间那人开口问道："邵大伯，你怎么说？"

邵兴道："杀了。"

李孝贞急道："他最多是骗人而已，怎么能说杀就杀呢？"

贾大空这才知道，他们在讨论自己的下场，杀了自己，盖住瘟疫真相。他挣扎着努力看向李孝贞，却只看到她的背影。

邵兴道："民心不能慌，军心不能乱。"

李孝贞大声道："你这是草菅人命。大哥，你以前最恨这种官，你要做这种官？"

原来中间那人就是陕州知州兼安抚使，李彦仙李抚帅。贾大空忽然升起一丝希望，尽管这希望无限渺茫。

李彦仙沉默一会儿，道："再等半个时辰。"

邵兴道："彼时民心已慌，军心将乱。"

李彦仙道："彼时正需收拾民心，整顿军心。"

邵兴道："此人？"

李彦仙道："可记得当日，官家以陕州托付于我，我对你如何说？"

邵兴点点头道："好。"

众人有的听懂了二人对答，有的不明所以。李孝贞更是一头雾水，问了几次，二人都是不答。大堂中再次沉默下来。

也不知过了多久，忽然，林都头脚步踉跄闯进大堂报道："百姓……都得了消息……知道起瘟疫了。"

李彦仙霍然站起，身体摇晃一下，脸色苍白走下台阶，走出大堂。

邵兴点了数人，匆匆离去。

瞬间，大堂上只留下贾大空一人，他躺在角落里，心中五味陈杂。现在瘟疫盖不住了，栽赃给他并杀他也没有意义。他为自己能活一命而舒口气，同时又为满城的百姓暗暗担心。瘟疫一起，千家死绝，万户难活。已知的数人都是因为尸体而死，自己几次打醮念经，也不知有没有事。

贾大空正胡思乱想，忽然眼前走来一双腿，女人的小脚，男人的衣装。他努力抬起头，碰上李孝贞复杂的眼神。

李孝贞道："也不知是你该死，还是不该死。"

贾大空想起她为他争辩，忙道："当然不该死，至于瘟疫，我很抱歉。不过还是多谢你为我说话。"

李孝贞打开枷锁道："我可不是为你说话，换了阿猫阿狗，我都是会那么说。"

贾大空从绝望到希望到放心，眼睁睁看着自己由死到活，虽只有一个时辰不到，却仿佛过了万年，此时看开了许多。想想自己的胆小怕事，想想自己为了面子而不敢面对，真是不值一提。

贾大空涎着脸道："李小娘子有侠义心肠，我贾大空也恩义分明，救命之恩不言谢，以后任你驱策。"

李孝贞呸了一声道："驱策你这胆小鬼做什么，你这人只会旁门左道，冒充道士骗吃骗喝。”

贾大空不服道：“我一个混混，除了旁门左道还能做什么？我真的拜过四维真人当师父，只不过他不收我而已，但我在终南山上跟道士们念过一年经，怎么能说我冒充呢？”

李孝贞道：“四维真人门下都是正经修道之士，门规森严，而你白天假模假样打醮念经，晚上关起门来喝酒吃肉，哪有一点修道之人的样子？”

贾大空怪道：“我喝酒吃肉都是晚上关起门来，你怎么知道的？奇也怪哉。”

李孝贞冷哼一声，扭过头去，道：“大哥让我带你去找薛大夫，一起去清除疫瘴。”

贾大空似有所悟道：“哦，我知道了……”

李孝贞截断他道：“知道了就快走，还磨蹭什么。”

贾大空立刻道：“小的明白。”

李孝贞冷哼一声，头前带路。贾大空跟在李孝贞身后，亦步亦趋，看着她的健美的英姿，不禁有些发痴，开始胡思乱想。

她又救了我一命，两次了，我的命应该属于她。她挺枪跃马的姿势真好看，想必一枪就杀死了砍伤我的人，为我报了仇，对，是为我报了仇。她那时心情郁闷，明知我是胡编乱造，还是来听我讲故事，真怀念啊。她一定是后来郁闷时又来找我讲故事，看到我喝酒吃肉的，肯定不是别人告诉她，而是她自己看到的，嗯，一定是这样。

“你在想什么？”李孝贞看着他变幻不停的脸色，奇怪问道。

“想你。”贾大空冲口而出，立刻意识到说漏嘴，连忙续道，“大哥。想你大哥。多谢你大哥救了我一命。”

李孝贞揶揄道：“刚刚还说是我救了你一命，现在又说是我大哥救了你。你自己想想清楚再说吧。”

贾大空道：“是你先救了我，你大哥才看你的面子等半个时辰，否则我早被邵兴砍了。”

李孝贞道："你恨邵兴？"

贾大空道："他要杀我，当然恨他。"

李孝贞道："其实他也是为了稳定民心，不得已而为之。你要站在他的角度想想就会理解他了。"

贾大空酸酸说道："砍的不是你，你当然站在他的角度想了。"

李孝贞叹息一声道："其实大哥也说他……算了，不说他。这次救你的不是我，是我大哥。"

贾大空道："是啊，要不是他要等，我已经是个死人了。"

李孝贞道："不过大哥听到盖不住那一刻，肯定恨不得你死。"

贾大空道："那倒是，毕竟是千万条人命。对了，那一刻你是怎么想的？"

李孝贞道："我没想过要杀你。"

贾大空感动道："真的……"

李孝贞一笑道："假的。"

贾大空："……"

李孝贞道："大哥上街对百姓劝说了，他说你是终南山金仙观四维真人的弟子，在长安和真人一起帮助张宗谔收复长安，后来发生兵变，张宗谔临死把儿子张凤鸣托付给你，你保护张凤鸣逃到陕州，暗地里布道募资翻修金仙观的三清殿，这次遇到瘟疫，亲自去察看疫情，却被不明真相的官兵当作染了瘟疫锁拿了，请百姓不要传播小道消息。"

贾大空："……"

李孝贞道："怎么样？我大哥够意思吧？为你一个无赖说了一大堆谎话。"

贾大空道："无故示好，必有所图。他是让我去薛大夫那试药吧？"

李孝贞笑道："是啊，先把你染了瘟疫，再让你试药。你死了升仙，活了救民无数。"

贾大空知道她在说笑，装作害怕道："这是堵我一条命啊？我可不干。"

李孝贞笑道："无胆鼠辈。"

贾大空沉默不语，他实在想说，自己除了怕死，其他什么都不怕。

李孝贞也沉默一会儿道："大哥说，龙有龙道，鼠有鼠道，你坑蒙拐骗偷，作恶多端，却不伤人命，也算有原则。"

贾大空道："这是损我还是赞我？"

李孝贞一笑不语。

两人很快来到薛大夫的医药铺。薛大夫已经着人准备好了雄黄、石灰等物，就要出发了，看了二人一眼，去里面房间倒了两碗汤药道："歇口气，喝碗补气汤药再走。"

两人接过喝了，顿时精神一爽。

突然啪的一声，李孝贞摔掉了碗，脸上变色，晕头倒下。

贾大空连忙扶住李孝贞，怒视薛大夫。

第十二章　济民

贾大空怒视薛大夫，问道："你给我们喝了什么？"

薛大夫微笑道："李抚帅知道她闹着要去疫区，让老夫把他留下。老夫知道自己说不过她的大道理，只好出此下策了。"

贾大空恍然，将李孝贞放到床上，为她盖好被子，看着她睡熟的脸庞，心思翻涌。

这薛老儿，怎么不弄两碗蒙汗药，这样就可以和她一起睡在这了。呸，无耻，我怎么可以这样想。无耻好过无命，李彦仙是让我去疫区装神弄鬼，我这一去，说不定就死在那了，要是和她一起去，刀山火海，死就死了，可是现在……

薛大夫轻咳一声道："年轻人，想好没有？有得必有失，怎样选都没错，都不必后悔。"

贾大空吸一口气，深深看了李孝贞一眼，回身问道："李抚帅让我怎么做？"

薛大夫点点头道："走，边走边说。"

两人头前带路，后面跟了两辆车子，装满了各种药物。瘟疫一出，李彦仙就已发出调令，征调各医药铺的大夫和药材，暗中对有迹象的人家隔离施救，但终究没有控制住疫情。

薛大夫告诉贾大空，这个冬天比往年的冬天要热一些，虽然不是太明显，但如果遇到牲畜、人大量死亡而又无法及时处理好尸体，很容易滋生疫气，就是百姓口中的疫鬼。疫气无色无味，散布空中，就像有厉鬼在驱赶，使人染病。人接触到疫气，身体不好的立刻发作，即使身体好的，如果长期身处疫气中，也逃不过发作死亡。疫气有多种多样，上古时代的魑魅魍魉就是一种，还有建安年间的僵尸疫、寒气疫，五胡乱华时的温毒疫，隋末突厥爆发的羊鼠疫等等。不同瘟疫，染疫之后发作也不同，甚至同一瘟疫不同时间发作也不同，有的肚痛头热、皮肤溃烂，有的神志不清、发疯癫狂，有的身体冻僵，有如僵尸。

贾大空听得头大，微微出了冷汗，硬着头皮前行。薛大夫只当没看见，又安慰他说，历代医者多有研究瘟疫，到南北朝时出了两位医学奇人，南巢北孙，巢元方详细记录各种瘟疫症候，清查瘟疫源头，孙思邈在《千金要方》中单独"辟温"一章，记录方剂，更是深入突厥、河内施药以治瘟疫，后来大宋仁宗皇帝下诏，将大内医典中瘟疫防治部分颁发全国州县，以备不时之需，所以直到靖康年间，大宋未曾出现疫情激变。

贾大空听了这话，才稍稍放下心，询问了自己要做的事，无非是装神弄鬼的一套，只不过将捉鬼改成送瘟神。

瘟疫虽然爆发于最后入城的一批战死将士家中，但多有前去拜祭的亲朋好友，这使得城中百姓纷纷惶恐不安，一面提防与他人接触，一面在自家屋内门前高挂红绸，在院中街上燃放爆竹，以驱逐疫鬼瘟神。

贾大空来到齐都头家，官兵放行。坊内几家院落都有用布浸了药水蒙了口鼻的官兵和军巡捕把守，官兵驱赶围聚的百姓，隔离染疫的人家。

有文官走来，交代贾大空几句。贾大空默默记住，走到街心。街心已设好香案蜡烛，摆了红丝铜钱剑、垂耳摄魂铃、篆文符纸和金盆清水。

贾大空举剑齐眉，闭目凝神，口中大声诵道："太上道君语众生门下，有度四时，无垠八荒，杀戮过重，有碍天方，怨气不散，积聚乖张。天师请开眼，光照临九州，疫鬼无所遁，天道暂且收。急急如律令……"

薛大夫头上罩了厚厚的布袋，燃起火来焚烧了十几具尸体和房屋，军巡捕立刻控制火势蔓延。官兵也早分出人来，在街上墙边遍撒雄黄、石灰，坊间一片忙碌。

贾大空用铜钱剑穿了符纸，在蜡烛上燃起，浸入清水，又手捏摄魂铃，上下摇晃，在火光映照下又唱又跳，约一刻钟后，才回到香案，举起清水泼到街心。

坊间百姓都躲在自家门后观看，他们有的亲眼见过瘟疫之人死亡，有的跟着被锁的贾大空一路到衙门，有的刚刚从衙门回来，惶惶之中都对贾大空疯癫而神秘的做法充满好奇。

大夫在坊间各户门前送药，详细说了煎药方法，贾大空则紧随其后，先是对百姓说几句玄之又玄的话，然后按照文官的意思将瘟疫爆发推到金人身上，胡诌道："你想，金人生活在关外苦寒之地，冬日里，士兵经常无法洗澡，不干不净，在北方还好，越往南走天气渐热，极容易引发疫气。李抚帅已经派人跟踪金人，察看他们军中是否也有类似情况发生。到目前为止，城中已发现有百来人染疫，李抚帅发动了全城医药，控制了重点人家，所以大家安心，疫情不会大肆传开。"

百姓惶惶之中，听了瘟疫是金人带来，将信将疑，但对发放药物的薛大夫还是千恩万谢，遵照吩咐煎药服用。

冬日日短，天色渐暗。贾大空随薛大夫去了几处严重的疫区，劝说百姓安心。

一连月余，贾大空在游说中度过。李孝贞那日醒来后，大骂薛大夫和贾大空，被李彦仙禁足府中。城中疫情又反复几次，都被李彦仙施用铁血手段及时控制，到了二月月尾，疫情才终于被扑灭。

事后盘点，城中有百来户人家染疫，死五百人左右，生者十之二三；乡间有十来个庄子染疫，都被邵兴带兵焚毁；军中有百十人身死，数百人家中染疫，无心战斗，被李彦仙隔离开导；就连施救的大夫也有数人染疫而死。

贾大空一面震慑于李彦仙、邵兴等人的雷霆冷血，一面庆幸并未出现千里无人烟的凄惨结局。他被李彦仙派人盯着，四处游说百姓，又到军中开解战士，甚至被安排在军中宣传金人该死，宋军必胜的言论，借此鼓舞士气。李孝贞已被解禁，时常跑去军中看贾大空扯皮耍宝。

"听说小道长是终南山金仙观四维真人的弟子？"

"虽然小道我道行不够，但深受师父教诲，愿以身劝世人。"

"小道长，听说这瘟疫是金人传来？"

"然也，李抚帅派人察看回来说，金人退兵后，也有十几人死了，但还是有消息传出，汉人签军中染疫而死的不下数百。唉，都是汉人啊……"

"小道长，金人该死，但我们只是火头军、运粮军，上不得战场，没甚用处，而且现在家中落得如此下场，因此不想在军中了。"

"非也非也。老兄不要自以为低下，想大军一动，粮草先行，就说了这火头军的重要。往大里说，一军口粮用度，尽在你

293

等手中，所谓运粮帷幄之中，决胜千里之外啊。而且，此次瘟疫是金人传来，你等更应该奋勇杀敌，报仇雪恨。"

"可我们还是心中不安。"

"无妨，你瞧，小道我带来了桃木剑。此剑乃是函谷关附近的桃木所制，沾染了老君仙气，很是有灵。你等将此剑挂于房中正北，以镇压金人邪气，可保无忧。待过几日，李抚帅还会派小道我去函谷关老君出行之地拜山，请来护身符给军中将士。"

"小道长，同乡有染疫而死的，我与他吃住日久，会不会沾了晦气？"

"来来，待小道我给你看个面。嗯……师父说观人相貌，先骨骼，次五行。量三庭之长短，察面部之盈亏。老兄你天庭无缺，阴阳均衡，虽神气近日略有不足，却是忧思所致，不需为惧。从嘴边小痣来看，你近几月应有一难，甚至会有性命之忧，不过有了短须遮盖，已经无碍了。"

……

春风得意，马蹄翻飞，燕子回时，绿野满人间。贾大空催马疾奔，才勉强跟上纵马飞驰的李孝贞。

贾大空奉了李彦仙之命，前往函谷关拜祭老君，在百来个抽调的官军面前做足了戏份，请了护身符，命他们带回军中发给同袍。

李孝贞困在城中日久，此刻仿佛小鸟出笼一般撒欢，时而模仿征战沙场，时而举臂欢呼。贾大空看着她的英姿飒爽，早已痴了，忽然听得啪的一声，眼前甩过鞭花，蓦然惊醒。

"不要以为我不知道，大哥让我跟你去看热闹，其实自己早已经发兵了。"

"呵呵……他怕你闷嘛。"

"大哥也学会装神弄鬼了，和你一起演戏骗军中将士。"

"演戏不假，我这也算是济世救民的大英雄吧？"

"呸，还有脸说。看你整日胡说八道，卜卦看相，这世上还有你不敢装的吗?"

"相命之学，玄之又玄，你不能不信啊。要不要小道我替你看个手相?"

"想看相? 好啊，来打赢我，随便你怎样。吃我一鞭。"

"喂喂，我不会武艺啊，太欺负人了。"

"你有满天神仙帮忙，连疫鬼都能捉，还怕我的小小马鞭吗? 看招。"

"哎哟，我的娘啊……"

在啪啪的鞭响声中，贾大空一路疾逃，听着耳边银铃般的笑，心中有如蜜甜，他本打算从函谷关离开陕州前往川蜀，但是此时此刻，忽然做了一个令他至死不悔的决定，他要留下来。

第十三章 临歧

春夏，陕州自瘟疫后逐渐复苏，民心更加团结。李彦仙听闻苗刘兵变，发兵勤王，后听闻建炎皇帝复位，回师，应陕西制置使王庶要求屯兵中条山，互为犄角，击溃金国征西都统完颜娄室部曲，俘获金将十八人，被朝廷千里传书，授予右武大夫，宁州观察使兼同、虢二州制置。

贾大空时而涎着脸跟着李孝贞乱跑，时而穿了道袍上街，对百姓传道解惑，分发道符，不收一钱。有饱学精明之士对此一笑了之，有愚夫愚妇对他感激无比。

夏秋，王庶与曲端失和，陕西战事失利，李彦仙只好还兵陕州，巡视乡间，大力生产。军中将士休整，以防金人来攻。

贾大空时而涎着脸跟着李孝贞乱跑，时而穿了道袍到军中厮混，为征战归来的将士开解算命，卜卦说吉。有了解内情的将官对此一笑了之，有不明真相的兵士军汉对他感激无比。

秋冬，金人攻陕，川陕宣抚处置使张浚到任兴元府，长安陷落，京兆府降，曲端撤军千里，逃至渭州。李彦仙知道金人决心攻下陕州，并力西向，于是派人飞驰张浚处求援。

这一日已是冬十一月，贾大空正穿了道袍涎着脸跟李孝贞乱跑，忽然见到长街上有数匹战马奔向州衙，马上是几个陕州将官，中间有两人头戴貂皮帽子，耳垂金环，全身白色皮衣皮裤，短打左衽。

贾大空觉得稀罕，却看李孝贞已满脸怒气，直往州衙赶去，在大门外被守卫死死劝住。他已知道那是金人的使者。

大街上，州衙外，很快聚集了不少百姓，纷纷议论着，有的略带茫然，有的异常激愤。两年前金人屠陕州，至今仍是这里百姓心中的噩梦。

突然，衙门大开，有军士挑了两颗血淋淋的头颅挂在衙门边上。那头颅耳垂金环，剃发为辫，系以珠玉，面目犹自惊怒，显然是吃惊之下被人一刀斩了。

那军士对哗然的百姓高声宣布道："金人遣使来游说李抚帅，许以河南兵马元帅之职，李抚帅怒斩金使，现告于父老知，愿父老相持，共保陕州。"

百姓顿时高呼响应，经久不息。

李孝贞听说是李彦仙亲自斩杀金使，大笑三声，畅快淋漓。贾大空却暗自忧心，他常在军中厮混，知道金人要全面控制陕西，必须先拔下陕州这颗钉子，这次金人先礼后兵，定会全力以赴。

李孝贞看贾大空神色，收了笑脸，冷哼一声道："喂，你是不是又想跑？"

贾大空不语，他的确在想出城的退路。

李孝贞叹息问道："你想想你自己跑了几次？从蒲城到长安，到终南山，从长安到陕州，就是在陕州还三番两次想跑。人心如果没了，江山就快亡了，那时你还能跑到哪去？"

贾大空不语，他心道，青面狼曾说，我两个好兄弟都在蒲城战死了，他们和我一样只是个混混，本可以和我一起走的，我们不是救国救民的大英雄、大豪杰，又能怎样？

李孝贞道："你对陕州，从来没有过一丝牵挂吗？"

贾大空不语，他心道，我对陕州没有一丝牵挂，却对某人有千百丝牵挂。

李孝贞转身走进衙门，贾大空转身走回住处。

日落西山，夜幕降临，有人来访。邵云推门进来，看了贾大空收拾妥当的包裹许久，才道："李抚帅要见你。"

贾大空心中忐忑，此时并非自己想出城就可以出城，自从年初瘟疫爆发，自己就是李彦仙的一颗棋子了。

邵云看了贾大空的神色，忽然笑笑道："有时候我真羡慕你。"

贾大空心中一喜，稍稍放心。

邵云道："我能不能做你的好兄弟？"

贾大空知道他有要事嘱托，忙推辞道："你是朝廷的战将，我可高攀不起。"

邵云道："我能不能做你的好兄弟？"

贾大空见他说得执着，只得道："你有什么事且说说看，我不一定能做到。"

邵云道："照顾好贞娘。走了就别再回来。"

贾大空默然。

邵云叹息一声，带他到李彦仙府邸，转身走开。

贾大空跟随老仆一路来到府邸后院，再没看见一个仆人。

庭前月下石桌前，李彦仙在与张凤鸣和另外一个年龄相仿的孩子对酒谈心。

张凤鸣道："既然如此，张宣使的劝告则为上策，相公为何不照做呢？"

李彦仙道："国战非是一城一地，这当然不错，但朝廷立我于此，本就是一种态度，若我空城清野，据险保聚，就失去了战略态度，陕州城虽可保全，但我大宋国战之心必沮，更遑论出兵陕西，图复河东了。"

张凤鸣道："爹爹也曾说过战之心在民心，战之魂在军魂。可自从爹爹临难以后，我仔细回想，却觉得大宋疲敝日久，朝中衮衮诸公若不更新换代，日久必亡。所以我仍是以为，此时应避敌锋芒，静待时机，各路齐发，才可挽回颓势。"

李彦仙为张凤鸣斟一杯酒，张凤鸣连忙起身称谢。李彦仙对另一孩子道："嘉问，你来替为父回答。"

那孩子是李彦仙的儿子，叫做李嘉问，他恭敬道："若各地皆是此静待之心，则危矣。爹爹受命朝廷，立为守土之臣，临危之际，唯有死战。"

张凤鸣道："唯有死战则唯有战死。"

李嘉问道："若一死能唤起中国奋勇之心，一死又何妨？若终不能收复河山，死则死矣。"

李彦仙为嘉问斟一杯酒道："嘉问，饮了此杯，就当成年了。"

李嘉问跪下，双手捧酒，一饮而尽，略微咳嗽，显然是第一次喝酒。

李彦仙道："嘉问，今日为父就为你取字。问，通闻，为父本是希望你能闻达名望，但……问，乃是出口问询。为父希望你日后多问，少说，就取'慎言'二字吧。"

李嘉问拜谢道："多谢父亲赐字。"

李彦仙道："你日后就和凤鸣一起，练好武艺，做好学问，至于出不出仕，二十岁再做决定。"

张凤鸣道："请相公作证，我愿与嘉问结成金兰。"

李彦仙道："好，好孩子。"

两个孩子在庭前对月结拜了，张凤鸣为大哥，李嘉问为二弟。结拜完后，两人坐在桌旁。

李彦仙道："我朝自仁宗以后，有善战之将，无决战之相，致使西线战事反复，胜而不胜，败则大败，和却割地。神宗英武，改弦易辙，却遭腐臣胁迫，人去政销。哲宗亲政后拨乱反正，终因受制于后宫，不能绍圣先皇。宣和皇帝非国之储君而骤登帝位，聪慧有余，韧力不足，有驭臣之术，无治国之心，以二十年所聚之万千兵饷粉饰楼台，使国陷于四战之危，虽禅位却争权，致使河北沦陷。靖康、建炎二帝一无储国之备而临危受命，二无臣民所向之心而难驭骄臣悍将，致使中国危亡。这，是我自起兵以来所悟。你等日后或有别想。"

两人点头应了。李彦仙招手叫过贾大空，指着旁边让他坐了，为三人斟酒。

贾大空听三人谈论国家大势，似懂非懂，此时与众人同坐，不禁有些拘谨。

李彦仙沉吟道："想必邵云已经对你说过？"

贾大空点点头。

李彦仙道："我举家迁来陕州，说要与陕州共存亡，可是临危又起私心。"他叹息一声道，"折可求这叛贼久镇西北，能征善战，此次有他攻打，局势不妙，金酋完颜娄室几乎命丧我手，更是要除我后快，所以我昨日已经遣人向张宣使求援了，不过……"他顿一顿，又道："不过，贞娘定会跟随援军回来，所以战事未结束前，我请你在她想回陕州时将我的亲笔信给她看。"说着，李彦仙掏出一封信推到贾大空面前。

贾大空定定看着那封薄薄的信，左右为难。许久，他才伸出手按住信，抬头道："好，我答应你。"

李彦仙笑了。他这一笑，眼角扯动两鬓白发，更显沧桑。李彦仙道："来，你们陪我喝杯酒。"

四人举酒。

次日，陕州城门刚刚打开，四匹快马疾奔而出，向南飞驰。

此时京兆府、华州已降金，潼关以东也只有陕州没有沦陷，所以李彦仙交给贾大空、李孝贞二人前往兴元府的路线，是从虢州走商州，向西南间道进金州，折道兴元府，尽是宋境，以确保安全。

李孝贞武艺高强，贾大空熟悉江湖伎俩，二人配合无间，带了张凤鸣、李嘉问两兄弟，一路打听，穿州过县，历经千里之遥，终于到达兴元府地界，却听说张浚已经于月初离开兴元府，去了秦州治军。

四人无奈，略作休息，由贾大空打听了路线，重新上路，又是近千里奔驰，赶到秦州，已进腊月。

川陕宣抚处置使护卫听说四人乃是李彦仙派来，不敢怠慢，急忙禀报，不久，又快步出来带他们进入行辕。

贾大空与李孝贞一路轮流放哨，早已颠簸累了，只想将张凤鸣、李嘉问快些送给张浚接手，等他来到行辕侧院，进到屋里，看到端坐桌边那人时，惊叫一声"师父"，双腿发软，竟跪了下去。

第十四章　拜师

那屋内端坐着的正是四维真人，笑眯眯看着跪在身前的贾大空。

贾大空在陕州厮混一年，扮了十个月的假道士，对无数人说过自己是终南山金仙观四维真人的弟子，自己师父如何如何，到了后来，自己都有些相信。如今再次见到四维真人，惊慌之下，双腿跪倒，"师父"两字脱口而出，竟是自然无比。

贾大空跪在那里，心中忐忑，不知该站起来好还是跪着好。四维真人也不提醒，只是微笑着瞧他。后进门的三人本来知道贾大空是假冒的道士，现在看二人样子，又有了怀疑。

许久，四维真人才缓缓问道："你这一声'师父'可是发乎内心？"

"是……是……不是……"贾大空期期艾艾道。

四维真人道："你这泼皮，到底是不是，自己还不清楚吗？且先扪心自问，想好了再回答。"

贾大空明白四维真人的意思，若是一年前，他一定立刻拜师，混入道门，可这一年以来，他除了生存第一以外，还平添了几分情丝在心中，这让他左右为难。

老道要大开方便之门，收我做徒弟了，这是我以前所追求的，还犹豫什么？

不，那时我走投无路，只是寻找一个庇护之所，若是终南山上和尚有名，我当时也去当和尚，所以入道并不是我追求的。何况我现在喜欢上了贞娘，说不定能结成连理，要是现在入道，还怎么能追求她？不能拜师，不能拜师。

对，我喜欢贞娘不假，可她心上人是邵兴，不可能看上我这个无赖的，我还是拜师出家吧，也算看破红尘了。

错，现在陕州被围，邵兴说不定被金人杀了，到时候贞娘伤心一阵，在外地孤独，只熟悉我一人，大有机会啊，所以还是不拜师了。

屁，邵兴被杀，贞娘可能会出家，你哪里有机会？

打住，现在老道问的是这一声"师父"是不是出自真心，我说过千百次了，都是骗百姓的，哪有什么真心？

反对，我虽然是骗人，却从没害过一人，反倒安慰劝解了无数百姓。

假话，我在陕州穿了道袍厮混，这些事情百姓们都是看在眼里的，他们肯定知道我是假道士，至于劝解，只不过是他们想寻求安慰罢了。

有理，但是还有很多人是信我的，他们心中尊道崇道，是怀了一颗良善之心的。这样的人我都骗，我还是人吗？

就是，我真不是人，可是我行骗，贞娘这样嫉恶如仇的人都没有除暴安良，莫非，她是有那么点点喜欢我的？

骗鬼，她怎么可能喜欢我？她不找我麻烦，只不过是想听我讲那些有的没的故事，至于后来不下手，则是看着好玩，看着消遣的，我在她眼里就是个小丑。

不错，她想听我讲故事，明知那些是假的，还是想听，这说明什么？说明她想听的不是故事，而是我说话啊。还有，她看着我好玩不假，陕州好玩的东西多了，怎么不见她去消遣？分明是看上了我。

可是，退一万步讲，她看上我又怎样？我能为了她牺牲自己吗？她是一定要回陕州的，我还要陪她去送死吗？

不不，我不会陪她去送死，也要想办法阻止她回去。

那样，她不会安心的，她会恨不得杀了我的。

不会，这是她大哥的意思。对了，我还有他的亲笔信，只要我拿出来，她看了就会听话。

真的？你确定她会听话？她当年可是背着家人一路跟到陕州的，她这么大胆，哪会把一封信看在眼里？

"呔！"四维真人大喝一声。

贾大空陡然惊醒，汗珠流下已打湿了手背，他身体晃了晃，勉强撑住，抬眼四看，四维真人一双利眼盯住自己，张凤鸣、李嘉问、李孝贞三人惊疑地看着自己。他看到李孝贞，不禁脸色通红，连忙回头看向四维真人。

四维真人若有所思道："你刚刚险些入了魔，若不是大喊一声叫你回魂，你恐怕要失心疯了。"

贾大空大惊，连忙回想自己想了什么。

四维真人道："还要再想吗？你可是有什么顾虑？"

贾大空偷偷瞧了李孝贞一眼，却与她眼神正对，连忙低头。

四维真人叹息道："好了，你先起来，这事你且随我回房再说。你们来秦州的目的，张宣使已经看了李抚帅的信知道了，就先去歇息吧，明日张宣使会抽时间见你们的。"

李孝贞大惊道："什么？张浚已经知道了？大哥的信？你们有事瞒着我！"她先是询问四维真人，最后想通，是对三人所说。

张凤鸣、李嘉问转头看贾大空，贾大空只得掏出信。

李孝贞一目十行，快速看完信，啪地摔在地上，就要往外冲。三人拦不住，忽然四维真人快速掠到她身后，轻轻用拂尘拍在她脑后。李孝贞扶了头，缓缓倒下。贾大空连忙扶住，怒视四维真人道："你这老道，使的什么妖法？"

四维真人嘿然道："怎么不叫师父叫老道了？"他看了贾大空脸色红白，笑道："她走了一路，太累了，我只是让她睡一觉，休息休息。你去安排了她，晚上来我房间说话。"

贾大空丢下张凤鸣向四维真人行礼问安并引荐李嘉问，扶了李孝贞跟仆人来到客房，将她放到床上，盖起被子，看着她睡熟的脸庞，不禁又想起当日在薛大夫处的情形，心思翻涌。一幕幕往事回想，贾大空嘴角泛起笑意，困意袭来，沉沉睡去。

贾大空醒来时，已是傍晚，他向床上看去，蓦然一惊，床是空的。他急忙回身，就要去寻找李孝贞，却定住脚步。

李孝贞站在窗前，望着窗外，听到声响，头也不回道："傍晚了，你该去找四维真人了。"

贾大空道："你别到处走，这行辕里规矩大得很，我且去看看老道，听他有什么话说。"

贾大空等了片刻，不见李孝贞说话，走出客房，问了四维真人的住处，前去敲门。

张凤鸣、李嘉问二人正向四维真人请教，见到贾大空前来，施礼退下。

四维真人道："他二人天资过人，都是好材料，我和张宣使都有意栽培，你和贞娘可以放心了。"

贾大空道："这是他二人的福气。"

"你呢？"四维真人问道。

"我……我……"贾大空期期艾艾道。

四维真人一笑道:"前日李抚帅的信使赶到,送来军务和家务两封信,张宣使自会安排军务,我却对家务事感兴趣。我没想到能在李抚帅的信中看到你的名字,问了信使,他倒是知道不少,说了你的所作所为。现在,我想听听你怎么说。"

贾大空见四维真人带着笑意,知道不是恼怒自己,就将自己从长安出城后,如何逃到陕州,如何隐瞒身份,如何做了假道士,如何陷入瘟疫旋涡,如何按照李彦仙指使行事,一件一件全都说了。

四维真人听了,点点头道:"倒没有害人之举。那我今日问你,一声'师父'可是发乎内心,你怎么不答呢?"

贾大空踌躇一阵,索性说了,盼着有人出个主意。

四维真人听他说完,已明白了所有事情经过,沉默半晌,缓缓开口道:"情之一物,与道一样,玄之又玄,我不便为你做主,只有你自己顺着本心去选择,才不会错。"

贾大空奇怪道:"出家人不是讲究慧剑斩情丝吗?怎么你却不这样劝我?"

四维真人道:"那是佛家的事。道家自古没有出家一说,只不过后来修道者聚集,才有现在的道观和种种规矩。其实在红尘中、在深山里清修之人,都是我道家的一员。"

贾大空道:"不是都得拜师进道观才能修道吗?"

四维真人摇头道:"那不过是一个仪式而已,若无向道之心,拜了师也修不了道。有人以书画得窥天道,有人以药理入道,有人以音律入道,当然也有人以情入道。所以才说大道三千,小道无穷,各有各的入道法门,谁也没有资格去规定别人的道,而且,无论是哪种情况入道,大家最终参的,都是天道。"

贾大空似懂非懂道:"那道到底是什么呢?"

四维真人沉默一会儿道:"道,理也,就是规律,天地的规律,人伦的规律,都是道。道,也是路,是方法,修成之人,各有各的路走，各有各的法门，这也是道。总之，无论是哪种道，得道之后，就贵在坚持。所谓有道，则不易也，不反复也。"

贾大空略有明白道："师父，先前那一声'师父'并不是发自心中肺腑，而这一声却是的。"

四维真人点头微笑。贾大空问起长安离别之后的事情，原来当日四维真人留在城中，张宗谔按照约定将史斌送出城后，坐视史斌被吴玠追杀至鸣犊镇，待要回城，却被埋伏的曲端围住杀了。消息传回城里，四维真人痛心不已，不理曲端的延请，回山修道。后来长安城再次降金，张浚宣抚川陕后遣人来请，四维真人才下山赶来。

二人正说着，李嘉问匆匆赶来，见了二人急道："姑姑她……留书走了……"

第十五章 扑火

贾大空拿过纸条看了，上面写道："他们不出兵，我回陕州去了，你照顾好两个孩子。贞留。"

原来李孝贞醒来，叫醒贾大空，自己出门询问行辕中仆人，都说城中没有出兵迹象，只是军中将官被张宣使叫去开了几次会议，争论不休。她这才知道，定是军中众人担心仓促出兵，被金人围点打援，甚至兵至半路而陕州陷落，徒劳无功，所以不肯出兵。她心忧大哥和陕州军情，匆匆留书而走。李嘉问离开后，本想劝解姑姑，叫门不应，这才知道她留书而走。

四维真人道："告诉她，其实今天张宣使已经发了檄文督促曲端出兵了。"

贾大空点点头，出门牵了双马，问了值夜的护卫，朝着李孝贞出走的方向疾驰而去。秦州到凤翔只有一条官道最宽，李孝贞曾经从巩州跟到陕州，正是走的秦凤官道，而她现在心忧陕州，不会绕远，只能出秦凤路，过京兆府，走潼关或者在附近渡河向东直往陕州。贾大空一面想着，一面换马不换人，循着官道纵马飞奔。

到了半夜，贾大空终于在山间官道上赶上李孝贞，截停下来。两人在路边林中拴了马，捡了枯枝生火。许久之后，火光跳跃中，两人不时添枝加木，轻声说着话。

"你拜师当了道士吗？"

"没有，师父说拜师只是个仪式而已。"

"那你还叫师父？"

"'师父'和仪式一样，也就是两个字，一个称号而已。"

"你装了一年道士，还没装够吗？"

"师父说，我是以情入道，小道我现在是得道高僧，呸，得道高人了。"

"装模作样，说得像真的一样。你就是个无赖、泼皮、骗子。"

"……"

"不知现在陕州怎么样了，不知大哥能不能扛住，还有邵兴邵云他们。"

"咳……其实邵云托我照顾你，让我们不要回去。"

"骗人，他一向高傲，怎么可能托你这无赖、泼皮、骗子。"

"真的，他还求我做他的好兄弟。这话我敢发毒誓，如果他没说过这话，就让我受天火焚心之苦。"

"什么乱七八糟的毒誓？"

"这可是我们道门比较厉害的天罚了，你不懂的。"

"哼。"

"你大哥虽然没有明说，其实也是那个意思。这我也可以发毒誓，你听不听？"

"哼。"

"不听算了。"

"……"

"你为什么这么胆小？"

"佛……道爷曰，不可说，说不得。我虽然胆小一点，但最敬重为国为民的大英雄，这一点蒲城人都知道，我听传奇故事从来都给钱的。"

"那你说说都有哪些人称得上是为国为民的大英雄。"

"你大哥就是天字第一号为国为民的大英雄，大豪杰。"

"少拍马屁。"

"哪里是拍马屁，难道不是？还有张宗谔。"

"说传奇故事。"

"你又想听我说故事了？早说嘛。"

"说不说？"

"说，说。狄武襄戍守西陲，虽然情迷西夏单单公主，但战功无数，保境安民，是大宋第一名将。曹彬、曹玮父子名将，一个以仁德治军，一个以赏罚治军，一个开国，一个征西，甚至出了曹国舅这个神仙后人，可谓佳话无数。还有潘美义救大周太子，太祖千里送京娘，都令人敬佩。啊，还有你，也是杀金狗，救黎民的大英雄，哦，大英雌。"

"……找死。"

"回去吧。师父说，张宣使虽然还在讨论，但已经发了檄文给曲端，派他出兵救援。我们还是回去等等消息再说吧，好不好？"

"真的？"

"我可以发誓，天火焚心……"

"哼。"

"李慎言这孩子挺想你的。"

"谁是李慎言？"

"……"

"说不说?"

"就是李嘉问,字慎言,临走你大哥取的。"

"……"

"明天天亮就回秦州等消息?"

"嗯。"

"你真的不回……嗯?嗯……嗯嗯嗯。"

"哼。"

数日后,传檄兵士赶回秦州,曲端并无出兵之意。张浚再聚将商议,为保川蜀要道,决定出兵秦凤,打通潼关,解围陕州。贾大空、李孝贞随军而行。兵至长安,被金人截断道路,无奈而返。

当夜,李孝贞想再次留书而走,正在书写时,贾大空推门进来。

"你还是要回去?"贾大空叹息道。

"是,我要回去。即使城破了,我也要再看一眼。"李孝贞道。

"你明知回去就是飞蛾扑火,自取灭亡。你为什么这么执着?"贾大空道。

"你说的,不可说,说不得。"李孝贞道。

贾大空犹豫许久道:"那好,我陪你去。"

李孝贞道:"你回秦州吧,嘉问就托付给你了。"

贾大空道:"我说的是真的,我陪你去。太祖千里送京娘,我贾大空就学一回千里伴贞娘。"

李孝贞盯着贾大空的双眼,柔柔笑道:"有你这句话,我就心满意足了。"

贾大空急道:"我……"

李孝贞打断道:"今日是你的生日,你忘了吗?"

贾大空感动道:"你……你还记得?难得你记得。"

李孝贞道："我不是记得你的生日。这一年来，从没有见过我过生日吧？"

"是啊，你的生日……难道……"贾大空蓦然想到一个原因。

"嗯……"李孝贞道，"我去找酒，你等着。"

"一起去。"贾大空道。

"怎么，还怕我跑了？"李孝贞笑道。

"那谁说得准？"贾大空道。

两人寻找到一坛乡间劣酒时，已经半夜。灯下，两人喝着酒说着心事。

"嘉问和凤鸣两个人好像很投缘？"

"投缘？他们还拜了金兰，结了兄弟。"

"我怎么不知道？"

"你整天都在打听消息，哪会注意他们两个小鬼。"

"说的也是，我这个姑姑真是不合格。"

"唉，你才知道，也不算晚。古人曰，朝闻道夕死可矣。"

"找打吗？"

"好，好，你是合格的还不行吗？"

"哼。喝酒。"

……

"哎，你为什么那么胆小？"

"你呢？为什么一定要回去看一眼？"

"你先说。"

"你先说。"

"你说了我说。"

"说不说？"

"你说。"

"好，我先说。我大哥他们教了我武艺，却从来不让我上阵杀敌。我告诉你，其实我一个金狗都没杀过，我有时梦里都在杀金狗，杀得血流满地，杀得风云变幻，可是醒来，什么都没有，这已经成为我的心障。"

"杀金狗不用非要回陕州啊，你在金国暗地里刺杀不行吗？那样安全得多。"

"陕州有邵兴。邵兴虽然知州虢州，但是一定会出兵陕州，陕州亡了，虢州也就亡了。"

"邵兴，他到底是怎样的人呢？"

"他的弟弟被金人捉走，他的夫人被金人杀死，他和金人有不共戴天的仇恨。他说，不灭金国，他再不谈儿女私情。他……他一向说到做到。"

"不说他了，咱们喝酒。"

……

"该你说了。"

"我爹爹是一个官军，在我很小的时候战死了，我娘年纪轻轻就守了寡。为了把我养大，她吃了很多苦，直到身患重病，最后死了。她临死前指着我爹的灵牌让我发誓，这辈子不要投军。她说，刀枪阵里不长命，她宁愿我坑蒙拐骗偷，也不想我走我爹的路子。她要我找个好娘子，好好活着，不让娘子伤心……"

"……我敬你一杯酒，你不是无胆鼠辈。"

"来，喝！喝！喝！"

"我不是无胆鼠辈……我不是无胆鼠辈……喝……我们……喝酒……"

夜深灯暗，贾大空终于醉倒，嘴里喃喃而语，桌上只剩了他一个人。

……

夜尽天明，贾大空悠悠醒来，不见李孝贞，他叹息一声，看到了桌上的留书，她还是走了，一个人走了。

"你回秦州吧，照顾好两个孩子，好好活着，找个好娘子。贞留。"

贾大空痴痴地看着留书，双眼渐渐模糊，眼泪滴下，打湿了字迹。

"孩子，你记着，刀枪阵里不长命，我宁愿你坑蒙拐骗偷，也不想你走你爹的路子。你要记着，长大找个好娘子，好好活着，别让她伤心，你要记着，记着……"

贾大空时刻记着阿娘的话，现在，他又想起阿娘临死前的嘱咐。

"阿娘，我找到了一个好娘子，我希望和她开开心心走下去，不管路有多长，路有多短，都要一起走下去。阿娘，对不起，我不是不听你的话，我不是去投军，我只是去找贞娘。对不起，阿娘。"

贾大空收拾了心情，回军中打听了路线，前去辞别四维真人，托他照看张凤鸣、李嘉问二人。

四维真人正为出兵受阻而怅然，听了贾大空的托付，已明白他的打算，默然良久道："你是我在乱世之中，收得最好的一个弟子。你曾说过，你名叫大空，是与道门有缘，看来真是如此。再叫我一声师父吧。"

贾大空拜倒道："师父……"

四维真人道："去吧，不违本心，顺其自然，真人之道也。"

贾大空再拜离开，牵了马，寻路往东而去。

第十六章 视死

贾大空询问巡卒，也不知李孝贞走的哪条路线，只好从武功走咸阳，绕过长安城到渭南去华州，一路打听赶到潼关附近，却并没有找到李孝贞的踪迹。

黄河万里奔潼关，洗马风陵渡。此时潼关已落入金人之手，要出秦川，唯有渡河走风陵渡，过芮城前往陕州。

这一日正是年关，天寒河冻，贾大空牵了马在大河冰层上慢慢行走，心中五味杂陈。大前年腊月金人在龙门渡过冰河侵入陕西，自己躲避战火逃往终南山，忽忽两年，而今自己渡过冰河要到战火最烈的陕州去，也不知贞娘有没有回到城里，会不会被金人抓获。

贞娘有没有被金人抓获贾大空不知道，他只知道自己已被巡关的金人抓获。金人对过年看得很淡，他们在大年初一也催促签军巡逻关隘，然后就发现了贾大空。兵荒马乱之际，单个行人上路本就很少见，况且是不在家过年而骑马渡河的行人，这令他们感到奇怪，擒住搜身，果然发现两张模糊的纸条，立刻捆了押送到军前审问，以防军情有变。

贾大空一路奔波，本是想趁着年关偷渡黄河，却失陷于敌军，令他哭笑不得的是，贞娘两张留书字条被当成军情消息，暂时保住了他的命。他被横放在马上，颠簸之际，抬眼四看，只见漫山遍野的队伍，军营林立，城外的庄子都被占领，远处城下正在攻坚，杀声雷动。陕州还没有被攻破，这让他稍稍放心。

冬日天寒地冻，帅帐之中却温暖如春。贾大空被带进帅帐，见到了金酋完颜娄室。完颜娄室此时正躺在虎皮软榻上休息，桌案上放了一碗汤药，气味辛烈。软榻边跪伏着几个奴仆，一个汉人军官坐在不远的椅子上，手拿两张字条细细察看。

突然，完颜娄室爆发出一阵巨咳，奴仆连忙上前揉胸擦脸，汉人军官也抬起了头。

许久，完颜娄室摆手遣开众奴仆，开口问道："可有不妥？"

汉人军官恭声道："都统，这字条模糊不堪，但仍可分辨'出兵''陕州''秦州'几字，其余不甚明了。依可求来看，似是李彦仙请求援兵，秦州作出答复，这与前几日长安战报相符，应该是这人要回陕州报信。"

完颜娄室道："砍了。"

那汉人军官正是折可求。贾大空听了猜测正暗自发笑，此时大惊，忙喊道："不是不是！那是贞娘写给我的字条，不是军情消息。我不是陕州的官军。"

汉人军官问道："谁是贞娘？"

贾大空忙道："她是……我的娘子，她本是陕州人，惦记家里人，趁我不在留书给我，我是出来找她的。不信我可以念字条，'他们不出兵，我回陕州去了，你照顾好两个孩子。贞留。''你回秦州吧，照顾好两个孩子，好好活着，找个好娘子。贞留。'你们听，我们还有孩子呢。"

折可求仔细看纸条，抬头看向软榻道："都统，字数不差，字眼位置也不差。你看？"

忽然奴仆中有一人猛地叫道："都统太尉，折太尉，你们不要被这厮骗了。我认得这厮，他和我同是蒲城人，街上的混混，后来在陕州假装道士，被李彦仙指使，散布传言激起军民仇恨。当时陕州出现瘟疫，就是这厮说是大金惹来的，他还给军中发放护身符，激励官军拼命。现在陕州久攻不下，都是这厮坏了好事。那贞娘就是李彦仙的幺妹李孝贞，和他关系非同一般，想必有所图谋。请都统太尉打杀了这厮。"

那人一出声叫喊，贾大空就惊怒非常，自忖性命不保，那人正是青面狼，想必他早就降金，混入陕州传递消息，甚至当时的瘟疫之乱也是拜他所赐，否则他何德何能，做了完颜娄室的近身奴仆。

完颜娄室听了，顿时翻身坐起。他躺着还看不出什么，坐起身来才显出魁伟体貌，虎背熊腰。他胡须满面，脸带病容，捂嘴咳了几声，盯着贾大空道："想不到你这么大来头。"

贾大空忙道："我只是个混混，都是听命于人，是个棋子。"

完颜娄室道："我最恨别人骗我。遇到汉人反复无常，我通常都是一刀砍了。"

贾大空道："我……我没有骗你。"

完颜娄室道："你有老婆孩子？"

贾大空噎住。

完颜娄室道："我可以不杀你。"

贾大空刚松一口气，完颜娄室又道："只要你带一句话给李彦仙，就说只要他投降，河南兵马元帅还是他的。"

贾大空苦着脸道："他会一刀杀了我的。"

完颜娄室躺下道："你自己选择。"

贾大空正左右为难，青面狼对完颜娄室谦卑道："杀了这厮太过便宜他，不如让我用重刑审问他。既然李彦仙放走李孝贞，说明极为宠爱这幺妹。待我问出那李孝贞的所在，擒了威胁李彦仙，打击陕州士气。"

完颜娄室闭着眼点点头道："不要弄死了他，不要有伤痕。"

青面狼得了命令，桀桀怪笑着走向贾大空道："你和那小泵娘是如何好上的，她现在在哪里，图谋什么？说！一件一件地说！"

贾大空听他讲得难听，呸了一声。

青面狼道："好一个痴情汉。只不过人家不想和你在一起，说不定去找了邵兴，枉你还自作多情。我看你还是说出她的踪迹，免得成了别人的媳妇。"

青面狼又道："真没想到，你这癞蛤蟆还吃到了天鹅肉。你知道兄弟我有什么手段，我也知道你怕什么折磨，何必硬撑呢？"

贾大空闭眼不答。

青面狼兜拳打在贾大空胸腹，贾大空疼得眼泪直流，大叫道："青面狼，我到底和你有什么仇，你和我过不去？"

青面狼道："我和你没什么深仇大恨，只不过是把你卖一场富贵而已。"

贾大空大骂道："你这畜生，爹娘生你养你，你却甘做金人的走狗，你不得好死。"

青面狼冷声道："好死不如赖活着，要不是我投降，早就和你那两个好兄弟一同去了地府。金人有什么不好？都统太尉在蒲州营救落水宋兵五百人，在蒲州招抚流亡百姓，堪称仁义之师，连折可求太尉都感动投降。你说，金人哪里不好？"

贾大空冷哼道："营救落水宋兵是要他们当签军卖命吧？招抚流亡百姓是要他们生产军需吧？只有你这贱狗相信仁义之师。"

青面狼大怒，不断捶打贾大空。完颜娄室叹息一声，语气落寞道："带他下去，尽快撬开他的嘴。"

贾大空被青面狼看管，受到百般花样的折磨，在冰天雪地里光身挨冻，在火堆前面浸入冷水，被强灌黄连苦汤，被逼吃牲畜大粪……也不知过了几日，他的意识早已模糊，他不知道自己当初为什么没有屈服，也不知道这样挺下去有什么意义，只知道金人还没有攻下陕州，也没有找到贞娘，他在金人手里，迟早被青面狼折磨死。

这一日清晨，贾大空被喂了好酒好菜，换了干净的道袍，带到完颜娄室面前。

折可求正对完颜娄室说话，最后道："可求无能，无法劝动李彦仙。"

完颜娄室病得更加厉害，咳了好一会儿才转头看向贾大空道："你也算是半个修道人士，难道眼看两国军民惨死吗？"

贾大空神色恍惚，却已听出这话中无奈之意。

完颜娄室道："你在陕州也算小有名气，若是肯对城中晓以大义，加以劝说，我就答应你，找到李孝贞后成全你们。"

贾大空听到贞娘的名字，眼色发亮，静思片刻，点头道："好。"

完颜娄室盯住贾大空，右手拿过金刀轻轻抚摸道："你不要妄想骗我，否则待我破城，死了多少金兵，就用十倍、百倍人命来填。到时看你一张嘴厉害，还是我的刀厉害。"

晨风呼啸，道袍猎猎翻滚，裹着贾大空清瘦的身体。他扶住护栏，随着天轿缓缓升到城墙高度，看到了守城官军。李彦仙和一众守城官军也惊讶地看到了这架孤零零天轿上熟悉的道袍身影。双方沉默一会儿，贾大空突然眼泪翻涌，嘶声喊道："天地不仁，以万物为刍狗，金狗残暴，祸害百姓无数。武王伐纣，战死忠臣都是天兵天将，杀戮天劫，陕州百姓都需鼎力相助。而今生无退路，大宋男儿当为国奋战，誓死杀敌，得道封神，往升仙都！"

李彦仙脸色变换，听完后立刻高声喊道："为国奋战，勠力杀敌，死节封神，往升仙都。"

邵云和一众将官瞬时明白，随声大喊道："为国奋战，勠力杀敌，死节封神，往升仙都。"

片刻，城墙上官军、城内百姓受了感染，纷纷加入呐喊，似疯似狂。

顿时鼓声震耳，金军得了命令，有的利用鹅车、火车、冲车舍命攻城，有的爬了云梯登上城墙厮杀。

贾大空痛苦地转过头去，不忍再看。

也不知过了多久，天空中乌泱泱飞过成千上万只乌鸦，飞到城头聒噪不休，渐渐盖过了厮杀声。很快，有欢呼声传来："城破了！城破了！"

落幕 封神

正月十四，陕州城破，双方巷战。

贾大空被押到州衙前，衙前一众朝廷属官被围。完颜娄室骑马赶到，扫视众人，一道道命令传出去。

"生擒李彦仙者，赏银万两，官升三级。"

"生擒邵云，拜为定国将军，封千户。"

"招降吕圆登，拜为安国将军，封千户。"

"招降宋炎，拜为顺国将军，封百户。"

完颜娄室对一众官员道："我大金攻宋，并非无故好战，而是宋三次负我大金在先。太祖天辅四年，金宋立了'海上盟约'，相约灭辽。但宋以诸多借口，背约怠军。我大金攻取幽燕六州，宋又按约索要，虽说付给赎金，但已负约在先，此为一。金宋相约攻辽期间，辽天祚帝逃亡，宋帝秘密联系，欲迎入宋，以抗衡大金，此种小人做法，竟出于宋帝之手，此为二。辽降将张觉归我大金，降而复叛，宋帝竟违约招降，而后又以一貌似张觉之人首级欺瞒大金，被我大金识破后方才送上首级，此为三。如此反复无信之人，反复无常之朝廷，我大金誓要代天伐之。尔等虽为宋臣，却无暴虐之行，若归服我大金，可复原职，优有厚赏。"

一众官员都是饱学之士，此时皆静立衙前，专拣气节诗句大声吟诵。

金人护卫不断传来传来消息。

"报——邵云得擒，怒骂不止。"

"报——吕圆登力战而死。"

"报——宋炎战死。"

完颜娄室脸色渐渐难看。

"报——李彦仙换衣逃脱，趁乱出城，三军已各派人马追拿。"

"哈哈哈——"完颜娄室大笑，对一众官员道，"李彦仙奇男子，迁家来此守城，此时却是弃众出逃。尔等还要坚持守节吗?"

众官不语。

天上乌云压城，冬雷阵阵。

贾大空大声道："李抚帅家人尽在城中，谈何弃众出逃?他必重整旗鼓，收复陕州。"

完颜娄室冷冷道："好，就看你的嘴厉害，还是我大金国的刀厉害。搜出官员名册，刀斧手准备，唱名者不降，斩!"

贾大空立刻高声喊道："吕圆登死节封神，往升仙都!宋炎死节封神，往升仙都!"

邵云被押赴衙前，看着贾大空悲声道："你们为什么要回来？你们何必再回来？”

有雷鸣，有雪落。

此时有金人拿了官员名册，唱名道：“通守王浒、通判赵叔凭，降不降？”

“不降！”“不降！”

“斩！”

“通守王浒、通判赵叔凭死节封神，往升仙都！”

“参军陈思道、李岳、杜开，降不降？”

“不降！”“不降！”“不降！”

“斩！”

“参军陈思道、李岳、杜开死节封神，往升仙都！”

“县令张玘，县尉刘效、冯经，降不降？”

“不降！”“不降！”“不降！”

“斩！”

“陕县县令张玘，县尉刘效、冯经死节封神，往升仙都！”

雪落满城，苍茫一片。

“报——有探马回城，李彦仙已投河自尽。”

“带其家人，杀！”

“李彦仙杀敌报国，死节封神，往升仙都！”

……

上元前后，陕州冬雷不绝，连降三日大雪。

邵云钉解州城门，五日不死，怒喝刀手，刀手胆裂，施以磔刑，裂喉而死。

……

数年后，有人曾在华山一带见过一个疯道人口中喊着“死节封神，往升仙都”乱走，还有人曾见过一个美貌女子向路人打听疯道人的行踪。

图书在版编目（CIP）数据

来自月球的黏稠雨液：京东图书首届锐作者征文比赛获奖作品集 / 李宏伟等 著. -- 北京 ：作家出版社，2015.5

ISBN 978-7-5063-7974-8

Ⅰ. ①来… Ⅱ. ①李… Ⅲ. ①中篇小说 – 小说集 – 中国 – 当代 Ⅳ. ①I247.5

中国版本图书馆CIP数据核字（2015）第087847号

来自月球的黏稠雨液——京东图书首届锐作者征文比赛获奖作品集

作　　者：	李宏伟、许洪畅、何葆国、北辰、高银交
责任编辑：	秦　悦
装帧设计：	丁奔亮
出版发行：	作家出版社
社　　址：	北京农展馆南里10号　　邮　　编：100125
电话传真：	86-10-65930756（出版发行部）
	86-10-65004079（总编室）
	86-10-65015116（邮购部）

E-mail:zuojia@zuojia.net.cn

http://www.haozuojia.com（作家在线）

印　　刷：	三河市华业印务有限公司
成品尺寸：	142×210
字　　数：	260千
印　　张：	10.25
版　　次：	2015年5月第1版
印　　次：	2015年5月第1次印刷
ISBN	978-7-5063-7974-8
定　　价：	38.00元